mare

Für Sam und Elena,
die eines Tages da waren und unsagbar
viel Freude bescherten.
Und für meine unersättliche persische Familie,
ein verstreutes Dorf aus Dichtern
und Lebenskünstlern

Ich gehe immer nach Hause,
immer zu meines Vaters Haus.

Novalis

Der Weg erscheint.

Dschalal ad-Din ar-Rumi

Niemals, ihr werdet die Niederlande
nicht zu eurer Heimat machen.

Geert Wilders,
Botschaft an Flüchtlinge, 2015

Dr. Hamidis
schwierige Scheidung

Juni 2009
Isfahan, Iran

Als fordere das Universum noch ein letztes Opfer von ihm, musste Bahman, um seine eigene hässliche Angelegenheit zu regeln, dreizehn Scheidungen nacheinander beiwohnen, einem vollen Tagesprogramm. Als die sechste verhandelt wurde, starrte er fassungslos seinen jungen Anwalt an – der vor all dem Elend auch schon zu kapitulieren schien, mit hängenden Schultern und einer halb gerauchten Zigarette zwischen den schlaffen Lippen – und flüsterte: »Das ist absurd.«

»Verzeihen Sie, Agha Doktor, inwiefern?« Der Anwalt hob beide Augenbrauen, als hätte Bahman mit dieser Farce rechnen müssen, als sollte jeder Mensch, der ein eigenes Anliegen verfolgte, daran gewöhnt sein, zunächst dreizehn Mal in Folge mitzuerleben, wie blasse Ehemänner in sich zusammensackten und hübsche Ehefrauen in Tränen ausbrachen. Gab es nicht immer einen Moment, in dem die Jugend scheiterte? Doch wer wollte den schon mit ansehen?

Sie saßen auf Plastikstühlen unmittelbar vor dem Büro des Mullahs und konnten die Geschehnisse durch den Türspalt verfolgen, der allem Anschein nach extra zu diesem Zweck offen stand. Sein junger Anwalt wischte sich ständig die Hände an seiner billigen grauen Hose ab und trank heißen Tee. Manchmal erhob er sich auch und füllte sein Tulpenglas mit zwei Fingerbreit Flüssigkeit aus dem rostigen Samowar, der auf einem langen Tisch in der Ecke stand, wo zwei Sekretärinnen in schwarzen Tschadors irgendeiner freudlosen Tätigkeit nachgingen. Wieso hatte er diesen zappeligen Mann überhaupt engagiert? Schließlich war Bahman trotz seiner säkularen Ausbildung und seiner Bände subversiver Lyrik, trotz der amerikanischen Studienabschlüsse seiner Kinder und trotz seiner geflohenen ersten Frau noch immer der Mann in einer iranischen Scheidung: eine sichere Position. Es würde alles gut gehen. Obwohl er – zugegeben – vorhatte, ein paar Lügen zu erzählen. Und überhaupt, wann hatte eine dritte Scheidung je etwas Gutes?

Als er gestern zu Hause Tee aus seinem eigenen Samowar getrunken hatte, hatte Bahman in gespannter Erwartung an die heutige Angelegenheit gedacht. Sie war längst überfällig. Er hatte überlegt, wie das nächste Kapitel seines Lebens wohl verlaufen mochte. Vielleicht würde er eine neue Couch kaufen und versuchen abzunehmen. Vielleicht würde er sich eine neue Krone für seinen Backenzahn gönnen und eine Flugreise machen, irgendwohin, wo es warm war und man ohne Probleme ein Visum erhielt: Zypern oder Dubai oder Istanbul. Vielleicht würde er sogar ein Wiedersehen mit seinen Kindern arrangieren.

An jenem letzten Morgen vor dem Gerichtstermin zeterte Sanaz nicht, und sie warf auch keine Gegenstände. Stattdessen hörte er sie im Gästezimmer weinen. Er klopfte an die halb offene Tür und blieb im Türrahmen stehen, trat in seinem königsblauen Pyjama von einem Bein aufs andere. Und als sie ihn mit verheulten Augen ansah, dickes Make-up im Gesicht, abblätternder Nagellack in drei Rottönen auf den Fußnägeln, die viel zu gerade gefeilt waren, brachte er den Mut auf, sie zu fragen: »Warum bist du traurig, *asisam*?« Dann riss er sich zusammen und flüsterte: »Denk doch nur, wie jung du bist. In deinem Alter hat Nilou schon –«

»Aaach, Schmutz auf mein Haupt ... Nilou, immer nur Nilou!«

Sie versprühte Rotz und Tränen. »Du bist ein schwacher Mann ohne Ansehen oder Stellung oder irgendwas, und dein Bastard von Tochter ist mir völlig egal.« Er wollte darauf hinweisen, dass Nilou nun wirklich alles andere als ein Bastard war. Von seinen drei Frauen war die erste die gebildetste und charmanteste gewesen. Pari war die große Liebe seiner Jugend und hatte ihre Talente an ihre Kinder weitergegeben. Er besaß ein Foto von sich und Pari bei einem Picknick in Ardestun, ihr Kopf an seiner Schulter, seine Hand an ihrer Wange, als wäre das ganz normal. War jungen Männern eigentlich klar, was sie als selbstverständlich hinnahmen? Auf dem Foto schien er gar nicht zu merken, dass er ihre Wange berührte. War Pari genug geliebt worden, bevor sie nach Amerika floh?

Er schämte sich dafür, dass er Nilous Namen so taktlos hinausposaunt hatte. Es war ein unschöner Moment gewesen, und er war geflohen. Ihren peinlichen Altersunterschied hatte er seit drei Jahren nicht angesprochen – drei Jahre, die geprägt waren von verlorenen Freundschaften und zornigen Verwandten, von Demütigung, Vereinsamung und von Geld, das verrann wie Wasser aus einer Papiertüte. Als er es nun getan hatte, allein im blauen Pyjama in einem Türrahmen, hatte es sich angefühlt, als würde sich sein Herz häuten. Anschließend lungerte er den halben Tag lang in einem Teehaus bei den Dreiunddreißig Bogen herum und wartete darauf, dass das wunde, geschundene Fleisch sich wieder beruhigte.

Zwischen zwei routinemäßigen Kariesbehandlungen spazierte er am Gericht vorbei, um sich auf den folgenden Tag vorzubereiten. Vor dem Gebäude saßen reihenweise Männer mit Schreibmaschinen, die ihre Dienste für ein paar Hundert *tomans* pro Seite anboten – Petitionen und wortreiche Einsprüche und Bittschriften in beeindruckender Juristensprache. Ganze Kolonnen von Straßendichtern, Möchtegerngelehrten, Schriftstellern, Histori-

kern und Liederschreibern, die ihre Beredsamkeit an jeden ver-
kauften, der die Sprache verloren hatte. Etwas abseits drückten
sich die käuflichen Zeugen, zusätzliche Augenpaare für Momente,
die einer bedauerlichen Privatheit anheimgefallen waren, stundenlang vor den für Frauen und Männer separaten Eingängen
zum Gericht herum, vertrieben sich die Zeit damit, Zigaretten
zu rauchen und den Bittstellern verstohlene Blicke zuzuwerfen.
Bahman beobachtete eine Frau, die aus dem Gericht geeilt kam,
zehn Minuten mit einem von ihnen redete, ihre schwarze Ver-
mummung vor den Mund gedrückt, und ihn dann zum Männer-
eingang führte. *Wie lange schon verschließen die Gerichte davor die
Augen?* Er spazierte zurück zu seiner Praxis.

Als er heute durch denselben Eingang ins Gericht gekommen
war, hatten ihn drei *pasdars* auf Waffen untersucht. Sie nahmen
ihm das Handy ab und beäugten argwöhnisch das grüne Taschentuch seines verstorbenen Vaters, weil es den Armbändern der Demonstranten der Grünen Bewegung ähnelte. Glücklicherweise
retteten ihn sein schlichter Anzug und die Betperlen, die er unablässig durch die Finger gleiten ließ (Zeichen einer schicksalser-
gebenen, gereiften Lebensweise ... *eingemacht, am richtigen Platz,*
wie sie im Dorf sagten), und die Wachen winkten ihn durch und
wandten sich dann wieder ihren Tüten mit Pistazien und Sonnenblumenkernen zu, die sie knackten und kauten und ausspuckten,
während sie sich unterhielten. Es waren junge Burschen, keiner
von ihnen über dreißig. Wahrscheinlich hatten sie es satt, alte
Männer abzutasten, die durch diese Tür kamen, um ihre Schwestern oder Mütter oder ehemaligen Geliebten scheiden zu lassen.
Der Gedanke betrübte Bahman, und ehe er hineinging, sagte er
zu dem jüngsten *pasdar:* »Ghotbi wird seine Sache gut machen,
glaube ich.« Er schaute sich um und überlegte, was es über den
neuen Trainer der iranischen Nationalmannschaft noch zu sagen
gab. »Bestimmt qualifizieren sie sich für die Weltmeisterschaft.«

Der junge *pasdar* musterte ihn kurz. Dann grinste er. »Ganz bestimmt, Agha Doktor.« Er bot Bahman seine Pistazien an und klopfte ihm auf den Rücken, eigentlich eine Unverschämtheit gegenüber einem älteren Mann, und doch hatte Bahman genau das gewollt, so jung sein wie dieser Bursche. Er nahm eine Pistazie und nickte zum Dank. Der *pasdar* sagte: »Wenn das Leben einfach wäre, würde ich nach Südafrika reisen und mir alle Spiele im Stadion anschauen.«

Jetzt saß er unruhig unter den grellen Lampen des Warteraums im Gericht und hörte, wie ein Paar dem Richter seine Lage erklärte. Obwohl er sich am liebsten aus diesem Zirkus herausgehalten hätte, bei dem er sich fühlte, als würde er zwanzig Fremde beim Gang auf die Toilette beobachten, spitzte er die Ohren. Wenn er schon hier festsaß, konnte er seinen Widerwillen auch für eine gewisse Zeit ignorieren. In dem Augenblick, als er diesen Warteraum betreten und die verbrauchte Luft eingeatmet hatte, war er in ein Wunderland geraten, das von Rumi oder Hafis oder irgendeinem anderen herzlosen Geist ersonnen worden sein mochte.

»Ich gewähre ihr die Scheidung«, sagte der junge Mann, »sie kann sie haben.« Bahman horchte auf, denn welcher iranische Mann würde schon in eine Scheidung einwilligen, die er nicht selbst eingereicht hatte? Das war eine Frage des Stolzes. Wenn die Ehefrau sich scheiden lassen will, akzeptiert das Gesetz nur zwei Gründe: Geisteskrankheit und Impotenz. Falls beide die Scheidung wollen, sollte der Mann sie für beide beantragen, weil er keinen Grund angeben muss und das die Sache für beide vereinfacht. Räumte dieser Bursche ein, geisteskrank zu sein? Impotent? Vielleicht wollte er die Morgengabe mit Joghurt bedecken, die Summe wegverhandeln, auf die jede geschiedene Frau Anspruch hat. Vielleicht hatte seine Familie einen schlechten Ehevertrag für ihn abgeschlossen – manchmal lassen sich verliebte junge Männer zum Zeitpunkt der *aghd* auf eine fette Morgengabe ein, weil sie glauben, dass es nie zur Scheidung kommt oder dass sie, falls doch, untröstlich sein werden und ihnen ohnehin alles egal ist.

»Warum wünschen Sie die Scheidung?«, wollte der Richter von der jungen Frau wissen. »Wo Sie und Ihr Mann doch noch gar nicht lange zusammenleben«, sagte er und blätterte in seinen Papieren. Bahman beugte sich auf seinem Stuhl vor und spähte unverhohlen in den Raum, weil das Universum ihm nun wenigstens das Vergnügen einer guten Geschichte bot – vor dem Scheidungsrichter lügt einfach jeder.

Die junge Frau sah mitgenommener aus als ihr Ehemann, ihre vor Gram blasse Haut glänzte stellenweise, während er offenbar viel Zeit im Freien verbracht hatte. Hinter der Tür weinte jemand, eine Mutter wohl, oder eine Schwester. Vielleicht konnte die Frau keine Kinder bekommen. Vielleicht war er ein Ehebrecher. Vielleicht war sie eine Ehebrecherin – natürlich kam das auch bei Frauen vor und warum auch nicht? Ein Leben voller Lust und Leidenschaft war wenigstens ein gelebtes Leben. Vielleicht hatte er ihr Geld verspielt, oder er konnte seine ehelichen Pflichten nicht erfüllen. Oder sie hatte versprochen, einen kranken Elternteil zu pflegen, und hatte sich dabei zugrunde gerichtet. Der Richter musterte die beiden noch immer – wie konnte ein so junges Paar so schnell gescheitert sein?

Die Frau, fast noch ein Teenager, zupfte mit schuldbewusstem Blick den Saum ihres Kopftuchs zurecht. Sie war jünger als seine Tochter Nilou, und Bahman wünschte, er könnte mit diesem Mädchen sprechen, ihr sagen, *Ich kenne dich nicht, aber eins weiß ich: Du hättest nichts machen können, um die Dinge in Ordnung zu bringen.* Sie rieb sich wieder und wieder den Hals, dieselbe Geste, mit der seine erste Frau Pari sich beruhigt hatte, wenn sie nervös war oder zornig oder durcheinander. Bahman beobachtete die junge Frau, und bald nahm er nur noch die Bewegung ihrer Finger wahr. In ihren schlimmsten Momenten hatte Pari mit beiden

Händen ihren Hals umklammert, ihn gerieben und gekratzt, als wollte sie einen Eisenkragen entfernen.

»Eine seltsame Strafe, das mit ansehen zu müssen«, murmelte Bahman. So mussten sich die Menschen fühlen, die in manchen Ländern gezwungen wurden, Zeugen von Hinrichtungen und Prügelstrafen zu werden. Genau genommen lebte wohl auch er in einem dieser Länder, die sich in jeder erdenklichen menschlichen Abscheulichkeit ergingen. Konnten die Mullahs auf dem Land nicht willkürlich herrschen, weit außer Sicht der Gelehrten und Wissenschaftler? Aber wer durfte dergleichen laut aussprechen? Und zudem vor Gericht, in diesen unruhigen Zeiten. Selbst hier in der Großstadt Isfahan hielten Gelehrte und Wissenschaftler die Augen verschlossen. Die Welt lag in einem tiefen Schlaf.

Er dachte darüber nach und fand diese Vorstellung poetisch und wahr genug, um sie laut auszusprechen. »Die Welt schläft, mein Freund.« Er sah seinen Anwalt an.

Der Junge erwiderte seinen Blick. »Sie werden die beste Vertretung bekommen«, sagte er. »Die beste. Alles wird gut, Doktor.« Er kratzte über eine seltsame kahle Stelle an seinem Kinn. Bahman wischte sich Tee aus seinem dicken, aber gepflegten Schnurrbart. Jeden Morgen trimmte er ihn schnurgerade, indem er ein Lineal über die Lippen hielt.

Heute Morgen war er in dem sterilen grauen und noch bis zum letzten Metallpfeiler abweisenden Backsteinbau des Hotels, in dem er die Nacht verbracht hatte, mit einem aufgedunsenen Bauch erwacht. Er hatte sich schon lange abgewöhnt, Fleisch, Getreide, Zucker und Milchprodukte zu essen. Er aß spärlich, schlief mit soldatischer Disziplin und konsumierte so viel Wasser, dass er damit eine kleine Mühle hätte betreiben können. Dennoch erwachte er aus unerfindlichen Gründen an jedem dritten Morgen mit einem Bauch, der aussah, als wäre er im fünften Monat schwanger. Keine Schmerzen, keine Übelkeit. Bloß eine straff gespannte Trommel, die sagte: *Hallo, alter Freund. Lass uns Urlaub machen. Weißt du noch, wie es war, als wir den ganzen Nachmittag Fußball spielen und Sultan-Kebabs essen und zwei Stunden lang Liebe machen konnten? Die Zeiten sind vorbei, die Dämmerung naht.*

Aus Angst vor seinem eigensinnigen Verdauungstrakt fürchtete er jetzt, vor seiner jungen Ehefrau einzuschlafen. Eigentlich seltsam für einen Fünfundfünfzigjährigen. Obwohl Bahman immer Wert auf seine Studien, auf Poesie, gutes Essen und eine anregend traditionelle Lebensweise gelegt hatte, war er dabei, den Kampf zu verlieren. Die verworrenen Dorf-Gene seines Vaters setzten sich langsam durch und plagten ihn mit wilden, unvorhersehbaren körperlichen Veränderungen. Zuletzt hatten die Haarfollikel an seinem Hinterkopf kapituliert und einer kreisrunden, unschicklichen Glatze Platz gemacht.

Bahman rutschte in der harten Mulde des Plastikstuhls vor (*als säße man in einer Salatschüssel*, dachte er) und reckte den Hals, um besser durch die Tür des Richters spähen zu können. Seine Betperlen fielen ihm übers Knie, während er bis dreiunddreißig zählte und dann wieder von vorne anfing. In der Luft hing der Geruch von billigen Putzmitteln und ungewaschenen Männern. Die nackten Glühbirnen an der Decke leuchteten zu grell, ließen den quietschenden Linoleumboden anstaltsmäßig und deprimierend aussehen. Überall verliefen schwarze Streifen, die eilige Schuhsohlen hinterlassen hatten. Die junge Ehefrau vor dem Richter sagte hastig: »Ob zu früh oder nicht, wir haben uns geeinigt. Im gegenseitigen Einvernehmen.« Wie viele Leute drängten sich eigentlich im Büro des Mullahs?

»Nein, nicht im gegenseitigen Einvernehmen«, widersprach ihr Mann. »Das hab ich nie gesagt. Ich bin geblieben und hab geschuftet und ihr zuliebe jede Demütigung ertragen. Wenn sie jetzt die Scheidung will, gewähre ich sie ihr. Das ist was anderes, *agha*.«

Das ist allerdings etwas anderes, als gezwungen zu werden. Natürlich wollte Bahman die Sache nicht beenden, aber was soll man machen, wenn die Frau nicht mehr dieselbe ist? Sanaz, das Mädchen, das ihn ins Leben zurückgeholt hatte, war dreißig geworden, färbte sich grelle blonde Strähnen in die Haare und hatte mehr oder weniger den Verstand verloren. Es wäre ja in Ordnung gewesen, wenn sie anspruchsvoll und resolut geworden wäre und den Haushalt mit harter Hand geführt hätte, wie das manche Frauen tun. Oder wenn sie erste Anzeichen des Älterwerdens gezeigt hätte, sodass seine und ihre erschlafften Wangen und von Falten umringten Augen sich immer mehr geähnelt hätten, wenn sie lächelten. Er hätte nichts gegen seltsame Hobbys gehabt oder gegen den Wunsch, auf Underground-Partys zu gehen. Er hätte es schön gefunden, wenn sie dick und glücklich geworden wäre. Und er hätte, um ganz ehrlich zu sein, beide Augen zugedrückt, wenn auf einmal, wie das in vielen Ehen geschah, irgendein »Cousin« aufgetaucht wäre, um sie auf Familienfeste mitzunehmen. Doch anstatt sich Liebhaber zu nehmen, war sie zänkisch und aufbrausend geworden. Ihr beleidigtes Schweigen konnte sich über Tage hinziehen, nur unterbrochen durch kreischende Wutanfälle, bei denen sie seine Zahnbürste in das *aftabeh* warf, die Wasserkanne neben der Toilette, oder die Seiten aus all seinen Gedichtbänden riss oder ihn wüst beschimpfte, ihm Impotenz und Geiz und Grausamkeit vorwarf.

Vor einigen Wochen hatte sie ihm lautstark mit Scheidung gedroht, und obwohl er selbst noch gar nicht daran gedacht hatte, erschien ihm der Gedanke sehr vernünftig. Als er dann zu Bett gegangen war, hatte er darüber nachgedacht, und das hatte seinen Magen beruhigt, sodass er sich für ein paar Stunden entkrampfte.

Die Sanaz, die er gekannt hatte, war unwiederbringlich verschwunden. Er würde nicht versuchen, sie zu ändern. Sie hatte versprochen, das Haus widerstandslos zu räumen, falls er für eine Nacht ins Hotel ging, damit ihre Schwester und ihr Schwager, Agha Soleimani, ihre persönlichen Dinge zusammenpacken konnten. Sie gab sich umgänglich, und er hatte angenommen, dass sie weder ihre gemeinsamen Erinnerungen zerstören wollte noch seine vielen alten Fotos aus Nain, Teheran und Ardestun mit seinem Sohn und seiner Tochter, Kinder aus einem anderen Leben, als sie noch klein waren und ihn für jede kleine Freude gebraucht hatten. Und die Fotos von seinen vier Wiedersehen mit ihnen, die würde sie doch bestimmt genauso wenig anrühren wie die Zeichnungen oder die Gedichte. Und wenn das alles vorbei war, blieben ihm immer noch die Decken und *ghilim*-Teppiche, die seine Mutter gewebt hatte. Das Leben würde heil bleiben. Reich an Segnungen.

Manchmal betrachtete er seine alten Möbel, Stücke, die er in den Achtzigern oder Neunzigern gekauft hatte, ramponierte Schränke, verblasste Teppiche, Sofas, die nach den Zigaretten von Jahrzehnten rochen, und er dachte: *Alles im Leben fühlt sich an wie dieses Sofa.* Die Vergangenheit war wie ein frisches, luftiges Wohnzimmer, ganz in warmen Farben gehalten, und die Gegenwart war derselbe Raum, der zwanzig Jahre lang dem Staub und Verfall überlassen wurde und in den plötzlich grelles Tageslicht fällt. Nilou und Kian, seine ersten beiden Kinder, die Kinder seiner Jugend, in einem zarten Alter nach Amerika und Europa geschleudert, waren für alle Zeit in weiches Kerzenlicht getaucht.

»Aber *wollen* Sie die Scheidung?«, fragte der Richter, ohne aufzuschauen. Durch den Türspalt sah Bahman, dass er sein Gesicht hinter zwei blauen Aktenordnern versteckte.

»Ich will keine Scheidung. Ich will, dass das ins Protokoll kommt. Ich bin bloß bereit, sie zu akzeptieren, mehr nicht.«

»*Ei vai*, junger Mann, das läuft auf dasselbe hinaus«, seufzte der Richter und raunte seiner Sekretärin etwas zu, einer ernsten

Frau um die sechzig, die sich über den Tisch des Richters beugte und vielleicht den Kopf schüttelte, vielleicht aber auch nicht. Bahman konnte ihre Figur nicht sehen. Der schwere Tschador verbarg jede kleinere Bewegung. Der Hals war unsichtbar, genau wie seine Drehungen und Spannungen. Der Mullah wandte sich wieder an den Ehemann. »Möchten Sie die Morgengabe behalten? Ist das Ihr Problem? Im Fall einer Scheidung müssten Sie die versprochene Summe auszahlen.«

Wie jung die beiden waren ... aber, ja, der Mann würde zahlen müssen. Bahman war bereit zu zahlen, wie es sich für einen Mann gehörte. Er hatte Fehler gemacht, war egoistisch und genusssüchtig und ängstlich gewesen, und jetzt, wo ihm das allmählich bewusst wurde und er von Erneuerung und Sorgfalt träumte, von Arbeit und Genügsamkeit und Disziplin (eine kleine Kostprobe von Nilous Leben), fand er, dass es ein notwendiger und gerechter Schritt war, Sanaz auszuzahlen.

»Nein, Euer Ehren«, sagte der junge Mann. »Aber das Gerichtsprotokoll soll festhalten, dass ich lediglich einwillige. Zur Hölle mit dem Geld. Ich werde es bezahlen, wenn ich es irgendwann habe, so Allah will.«

Ach, auch Bahman hatte zu der armen Pari gesagt, »wenn ich es irgendwann habe«, und dabei war es auch mehr oder weniger geblieben. *Wie geht es Pari wohl?*, fragte er sich.

Die Wortwahl des Ehemannes wurde von der Gerichtssekretärin mit einem missbilligenden Zungenschnalzen quittiert. »*Khanom*«, sagte der Richter und sah die junge Ehefrau an. »Offenbar ist Ihr Mann hier der Leidtragende ... Was er sagt, ergibt kaum einen Sinn, das hören Sie ja selbst. Ich schlage vor, Sie gehen wieder mit ihm nach Hause. Finden heraus, ob Sie nicht ein paar Monate mit ihm zusammenleben können. Vielleicht kann er Sie ja glücklich machen, wenn Sie sich Mühe geben.«

Als Bahman das hörte, musste er hinter vorgehaltener Hand

lachen. Er wünschte, er könnte seine Tochter anrufen, um den Witz mit ihr zu teilen. Nilou hatte den Iran als Kind verlassen, und seitdem hatte er sie bei vier kurzen Treffen als Jugendliche und junge Erwachsene erlebt. Irgendwann in den Jahren zwischen Nilou, dem achtjährigen Mädchen aus Isfahan, und Nilou, der dreißigjährigen Amerikanerin oder Europäerin oder was auch immer sie jetzt war, hatten sie sich den einen oder anderen Witz über Liebe und Sex erzählt. Obwohl es befremdlich war, mit ihr als einer ausländischen Erwachsenen umzugehen, hatte sie seinen Sinn für Humor. Sie hätte darüber gelacht, da war er sicher. Nilou hatte in Yale studiert, ein Name, der ihm nichts sagte, bis sie ihn eines Tages, als sie achtzehn war, aussprach und schwor, die Universität wäre genauso gut wie die andere, von der Iraner wussten, dass sie massenhaft berühmte Doktoren und Senatoren und so weiter hervorgebracht hatte. Bahman glaubte ihr sogar, noch bevor er sich in dem schmuddeligen Büro seines Freundes, eines Vertreters für Landwirtschaftsbedarf, im Internet über »Yale« informierte. Danach sagte er jedem, der es hören wollte: »Ich habe eine Tochter nach Yale geschickt. Und die andere schick ich auch dahin.«

Während der Wahlen in Amerika hatte er Nilou mitten in der Nacht angerufen. »Nilou-*dschun*«, sagte er, »ich hatte einen prophetischen Traum über den Mann, den ihr zum Präsidenten wählen solltet. Es ist ein Rätsel. Obama klingt so ähnlich wie *u-ba-ma*. Und auf Farsi bedeutet das: *Er ist bei uns.* John McCain klingt wie *dschun-mikkane*, und das heißt, wie du weißt: *Er arbeitet hart.* Aber wen interessiert's, dass jemand hart arbeitet, wenn er nicht bei uns ist? Das ist meine Meinung.« Er wusste, dass er sich high anhörte. Wahrscheinlich roch sie das Haschisch und Opium durchs Telefon, oder sie spürte es durch irgendeinen magischen Instinkt, den Familien von Hedonisten besitzen. Sie lachte kurz auf und sagte, ja, sie würde den wählen, der *bei uns* ist. »Wir haben auch bald Wahlen«, sagte er schwach. »Mussawi. Das ist hier unser Mann.« Sie sagte, ja, auch das wisse sie.

Nachdem er aufgelegt hatte, schämte er sich. Seine Tochter hielt ihn für einen Clown, nicht für einen Schriftsteller oder Dichter, sondern für einen in die Jahre gekommenen Süchtigen.

Nilou hatte einen gewichtigen Europäer geheiratet – nicht gewichtig im körperlichen Sinne, der Mann war sehr groß und dünn, aber gewichtig, wie man so sagt, in jeder anderen Hinsicht. Bahman hatte den Eindruck, dass Nilou zu einer ernsten Frau herangereift war. Seitdem ihre Mutter sie aus dem Iran mitgenommen hatte, arbeitete oder lernte das Mädchen ununterbrochen, nahm sich nie Zeit, um zu feiern oder Freunde zu finden oder sich selbst zu verlieren. Dabei war sie ein glückliches Kind gewesen, eine Naschkatze mit einem wilden, melodischen Lachen, tanzenden Füßen und vielen durchtriebenen Streichen. Jetzt schuftete sie ohne Unterlass, versuchte, irgendetwas zu beweisen. Vielleicht brauchte dieser gewichtige Schwiegersohn mit dem unaussprechlichen Namen eine ernste Ehefrau, um sie seinen Freunden zu präsentieren, eine Frau, die neben dem großen Rumi auch Shakespeare und Molière zitieren konnte.

Er hatte den Jungen in Istanbul kennengelernt, Jahre nach der Hochzeit, die eine heimliche Angelegenheit ohne Fotos gewesen war. Er hoffte, er machte Nilou glücklich. Der Gedanke beruhigte sein Herz, nachdem er jahrzehntelang unter den dunkelsten Sorgen gelitten hatte: *Was, wenn ich meine Kinder nach Amerika geschickt habe, nur um zu erleben, dass sie leiden?* Aber der Junge liebte Nilou tief aus dem Bauch heraus, eine Liebe, die ihn beugte und brach, genau wie auch Bahman gebeugt und gebrochen war. Eine Liebe, von der er geglaubt hatte, dass Sanaz sie für ihn empfand. Aber du kannst niemanden zwingen, dich zu lieben, wie man so sagt, und du solltest es auch nicht versuchen, es sei denn, du bist zwanzig und hast ein kräftiges Herz, ein Herz, das danach verlangt, gezähmt zu werden. Manchmal, in ruhigeren Zeiten, ist Scheitern gar nicht so schlimm.

Die junge Ehefrau war jetzt laut geworden, ihre Stimme bebte, sie hatte die Fäuste geballt wie die sechsjährige Nilou, wenn sich Gewissensbisse bei ihr meldeten, war bereit, den Kampf gegen die Stunden und die Tage aufzunehmen. »Nein, das ist unmöglich«, sagte sie zu dem Mullah. Sie packte den Arm ihres Mannes, drängte ihn leise, an ihre persönlichen Gespräche zu denken. »Wir waren uns einig. Ganz egal, wie er das nennt. Es ist alles entschieden. Wir haben die ganze Nacht mit Onkeln und beiden Vätern und allen geredet. Wir sind hier, und wir sind uns einig.«

»Ja, *khanom*«, sagte der Richter. »Aber nichts ist endgültig, ehe das Gericht zugestimmt hat. Der Mann hier scheint die Scheidung nicht zu wollen. Was ist das Problem in Ihrer Ehe?«

Die junge Frau zögerte, rang mit sich. Offenbar handelte es sich um etwas Beschämendes, das sie nicht öffentlich machen wollte. »Er ist nie da«, rief sie. Ihre Hände landeten auf den Unterlagen des Richters, als sie sich auf seinem Tisch abstützte. »Er ist süchtig. Wir verstehen uns nicht. Wir können keine Kinder bekommen. Der Grund ist doch völlig egal. Wir sind uns einig. Und er hat sich bereit erklärt zu zahlen.«

»Ich bin nicht süchtig«, widersprach der Ehemann. »Was redest du denn da? Nein, Euer Ehren, ich trinke nicht. Ich rauche nicht. Ich esse bloß Brot und Käse und trockene Kräuter. Sie hat mir alles genommen, dann kann sie das hier auch noch haben. Aber ich will, dass das Gericht die Wahrheit erfährt, weil ich diese Welt nicht mit Lügen auf den Lippen verlassen will. Ich schwöre bei Hassan und Hossein und jedem Imam –«

Der unglückliche Ehemann wurde lauter, verlor die Beherrschung. »Ja, ja, immer mit der Ruhe«, sagte der Richter. »Wer will denn diese Welt verlassen, *agha*?«

»Ich bin fertig mit dem Leben, und ich schwöre, ich will bloß mein Haus bestellt haben.«

Daraufhin brach im Richterzimmer ein wildes Stimmengewirr los. Anscheinend waren noch mindestens drei Verwandte anwesend, die bis zu diesem Moment durch die Tür verdeckt gewesen waren. Das Mädchen stöhnte auf und warf sich in die Arme einer älteren Frau. »Der bringt mich noch um mit seinem ganzen Drama.«

Bahman wandte sich an seinen Anwalt und sagte: »Hätten Sie nicht wenigstens die richtige Uhrzeit herausfinden können?« Das Spektakel beunruhigte ihn, ließ ihn Schlimmes für seine eigene Verhandlung fürchten, für die Märchen, die er selbst erzählen würde. »Können wir irgendwen bezahlen?«

»*Agha*, der Zeitpunkt lässt sich nie genau voraussehen«, sagte der Anwalt und massierte sich dabei die Knie. »Machen Sie Ihre Wurzelbehandlung immer pünktlich? Außerdem gibt's da drüben Tee.«

»Der Junge ist süchtig«, sagte Bahman. »Faselt davon, sich umzubringen. Beharrt darauf festzuhalten, wer was von wem verlangt.« Statistisch gesehen war fast jeder zweite iranische Arbeiter über zwanzig süchtig – und schon allein sein Dialekt verriet, dass er nie einen Fuß in eine Universität gesetzt hatte.

»Welcher Junge?«, fragte der Anwalt, ehe er den kalten Rest aus seinem Becher trank.

»Aufwachen, mein Freund«, sagte Bahman und klopfte dem Anwalt mit seinen Betperlen aufs Kinn, als wäre der ein Kind. »Hören Sie zu, was da drinnen vor sich geht!«

»Ich hol uns mal einen Chai«, sagte der Anwalt und stand auf, um seinen eigenen Becher aufzufüllen und einen für Bahman mitzubringen. Er stieß ein erschöpftes Knurren aus, als er sich hochhievte.

Als die Verwandten im Richterzimmer das Ehepaar endlich beruhigt hatten, war die Geduld des Richters offenbar erschöpft. Er ordnete an, dass die beiden einen Monat lang zusammenleben sollten und keinen Tag früher wieder vor Gericht erscheinen durften. »Das kann ich nicht! Bitte, *agha*«, flehte die junge Frau. Er konnte ihre zitternden Hände auf dem Tisch sehen. »Sie wissen nicht, wie das ist. Bitte, ich flehe Sie an.«

Der Richter schüttelte den Kopf. »Sie müssen nicht sein Bett teilen. Und jetzt fort mit Ihnen.«

Aber die Frau wollte nicht gehen. Ehe die Worte dem Richter vollständig über die grauen Lippen gekommen waren, hatte sie sich schon auf seinen Tisch geworfen und machte einen solchen Aufstand, dass der Richter hochfuhr und die Gerichtssekretärin vorschnellte, um die junge Frau vom Tisch zu ziehen. Ihre Mutter (oder Tante oder wer auch immer) schlang die Arme um ihre Taille und versuchte, sie zu beruhigen, während sie unter Tränen anfing, Gebete zu murmeln.

Auch Bahman war aufgesprungen. Ohne um Erlaubnis zu bitten, hatten ihn seine müden Schuhe bis zur Schwelle des Richterzimmers getragen, und seine Hand lag am Türrahmen. Sein Anwalt rief ihn zurück, doch er spähte in den Raum. Die unglückselige junge Frau war in Nilous Alter. Ihr Blick war verzweifelt – ein gefangener Vogel. Hatte Nilou sich in ihrem jungen Leben je so gefangen gefühlt? Hatte er sie mit seinen väterlichen Hoffnungen für sie und ihren Bruder in ein fremdes Land geschickt, nur damit sie sich dort abmühte und taube Götter anbetete? Hatte sie einen Ort, an dem sie sich zu Hause fühlte, hatte sie Menschen, zu denen sie gehörte? War sie aus tiefster Seele zufrieden?

Der Richter entschied, dass die Ehefrau zwei Tage im Gefängnis verbringen sollte, um zu lernen, wie man sich angemessen vor Gericht verhielt. Bahman wollte in den Raum stürmen, wollte einmal in seinem Leben gegen die Sinnlosigkeit der Welt wettern. Dieser Richter war in seinem Alter, sein Standesgenosse. *Zeig ein wenig Nachsicht, Bruder,* wollte er sagen. *Sie ist schwach, und sie ist dir ausgeliefert.* Aber irgendwie erschien ihm diese Aussage anmaßend und dem Mädchen gegenüber beleidigend, und wer will schon so viel Aufmerksamkeit auf sich ziehen? Er würde der Familie Geld schicken, falls er ihren Namen herausfinden konnte. Vielleicht könnte die unglückliche Ehefrau im Schutz der Nacht fliehen. Vielleicht hatte sie einen Geliebten, den sie heiraten wollte, und das war der Grund für ihre Verzweiflung. *Natürlich.* Bahman hoffte, dass sie einen Geliebten hatte, der sie schützen würde – warum sonst sollte sie sich auf den Tisch irgendeines alten Mullahs werfen?

Der Gedanke ließ ihn lächeln, als er zu seinem Stuhl zurückkehrte. Er tätschelte die Hand seines Anwalts, nahm den Becher Tee und die Zuckerwürfel, die ihm gereicht wurden, und sagte: »Bitte finden Sie für mich den Namen und die Anschrift der jungen Frau heraus«, und als der Junge den Mund öffnete, packte Bahman seine Betperlen fester und sagte: »Nein, mein Freund. Keine Einwände mehr.«

Ich und Baba und Ardestun

In den vergangenen zweiundzwanzig Jahren habe ich meinen Vater vier Mal gesehen. Ich verließ ihn und Isfahan 1987 unter einer kratzigen Decke hinten in einem braunen Jeep, als ich acht war und Baba dreiunddreißig. Jetzt bin ich dreißig. Bei jedem kurzen Wiedersehen, ob in Oklahoma oder London oder Madrid oder Istanbul, ist der Mann, der mich begrüßt, anders als beim letzten Mal und so viel älter. Jedes Mal fühlt es sich an wie eine eiskalte Hand auf der Brust, eine Erschütterung des Universums, und nach dem zweiten und dritten Mal habe ich gelernt, mich innerlich darauf vorzubereiten. Er wird sich verändert haben, sage ich mir, während ich Flughafenterminals absuche und auf Restauranttische mit einem einzelnen wartenden Mann zugehe. Aber die Begegnungen sind kurz, und hinterher verwandele ich ihn immer wieder zurück, tilge die Spuren des Alterns, den Gehstock, das weiße Haar, die überschüssige Haut, die das verschmitzte Blitzen in seinen Augen verdeckt. Mein Baba wird immer dreiunddreißig sein – unveränderliche dreiunddreißig, wie Jesus oder die Anzahl der Betperlen, die er zählt, trotz seiner Hingabe an den Hedonismus und seine eigene Göttlichkeit.

Manchmal, wenn er betrunken ist, sagt Baba Dinge wie: »Ich bin Gott! Was ist Gott denn anderes als Wissenschaft und Dichtung?« Und dann rezitiert er zwanzig Minuten lang fehlerfrei Hafis.

Mit drei Jahren warf ich manchmal die Arme in die Luft und rief: »Ich bin auch Gott!«, und dann hob er mich hoch in den Himmel, wobei mein babyfeines rotbraunes Haar auf sein Gesicht fiel, ununterscheidbar von seinem eigenen. Jeden Abend wartete ich auf der Treppe vor unserer Haustür auf ihn, und wenn ich ihn die Straße herunterkommen sah, rannte ich zu ihm und begrüßte als Erstes das Gebäck, das er in der Tasche versteckt hatte. »Hallo, *sulbia*! Hallo, *baghlava*!«, sagte ich zu der Beule in seiner Jacke. »Sauerkirschen? Eiscreme? Seid ihr da drin?« Er spielte dann den Beleidigten. »Und was ist mit deinem Baba?«, sagte er.

Baba bat mich oft, über seinen Rücken zu laufen. Meine Zehen gruben sich in sein Fleisch, ich spürte, wie seine Muskeln sich verschoben und lockerten wie tektonische Platten. Er war der Erdboden. Jetzt sind diese Platten weit weggedriftet, und der Boden ist verschwunden. Ich werde dieses Bild von ihm nicht los. Baba mit alterslosen dreiunddreißig, immerzu feiernd und selbstverliebt, der vor sich hin summt, während Schokoladeneis von meinem Kinderlöffel auf seinen weichen, wuchtigen Rücken tropft. Baba und ich lasen zusammen *Der kleine Prinz* und aßen dabei Sauerpflaumen. Ich besaß zwei Ausgaben des Buchs, weil Maman wollte, dass ich Englisch lerne, aber Baba und ich lasen immer die Farsi-Ausgabe, weil er eine gute Geschichte niemals mit Lernen ruinieren oder ein Vergnügen mit zusätzlichen praktischen Aspekten beeinträchtigen wollte. Manchmal, wenn die Islamische Republik nicht mal wieder die Trickfilmstunde abgeschaltet hatte (eine einzige Stunde Kinderprogramm pro Woche), schauten wir uns die Animationsfassung an. Jeden Dienstag sahen wir das Mädchen in der Rose erblühen, während er für mich Gurken salzte und meine Zähne kontrollierte. Obwohl er Zahnarzt war, hatte er die Taschen immer voller Süßigkeiten. Bei unserer letzten Begegnung, vor einem Jahr in Istanbul, fiel mir auf, dass ihm zwei Backenzähne fehlten, und ich weinte fast den ganzen Nachmittag.

Als Kind bekam ich den Löwenanteil von Babas Zuwendung, obwohl mein kleiner Bruder Kian praktisch sein Klon war: pausbäckig mit einer enormen Persönlichkeit und einem spöttischen Charme, der andere dazu brachte, nach seiner Zuneigung regelrecht zu gieren. Allmählich entwickelte er sich zu einem grüblerischen, ernsten Kind, was ihn sogar noch niedlicher machte. Mit zwei begann er, Lieder der Iranischen Revolution auswendig zu lernen: »Der gefangene Vogel«, sang er traurig und schmachtend, die pummeligen Hände geballt, »leidet Herzweh hinter Mauern.«

»Scheiße, Pari-*dschun*«, sagte Baba zu Maman, »willst du einen Revolutionär aus ihm machen?«

»Ich singe ihm Lieder über Gänse und Häschen vor.« Sie war achtundzwanzig und wachsam.

»Und wo hat er dann diesen Schwachsinn gelernt?«

»Keine Ahnung ... Wo hat Nilou die ganzen schmutzigen Lieder gelernt?«, fragte sie, obwohl sie sehr genau wusste, dass ich sie auf Ausflügen in Babas Dorf gelernt hatte. »Sorgen wir uns lieber um das Kind mit der fehlenden Impulskontrolle als um das mit dem Herzen für andere Menschen.« Ich bin sicher, dass Baba daraufhin spöttisch schnaubte, um meine Ehre zu verteidigen, vielleicht aber auch nur, um zu demonstrieren, wie wenig er von Impulskontrolle hielt.

Offenbar hatte Kian gelernt, allein das Radio einzuschalten, und dadurch ein Faible für die von den Mullahs erlaubte melodisch leiernde Propagandamusik entwickelt. Baba schüttelte bloß den Kopf und ließ ihn gewähren. Einige Monate später bekam Kian, der ohnehin schon mollig war, auch noch Mumps und avancierte damit offiziell zum goldigsten Kind unserer Straße, weil kindliche Attraktivität im Iran ausschließlich von schierer Leibesfülle abhängt. Folglich bekam er seine Zuwendung von anderen Seiten und konnte auf Babas gut verzichten.

Wie viele junge Männer im Iran verlegte sich Baba nach der Euphorie und dem Rausch des Verliebtseins auf die Euphorie und den Rausch des Opiums. Er wurde süchtig und begann, sich nachts aus dem Haus zu schleichen. Manchmal verlor er schrecklich die Beherrschung. Das kam selten vor und hing, wie ich später erfuhr, mit Opiumrasereien zusammen, vor denen ich größtenteils abgeschirmt wurde – aber ich sah und hörte doch so einiges, eine verschwommene Maman draußen am Swimmingpool, einen Schlag mit einem Gartenschlauch, einen Schrei. Hinterher versuchte er stets, es wiedergutzumachen, indem er in fernen Gärten körbeweise Obst für sie pflückte oder ihr schöne Kleider kaufte oder Gedichte schrieb, die er überall im Haus versteckte. Im Zorn erhob er auch die Hand gegen seine Brüder. Aber nicht oft. Es ist schwer vorstellbar, dieselben fleischigen, flinken Hände, die den schlimmsten Zahnschmerz mit einem Handgriff und dem Druck von etwas Verbandsmull verschwinden lassen konnten; dieselben Brüder, die er als Techniker in seiner Zahnarztpraxis beschäftigte, weil sie eben Arbeit brauchten, obwohl keiner von ihnen je etwas anderes gelernt hatte als Landwirtschaft.

Baba, ein Riese mit seinem dicken roten Schnurrbart und dem sonoren Lachen, grüne Betperlen in einer Hand, die andere Hand voll mit Pistazien oder Sauerkirschen, war ein Phänomen, das man schon von Weitem erkannte. Immer kaute er auf irgendwas. Ständig rauchte er und trank und aß und konnte ganze Bücher mit alter Dichtung auswendig. Sein Körper war gewaltig und von Kopf bis Fuß mit roten Haaren bedeckt.

Jeden Freitag verfrachtete er die Familie ins Auto, und wir wurden zum Dorf Ardestun kutschiert, als steckten unsichtbare Magnete in Babas Schuhen. Je näher wir dem Dorf kamen, desto mehr veränderte sich unser Dialekt. Der mollige Kian sang weiter Revolutionslieder und Liebeslieder und Lieder über Märtyrer und Tod. (»Die Luft des Käfigs ist der Tod der Seele!«) Unsere Stimmen verloren ihre städtische Vornehmheit und nahmen stattdessen allmählich einen singenden Tonfall an, wir sprachen gedehnter und mit Redewendungen, ließen die Zungen schnalzen, wurden lauter.

Ardestun, die Heimat meines Vaters, ist ein altes Dorf mit staubigen, von zerquetschten Maulbeeren übersäten Straßen, handgearbeiteten Teppichen vor den Türen, die regelmäßig gefegt werden, Reihen von kindsgroßen Gläsern mit Eingemachtem um jedes Haus. Es hat zwei Flüsse, zwei Gärten, eine Obstplantage an einem Teich mit Enten, eine Moschee, einen mittelhohen Berg und einen berühmten zweigeschossigen Aquädukt, ein achthundert Jahre altes Bauwerk, von dem die Leute im Dorf nicht mal wissen, dass sie darauf stolz sein sollten, weil sie zu sehr damit beschäftigt sind, ein einfaches Leben zu führen, das Baba als »überbordend und poetisch« bezeichnet. »Das Leben in Ardestun«, sagt er, »ist eine so prall mit Mark gefüllte Lammkeule, dass du dir daran beide Wangen vollsaugen kannst, und dann ist immer noch was drin, das du mit dem kleinen Finger rauspulen oder mit beiden Händen rausschütteln kannst. Nilou-*dschun*, sei nie diejenige, die sich wegdreht, weil sie Angst hat, ihr Gesicht könnte fettig sein.«

Als ich zwei Jahre alt war, brach mein Schneidezahn bei einem kleinen Unfall ab, und Baba nahm die Operation selbst vor. Seine Brüder jagten mich um den Zahnarztstuhl herum, bis Onkel Hossein mich schließlich hineinsetzte. Baba hatte eine riesige Spritze hinter seinem Rücken versteckt, die mir noch monatelang Albträume bereitete. Danach ließ ich mich von Baba nur noch anfassen, wenn ich ganz in unsere gemeinsame Spiele oder die Bücher vertieft war, die wir zusammen lasen. Und jedes Mal fiel mir nach kurzer Zeit wieder ein, dass ich mich vorsehen musste. Ich zitterte, wenn Baba meine Wange streichelte und mein Gesicht küsste oder meine Hand hielt. Ich dachte, *Wenn ich meine Hand in seine große, kräftige schiebe, hält er mich fest. Ich bin nicht stark genug, um mich loszureißen. Und vielleicht schnappt er sich dann noch mehr von meinen Zähnen. Oder sogar meine Finger oder Zehen.*

Und dennoch wurde ich mehr und mehr wie er. Das war Mamans größte Sorge. Manchmal sagte sie im fassungslosen Flüsterton: »Das sind die Ausreden von deinem Baba. Ach, Nilou, das ist der Wahn deines Vaters. Nimm dich in Acht, du hast sein Blut.«

Onkel Ali, Babas jüngster Bruder, war dreizehn, als ich geboren wurde, und er passte oft auf mich auf, wenn meine Eltern irgendwohin mussten, Maman, um in armen Gemeinden als Freiwillige medizinische Hilfe zu leisten, Baba, um mit seinen Freunden gewaltige Mengen Opium zu rauchen, Lyrik zu lesen und Wonne und Qual zugleich zu finden.

Aber Onkel Ali und ich hatten zusammen viel Spaß. Eines Tages erklärte er mir, wie ich meine Kindergartenliebe Ali Mansuri, der ein Jahr älter und somit unerreichbar war, für mich interessieren könnte. »Nächstes Mal, kleine *khanom*, lauf ihm nicht ständig hinterher, das reizt ihn bloß, dir zu sagen, du sollst verschwinden. Nächstes Mal gehst du einfach an ihm vorbei, wirfst dein hübsches Haar nach hinten und sagst: ›Entschuldige, Junge. Würdest du mich bitte vorbeilassen?‹« Onkel Ali nannte mich immer kleines Fräulein oder *Fräulein Nilou*. Er setzte mich auf sein Motorrad und imitierte sehr überzeugend ein Teheraner Straßenmädchen, stolzierte mit schwingenden Hüften an mir vorbei und klimperte mit den Wimpern. Ich genoss die Aufmerksamkeit und kicherte über seine Albernheiten. »Noch was«, sagte er. »Nennst du diesen Jungen immer mit vollem Namen? Was soll dieser ›Ali Mansuri, Ali Mansuri‹-Quatsch. Nein, Nilou *khanom*. Sprich ihn lieber mit einem völlig falschen Namen an. Nenn ihn das nächste Mal

Javad oder Kamal oder irgendwas, nimm einen *blöden* Arbeiternamen, damit er weiß, dass er weniger wert ist als du.«

»Aber das stimmt doch gar nicht«, sagte ich. »Er geht in denselben Kindergarten wie ich.« Baba hatte mir beigebracht, dass niemand weniger wert ist, der dieselbe Bildung hat.

»Das darfst du ihm aber nicht sagen. Behandle ihn, als wäre er eine fette Fliege auf deinem Reis mit Kirschen. Klar?«

»Klar«, sagte ich, packte seine Ohren mit beiden Händen und gab ihm einen Kuss auf die Nase. Am nächsten Tag lief ich wie immer hinter Ali Mansuri her, schenkte ihm mein Mittagessen und sah mit einem breiten, albernen Grinsen im Gesicht zu, wie er es aufaß.

Gegen den Instinkt kommt man nicht an. Echte Zurückhaltung kann man niemandem beibringen. Ich hatte meine Instinkte von einem Mann, dessen Vorrat an Zurückhaltung ebenso begrenzt und unbestimmbar war wie der Vorrat an Musikkassetten auf dem Schwarzmarkt oder die letzte Portion Sauerkirschen im Gefrierfach.

Als meine Lehrerin später an jenem Tag in Babas Büro anrief und ihm sagte, dass ich nichts gegessen hatte, ging sie nicht näher auf die genauen Umstände ein, wahrscheinlich aus Angst, er würde ihr Vorwürfe machen, weil sie zugelassen hatte, dass ein anderes Kind mein Mittagessen aß. Eine Stunde später kam mein Vater mit einem Kellner aus dem nahen Kebab-Haus, in dem Diplomaten und Ärzte speisten, in den Kindergarten spaziert und brachte mir eine ganze Lammkeule mit Beilagen. Der Kellner trug sein weißes Hemd mit schwarzer Fliege und servierte mir die Mahlzeit übertrieben förmlich auf meinem Kindertisch, goss mir Trinkjoghurt ein und arrangierte das Brot in einem Körbchen, obwohl die Lehrerin protestierte. Ihr tiefes Unbehagen zeigte sich an der Art, wie sie die Arme um den Körper geschlungen hatte. Und doch konnte sie sich nicht beschweren. Schließlich hatte sie selbst den exzentrischen Dr. Hamidi angerufen. »Für die kleine Khanom Hamidi«, sagte der Kellner mit einer tiefen Verbeugung.

Die anderen Kinder beobachteten das Spektakel, dieses sonderbare Festessen für Erwachsene, während sie auf Apfelscheiben und getrockneten Früchten kauten. Es war einfach unmöglich, Babas überschäumende Art vorauszusehen oder zu ändern. Er war unüberlegt, achtete nicht auf die Reaktionen anderer. Schon damals spürte ich die Kluft zwischen uns und allen anderen, selbst Onkel Ali: Baba und ich hatten schlechte Instinkte. Wir hatten unsere geheime andere Welt, wo Eiscreme von Pfannenhebern tropfte, wo wir fremdartige Süßigkeiten jagten, den Nachbarn Geburtstagsstreiche spielten und in der Obstplantage von Ardestun verschwanden, um Maulbeeren und grüne Mandeln zu pflücken, während die anderen um Wasserpfeifen saßen und sich fragten, wo wir steckten. Sie sagten: »Nilou und der Doktor sind mal wieder unterwegs und kämpfen mit den Dschinn.«

Maman wollte den Iran auf gar keinen Fall verlassen – Babas Dorf hatte sie gerettet. Sie kam aus einer freudlosen, willensstarken Familie in Teheran. Ihr Vater, Angestellter in der Stadtverwaltung, trug Anzüge und war ständig mit irgendwelchen wichtigen Angelegenheiten beschäftigt, bei denen man ihn unter keinen Umständen stören durfte. Ganz anders als Baba, der förmlich darum bettelte, gestört zu werden, der ständig mit dem Fuß wippte, den Schnurrbart zwirbelte, eine verstohlene Hand in der Tasche auf der Suche nach Pistazien. Mit zwanzig war Maman froh, Teheran zu verlassen und in einem beschaulichen Dorf zu leben, wo Hühner und wilde Kaninchen und Fasane frei herumliefen, wo ihre Schwiegermutter sie jeden Morgen küsste und köstliche Eintöpfe mit Koriander aus dem Garten kochte und ihr sämtliche Verstecke Babas verriet.

Schon bald wurde aus der ernsten Tochter eines ernsten Mannes eine Frau, die innehalten und durchatmen konnte, der es Freude machte, Kräuter anzupflanzen, Wunden zu versorgen und überhaupt mit den Händen zu arbeiten. Aber keine zehn Jahre später hatten ihre medizinische Ausbildung und ihr christlicher Glaube sie zur Zielscheibe gemacht. Im Winter und Frühjahr 1987 begann die Sittenpolizei, ihre Praxis zu beobachten. Zweimal stiegen sie vor einer roten Ampel in ihr Auto und zwangen sie, zur Wache zu fahren, wo sie verhört wurde. Das alles verschwieg sie uns, weil sie hoffte, es würde vorbeigehen.

Monatelang lebte sie in Angst, bis ihr schließlich keine andere Wahl blieb, als es Baba zu erzählen. Von da an hörte ich viele Auseinandersetzungen in der Nacht, gedämpfte Stimmen, die vor Angst und Zorn und Trauer immer lauter wurden. Gegen Ende des Frühjahrs, als ich acht war und die Obstgärten in voller Blüte standen, nahm Baba mich beiseite und sagte, ich solle eine Liste aufstellen mit allen Dingen, die ich in Ardestun besonders gern tat. Und die würden wir dann nacheinander abarbeiten.

Begeistert schrieb ich siebzehn Punkte auf: Meinem Großvater am offenen Feuer zuhören, wenn er Geschichten erzählte. Beim Maulbeerenpflücken Rätsel lösen. Nachts im Garten Verstecken spielen. Mein zweites Hühnerküken adoptieren. Brot im *tanur* backen. Am Fluss saure grüne Pflaumen mit Salz essen. Den Berg besteigen. Eine Kochgrube machen, wie die Nomaden in der Wüste, und darin einen Topf Reis kochen. Im Ententeich schwimmen. Einen Spaziergang mit Spazierstöcken machen, nur Baba und ich, ohne Kian. Dass wir all diese Dinge dann auch taten, als würden wir eins nach dem anderen abhaken, machte mich nicht misstrauisch. Meine Eltern erzählten niemandem im Dorf, nicht mal Babas Mutter, dass wir fortgehen würden. Maman verabschiedete sich still für sich von allen und versuchte wie Baba, schöne letzte Erinnerungen zu schaffen. Außer den beiden wusste niemand, dass es ein Abschied war.

Irgendwann sah ich Maman in der Küche weinen. Als ich zu ihr ging, gab sie mir eines von Großmutters Kopftüchern. Es roch nach ihrem verschwitzten Hennahaar, eine süße Mischung aus Bockshornklee und Buschrosen. »Versteck das in deiner Tasche.«

Ich nahm das Kopftuch und ging. Baba saß im Wohnzimmer und trank. Ich zögerte, bevor ich auf seinen Schoß kletterte, aber er schob mir einen Finger in den Mund und drückte ihn auf. »Darf ich nur mal ganz kurz gucken?«, fragte er. Ich sprang auf, bereit, die Flucht zu ergreifen. »Komm wieder her. Ich kontrolliere deine Zähne nicht. Ich erzähl dir eine Geschichte.« Ich ließ mich neben ihm auf dem Teppich nieder, im Schneidersitz, wie er, achtete aber darauf, dass unsere Knie sich nicht berührten.

»Was ist los?«, fragte ich. »Wir kommen doch nächste Woche wieder nach Ardestun, oder?«

Er schwieg eine Weile, und dann sagte er in einer seltenen Anwandlung von Ehrlichkeit: »Du und Kian, ihr werdet mit eurer Mutter eine große Reise machen. Und später kommen wir dann alle wieder hierher.«

»Kommst du denn nicht mit auf die Reise?«, fragte ich und spürte Panik in mir aufsteigen.

»Nein«, sagte er. »Einer muss hierbleiben und sich um das Haus kümmern.« Er zögerte. »Ich komme später nach«, sagte er. Vielleicht war das eine Zwecklüge, vielleicht auch nicht. Damals glaubte ich ihm, und das war entscheidend. Er lutschte etwas Tee aus seinem Schnurrbart.

»Dann machen wir die Reise doch zusammen«, sagte ich und fand die Vorstellung spannend.

»Ich werde euch besuchen, ja«, sagte er. Ich muss ein erschrockenes Gesicht gemacht haben, und ich weiß noch, dass die Unsicherheit in seiner Stimme mir fast die Fassung raubte. Doch Baba verbesserte sich rasch. »Nicht besuchen. Ja, ich komme nach. Jetzt geh spielen, *asisam*. Baba ist müde.«

Noch bevor ich die Tür erreichte, rief er mich zurück. »Nilou-*dschun*, bewahr die für mich auf«, sagte er und gab mir zwei Fotos, die zuvor in seinem Wartezimmer gehangen hatten, an einer Wand, die mit zig Fotos in bunt zusammengewürfelten Rahmen bedeckt war. Die Bilder waren alt und neu, bunt, schwarz-weiß, sepiafarben, manche zerknittert und an den Rändern ausgefranst oder angekohlt. Das größte Foto im Wartezimmer zeigte mich mit einem Krankenschwesterhäubchen auf dem babyroten Haarschopf, einen Finger an die Lippen gehoben, als wollte ich »Pssst« sagen.

»Immer wenn ich, als ich klein war, den Drang verspürte, mir Flügel wachsen zu lassen, haben meine Fotos mich glücklich gemacht.« Er nippte an seinem Tee und wischte sich übers Gesicht, versuchte, seine Traurigkeit zu überspielen. »Wenn du älter bist, werden dir große, schöne Flügel wachsen. Du wirst viele gebildete Menschen kennen und vieles machen und erleben. Aber jedes Mal, wenn du deinen Baba siehst, werde ich dir ein Bild und eine Geschichte von hier mitbringen, damit du nicht ins Vergessen davonfliegst.«

Er strich über die Fotos in meiner Hand, von deren fleckigen, vergilbten Rückseiten der Kodak-Stempel auf Farsi schon längst verschwunden war. Das erste war eine alte Schwarz-Weiß-Aufnahme von einem Mann, der an der Spitze einer Reihe von Männern in schwarzen Anzügen stand. Er hielt einen Gehstock in der Hand und verbeugte sich leicht vor einem Ausländer, der eine graue, kittelartige Jacke und eine weiße Kappe trug, die aussah wie ein gekentertes Boot. Der Ausländer hatte würdevoll eine Hand ausgestreckt. Baba zeigte auf ein paar mit dünnem Bleistift gekritzelte Anmerkungen auf der Rückseite. »In den letzten hundert Jahren haben drei große Männer Ardestun besucht«, sagte er. Babas Geschichten beginnen immer mit Aufzählungen. *Sieben Unfälle, die in unseren Flitterwochen passiert sind. Fünf Anzeichen da-*

für, dass ich mich in deine Mutter verlieben würde. Zwölf Naturkatas-
trophen, die zur Geburt deines Großvaters führten. »Das ist dein Ur-
großonkel mit Nehru, dem ersten Premierminister von Indien.
Er war der zweite große Mann, der ins Dorf kam. Das war ein
sehr bedeutsamer Augenblick für Ardestun.« Einer der Gasbren-
ner erlosch, und Baba griff nach seinen Streichhölzern. »Auf dem
anderen Foto siehst du deinen Urgroßvater Hamidi im Kreis deiner Verwandten. Verwahre sie gut.«

Ich klopfte die Fotos auf meinem Bein gerade, sodass sie ordentlich aufeinanderlagen. Baba nahm das abgegriffenere von
beiden und strich mit dem Fingernagel über die Ränder. Dann
gab er es mir so behutsam zurück, dass mir klar wurde, wie wert-
voll die Fotos waren.

»Hast du dir die Zähne geputzt?«, fragte er und rief mir damit
meine immer länger werdende Liste von Ängsten in Erinnerung.
Ich lief weg, ehe er versuchen konnte, wieder einen Blick in meinen Mund zu werfen.

Ich habe seine Praxis nie wieder betreten. Zwei Nächte später
holte uns Onkel Ali in einem braunen Jeep ab. Er parkte auf der
Rückseite unseres Hauses in einer kleinen, von einer Mauer be-
grenzten Gasse, die eigentlich viel zu schmal war. Irgendwie bug-
sierte er den Wagen hinein und winkte uns, herauszukommen.
Wir quetschten uns an der hohen, mit Buschrosen und Hecken-
kirschen bewachsenen Mauer vorbei, sodass unsere Blusen hinten gelbe Flecken bekamen, und kletterten auf die Rückbank,
versteckten uns mitsamt unseren Koffern unter einer kratzigen
Decke.

Obwohl es nicht der kürzeste Weg zum Flughafen war, fuhr
Onkel Ali noch an Babas Praxis vorbei. Ich entdeckte seinen
Schatten im Fenster, und da ich glaubte, wir würden bloß eine
kurze Urlaubsreise machen, winkte ich ihm fröhlich zu. Er winkte zurück oder hob doch immerhin eine Hand an die Scheibe.

Wahrscheinlich fürchtete er, beobachtet zu werden, und Ali hielt ohnehin nicht an. Er wurde nur kurz langsamer und sagte, wir sollten unserem Baba zum Abschied winken. Seine Stimme klang anders, rauer, nicht so jung wie sonst, und er sah weder mich noch Maman an.

Als ich Baba das nächste Mal sah, war ich vierzehn Jahre alt.

Der Mystiker al-Ghazali hat gesagt, die Bewohner des Himmels bleiben auf ewig dreiunddreißig. Das erinnert mich an den Iran, der in der Vorstellung aller im Exil Lebenden so weiterbesteht, wie er im Jahr 1976 war. Wenn Iraner Teheran oder Schiras oder Isfahan besuchen, sagen sie hinterher oft, dass sie die kleinsten Veränderungen als verwirrend und schmerzlich wahrgenommen haben – ein beliebter Eckladen verschwunden, der Duft von Brot, der einst eine Straße erfüllte, nicht mehr da, ein zuvor gepflegter Rosengarten jetzt verwahrlost. In ihren Erinnerungen verwandeln sie immer alles zurück. Der Iran ist wie ein Elternteil, der alt geworden ist, sagen sie.

Mein dreiunddreißigjähriger Baba war der Iran von früher. Und jetzt … sind sein Verfall und der des Irans für mich ein und dasselbe. Wenn er anruft, was selten geschieht, beklagt er sich, dass ich ihn nie besuche: *Komm und besuche deine Großmutter, Nilou-dschun.* Aber ich bitte ihn, sich mit mir in anderen Städten in fremden Ländern zu treffen, für die er ein Visum bekommen kann. Wir haben uns vier Mal getroffen.

Ich verschweige ihm, dass ich ihn gar nicht sehen will. Mein wahrer Baba ist ein dreiunddreißigjähriger Bilderbuchheld: unantastbar, unbezähmbar, ein Star. Wenn wir uns begegnen, zieht eine Last meine Schultern nach unten, wie damals, als ein Regalbrett zerbrach und mir eine Reihe Bücher in die Arme fiel. Meine Finger zittern, und ein bitterer Geschmack füllt meinen Mund. Ich nehme bloß wahr, dass noch mehr Details meines ursprünglichen Babas ausgetilgt werden und an ihre Stelle erschlaffende Wangen und faulige Zähne treten. Und dann bin ich eine andere Nilou, keine rationale Akademikerin, die viel arbeitet und daran glaubt, dass sie etwas Großes aus sich gemacht hat, sondern ein kleines Mädchen, das gerade erlebt hat, wie sein Vater innerhalb von Sekunden um zwanzig Jahre gealtert ist. Die andere Nilou, die mit dem Namensschild an der Tür, würde das niemals zugeben. Sie würde niemals sagen: Ich will Baba nicht sehen, weil ich Angst vor meinem eigenen Verfall habe.

Der andere Dr. Hamidi

August 2009

Amsterdam, Niederlande

Nilou erkennt ihren Fehler in dem Moment, als die Wohnungstür hinter ihr ins Schloss fällt und gegen ihren steifen Rücken drückt, während sie die Halbschuhe abstreift und ihre Zehen den kühlen Parkettboden berühren – sie hätte schon vor einer Stunde zu Hause sein sollen. Guillaume hantiert lärmend in der Küche, stellt Töpfe auf die Arbeitsplatte. Zwischendurch fährt er sich immer wieder mit der Hand durchs Haar, das er zottelig und lang trägt wie viele Franzosen in seinem Alter. Neben ein paar zerdrückten Knoblauchzehen quillt Tomatenmark aus einer Tube aufs Schneidebrett. Ihre Basilikumpflanze ist leer gerupft worden. Am Rand der Kücheninsel, gleich neben einer übergroßen Vase mit knospenden Baumwollzweigen, steht Guis Tablet. Zuerst übersieht sie es, doch dann ertönt die Stimme ihrer Mutter aus dem Gerät und gibt mit starkem Akzent auf Englisch lautstark Anweisungen.

Maman Pari hat Guillaume im Laufe der Jahre schon einige Male per Video-Chat beim Kochen geholfen – Kochen ist seine einzige Fertigkeit, die nicht besser wird, wenn er unter Druck steht –, und jetzt berühren ihre karamellfarben getönten Haare die Linse, und ihre großen dramatischen Augen füllen den Bildschirm. »Gay, du hören?«, sagt sie. »Soße brennt. Stell ab! Ab!«

Gui stürzt zum Herd. Als er Nilou bemerkt, verharrt er inmitten des Chaos und sieht sie vorwurfsvoll an. »Tut mir furchtbar leid«, sagt sie, streift ihren regennassen Rucksack ab und wischt ihn mit dem Saum ihres T-Shirts trocken. »Ich kann in zehn Minuten fertig sein.«

Guis Jura-Mentor, ein holländischer Professor namens Heldring, wird heute Abend mit ihnen essen. Er war es, der Guillaume Amsterdam empfohlen hat und dann einige Kontakte spielen ließ, um ihm seinen derzeitigen Job zu vermitteln.

Jetzt, wo sie sich wieder an die Verabredung erinnert, fühlt sie sich ihres Abends beraubt. Sie hatte sich darauf gefreut, noch jede Menge Unterlagen durchzusehen – Aufsätze und Daten und kopierte Kapitel aus Lehrbüchern. Montags, dienstags und donnerstags lehrt Nilou Anthropologie an der Amsterdamer Universität – eine Vorlesung für Erstsemester und ein Seminar über Dental-Anthropologie (ihre liebste, von ihr selbst entwickelte Lehrveranstaltung über archäologische Untersuchungen von ausgegrabenen Zähnen und Kieferknochen). Die Freitage so wie heute stehen ihr für eigene Forschungen zur Verfügung. Nilous Forschungsinteressen umfassen alles, was aus der Evolution unserer Zähne und Kiefer gefolgert werden kann. Sie verbringt jeden Freitag allein in ihrem fensterlosen Büro, wo sie oft bis spätabends Materialien vorbereitet und Mails beantwortet.

Hinter der Vase mit Baumwollknospen hört sie Maman schimpfen. »Gay hat warten ganze Tag auf dich. Niloufar? Niloufar, komm sofort in Bildschirm.« Maman reckt den Hals, als könnte sie dann weiter in die Küche sehen, und jammert über das Lammfleisch. »Wir Braten machen, aber jetzt verbrannt und –« Nilou verabschiedet sich von ihrer Mutter und schaltet das Tablet aus. Sie wendet sich Gui zu, aber der schweigt bloß und ruft Pari von seinem Handy aus an.

Nilou geht ins Schlafzimmer und zieht ihr T-Shirt aus, ein uraltes Teil mit abblätterndem Yale-Logo, das sie an Forschungstagen zu ihrer verwaschenen Jeans trägt. Wenn sie sich mit Frisur

und Make-up beeilt, kann sie noch fünfzehn oder zwanzig ka-
thartische Minuten abzweigen, um ihre Unterlagen zu sortieren –
wenn sie jetzt noch ein paar Dinge klären kann, wird sie sich
nicht den ganzen Abend so schrecklich unfertig fühlen. Ehe sie
in die Dusche steigt, setzt sie sich in BH und Jeans auf den Boden des begehbaren Kleiderschranks, zieht drei Ordner aus ihrem Rucksack und fängt an, die Papiere zu sichten und Stapel zu
machen, was wegkann, was überarbeitet werden muss, was abge-
heftet werden kann. Sie fragt sich, ob Gui erwartet, dass sie sich
schick macht – sie verschwendet ihre schönen Sachen nicht gern
an normale Tage.

Eine halbe Stunde vergeht unbemerkt, während sie sich auf
dem Boden durch ihren To-do-Stapel arbeitet, bis Guillaume
plötzlich vor ihr steht und sie verwirrt und wütend anstarrt.
»Was soll der Scheiß, Nilou? Heldring kommt in zehn Minuten!«

Normalerweise hat Guillaume Nachsicht mit ihren Marot-
ten – ihrer Zerstreutheit, ihren Besitzansprüchen, ihrer Parzelle.
»Nilou-Face, du bist ein bisschen irre«, hat er sie vor Jahren gern
aufgezogen. Als sie sich in Yale auf dem Campus kennenlernten,
hatte sie hastig *Niloufar* und ihre Telefonnummer auf ein Blatt
mit Seminarnotizen gekritzelt und es dann zurückverlangt, um
den Namen deutlicher zu schreiben (»Sieht ja aus wie Nilou*face*«)
und weil ihr eingefallen war, dass sie die Notizen noch brauchte.
Wenn der Typ unbedingt ihre Nummer haben wollte, sollte er sie
doch zwischen seine eigenen Notizen schreiben.

Aber jetzt ist er richtig wütend, das Gesicht zornesrot, und als
sie aufspringt, rutschen ihr die Unterlagen vom Schoß. »Ich bin
in zehn Minuten fertig«, sagt sie atemlos. Es klingelt an der Tür.
»Wo ist meine grüne Bluse?« Sie tritt gegen ein Häufchen Wäsche auf dem Boden.

»Das ausgeblichene Teil?«, fragt Gui schon auf dem Weg zur
Tür. »Nilou, bitte, leg dich ein bisschen ins Zeug. Ich mache ihm

schon mal einen Cocktail, aber in zwanzig Minuten bist du da draußen und für ein schönes Abendessen angezogen. Ehrlich, ich würde dich nie so hängen lassen.«

Manchmal, wenn sie nicht da ist, geht Gui ihre Garderobe durch und wirft die alten, vertrauten, abgetragenen Sachen weg. Meistens sagt sie nichts dazu, weil Klamotten ihr unwichtig sind und er sowieso die meisten für sie gekauft hat. Trotzdem fühlt es sich wie ein Übergriff an.

Kurz darauf kommt sie aus dem Schlafzimmer, das nasse Haar hochgesteckt. Guillaume ist dabei, ein Schälchen mit Oliven und Cornichons zu füllen, und wirft nur einen beiläufigen Blick auf ihren himmelblauen Baumwollrock und das saubere weiße T-Shirt. Sie begrüßt Professor Heldring, einen freundlichen Mann mit strahlenden Augen und gelocktem weißem Haar. Er tätschelt ihre Wange, und sie riecht den Gin in seinem Atem. »Wie bezaubernd Sie aussehen, meine liebe Nili.«

Sie entkorken die erste Flasche und plaudern zwanglos. Der Lammbraten ist verkohlt. Mithilfe eines scharfen Messers kann Nilou ein saftiges Stück aus der Mitte retten. Sie essen an ihrem Holztisch mit Blick auf eine kleine Gracht, füllen die kleinen Portionen mit Guis butterigem Kartoffelpüree auf und spülen mit einem schweren Cabernet nach. »Das Lammfleisch ist köstlich«, murmelt Professor Heldring zufrieden. »Ganz ausgezeichnet.«

»Ein Rezept von Nilous Mutter«, sagt Gui, ohne sie eines Blickes zu würdigen. Beide essen sie nur wenig. Wenn Gui verstimmt ist, gibt er gern Belanglosigkeiten von sich. »Maman Pari ist ein Goldstück«, sagt er, während er seinem Mentor nachschenkt. »Immer wenn sie den Mund aufmacht, kommt irgendwas herrlich Verquastes heraus.«

Das ärgert Nilou, aber es ist zu spät, um das Thema zu wechseln. »Ach ja, ich erinnere mich«, sagt Professor Heldring. »Sie sind als junges Mädchen aus Teheran gekommen, nicht wahr?«

»Isfahan«, sagt sie, während sie sich mit ihrer Serviette einen Klecks Püree vom T-Shirt wischt.

»Nilou hat jetzt einen dritten Pass«, sagt Gui mit einem Anflug von Stolz in der Stimme. »Ich hab sie endlich in mein *livret de famille* eintragen lassen.«

»Herzlichen Glückwunsch, meine Liebe«, sagt Professor Heldring. »Was sind Sie doch für eine weltläufige Frau. Und wo ist Ihr Vater? Noch daheim?«

Das Wort *daheim* verwirrt sie für einen Moment. »Ja, er ist in Isfahan. Zahnarzt.«

Ihr Vater, der immer gelacht hat wie ein ungezogenes Isfahaner Straßenkind, ungeachtet seines tatsächlichen Alters. Immer albern und vergnügungssüchtig. Nilou hat zwar sein ungehöriges Lachen geerbt, aber sie versucht, es zu unterdrücken, weil sie fürchtet, ihre Kollegen könnten sie sonst weniger ernst nehmen.

Nilou hat ihre Entscheidungen stets wohlüberlegt getroffen, seit sie den Iran verlassen hat. Beispiel: der Tag, an dem sie sich für Gui entschied. In ihrem dritten Jahr in Yale fand sie, dass sie endlich eine Beziehung brauchte, also ließ sie sich auf ein paar Dates ein. Zwölf an vierzehn Abenden. Männer mochten sie aus den falschen Gründen, wie ihr rasch klar wurde. Es schien, als würden sie die Ernsthaftigkeit, mit der sie das Projekt anging, als wäre sie selbst wie diese zielstrebigen amerikanischen Männer, irgendwie niedlich finden. »Darf ich in deine Wange beißen?«, fragte einer. Ein anderer drückte seinen kleinen Finger in ihr Kinngrübchen, eine Geste, die sie in Alarmbereitschaft versetzte. Begriffen diese jungen Männer denn nicht, wie ernst dieser Vorgang war? Sie verbrachten Monate damit, sich auf Einstellungsgespräche vorzubereiten und ihre Lebensläufe aufzupolieren; den richtigen Partner zu finden, war doch wohl mindestens genauso wichtig. Nilou blickte finster, wenn sie sie neckten, und zog die Augenbrauen noch fester zusammen.

Als sie am dritten Abend (Tacos mit einem ungewaschenen Kinofan) feststellte, dass sie anfing, Details zu vergessen, erstellte sie eine Tabelle, auf der sie ihre Dates anhand einiger wesentlicher Eigenschaften bewertete: Aussehen, Manieren, Intelligenz, Energie, Größe der Familie (hat er Dutzende von Tanten und Onkeln, die irgendwo darauf warten, seine Freundinnen und Geliebten bei chaotischen Familienessen kennenzulernen?). Gui lag drei Standardabweichungen über dem Durchschnitt, also warf sie die Liste mit den anderen weg und wurde seine Freundin. Sie aßen oft zusammen zu Abend und schliefen mal in seinem, mal in ihrem Studentenzimmer, aber sie hatten beide Abschlussarbeiten zu schreiben und Pläne für die Zeit nach der Uni zu machen. Was sie beieinander fanden, war Ausgleich: Gui saß stundenlang bei ihr, während sie arbeitete. Er umarmte sie lange und innig, ohne dass sie ihn darum bitten musste. Seine Jugend zeigte sich in seiner Warmherzigkeit und kritiklosen Güte, und er schien nicht zu merken, dass er ihren Schutz brauchte. Zugleich verhieß sein geborgenes Aufwachsen in New York und der Provence Erholung von ihrer eigenen Geschichte, ihrer Entwurzelung. Sie erfuhr, dass Guis Eltern noch immer in dem Haus wohnten, in dem sein Vater geboren worden war. Und dass sie jeden Sommer in demselben französischen Dorf Urlaub machten.

Im Laufe der Jahre hat sie viele weitere liebenswerte Details gesammelt. Das Beste an Gui ist die selbstvergessene Art, mit der er tanzt. Breites Grinsen, die Hände zu Fäusten geballt, wie ein fröhlicher Teenager, rollender Kopf, auffordernd hochgezogene Augenbrauen. Oder, wenn ihm der Rhythmus zu schwierig ist, wie ein alter Mann, der versucht, nicht die Balance zu verlieren, während er langsam eine Zigarettenkippe unter seinen Füßen zerquetscht. Ihm macht das nichts aus – Scham ist ihm fremd. Nilou, der Erfinderin von mindestens einem Dutzend neuartigen Nuancen von Scham, kommt das fast übermenschlich vor.

Einmal, zu Beginn ihres ersten Versuchs, zusammenzuleben, als sie beide gleich nach ihrem Abschluss von Yale nach New York gezogen waren, haben sie gemeinsam Hähnchenschenkel gebraten. Gui griff nach einem Glas mit grünen Kräutern. »Musst du immer alles *provençalisieren?*«, sagte sie.

»Das ist bloß ein bisschen Estragon«, sagte er und hob das Glas an die Nase. »Dann könnte ich auch sagen, du *iranisierst* alles, bloß weiß du Kurkuma reintust.«

»Genau«, sagte sie, froh, dass er dieses Detail ihrer Geschichte verstand.

»Genau«, summte er, küsste ihre Wange, als hätte er recht behalten, und gab noch mehr bittere Kräuter in den Topf.

Und so verstanden sie einander während der folgenden zehn Jahre, in widersprüchlichen Schlussfolgerungen aus Tausenden winzigen Details, die sie gemeinsam beachteten, den vielen französischen und farsischen, persischen und provençalischen Eigenheiten. Sie gestalteten ihre hybride Welt in harmonischen Farben, getrocknete Lavendelsträußchen in alten Kupferbechern, geschmackvoll ausgewogen neben dem blauen Straußenei aus Isfahan, das mit Szenen aus dem *Schahnameh* bemalt war und das Bahman ihr vor langer Zeit geschenkt hatte. Was sie teilen, ist Amerika, die Fernsehserien, die Witze und die Sandwiches, die ihre Mütter ihnen in die Lunchdosen packten (Guis als kulturelle Neuheit, Nilous als finanzielle Notwendigkeit).

Als die Rede auf Baba kommt, wird Guis Stimme leiser und resigniert, als würde er ein Familiengeheimnis preisgeben. »Nilous Vater hat Probleme, Visa zu bekommen. Wir haben ihn letztes Jahr in Istanbul getroffen. Er ist ein guter Mann.« Professor Heldring nickt mitfühlend, und auch das ärgert Nilou.

»Wissen Sie«, sagt Gui und greift über den Tisch nach Nilous Hand; er wirft ihr einen verspielten Blick zu, als wolle er sich jetzt für den Auftakt des Abends rächen, »an der Uni hatte ich keine

Ahnung, dass Nilou so eine unglaubliche Flüchtlingsgeschichte hinter sich hat. Ich dachte einfach, sie steht auf alte Klamotten und die Minimuffins aus der Mensa.« Nilou lacht. Sie mag es, wenn Gui sich offen über sie lustig macht. Dann wirkt sie nämlich stark. Dagegen mag sie es überhaupt nicht, wenn er traurig guckt und die Hände faltet, vor irgendeinem Fremden Bilder von Vätern heraufbeschwört, die an Grenztore klopfen.

Später am Abend sprechen sie über das Leben in Amsterdam, ihre Arbeit und die Wohnung im Viertel De Pijp, die sie kürzlich gekauft haben und jetzt renovieren. »Es ist das reinste Chaos«, sagt Gui. »Die Handwerker werden und werden nicht fertig.«

»Ich hab's dir doch gesagt. Deren Terminplan war einfach nicht zu halten. Ich hab das ausgerechnet«, sagt Nilou. Sie hat im Büro Stunden damit vertan, die geplanten Renovierungsarbeiten zu studieren, kleine Änderungen vorzunehmen, sich die Vorhänge, die Fliesen, die Holzböden vorzustellen. Manchmal verliert sie einen ganzen Tag, weil sie mit geröteten Augen und hängenden Schultern vor ihrem Computer hockt.

»Okay, Rain Man.« Er hebt kapitulierend die Hände und sieht Heldring an. »Meine Frau ist immer sehr engagiert. Das macht sie so liebenswert.« Während er das sagt, nimmt er erneut Nilous Hand.

»Engagierte Frauen sind die besten«, sagt der Professor, der seinen Spaß an ihrem Geplänkel hat.

»Ich will einfach keine Zeit verschwenden«, sagt Nilou. Sie kaut auf dem Daumennagel der anderen Hand.

»Sie hasst Verschwendung«, brummt Gui. Er schielt auf ihre Armbanduhr, eine Seiko, die sie jeden Tag trägt, obwohl er ihr eine von Hermès gekauft hat. Er leert sein Glas, seine Wangen sind gerötet. Professor Heldring räuspert sich, möchte gern mehr hören. Gui hat nichts dagegen – der alte Mann ist für ihn wie ein Vater. »Heldring«, sagt er, »hab ich Ihnen schon mal von dem

Polyester-Pyjama erzählt, den Nilou anhatte, als sie das erste Mal bei mir übernachtete? Das ganze Zimmer hat hellgrün geleuchtet, so hat das Teil geglänzt. Ich war knapp zwanzig. Ich wusste ja nicht, was Frauen normalerweise im Bett tragen, aber es sah aus, als wäre sie fünf Minuten vorher auf der Erde gelandet, hätte Yale auf einem T-Shirt gesehen und sich gedacht, warum eigentlich nicht? Und ich dachte: Ich liebe diese Frau.«

Heldring lächelt die beiden an. »Tja, und schaut, wo ihr jetzt seid!« Er hebt sein Glas. »Seit vier Jahren verheiratet, ein Jahrzehnt voller Abenteuer, eine Eigentumswohnung und ein *livret de famille.*«

»Ganz genau!« Guillaume strahlt und prostet dem Professor zu.

Und das ist noch etwas, das sie gemeinsam haben: Genehmigungen und Urkunden und offizielle Beziehungen; die haben Gewicht. An dem Tag, als sie ihren französischen Pass bekommen hat, hat Guillaume sie dabei beobachtet, wie sie das Dokument in ihre Parzelle legte – ein Raum, der ihm verboten ist. Sie erinnert sich, dass er so tat, als würde er es nicht mitbekommen, den Blick auf etwas anderes gerichtet, während er seine Krawatte lockerte. Aber er konnte den Stolz in seinen Augen nicht verbergen, als das kleine rote Büchlein in einer Mappe mit der Aufschrift WICHTIG verschwand.

*

Gui hat nie eine Erklärung von ihr verlangt. Er akzeptiert alle Grenzen, die sie zieht, versteht sie ohne große Debatten auf seine eigene stille Art. Er fragt zum Beispiel nicht, warum sie seine Jagdjacke so grässlich findet. In Yale brauchte Nilou zwei Winter, bis sie glauben konnte, dass Jagdjacken ein Kleidungsstück für Wohlhabende waren, nicht für Obdachlose. Sie hatte nur eine einzige gesehen, bevor ihre Kommilitonen in ganz New Haven anfingen, die Dinger zu tragen. Ihre erste Nacht in Amerika, nach zwei Jahren der Flucht, verbrachten die zehnjährige Nilou, ihre Mutter und ihr Bruder Kian im Jesushaus, einer Obdachlosenunterkunft hinter einem hektischen Busbahnhof im Betonbauch von Oklahoma City. Es blieb bei dieser einen Nacht, einem logistischen Versäumnis ihrer Sponsorenfamilie. Würde man sie heute fragen, würde sie sagen, sie habe dort eine Woche verbracht, denn wie sonst hätte sie sich an so viele Details von vor zwanzig Jahre erinnern können? Das Verlangen nach Schlaf und das gemeinsame Bett mit Decken, die krabbelten und bissen. Der warme Atem ihrer Mutter im Nacken. Die eiskalten Beine ihres Bruders Trost suchend um ihre geschlungen. Ihr Rucksack voller Schätze, die sie in ihrer Nähe behalten wollte, der die ganze Nacht schmerzhaft gegen ihre Schulterblätter drückte, als sollten ihr dort Flügel sprießen. Die Frau mit dem irren Blick, die sie aus einer Ecke beobachtete und von deren Bett immer mal wieder Uringestank herüberwaberte, die einsamen Schreie, die sich mit der Sonne über die Winkel der leeren Straße erhoben. Dann, am frühen Morgen, nagender Hunger und glasierte Donuts von der Kirche nebenan. Der Obdachlose, der in einer dicken olivgrünen Jacke, die seinen ausgezehrten Körper fast verschwinden ließ, den letzten Instantkaffee aus der übergroßen Kanne pumpte.

Es war nur eine einzige Nacht, ein Schluckauf, der sich zwischen zwei gute Leben schob: die Jahre des Müßiggangs unter Maulbeerbäumen in ihrem Dorf, während deren sie mit Baba barfuß auf dem kühlen Steinboden im Haus ihrer Kindheit gesessen hatte, die Zeit zufriedener Ruhe, gefolgt von den Jahren des akademischen Aufstiegs und finanziellen Erfolgs, des amerikanischen Wohlstands. Wer Nilous Geschichte aufschreiben wollte, sollte nicht zu lange bei der dunklen Episode jener Nacht verweilen. Doch sie kehrt jedes Mal zurück, wenn sie eine Stunde, einen Dollar, eine Gelegenheit vergeudet. Sie kehrt zurück, wenn das Leben ihr eine Auszeit von ihren permanenten Bemühungen bietet. Die Tatsache jener Nacht (und der beiden Wanderjahre, die ihr vorausgingen) ermahnt sie, dass sie nie vorsichtig genug sein kann.

Jahre später, als sie mit der Uni fertig waren und ihre erste Nacht in der gemeinsamen Wohnung in New York verbrachten, entdeckte und taufte Gui Nilous Parzelle. Sie hatten sämtliche Umzugskartons in die Wohnung geschleppt und waren ganz berauscht von der Realität ihres Zusammenwohnens, etwas ganz Neues für sie beide. Die Kartons standen überall herum, manche geöffnet, halb ausgepackt, andere noch zugeklebt. Die Zimmer waren ein heilloses Durcheinander, Kleidung und Shampooflaschen und Töpfe und Kaffeetassen und Fotoalben auf einer Badematte im Wohnzimmer verteilt, der Küchenboden mit einem Teppich aus Büchern und Tellern bedeckt, Wintermäntel über der Couch, die sie mit der Wohnung übernommen hatten.

Und in einer Ecke des Schlafzimmers, abseits von dem Chaos, hatte Nilou ein akkurates Rechteck mit verschiedenen Gegenständen darin abgetrennt – zwei lange Regenschirme und zwei Wände bildeten eine Grenze um Nilous Rucksack, das Perlmutt-Schmuckkästchen, eine kleine Mappe, die ihren Pass, ihre Einbürgerungsurkunde und ihre Diplome enthielt, sowie eine Kiste mit sentimentalen Büchern, den Fotos ihres Vaters, ein paar Steinen und Andenken aus dem Iran.

Gui zog sein Hemd aus und warf es von sich. Er seufzte zufrieden und hechtete auf die Matratze auf dem Boden. »Wir haben's geschafft, Nilou-Face! Komm her und sei mein großes Löffelchen.«

Aber Nilou war wie versteinert und starrte das weggeworfene Hemd an. »Kannst du bitte dein Hemd aus dieser Ecke nehmen?«, fragte sie.

»Hmm?«, nuschelte er ins Kissen. Er schlief schon halb. »Okay, dann mach ich eben den großen Löffel. Du kommst einfach nicht weg von diesen archaischen Geschlechterrollen.«

»Nein, ernsthaft«, sagte sie, die Augen auf das störende Hemd gerichtet. »Das ist meine Ecke. Nimm dein Hemd da weg.« Sie klopfte Gui auf die Schulter. »Nimm dein Hemd weg, Gui!«

Ja, sie hätte es selbst wegnehmen können. Aber sie wohnten jetzt zusammen, und sie brauchte das Gefühl, dass Gui es verstand: Nilou konnte sich an alle Lebensbedingungen anpassen. In Oklahoma hatte sie sich ein winziges Zimmer mit ihrem Bruder geteilt, ein verlaustes Bett in einem Obdachlosenasyl mit ihrer Mutter, in Ardestun eine Berghütte mit zwanzig Vettern und Cousinen. Sie konnte duschen oder nicht duschen, essen oder nicht essen. Sie konnte sich für gebratene Jakobsmuscheln auf einer eleganten Terrasse am Meer ebenso begeistern wie für eine Zwei-Dollar-Pizza in einer muffigen Kaschemme. Doch all das konnte sie nur dann, wenn eines gegeben war: Sie musste eine Ecke für sich haben, nur eine Ecke, die ihr allein gehörte. In diesem einen Punkt konnte sie keine Zugeständnisse machen.

Schließlich sprang Nilou von der Matratze auf, schnappte sich Guis verschwitztes Hemd und schleuderte es ihm entgegen. »Nicht auf mein Zeug«, sagte sie.

Er fuhr erschrocken hoch. »Was soll denn das?«, fragte er und warf das Hemd beiseite. »Was für Zeug? Hier ist doch alles voller Zeug!« Er sah enttäuscht aus. Es dauerte nur eine Sekunde.

»Nein«, sagte sie und versuchte, ihre Atmung zu beruhigen. »Ich meine *dieses* Zeug.« Sie hob den Rucksack an, zeigte auf die Schirme. »Verstehst du?« *Bitte versteh das,* flehte sie innerlich. *Ich brauche nicht viel. Alles andere kannst du verrücken und umräumen und wegschmeißen.*

Und dann hatte er ihre Hoffnung erfüllt, dieser Mann, den sie aus genau diesem Grund beschlossen hatte zu lieben: Er verstand viel mehr, als seine Erfahrung eigentlich erlaubte. »Ach, Hühnchen, hast du dir eine Parzelle gemacht? Mit den Schirmen?«, fragte er, und ein langsames Lächeln wärmte sein Gesicht. »Wirklich, du bist ein spezieller Fall.« Obwohl er es nett meinte, legte er die Betonung auf *Fall*, nicht auf *spezieller*, und sie wusste, dass es diesmal keine bewundernde Anerkennung ihrer Einzigartigkeit war. »Komm her, du Verrückte.« Und er breitete die Arme aus, und sie ließ sich hineinfallen, und es war vorbei. Obwohl, wollte sie fragen, seit wann ist *du Verrückte* ein Kosename? Später behauptete sie, eigentlich müsste doch jeder die Gegenstände parat halten, die er bei Feuer oder Überschwemmung retten wollte. Aber als er schließlich ihren Namen in seiner Kontaktliste in »Verrücktes Hühnchen« änderte, war es zu spät, noch mehr zu sagen.

Von da an betrachtete er ihre Parzelle mit einer Art beiläufigem Respekt. Er akzeptierte sie, achtete sie, wie eine Hausapotheke oder einen mobilen Tempel, der in jeder ihrer Wohnungen, jedem Hotelzimmer, sogar im Gästezimmer seiner Eltern in der Provence eine Ecke einnahm. »Ich stell die Koffer mal hierher«, sagte er wie nebenbei. »Die Parzelle können wir mit dem Beistelltisch und dem Stuhl da machen.« Es redete darüber, als wäre es ihre gemeinsame Sache, nicht bloß Nilous, und die Beständigkeit seiner Bemühungen weckte in ihr den Wunsch, ihm das zu geben, wonach es ihn am meisten verlangte: einbezogen zu werden. Ein- oder zweimal protestierte sie nicht, als er seine Schlüssel oder sein Portemonnaie in ihre Parzelle legte, aber sie spürten beide ihr Unbehagen, und er nahm die Sachen kommentarlos wieder weg. In einem Hotelzimmer, auf ihrer ersten Erkundungsreise nach Amsterdam, grenzte er ihre Parzelle mit Schuhspannern aus dem Kleiderschrank ab, und Nilou nahm seine Hand und zog ihn in das Rechteck mit ihren kostbarsten Dingen. Dann trat sie aus der Parzelle und betrachtete das Ganze. »Jetzt ist sie vollstän-

dig«, sagte sie. »Allerdings wirst du im Stehen schlafen müssen.«
Er war eine Woche lang glücklich.

Vor ihrem Umzug nach Amsterdam lernte Guillaume endlich Maman kennen. Sie trafen sich im Manhattaner Viertel Gramercy in einem freundlichen Restaurant mit Serviettenringen aus Vogelbeeren. Nilou war nervös, versuchte, den treulosen Gedanken zu verdrängen, dass ihre Mutter sie blamieren könnte. Solange sie denken konnte, hatte Nilou ihre Mutter kritiklos bewundert, aber nach Yale und Promotion und Jahrzehnten mit ihresgleichen, intelligenten Nomaden der zweiten Generation (keine Freunde – die hatte Nilou nämlich kaum), war ihr klar, dass der heimatliche Stallgeruch nie so von ihren Eltern abfallen würde, wie er von ihr abgefallen war.

Gui fragte Maman nach den Hamidis, und sie erzählte ihm Geschichten aus dem Iran: dass Bahman monatelang getobt hatte, als sie sich einer Untergrundkirche anschloss, und trotzdem die lange Strecke nach Teheran und wieder zurück gefahren war, nur um in einem Eingang zu stehen und zuzuschauen, wie seine in Weiß gekleidete Frau die Hände eines Armeniers hielt, während sie in eine mit Comicfischen dekorierte Plastikwanne tauchte. Dass Nilou und Kian einmal zwei Wochen lang nicht miteinander geredet hatten, Kian aber die ganze Zeit all seine Steine und Stöcke und alten Fotos für sie gesammelt hatte, weil sie gern in der Erde und in Kellern und auf Dachböden nach Schätzen suchte. »In unserer Familie«, erklärte Maman in ihrem reizenden gebrochenen Englisch, während sie den Suppenlöffel schwang, mit dem sie ihre Rote Bete klein schnitt und ihren Ziegenkäse löffelte, »sie haben lieb hinter Rücken. Aber sie nicht wollen zeigen, dass haben lieb.«

Gui schmunzelte und nickte und biss in seinen blutigen Cheeseburger.

»Maman, hör auf«, flüsterte Nilou mit zusammengebissenen

Zähnen. Sie war bestürzt über so viel Mitteilsamkeit, ein Verhalten, das sie anbiedernd fand. Dann wies sie ihre Mutter in knappem Farsi zurecht, weil sie den Salat mit dem Löffel aß. Ihre Mutter antwortete auf Farsi, sie sollte sich doch bitte um ihren eigenen Teller kümmern. Und Nilou erklärte ihr, dass Gui übrigens Atheist sei. Sie wusste selbst nicht recht, warum sie das sagte. Es war bloß ein boshafter Impuls, ein Juckreiz, der nach einem langen Hexenfinger verlangte.

Maman wurde rot. Gui lauschte ihrem zänkischen Wortwechsel auf Farsi. Er fuhr sich mit der Zunge über den Gaumen, schluckte und warf ihr dann wieder diesen Blick zu, der nur Sekunden währte, aber äußerst eindringlich war. Daraufhin erklärten sie Maman, warum sie keine große Hochzeit wollten. Später erzählte Maman, während sie zusah, wie der Kellner Guis halb gegessenen Burger abräumte, spitzzüngig von Ardestun, von den Gemüsekörben vor jeder Haustür und den Knoblauchkränzen in jeder Küche, dem vorbildlichen Vermeiden jeder Art von Verschwendung. »Ist nie zu viel oder zu wenig«, sagte sie. Sie schaute dem Kellner hinterher und lächelte.

Als Guillaume und sie an jenem Abend im Bett lagen, sprach er die Bemerkung ihrer Mutter über die verborgene Zuneigung der Hamidis füreinander an. Aber Nilou wollte nicht darüber reden, denn war es nicht typisch für alle Familien, einander viele Rollen vorzuspielen? »Ich bin hundemüde«, sagte Nilou und schlief ein.

»Ich mag es nicht, dass du gemein zu deiner Mutter bist«, hörte sie ihn murmeln, während sie wegdämmerte. Hätte sie die Energie gehabt, hätte sie ihm erklärt, dass das, was sich auf Farsi wie Zankerei anhört, bloß vertrauliches Geplänkel ist, dass ihre Mutter keine größere Verteidigerin hatte als Nilou, und was bildete er sich überhaupt ein, ihr Verhältnis zu ihren Eltern verstehen zu wollen? Hatte er bei all seiner Faszination überhaupt mitbekommen, was Maman sagen wollte? Aber Nilou verkniff sich das alles, weil es wichtig ist, nichts darauf zu geben, was Männer denken. Sie hatte gesehen, wie er sich ein Bild von ihrer Familie machte, während er seinen lächerlich überteuerten Burger aß, und dabei dachte, sie wären ja so iranisch, so provinziell. Sie hätte Gui gern ihre Häuser in Isfahan und Ardestun gezeigt, ihre Obstgärten und großen Ländereien. Aber als Gui sie kennenlernte, war sie auf finanzielle Hilfe angewiesen. Einmal, sie waren noch keinen Monat zusammen, hatte sie mit ihm Schluss gemacht, weil er das Kleingeld aus seiner Hosentasche einfach weggeworfen hatte. Trotz ihrer ähnlichen sozialen Stellung bei der Geburt war Gui wohlhabend und behütet aufgewachsen, während sie zu einem armen Flüchtlingskind geworden war. Und so hatte Nilou gegen Guis stilles Urteil nur eine Karte, die sie wieder und wieder ausspielte: dass er offen und freimütig liebte, *sie* offen und freimütig liebte (keinen Grund sah, ihr nicht sein grenzenloses Vertrauen zu schenken), mit seinem Herzen ebenso unbedacht umging wie mit seinem Kleingeld; und dass Nilou wahrscheinlich, obwohl sie viel Spaß miteinander hatten, ein nicht ganz so großes Reservoir an Liebe und Verlangen für ihn hatte wie er für sie.

Aber vielleicht machte sie sich da was vor. Ihre Mutter, die ganz vernarrt in Gui war, hätte erklärt, dass es bloß eine leere Behauptung war, die Nilou ihm gern entgegenhielt, ein typischer Hamidi-Trick, um das Gesicht zu wahren, während sie ihn hinter seinem Rücken »lieb hatte«. Tatsächlich hatte sie nie versucht, ohne Gui zu leben. Und das wäre ja wohl die einzige Möglichkeit, um sich Gewissheit zu verschaffen, oder?

Im Laufe der Jahre kamen sich Gui und Maman immer näher, tuschelten miteinander und heckten Pläne aus. Sie brachte ihm bei, Reis mit Safranjoghurt zu braten. Sie goss die hellgelbe Flüssigkeit aus einer großen Schüssel, wischte den Rest mit zwei Fingern heraus und sagte, als gehörte das zum Rezept: »Früher gab keine Teigschaber, bloß Finger.« Entzückt verbrachte Gui den

Rest der Unterrichtsstunde damit, ihr hinterherzuräumen, zu wischen und zu putzen, während sie Zwiebelschalen wegwarf und klebrige Reismasse fallen ließ und davon redete, keine Zutaten zu verschwenden.

Sie sagte: »Gay, warum du Topfpflanzen gießt? Nimm Eiswürfel.« Und Gui gehorchte.

Sie sagte: »Gay, immer Fleisch waschen ... außer als Fisch. Fisch Wasser festhält.« Nilou ertappte Gui dabei, dass er versuchte, sie wieder und wieder dazu zu bringen, »außer als« zu sagen. »Kommt an *alle* Gerichte Pfeffer ...?« »Muss ich *alle* Soßen mit dem Schneebesen rühren ...?« Wenn sie wie erwartet antwortete (»Außer als Rosinenreis!«), musste er sich beherrschen, nicht loszulachen, aber Mamans Seitenblicke verrieten Nilou, dass sie bloß ihm zuliebe mitspielte.

Nach Mamans Abreise schickte Gui ihr eine SMS, um ihr zu sagen, dass sie sie vermissten, und um ihr für das Essen zu danken, mit dem sie ihr Tiefkühlfach gefüllt hatte. Maman antwortete: *Ich auch, Gay-dschun. Ich habe meine eigene Traurigzeit nach jedem Abschied.* Eine Stunde lang litt Nilou unter einem wehen Ziehen in der Brust, unter schlechtem Gewissen und Mitleid mit ihrer Mutter, ihren Eltern, die ihr allmählich zu Fremden geworden waren, sodass die Melodie ihrer Sprache für sie nicht mehr natürlich klang. Sie erinnerte sich daran, dass Kian bei den Wiedersehen lustige Dinge aufschrieb, die Baba sagte. Also nahm sie ihr eigenes Notizbuch und schrieb: *Meine eigene Traurigzeit nach jedem Abschied.*

*

Es ist noch hell, als Professor Heldring sich verabschiedet – Sommer in Holland, das bedeutet endlose, diesige Dämmerungen, Stunden zaghafter Dunkelheit. Gui hört Charles Aznavour und

Yves Montand, während sie die Küche aufräumen. Sie denkt an die abendliche Unterhaltung. Ein Gefühl heißer Scham erfasst sie – warum hat Gui das alles erzählt? Sie fragt sich, warum sie nie iranische Musik hören, warum sie nie daran gedacht hat, welche zu kaufen (vielleicht sollte sie damit anfangen), obwohl sie noch ein paar Melodien schwach in Erinnerung hat. Sie denkt an Baba, seine Musik, seine Fotos, seine Gedichte. Gui sagt, sie könnten noch zu Marqt gehen, um fürs Wochenende einzukaufen – sie haben beide nicht viel gegessen, während ihr Gast sein Stück Lammfleisch höflich verschlungen hat. »Der alte Herr hat überhaupt keine Geschmacksknospen mehr«, sagt Gui. »Ich hätte mir gar keinen Kopf ums Kochen machen müssen.«

Eine Stunde später stehen sie an der Selbstbedienungskasse und packen ihre leicht zu schälenden Orangen, Rote-Bete-Salat, Müsli und Avocados ein. Gui knabbert an einem Stück Old Amsterdam; sie nimmt es ihm weg und zieht es über den Scanner, versucht, nicht über seine Schmollmiene und die jetzt leere Hand dicht vor seinem Mund zu schmunzeln. Sie gibt ihm den Käse zurück, zieht ihre Kreditkarte durchs Lesegerät und wartet, zählt an den Fingern ab, was sie morgen alles erledigen muss. »Ich zeig dich an, wegen Käsediebstahl«, murmelt sie und zieht die Karte erneut durch, als das Gerät eine Fehlermeldung anzeigt. *Abgelehnt*, steht in anklagendem Holländisch auf der Anzeige. *Unser Personal ist gleich für Sie da.*

»Probier's mit meiner«, sagt Gui und wirft den Käserest in Nilous Jutetasche.

Sie haben ein gemeinsames Konto, ein ziemlich fettes, deshalb sollte sie nicht weiter darüber nachdenken. Aber etwas an der Art, wie die Angestellte näher kommt, ihr forscher Gang und die verschlafenen Augen, kratzt in ihrer Brust. Sie denkt an das Abendessen, das Gespräch über Visa und Baba, an ihren französischen Pass. Dann die mattgrünen Buchstaben auf der Anzeige, das verhasste Wort: *abgelehnt*. »Ich ruf die Bank an«, sagt sie und wählt die Nummer auf der Rückseite der Karte.

»Hühnchen, bitte«, sagt Gui gequält und greift schon nach seinem Portemonnaie. »Lass doch.«

Er versucht, sich mit seiner Karte an ihr vorbeizuschieben, aber Nilou schlägt jedes Mal seine Hand weg. Immer wieder zieht sie ihre durchs Lesegerät, bekommt nur halb mit, dass die wartenden Kunden hinter ihr allmählich ärgerlich werden, aber etwas hindert sie daran, die Leute mit diesem Vorwurf davonkommen zu lassen. Ihre Karte ist in Ordnung. Sie sollte funktionieren. Jemand sollte sich entschuldigen und Abbitte leisten. Sie sollten einsehen, dass sie ein leistungsstarkes, ehrenwertes Mitglied der Gesellschaft ist.

Die Mitarbeiterin der Bank am Telefon erklärt ihr, dass der Betrag zwar gedeckt ist, aber nicht abgebucht wird. »Keine Sorge, Madam«, sagte sie in ihrem Amsterdamer Tonfall, der sowohl abgehackt als auch leiernd und fragend klingt. »Mit Ihrer Karte ist alles in Ordnung. Vielleicht könnten Sie heute einfach mal bar zahlen und die Karte irgendwo anders wieder benutzen.«

»Nein!« Nilou wird laut. Natürlich sieht sie sich selbst mit Guis Augen, natürlich, aber sie schaut weg. Sie will, dass ihre Karte *jetzt* akzeptiert wird, dass auf der Anzeige *PIN OK* steht, wie schon Hunderte Male zuvor, wie bei jedem normalen Menschen.

»Diese Karte wurde abgelehnt«, sagt die Supermarktangestellte, nachdem sie rasch ihre Key Card durch das Gerät gezogen hat. Sie kaut auf der Innenseite ihrer Wange. »Haben Sie vielleicht noch eine andere?«

»Ja«, sagt Gui und hält ihr seine hin. »Gute Idee.«

Nilou schnappt sie ihm weg. »Ich möchte wissen, wo das Problem ist.« Sie spricht halb in ihr Handy, halb mit der Supermarktangestellten und blickt geflissentlich nicht nach hinten auf die lange Warteschlange von erbosten Kunden. »Die Bank sagt, es liegt nicht an der Karte. Es liegt an Ihrem Gerät.«

Die Angestellte verdreht ihre schwarz umrandeten Augen und atmet geräuschvoll ein. Nilou starrt stur auf einen Punkt an der Wand, während der Filialleiter gerufen wird, der nach kurzer Zeit kommt, ein lächelnder, rosiger Mann mit Beinen wie Stelzen in einer billigen roten Jeans. Sie starrt die Wand an, findet seinen friesländischen Dialekt tröstlich, seine schiefen Zähne, seine milchgenährte holländische Körpergröße. Er wechselt einen Blick mit der Angestellten, kontrolliert das Gerät und lacht erleichtert. »Ahhh ja, versuchen Sie's jetzt noch mal.«

Die Karte funktioniert wieder nicht, diesmal, weil sie schon zu oft durchgezogen wurde und nun wirklich das Betrugswarnsystem der Bank ausgelöst hat. Gui fleht sie an, endlich aufzugeben.

Als die Kreditkarte ihrer Mutter in der Food-4-Less-Filiale in Oklahoma abgelehnt worden war, hatte sie ihren Verfügungsrahmen um zwei Dollar überzogen. Nilou hatte zugesehen, wie Maman an den Regalen entlangging und brav eine Packung Cheerios und ein Weißbrot zurücklegte, bis sie nur noch das im Einkaufswagen hatte, was sie bar bezahlen konnte – Nilou steuerte zwei Dollar bei, und Kian rückte mit einem Zehn-Cent-Stück und zwei Vierteldollar raus, die er gespart hatte. Maman machte sich nichts draus (»Erinnert mich zu Hause daran, dass ich meinen Gehaltsscheck einlöse und euch das Geld zurückgebe«, sagte sie heiter auf Farsi) – sie schaute nach vorne.

Der rotbeinige Filialleiter hebt kapitulierend die Hände. »*Mevrouw*, hören Sie doch bitte auf den Herrn!« Dann blickt er auf den abgelehnten Kassenzettel, wägt ihre zwanzig Euro für Lebensmittel gegen irgendeinen unbekannten Zahlenwert ab und sagt dann sehr sanft und freundlich: »Andererseits, Sie kaufen so oft bei uns ein. Ich schlage vor, das geht aufs Haus.« Die Geste ist dermaßen unholländisch, dass Nilou misstrauisch würde, selbst wenn sie sich nicht gerade mitten in einem hysterischen Anfall befände. So ein Angebot ist typisch iranisch – hat er ihre Herkunft erkannt? Falls ja, müsste er auch wissen, dass sie es nicht annehmen kann.

Guillaume strahlt. »Prima!«, sagt er, empfindet nicht die geringste Scham, nicht mal das Bedürfnis, sich zu bedanken. »Gehen wir was essen, was nicht angebrannt ist.«

Nilou dagegen empfindet eine animalische Panik, das Gefühl, von der Welt auf eine andere Ebene gespuckt zu werden, eine Ebene, die sie schon bewohnt hat und die auf sie wartet, die sie vermisst hat und die weiß, dass sie zurückkehren wird. Sie sagt: »Nein, kommt überhaupt nicht infrage. Ich gehe zum Geldautomaten«, und wendet sich ab, ehe ihr jemand widersprechen kann.

*

Zu Hause angekommen, explodiert Gui, sobald die Tür sich hinter ihnen schließt. Sie versucht, ihm ihr Problem zu erklären, dass sie sich geschworen hat, als Erwachsene nie wieder Almosen anzunehmen. »Scheiß auf deine verkorksten Schamgefühle«, sagt er. »So einen pathologischen Schwachsinn hab ich nicht verdient.« Er stürmt mit dem Rote-Bete-Salat ins Schlafzimmer, wahrscheinlich in der Hoffnung, dass die Mitnahme ihres Lieblingsessens Nilou zwingen wird, ihm zu folgen und sich zu entschuldigen. Wie wenig er doch über die Funktionsweise eines iranischen Magens weiß.

Nilou und Gui sprechen bis zum nächsten Morgen kein Wort miteinander. Beim Frühstück gelangen sie zu einem weiteren unbefriedigenden Waffenstillstand. Bemüht, den Kummer aus ihrer Stimme zu filtern, schlägt sie eine Lösung vor. »Was hältst du davon, wenn wir ein paar neue Regeln aufstellen und uns diesmal auch dran halten?«

Er seufzt. »Gute Idee, Nilou-Face.« Er lässt den Löffel in die Müslischale fallen, zieht sein Jackett an. »Schreib du den ersten Entwurf.« Er küsst sie zum Abschied auf die Nase, eine weitere matte Versöhnungsgeste, und schnappt sich noch ein Stück Mehrkornbrot, in das er Avocadomus und einen Brocken weich gewordenen Old Amsterdam drückt, ehe er zur Tür eilt.

»Wir sind zu alt für Nilou-Face«, murmelt sie, was sie prompt bereut. Warum kann sie nicht einfach Ruhe geben? Aber sie hat nun mal diese unbezähmbaren Anwandlungen. Wie eine Krankheit.

»Keine Sorge. Ich mach das«, sagt sie zu der sich schließenden Tür. Allein in der Küche, kratzt sie sich mit dem großen Zeh erst die eine, dann die andere Wade. Sie hantiert in der Küche herum, macht im Geist Listen, während sie Tee kocht, setzt sich dann an das ovale Kopfende des hölzernen Esstischs. Sie wird das schaffen. Sie hat immer alles geschafft, schon seit ihren ersten Tagen in Oklahoma, als sie nicht mehr Nilou, sondern »das Kind aus Vorderasien« war und ihrem Lehrer auffiel, dass sie ein nervöses Zucken im Hals hatte. Als sie mitbekam, dass man schon Traumatherapie und Sonderunterricht für sie in Erwägung zog, wurde sie das Zucken durch pure Willenskraft los – sie zwang sich, still zu sitzen und zu leiden und den Hals nicht zu bewegen, kein einziges Mal, nicht, solange die amerikanischen Lehrer zusahen. Nach dreimonatiger Selbstdisziplin war das Zucken verschwunden.

Gui braucht keine derartige Selbstkontrolle. Wenn etwas falsch läuft, bringt jemand es wieder in Ordnung und entschuldigt sich für die Unannehmlichkeiten. Seine Meinung zählt etwas, sogar bei Fremden. Zu Beginn ihrer Beziehung hatte Nilou die Angewohnheit, Gui nach jeder Party, jedem Essen zu fragen: »Hab ich mich gut benommen?« Sie hörte damit auf, sobald ihr Verstand dreiundzwanzig wurde.

Sie geht ins Schlafzimmer, in die Ecke des begehbaren Kleiderschranks, und setzt sich in ihre Parzelle. Sie sichtet die Mappe mit ihrem Pass und ihren Einbürgerungspapieren, ihrer Heiratsurkunde, ihrem Yale-Diplom, dem Kaufvertrag für die neue Wohnung in De Pijp und den Kostenvoranschlägen der Handwerker. Sie zählt erneut nach: neun Dokumente, die ihr das Recht auf ihr Leben geben. Sie hebt den Rucksack an die Brust und drückt ihn fest an sich, atmet so tief ein, dass ihr die Lunge wehtut, hält die Luft einen Moment an und presst sie dann wieder heraus. Als sie die Augen öffnet, drückt die Atmosphäre sie nicht mehr auf Arme und Brust. Sie denkt zurück an den Tag, als sie diesen Trick erfand. Sie war zehn und versuchte, das nervöse Zucken allein zu bezwingen – niemand, so schwor sie sich, würde sie wieder so schwach sehen. Die Erinnerung ist eine Erleichterung, ein Beweis für die angeborene Fähigkeit, ihr Schicksal zu bestimmen, für den eisernen Willen der kleinen Nilou.

Früher, in Ardestun, hatte sie noch einen anderen Trick. Nachts verkroch sie sich unter einer muffigen Wolldecke und kehrte noch einmal zu den Ereignissen des Tages zurück, zu einer früheren, anderen Nilou – *So ist es passiert*, sagte sie sich dann, wenn sie verlorene Bücher und aufgeschürfte Ellbogen analysierte. Nie änderte sie das Ergebnis. Sie sah nur zu, als schaute sie sich einen selbst gedrehten Film an, und je länger sie hinsah, desto mehr schien es, als würde *sie* entscheiden, was als Nächstes passierte. Mit der Zeit wurden Ereignisse zu Erinnerungen, die zu Geschichten wurden, die sie seitdem in jedem Bett heraufbeschworen hat. Und obwohl diese Gewohnheit eigentlich nicht zu einer Wissenschaftlerin passt, besucht sie auf diese Weise ihre Cousinen und Vettern, ihre Großmutter. Sie besucht Baba, den sie im wahren Leben gemieden hat. Sie trinken guten Tee und unterhalten sich die ganze Nacht, lösen Familienrätsel, verstehen einander instinktiv. In ihren Erinnerungen ist sie bereit, Dinge

zu erkennen, vor denen sie im wahren Leben die Augen verschließen würde.

Sie tritt die Schranktür zu, schließt sich von der Außenwelt
ab, öffnet ihren Laptop und beginnt, neue Regeln für ihre junge
Ehe aufzuschreiben. Mittendrin hält sie inne, streckt sich auf dem
Teppich aus und denkt stattdessen an Baba und die Heimat und
an die letzte Maulbeersuche in Ardestun.

Das Dorf zerfällt

Juni 2009
Isfahan, Iran

Der nächste Fall war wie ein Zementblock, der einem gegen die Rippen prallt, und Bahman versuchte mehrmals, seinen Blick von dem traurigen Geschehen abzuwenden: einer Mutter, die verzweifelt darum kämpfte, ihr Kind zu behalten. Immer wieder sagte sie: »Euer Ehren, sie braucht mich. Euer Ehren, ich erzähle ihr gerade eine lange Geschichte, jeden Abend ein kleines Stück. Bitte geben Sie eine Woche Aufschub.« Das Mädchen weinte lauthals, doch niemand unternahm auch nur den Versuch, ihre Psyche vor der Erinnerung an diesen Tag zu schützen. Der Richter schickte beide fort, ordnete über das Wehklagen der Mutter hinweg an, dass das gestohlene Kind zurückgebracht werden sollte. »Ein Kind gehört zu seinem Vater«, sagte er.

Im Verlauf von zwei Stunden arbeitete Bahman sich durch drei Gläser Tee und sechs weitere Scheidungen.

Die achte: eine unfruchtbare Frau von gerade mal zwanzig Jahren, die nicht wusste, wieso oder ob sie überhaupt unfruchtbar war. Es lag nur die Aussage eines Exmannes vor, der genau das behauptete. Laut Dokumenten, die kürzlich von dem unglücklichen neuen Ehemann entdeckt worden waren, hatte sein Vorgänger »Ein Jahr lang jeden Morgen!« versucht, die Frau zu schwängern. Der Mann sah angewidert aus, als er das dem Richter vorlas. »Ich wusste nicht mal, dass sie vorher schon verheiratet war!«, schrie er.

»Sie ist nicht unfruchtbar«, sagte Bahman leise zu sich selbst (und vielleicht zu seinem müden Anwalt). Sein Interesse wurde mit jedem wütenden Tropfen Schweiß größer, den der Ehemann sich von der Stirn wischte. Die funkelnden Augen der Frau ließen Bahman heimliche Verhütungsmethoden vermuten, selbst gemachte Frauenkondome und Essig und vielleicht sogar richtige Hormone. »Gut gemacht, Kindchen«, flüsterte er über seine Betperlen hinweg.

Der neunte Fall war einfacher: ein Mann, der sich ohne Erlaubnis eine zweite Frau genommen hatte. Er bekam einen Tadel, und die Genehmigung wurde seiner ersten Frau abgerungen.

Der zehnte: die halbwüchsigen Kinder zweier Familien, die ihre Bindung durch eine Heirat hatten festigen wollen. Die jungen Eheleute hassten einander jedoch zu sehr, um die Ehe zu vollziehen, und hatten ihre Eltern vor Gericht geschleift, um ihnen die Scheidung zu ermöglichen.

»Zu früh«, sagte der Richter. »Jemand muss den beiden erklären, wie es geht.«

»Erklärungen sind nicht mehr nötig, Euer Ehren«, sagte einer der Väter und deutete mit Blicken an, dass sein Sohn durchaus erfahren war. »Er weigert sich, sie anzufassen! Es geht um unsere Familie. Um Nachkommen. Wir haben alle Fehler gemacht.«

Der elfte war eine Farce: ein Ehepaar, das sich liebte, aber vor Gericht Theater spielte, um sich gegenseitig dazu zu bringen, Fehler einzugestehen. Der Richter bekam mit, dass sie einander zu lange anstarrten, hielt ihnen eine Standpauke, schmiss sie raus und machte einen Vermerk in ihrer Akte.

Während der zwölften Verhandlung stand Bahman auf, um seinen Rücken zu strecken. Der war einst stark genug gewesen, um seine Kinder zu tragen. Jetzt beugte er den Oberkörper zur Seite, dann nach vorne, ließ die Arme baumeln, ehe ihm klar wurde, dass er albern aussah. Er war nicht in seiner friedlichen

Zahnarztpraxis mit den blauen Wänden und dem beruhigenden Springbrunnen, der entspannten, traditionellen Musik, die seine Patienten von ihren Ängsten vor Schmerz und Zahnlosigkeit ablenkte. Er wollte gerade zur Toilette gehen, als die Gerichtssekretärin einen alten Mann zwei Stühle neben ihm aufrief. Er hinkte an Bahman vorbei ins Richterzimmer, und irgendetwas an seinem traurigen Gang weckte in Bahman den Wunsch, das, was sich dort ereignen würde, aufmerksam zu verfolgen.

Als der Richter den Mann nach seinem Anliegen fragte, begann der zu zittern und von einem Bein aufs andere zu treten. Sein Blick ruhte starr auf dem Rand des Richtertisches. Offenbar war er noch nie vor Gericht gewesen. Er trug ein Käppchen und eine weite graue Hose, wie Männer vom Lande und teheranische Gärtner sie trugen. Bahman musste unwillkürlich an seinen blauen Lieblingspyjama denken. Das tief zerfurchte Gesicht des Mannes war mit weißen Bartstoppeln bedeckt.

Bahman ging näher zur Tür. Er zündete sich eine Zigarette an und beobachtete die zitternden Finger des Mannes. »Bitte, Haddsch Agha«, sagte der Richter. »Sagen Sie mir, wie ich helfen kann. Vergessen Sie die Assistenten und Dokumente und alles andere.«

Bahman schnaubte. Das war ziemlich viel der übertriebenen Höflichkeit für einen Mullah. Der alte Mann räusperte sich und zog ein dünnes Blatt Papier aus der Tasche. Dem Geräusch nach zu schließen, einem weichen, welken Rascheln, hatte er dieses Blatt wohl schon zehntausendundein Mal auseinander- und wieder zusammengefaltet. Ohne dem Richter zu antworten, begann der alte Mann abzulesen: »Ich bitte um die Ehre Ihres Eingreifens in eine Situation, die wie ein Schorf auf meinem Herzen liegt …« Seine blecherne Stimme brach zweimal.

Der Richter gebot ihm Einhalt. »Großvater«, sagte er mit gequälter Miene. Vielleicht, dachte Bahman, war dieser Mullah ja doch kein herzloses Reptil wie all die anderen. Ja, er hatte mehrere Frauen zurück in ihre unglücklichen Ehen geschickt, er hatte einer Mutter das Kind weggenommen und nur ungefähr die Hälfte der Morgengaben eingefordert, aber er hatte diese abscheulichen Gesetze ja nicht geschrieben. Der Richter sprach weiter: »Ich schlage vor, wir beide unterhalten uns einfach. Soll unsere Khanom Dschamschiri Ihnen eine Tasse Chai holen?«

Die Sekretärin raffte ihren schwarzen Tschador und schlurfte aus dem Raum zum Samowar. Als sie an Bahman vorbeikam, rief er: »Der ist kalt und abgestanden, *khanom*.«

Sie warf ihm einen bösen Blick zu. Der alte Mann sammelte sich und sagte fast im Flüsterton: »Es ist sehr schwierig. Sehr schwierig. Ich hab alles aufgeschrieben.«

»Sagen Sie einfach, was Ihnen auf dem Herzen liegt«, antwortete der Mullah. »Ich sehe doch, dass Sie ein kluger Mann sind, der lesen und schreiben kann.«

Der Mann straffte die Schultern. »Ich hab lesen gelernt, damit ich nach ihr suchen kann.«

»Jetzt mal von Anfang an, *agha*«, sagte der erschöpfte Richter und zupfte an seiner Robe. »Ah, da kommt ja schon Khanom Dschamschiri mit dem Tee. Danke, Schwester.«

Der Richter trank einen Schluck aus dem Becher, den die Gerichtssekretärin ihm in die Hand drückte, doch der alte Mann rührte seinen nicht an. Er nahm ihn lediglich mit einer kleinen Verbeugung entgegen und stellte ihn dann behutsam auf den Richtertisch. Wieder trat er in seinem *shalwar* unruhig hin und her, zog ihn in der Taille etwas höher. Dann sagte er: »Euer Ehren, ich brauche eine Scheidung. Meine Marzieh scheint nichts mehr von mir wissen zu wollen … und ich glaube, es wäre nur richtig, sie jetzt freizugeben.«

»Wo ist Ihre Frau?«, fragte der Richter. »Darf ich fragen, wie alt sie ist?«

Wieder räusperte sich der Mann und rückte seine Mütze zurecht, während er den Blick noch immer auf die Kante des Richtertischs gerichtet hielt. »Sie ist irgendwas über fünfzig. So genau wissen wir das nicht, Mullah Agha.« Sowohl der Richter als auch Bahman mussten über das »Mullah Agha« schmunzeln, ein seltsamer Doppeltitel, der sich selbst widersprach. »Es kam mir immer vor, als wären wir ungefähr zwanzig Jahre auseinander. Ich hab ihr jedes Jahr im Spätsommer einen Kuchen gekauft.«

»Ach, um Rumis willen«, sagte Bahman zu seinem Anwalt. Der Anwalt nickte und sah auf seine Uhr, während Bahman im Namen des runzeligen Ehemanns ein rasches Wort an vier weitere tote Dichter schickte. Der Mann sprach jetzt weiter.

»Wir hatten unsere Zeit«, sagte er. »Sie ist zu jung, um mit einem alten Mann belastet zu sein.«

»Verzweifeln Sie nicht, Großvater«, sagte der Richter. »Vielleicht können wir sie überreden zurückzukommen. Wo könnte sie denn sein?«

»Ich weiß es nicht«, sagte der Mann. »Ihre Verwandten sind tot oder in alle Himmelsrichtungen verstreut. Wir hatten von Anfang an nur uns. Aber jetzt denke ich, sie hat vielleicht einen anderen Mann gefunden.«

»Sind Sie da sicher? Falls ja, kann sie für ihr Verhalten zur Rechenschaft gezogen werden.«

»Nein, nein, nein, Agha Richter, bestimmt irre ich mich«, sagte der Alte, dem die Farbe aus dem Gesicht gewichen war, während Stimme und Finger in einer Art furchtsamem Einklang zitterten. »Nein, sie ist eine gute Frau. Ich denke bloß … Ich hoffe, sie hat jemanden, der sie beschützt.«

Der Richter bat darum, das Blatt Papier in der Hand des Mannes sehen zu dürfen. Er blätterte in seiner Akte und massierte sich dabei mit zwei Fingern die Schläfe. Leise machte er ein paar Vorschläge, wie man sie zurückholen könnte. »Ein gütiger Mann wie Sie sollte jemanden haben, der ihn versorgt.« Schließlich fragte er fast beiläufig: »Wann ist Ihre Frau fortgegangen? Hat sie Ihnen irgendeine Erklärung gegeben? Vielleicht in einem Brief oder am Telefon?«

Der Mann zählte irgendwas an den Fingern ab und sagte dann mit einem zutiefst ehrlichen und besorgten Ausdruck in den Augen: »Diesen Monat werden es sechzehn Jahre, dass ich sie zuletzt gesehen hab. Wir hatten noch zusammen gefrühstückt.«

»*Eiii baba*«, stöhnte der Richter und wurde blass. Auch Khanom Dschamschiri seufzte. Sie wechselten einen Blick und schwiegen dann.

»Bei uns wird nie viel Aufhebens gemacht«, fuhr der Alte fort. »Seit sie fortgegangen ist, hab ich ihre Stimme nicht mehr gehört. Aber jetzt kann ich lesen, und ich hab ein paar Unterlagen zusammengesucht und bin damit in drei Dörfer rund um Isfahan gegangen und hab den Leuten ihren Namen gezeigt. Ich hab die Geschichte erzählt.«

Der Richter winkte Khanom Dschamschiri zu sich und flüsterte ihr etwas ins Ohr. Bahman musste es gar nicht hören. Khanom Dschamschiri eilte den Flur hinunter in ein anderes Büro. Bahman sah sie am Ende des langen Korridors hinter einer Tür verschwinden, und er wusste, dass sie im Sterberegister nachschaute.

Als sie zurückkehrte, raunte sie dem Richter etwas zu, ihr Gesicht kreideweiß neben seiner pockennarbigen braunen Haut. Er massierte sich wieder die Stirn, während er ein einzelnes Blatt überflog, das die Sekretärin ihm gegeben hatte. Bahman hatte keinerlei Zweifel, dass die Frau, um die es ging, seit Langem tot war. Vielleicht hatte ihr Mann das irgendwann mal gewusst, und das Alter gewährte ihm gnädiges Vergessen. Der Richter blickte auf, bereit, dem Mann die Information aus dem Sterberegister mitzuteilen. Doch in dem Moment hob auch der Alte den Blick. Ein sanftes Lächeln glättete die Falten in seinem Gesicht. Er sagte:

»*Agha*, ich wünsche mir, dass meine liebe Marzieh nach vorne
schaut, dass sie ihr junges Leben glücklich und gut versorgt leben
kann, in einem großen Haus mit einer großen Familie. Wir haben
unsere Liebe gehabt. Es hat keinen Sinn, dass wir uns so lange
vermissen, uns gegenseitig nachts im Schlaf heimsuchen. Das ist
nicht gesund.«

Der Richter blickte wieder auf das Blatt und sagte dann, wobei in jedem Wort eine Art Erschöpfung mitschwang, die Jahrzehnte braucht, um sich zu manifestieren: »Großvater, ich gewähre Ihnen die Scheidung. Die Morgengabe dürfen Sie behalten. Ihre Frau wird von aller Schuld freigesprochen. Gehen Sie.«

»Oh.« Der Mann strahlte. Er wirkte verblüfft bis hinunter zu
seinen gelblichen Zehennägeln. »Ich hatte gedacht, es würde lang
und schwierig, mit viel Papierkram.« Er holte eine Tüte ungeschälte Pistazien aus seiner Tasche hervor; die beste Sorte, direkt
vom Baum.

Der Richter lehnte das Geschenk nicht ab. Er stand hinter seinem Tisch auf, ergriff mit beiden Händen die Hand des Alten
und schüttelte sie. Er berührte sein Gesicht, wie er das seines eigenen Vaters berühren würde, und sagte, die Pistazien würden
seinen Tag heiterer machen. Dann ging der Mann, und Bahman
wurde hereingerufen.

»*Agha*, ich muss Sie warnen«, ächzte der Richter, ehe er Bahman auch nur ansah. »Ich habe einen sehr anstrengenden Tag
hinter mir.« Er blickte mit den erschöpften, blutunterlaufenen
Augen eines Mannes auf, der gerade ein Dutzend Dörfer in
Schutt und Asche gelegt hat.

Bahman stellte sich vor und streckte dem Richter die Hand
entgegen. Sein Anwalt stand neben ihm und hielt sein Handgelenk in Höhe der Leiste umfasst. Auf einmal kam ihm der
Bursche völlig untauglich vor. Seine Anwesenheit ließ Bahman
ebenso unsicher wirken wie den alten Mann, nur mit dem Unter-

schied, dass er dank dieses bezahlten, Anzug tragenden Anwalts keinerlei Sympathie erweckte.

»Ich möchte mich scheiden lassen, Euer Ehren«, sagte er. »Ich werde Sie nicht mit Begründungen langweilen, weil Sie sehr beschäftigt sind und ich das Recht auf eine Scheidung habe. Ich habe alle erforderlichen Papiere dabei, ich bin bereit, die komplette Morgengabe zu zahlen, in Goldmünzen, wie ursprünglich vereinbart, und ich habe nicht den Wunsch, schlecht über meine Frau zu reden.« Der Anwalt legte mehrere getippte Anträge auf dem Richtertisch ab.

Der Richter lachte leise, fächerte die Unterlagen auf seinem Tisch auf und lächelte Bahman an. »Dr. Hamidi, Sie erleichtern mir die Arbeit. Ich bedauere, dass Sie hier zwischen all diesem Gesindel warten mussten.« Er sagte das, als wären sie alte Bekannte, eine gebräuchliche gegenseitige Anerkennung von gebildeten Menschen, die einander an unerfreulichen Orten begegnen – obwohl ja eigentlich nur Bahman eine unvoreingenommene Bildung in Natur- und Geisteswissenschaft vorzuweisen hatte.

Bahman nickte. »Ja, ich habe da draußen so einiges mitgehört. Alles sehr traurig.«

»Wie die ganze Welt«, sagte der Richter. Er schwieg einen Moment, bohrte einen Fingernagel in eine ungeschälte Pistazie. Bahman seinerseits spielte mit seinen grünen Betperlen, ließ sie über die Knöchel gleiten, während er darauf wartete, dass der Richter weitersprach. Er nahm sich vor, sie am Abend zu waschen, wenn die Angelegenheit erledigt wäre. Die grünen Kugeln waren von einem dünnen Fettfilm überzogen. »Ich würde trotzdem gern die Geschichte hören«, sagte der Mullah.

Bahman nickte wieder, war sich seiner Unterwürfigkeit bewusst. »Aus medizinischer Sicht«, sagte er (er verwendete diese Formulierung zu seinem eigenen Amüsement, da seine Qualifikation sich auf Zähne und Zahnfleisch beschränkte), »hat sie eine

Borderline-Persönlichkeit, die in einer gewissen Hysterie zutage tritt. Bei ihrer Familie wird es ihr besser ergehen. Sie ist schon dabei, ihre Sachen zu packen. Wir haben keine Kinder. Sie ist jung, das ist ein Vorteil, den ich nicht habe.«

Bahman ging davon aus, dass der Richter ein paar Papiere unterschreiben und ihn dann ebenso rasch und freundlich seiner Wege schicken würde, wie er das im Fall des alten Mannes getan hatte. Wenn man über den Turban und die graue Robe und den ungepflegten Bart hinwegsah, war nicht zu bestreiten, dass in den Augen dieses Mannes Mitgefühl und Mattigkeit lagen, dieselbe Mattigkeit, die Bahman schon eine ganze Weile empfand. Vielleicht glaubte der Mullah gar nicht an die Gesetze, die er anwenden musste. Sicherlich hatte er genug erlebt, um eine gewisse Weisheit zu erlangen, die sich von der der Politiker und der Revolutionäre unterschied, all jener fanatischen, schändlichen Propheten, die die Welt als eine einzige dumpfe Masse sahen, die sie mit ihren drückenden Dogmen vollstopfen konnten. Wie jedermann wusste, hatten Geistliche und Politiker keine Wertschätzung für das Individuum und kein Ohr für Geschichten. Sie waren blind für alles, was in den stillen Stunden geschah, wenn nichts geschah. Genau das machte sie gefährlich.

Der Mullah lächelte. »Mein Freund … die Leute heutzutage …« Kopfschüttelnd sah er sich die ersten Zeilen einiger Blätter in Bahmans Akte an.

»Es ist ein nicht enden wollender Wahnsinn«, sagte Bahman, dem es so vorkam, als hörte er eine Tonbandaufnahme seiner selbst. Seit Jahren gab er derlei zynische Kommentare über die Welt ab und hatte doch wie alle anderen nur tatenlos zugeschaut. Hatte er nicht still dagesessen und seine *manghal* geraucht, während seine Kinder fortgebracht wurden? Während seine Träume zu einer immer kleineren Kugel zusammengeknetet wurden, bis sie in seine hohle Hand passten?

Weiter hinten auf dem Korridor schepperte irgendetwas, und aus einem schrillen Stimmengewirr drangen Warnungen und Erklärungen und Flüche, alles zusammengemischt wie die Reststücke Wollgarn, die seine Mutter zu bunten Knäueln aufwickelte. Khanom Dschamschiri stand gemächlich auf und trottete nach draußen, und warum sollte sie sich auch schneller bewegen? Der Korridor war immer ein verschwitztes, lautes Chaos aus Krawall und überzogener Dramatik.

In diesem Moment war der Richter offenbar auf eine Seite über Bahmans frühere Ehen gestoßen. »Sie haben Kinder«, sagte er.

»Ja«, bestätigte Bahman, ohne genauer zu werden, ohne gefährliche Wörter wie *Amerika* oder *Holland* zu benutzen. »Zwei von ihnen studieren im Ausland. Ihre Mutter hat sie mir heimlich weggenommen und sich mir entzogen, ich kann sie nicht mehr belangen. Das andere Kind ist die adoptierte Tochter meiner zweiten Frau. Ich habe keinen biologischen Anspruch auf sie. Selbstverständlich unterstütze ich sie finanziell.«

»Wie alt ist diese Tochter?«, fragte der Richter.

»Sie ist noch klein. Acht Jahre inzwischen«, sagte Bahman, unfähig, seine Ungeduld zu verbergen. »Sie hat von drei bis vier unter meinem Dach gelebt. Dann ließen wir uns scheiden, ich hab wieder geheiratet und so weiter. Das hat alles nichts mit meiner jetzigen Ehe zu tun ... Wir sind uns einig. Ich werde die Morgengabe bezahlen.«

Sanaz' Familie hatte eine stattliche Summe für sie ausgehandelt, dennoch würde die Morgengabe nicht ausreichen, um ihr ein sorgloses Leben bis ins hohe Alter zu sichern. Seine Ersparnisse und Investitionen dagegen schon, daher lag es in ihrem Interesse, verheiratet zu bleiben. Eingedenk dessen hätte sie ihn besser behandeln sollen. Sein eigentlicher Wunsch war es, sein Vermögen zu retten und seine Kinder damit zurück in den Iran zu locken, wo er sein geliebtes Dorf und seine Praxis und sein

Opium hatte. Diese Dinge konnte er nicht aufgeben, aber würden die Kinder kommen, wenn er ein Ferienhaus am Kaspischen Meer hätte? Oder eine Teeplantage in den Bergen?

»Die beiden, die noch ›studieren‹ … sind die nicht inzwischen über dreißig Jahre alt?«

Bahman antwortete nicht. Der Lärm auf dem Flur schwoll zu unzumutbarer Lautstärke an und kam näher. Khanom Dschamschiris Stimme war in dem Menschengewühl zu vernehmen.

»Was ist da draußen los?«, fragte der Richter. Bahmans Anwalt, der bislang nichts anderes gemacht hatte, als zu nicken und Unterlagen zu überreichen, steckte den Kopf zur Tür hinaus.

»Diese andere Tochter verwirrt mich ein wenig«, sagte der Richter und richtete den Blick wieder auf Bahmans Dokumente. »Wer ist sie? Was hatten Sie mit ihr vor?«

Die Geschichte war peinlich, weil er genau das zugeben musste, was viele Ehemänner zugeben müssen – wenn du eine jüngere Frau heiratest, taucht häufig ein anderer auf und weckt ihre Lust. Das kann jedem passieren, unabhängig von Generationen oder politischer Einstellung. Es passiert, weil die Welt eine dampfende Höhle ist, voll tobender, schwitzender Körper, die darum ringen, das Beste für sich zu gewinnen. Junge Männer sind die gierigsten, die animalischsten, und sie schämen sich nicht vor ihren jeweiligen Gottheiten. Und was war Bahmans Gott? Die Wissenschaft? Die Familie? Die Liebe? Die alten Dichter, so konnte man wohl sagen, waren Bahmans Gebetsstein, die Empfänger seiner Reue, in jenen ungestörten Momenten, wenn er gezwungen war, sich zu beugen und den Blick zu senken, niederzuknien und die Erde zu küssen. Er schauderte bei dem Gedanken daran, dass auch er einmal, als Zwanzigjähriger mit langem, von der Ardestun-Sonne gebleichtem Haar, als er Schlaghosen trug und stets einen Fußball mit sich herumschleppte, eine unglückliche Frau aus dem kalten Bett ihres Ehemanns gelockt hatte.

Natürlich hatte er nicht vor, dem Richter die wahre Geschichte zu erzählen, die simple, langweilige, in der jeder sündigt. Es war ratsam, die Treulosigkeiten und Fehltritte und dunklen Impulse, vor allem solche, die zu Kindern führten, Menschen anzulasten, die mit Sicherheit bereits tot sind.

»Meine zweite Frau, Fatimeh, hatte eine Schwester, die an Magenkrebs starb«, sagte er, und dieser Teil entsprach der Wahrheit. Die Frau war wirklich gestorben, unverheiratet – ihr Geschenk an die Verwandten war die reine Weste, die sie ihnen hinterließ, um sie von ihnen besudeln zu lassen.

Nach einem Leben in Ardestun wusste Bahman, dass die Kunst des Lügens vor dem Scheidungsrichter, genauer gesagt die Kunst allen Schwindelns, darin bestand, verwirrend, aber präzise zu sein. Geize nicht mit unbedeutenden Einzelheiten, erzähle wortreich und weitschweifig, aber füge unbedingt Daten und Orte ein, einfach alles, was den Zuhörer auch nur im Entferntesten interessieren könnte. Hindere den Zuhörer somit daran, nachzufragen. Also erfand Bahman eine Geschichte, die ebenso dramatisch und köstlich war, ebenso voller Schmutz und Durcheinander wie die Gutenachtgeschichten, die er vor Jahrzehnten Nilou erzählt hatte. Eine Geschichte, wie er sie heute in diesem Gerichtssaal dreizehn Mal gehört hatte:

Der Krebs tötete Fatimehs arme Schwester schnell, verschonte ihre zweijährige Tochter vor irgendwelchen Erinnerungen. Ein trostloses, hungriges Jahr lang lebte die Kleine bei ihrem nichtsnutzigen Dichter-Vater, einem gut aussehenden Mann mit hervorragenden weißen Zähnen, der seinen Lebensunterhalt als wandernder Schreiber, als gelegentlicher Setar-Spieler, zusätzlicher Wachmann bei Underground-Partys, Fahrer und vielleicht sogar als käuflicher Zeuge bestritt. Eines Tages setzte dieser Schuft die kleine Schirin mit ihrer Geburtsurkunde und einem Zettel, den er an ihre Jacke gesteckt hatte, neben dem Tor einer Moschee aus. Sie gehorchte ihrem Baba und traute sich drei

Stunden lang nicht, den Zettel abzunehmen oder sich von der Stelle zu rühren.

Auf das traurige Detail mit der Jacke war Bahman stolz – in ihm steckte doch ein kleiner Geschichtenerzähler. Und Schirin war tatsächlich ein liebes, einfaches Kind, das jede Anweisung befolgte, wenn sie eindeutig war und es nicht an seiner nächsten Mahlzeit hinderte.

Und dann … löste sich der weißzahnige Teufel in Luft auf wie eine Figur in einem schlechten amerikanischen Film. (Dieses Detail wiederholte Bahman für den Richter, um zu betonen, wie schrecklich es war, schob aber sicherheitshalber nach: »Nicht dass ich je einen gesehen hätte.«) *Das Handy des Mannes war abgeschaltet, sein kleines Haus leer geräumt. Soweit Bahman wusste, ließ der Kerl die Kleine einfach auf der Straße vor der Moschee sitzen, wo sie sich die Augen nach ihm ausweinte. Wer weiß, was passiert wäre, hätte nicht ein gütiger Geistlicher sie bemerkt, sich ihrer angenommen und jede Behörde und jedes Gericht angerufen, bis er schließlich Bahman fand. Ach, und dieser missratene Dichter, der leibliche Vater des Kindes? Der war inzwischen natürlich auch tot und nicht mehr in der Lage, irgendetwas auszusagen.*

»Agha, Sie werden es nicht für möglich halten, mit welchen Schwierigkeiten wir uns herumschlagen mussten«, beteuerte Bahman.

Es stellte sich heraus, dass die Geburtsurkunde der Kleinen gefälscht und sie nirgendwo registriert war. Ihre Mutter war unverheiratet gewesen und hatte deshalb in Krankenhäusern und Ämtern und allen gegenüber für sich und für ihre Tochter falsche Namen angegeben.

Bahman redete und redete, ließ keine Einzelheit aus. Die Wahrheit war folgende:

Der weißzahnige Schurke war tatsächlich der leibliche Vater der kleinen Schirin. Er hatte mal vorübergehend als Dentalhygieniker für Bahman gearbeitet. Aber das Objekt seiner Lust und die Mutter seines Kindes war Bahmans zweite Frau, Fatimeh, nicht ihre Schwester. Bahman heiratete sie dennoch, versprach, sie und das Kind zu lieben. Er hegte solche Schuldgefühle wegen Paris Schicksal, ganz allein in der Welt, und jetzt brauchte Fatimeh seine Fürsorge. Es war besser, dem Universum gegenüber etwas gutzumachen. Wenn er nachts wach lag, dachte er: Da ist eine zweite Familie, eine zweite pausbackige Tochter, eine zweite Chance auf Vaterschaft und Jugend und die Liebe eines kleinen Wesens mit klatschenden Händen und lachenden Augen. Aber konnte er das leisten? Konnte ein Gottloser, der süchtig nach Opium und Poesie war, je ein guter Vater sein? Er hatte bereits einmal versagt.

Er zahlte Geld dafür, dass die Papiere geändert wurden, sodass Schirin nun offiziell nicht von seiner neuen Frau geboren, sondern von ihr adoptiert worden war. Die Leute in Fatimehs Dorf vergaßen so schnell, dass er ein Kilo Glauben an die Urteilskraft und Vernunft seiner Mitmenschen verlor und wegen ihrer Fähigkeit zu lieben wieder zurückgewann, alles in einem einzigen kurzen Monat.

Glaubte der Richter ihm? Von Anfang an hatte die Traurigkeit in der Stimme des Mullahs Bahman beschämt. In Gedanken hatte er diesen Mann heute tausendmal verurteilt. Und in der Zurückgezogenheit seines Wohnzimmers machte Bahman nichts anderes, als über den Zustand der Welt zu schimpfen, über ihr irrationales Wesen, über die Dummköpfe, die sie führten. Vielleicht würde er nach der Scheidung ein paar Veränderungen vornehmen, und wären sie noch so klein. Man sollte, wann immer möglich, Schritte auf das eigene Glück zu machen.

Der Richter begann gerade wieder, sich über die seelentötende Natur von Scheidungen auszulassen, als die Tür aufflog und ein Getümmel von Körpern hereingeplatzt kam, die sich gegenseitig und Khanom Dschamschiri anschrien, die den Saum ihres

Tschadors in den Händen hielt, als fürchtete sie, jemand würde darüber stolpern.

Unter ihnen war Bahmans Ehefrau Sanaz, ihre Schwester, ihr Schwager Agha Soleimani und drei fremde Männer in schlecht sitzenden Anzügen und von Schlamm und Zement verkrusteten Arbeitsschuhen. Andere drängten sich nach ihnen herein, ein paar Wachleute und ein weiterer Assistent, der eine bäuerliche Mütze auf dem Kopf trug. Einer der Männer starrte ihn über einen krausen Bart mit rötlichen Flecken hinweg an, der Bahman irgendwie bekannt vorkam. »Was hat das zu bedeuten?«, flüsterte er Sanaz zu, deren Wangen fleckig vom Weinen waren, die Augen zu kleinen Schlitzen verquollen. Ihre verkniffenen Lippen verrieten ihm, dass sie Ärger machen würde. Das war nun sein Schicksal, nachdem er fünfundfünfzig Jahre versucht hatte, ein anständiges Leben zu führen: eine wahnsinnige Frau, die ihn in Geiselhaft hielt. Sie begrüßte den Richter mit einstudierten Worten und demütigem Blick, ganz Anstand und vorgespielte Sittsamkeit. Unter dem Kopftuch lugten Strähnen ihres neuerdings blonden Haars hervor, entweder ein Versehen, denn Hidschabs wurden am Fraueneingang kontrolliert, oder ein typisches Beispiel für die Dominanz von Sanaz' Eitelkeit über ihren gesunden Menschenverstand. Warum war sie hier? Nur wenige Tage zuvor hatte sie ihre Trennung akzeptiert. Erst gestern hatte sie versprochen, dass sie ihre Sachen packen und verschwinden würde, wenn er nur eine Nacht im Hotel verbrachte. Sie war von Natur aus eine temperamentvolle Frau, deshalb beunruhigte ihn dieses berechnende, hübsche Weinen mehr als all ihre wilden Wutanfälle der letzten Monate.

»*Agha*, danke, dass Sie mich anhören«, sagte Sanaz zwischen einigen beeindruckenden Schniefern und Schluchzern. »Ich muss Ihnen sagen, dass dieser Mann, mein Gatte, Sie belügt. Was auch immer er sagt, es ist gelogen.« Ihre Schwester streichelte ihr die Schulter. Die beiden wirkten so überzeugend traurig, verströmten so viel weibliche Hilflosigkeit und Not, dass Bahman sich zu einer Bestandsaufnahme seiner vielen Versäumnisse als Ehemann genötigt sah. Was hatte er nur getan?

»Euer Ehren, ich schwöre«, sagte Bahman, »ich weiß nicht, was das hier soll. Sanaz-*dschun*, du weißt, dass ich die Morgengabe zahlen werde. Da musst du doch nicht die ganze Stadt wecken.«

Der jüngste von den Männern mit den schmutzigen Schuhen schnaubte. Er kaute Sonnenblumenkerne. Sanaz' Schwager schlug Bahmans Hand weg, als auch er sich einen Kern zwischen die Zähne schieben wollte.

Als dem Richter klar wurde, dass dieses törichte Mädchen Bahmans aktuelle Frau war, betrachtete er das Gedränge vor sich mit einem müden Grinsen, vielleicht weil er Bahman bis vor einer Minute noch respektiert hatte. »Junge Frau, er ist bereit, das Geld zu zahlen. Er hat Unterlagen, die die Summe bestäti-«

Sanaz unterbrach den Richter, sodass Bahmans Bauchmuskulatur in sich zusammenfiel wie ein billiges Regal unter dem sufischen Kanon. Wollte sie unbedingt im Gefängnis landen? »Ich habe hier Zeugen«, sagte Sanaz. Der Sonnenblumenkernmann schnaubte wieder und machte sich bereit, all das auszuspeien, was man ihm wohl kurz zuvor eingetrichtert hatte. Jetzt fiel Bahman ein, woher er den Mann mit dem krausen Bart kannte: Er war einer der käuflichen Zeugen, die sich vorm Gerichtsgebäude herumdrückten. Für eine oder zwei Minuten verschlug Sanaz' Durchtriebenheit Bahman die Sprache, und er hörte stumm zu, wie sie dem Richter erklärte, diese drei Männer (die Betrüger, an denen der Richter wahrscheinlich noch heute Morgen vorbeigekommen war, als er ins Gericht ging) könnten bezeugen, dass Bahman Rebellen mit grünen Armbändern in seinem Haus empfangen hatte, dass er sie willkommen geheißen und mit Essen und Alkohol und stundenlanger Rumi-Verehrung bewirtet hatte.

Dann sprach sie mit einem Seitenblick auf Bahman die erste Wahrheit aus, seit sie den Raum betreten hatte: dass ihr Ehemann das glaubte, was die Grüne Bewegung glaubte. (Was genau genommen kein Glaube war, sondern die beschämende Wahrheit, dass das Volk mit überwältigender Mehrheit Mussawi gewählt hatte. *Wo ist meine Stimme?* Die Demonstranten waren auf die Straßen von Teheran gegangen, als der Sieg von Ahmadinedschad verkündet worden war, und jede Nacht riefen sie von ihren Häuserdächern *Allahu akbar.* Wollte Sanaz etwa behaupten, dass ein Teil dieser Demonstrationen und Proteste in Bahmans Haus geplant wurde?) »Ich habe es selbst gesehen, es jeden Abend vor der Wahl erdulden müssen«, erklärte Sanaz.

»Also gut, sammeln Sie sich, junge Frau«, sagte der Richter. »Wir werden der Sache auf den Grund gehen.«

Bahman versuchte, gefasst zu wirken. Er musste seine Stimme über das Tohuwabohu der durcheinanderschreienden Menschen erheben. Sein Anwalt hatte begonnen, den Wert der Zeugen anzuzweifeln, die im Gegenzug alle auf einmal losredeten, und Soleimani spielte den Beleidigten. Was wollte Sanaz mit alldem erreichen? Um ein Haar hätte sie sich selbst belastet, eine ziemlich übertriebene Art, einen gleichgültigen Ehemann zu strafen.

»Euer Ehren, Sie sind ein gebildeter Mann«, sagte Bahman bemüht unbekümmert. »Sie wissen, welche Lügen sich die Leute einfallen lassen, um zu bekommen, was sie wollen. Verhaften Sie mich, wenn Sie wollen. Stecken Sie mich ins Gefängnis. Aber bitte gewähren Sie mir zuvor die Scheidung.«

»*Agha*«, sagte Sanaz, verbesserte sich dann prompt – sie hatte schon immer eine rasche Auffassungsgabe – »Euer Ehren ... wenn Sie die Scheidung bewilligen, verliere ich mein Zuhause. Und dieser Mann ist falsch und verschlagen. Ich bitte Sie nur, der Sache nachzugehen.«

Ein bitterer Geschmack stieg Bahman vom Magen bis in den

Mund. Was hatte sie die ganze Nacht hindurch allein in seinem Haus getan? Sie hatte darum gebeten, in Ruhe ihre Sachen packen zu können, und er hatte im Hotel übernachtet. Hatte sie die Schlösser ausgetauscht? Seine Möbel weggeschafft, ihm falsche Beweise untergeschoben? Er dachte an die Fotoalben, Erinnerungen an Nilous und Kians Kindheit, und wollte sofort nach Hause laufen und nachsehen. Als Nilou in der ersten Klasse war, hatte sie ein Federmäppchen aus London besessen. Es war aus rosa Plastik, mit drei weißen Schmetterlingen direkt am Reißverschluss. Er hatte es in einer Schublade zusammen mit ihren Schulheften aufbewahrt. In der zweiten Klasse schrieb sie ihm ein Gedicht. Es hieß »Baba-*dschun*«, und es hatte Reim und Versmaß; der Rhythmus erinnerte ein wenig an Mevlevi-Verse. Das Kind war eindeutig begabt. Als sie drei war, flüsterte er diese Erkenntnis eines Abends Pari zu. Anscheinend hatte Nilou das mitbekommen. Danach ließ sie sich nämlich jeden Abend zu seinen Füßen nieder und schlug seine medizinischen Fachbücher auf, um ihre Intelligenz zu demonstrieren. Sie zeigte ihm ihre Zeichnungen, sagte sogar Dutzende Kinderlieder aus dem Gedächtnis auf. Bahman hatte ihr Gedicht auswendig gelernt und war überzeugt, dass das Papier noch immer nach ihren süßen Händen roch, an denen immer Marmeladenreste oder Gebäckkrümel geklebt hatten. Einmal, kurz bevor seine Zuneigung zu Sanaz versiegt war, hatte er sie dabei ertappt, wie sie das Gedicht las, und hatte es ihr entrissen. »Ich war ganz vorsichtig«, hatte sie gesagt und war weggegangen. Jetzt wollte er bloß noch nach Hause und all seine Schubladen durchsehen.

Der Richter hob zwei Finger an die Lippen und zupfte ein trockenes Fitzelchen Haut ab, rieb mit dem Handballen über ein Auge und betrachtete ihn dann, als erwartete er, Blut zu sehen. »Doktor, das sind schwerwiegende Anschuldigungen.« Seine müde Stimme bestärkte Bahmans Entschlossenheit.

»Das eine hat nichts mit dem anderen zu tun«, sagte Bahman. Er schaute ringsum in ihre gierigen Gesichter, die bereit waren, seinen Kadaver zu fleddern. Wie hatte er nicht sehen können, dass sie ihn umzingelten? Was wollte eine hübsche junge Frau überhaupt von einem alten Mann wie ihm? Sie hatte jahrelang ihre Finger in seine Schüssel gesteckt, und jetzt, da seine Liebe für sie aufgebraucht war, wollte ihre Familie die letzten Reste einheimsen. Wozu den Ärger einer Scheidung ertragen, wenn sie sein Haus, sein Geld für sich behalten konnten? Ihnen war lieber, dass er verheiratet und unter Verdacht blieb – keine Reisen mehr, kein Opium, keine Freiheit, all die Dinge, die Sanaz unglücklich machten. Es war besser, ihn restlos zu Fall zu bringen.

»Dann geben Sie es also zu?«, fragte der Richter, der jetzt für Bahmans Geschmack ein bisschen zu wachsam wirkte.

»Selbstverständlich nicht«, sagte Bahman. »Das Ganze ist völlig absurd.«

»Absurd nennt er das«, sagte Sanaz' Schwager, »wo die Verräter auf allen Hausdächern unser Land in Gefahr bringen.« Dann schob er den krausbärtigen Mann nach vorne. Bahman musste zugeben, dass der Mann ein besserer Geschichtenerzähler war als er selbst. Es war ja schließlich auch sein Beruf. Er beschrieb Bahmans Wohnzimmer, seine Kissen, seine Fotos, seinen Samowar. Er behauptete, er habe zusammen mit seinem Freund (dabei legte er eine Hand auf die Schulter des Burschen mit den Sonnenblumenkernen) Essen dorthin geliefert und dass keiner von ihnen an der Zusammenkunft teilgenommen habe. Aber eine Zusammenkunft sei es gewesen, keine Frage. Und aufgepasst, jetzt kamen all die belastenden Dinge, die sie gehört hatten und an die sie sich (natürlich) in Listenform erinnerten ...

Bahman wollte weg – allmählich wurde ihm etwas bewusst, nicht nur die Verzweiflung, die ihm die Kehle zuschnürte, während der Zeuge redete, sondern die leisere Sehnsucht danach, alles hinter sich zu lassen. Diesen Raum, ja, aber auch die Stadt, dieses Land. Er wollte seine Alben und Papiere zusammensuchen, einen Koffer packen und abreisen. Vielleicht in eine Wohnung auf Zypern oder in ein Dorf im Shomal. Er stellte sich vor, wie er seine Tage in leichten weißen Baumwollhosen mit Kordelzug verlebte, bis zu den Knien hochgerollt. Morgens würde er seinen Kaffee trinken, während er am Strand oder in einem Garten spazieren ging. Und nachmittags würde er rauchen, einen Teller Obst essen und Kardamomtee trinken und dabei seine Lieblingsdichter lesen, sie auswendig aufsagen, um sein Gedächtnis zu trainieren. Er wagte es nicht, davon zu träumen, zu Nilou und Kian nach Amerika zu reisen (oder lebte Nilou noch immer in Europa? Er hatte schon so lange nicht mehr mit ihr gesprochen). Und wie sollte er dort überleben und seine verschiedenen Bedürfnisse erfüllen? Aber vielleicht könnte seine Tochter ihm helfen – sie war eine Retterin. Als Nilou klein war, hatte sie sich eines Hühnerkükens von der Farm in Ardestun angenommen, damit es nicht geschlachtet wurde. Sie wickelte es in ein Tuch und setzte sich damit hinten ins Auto, hielt es auf der ganzen Rückfahrt nach Isfahan behutsam in ihren kleinen Händen. Sie nannte es Hähnchen Mansuri, nach Ali Mansuri, dem Nachbarsjungen, für den sie schwärmte. Jeden Tag fütterte sie es im Garten hinter dem Haus. Sein Gehege war noch immer da, und Bahman nahm sich vor, es ebenfalls mit nach Zypern zu nehmen. Eines Tages, als Hähnchen Mansuri zu einem kapitalen Hahn herangewachsen war und Bahman müde von der Arbeit kam, ein bisschen wahnhaft vom Opium war und frustriert vom Krähen des Vogels, hatte er ihn geschlachtet. Da Pari in Kriegszeiten kein Fleisch umkommen lassen wollte, briet sie ihn zum Abendessen. Als Nilou nach ihrem Hahn fragte, antwortete Bahman nicht. Er sagte nur, ohne sie anzusehen, sie sollte aufessen. Doch irgendwann kam der Moment, als sie verstand. Er sah es förmlich, wie die Erkenntnis in ihr kleines Gesicht trat. Sie starrte ihren Teller an, dann ihren Baba. Er merkte, dass sie kurz davor war, in Tränen auszubrechen, aber als sie sein Bedauern und sein Unbehagen bemerkte, riss sie sich zusammen. Sie wischte sich über die Augen und nahm einen Bissen. Sie aß ihren Hähnchen-Freund. So unbeugsam war sie, so unbegreiflich willensstark.

Jetzt flüsterte Bahman aus Fassungslosigkeit und Verzweiflung: »Euer Ehren, Sie haben vorhin einer Toten die Scheidung gewährt.«

Und was nützt es, sich an all die Dinge zu erinnern, die noch gesagt wurden – an die immer wüsteren Beschuldigungen, die vorgelegten Dokumente, die anderen Gerichte, bei denen nachgefragt wurde –, nachdem er einen müden, verbitterten Richter beleidigt hatte und bevor er in einer Gefängniszelle landete?

Wann würde man ihm erlauben, jemanden anzurufen? Würde er die Möglichkeit bekommen, sich Schmiergeld zu organisieren? Bald würden die Symptome des Opiumentzugs einsetzen ... und, schlimmer noch, während er allein in diesem feuchtwarmen Raum saß, war er noch immer verheiratet und der Freiheit keinen Schritt näher gekommen. Er hatte nur eine Hoffnung, die stärker und stärker wurde: Nilou würde ihm helfen. Sie war loyal. Sie verfolgte die Menschen, die sie liebte, wie ein kleiner Pitbull, rettete sie, zwang Glauben und Hoffnung in ihre Herzen, selbst wenn ihr eigenes schmerzte.

Es wurde Zeit, dass er dieses verwüstete Land verließ.

»Ein nicht enden wollender Wahnsinn«, raunte Bahman seinem Anwalt zu, als er ihn endlich sehen durfte, und der Junge erwiderte bloß: »Ja, Agha Doktor.«

Erotic Republic

August 2009
Amsterdam, Niederlande

Nach einer Stunde auf dem Schrankboden nimmt Nilous Entwurf Gestalt an. Sie nennt ihn REGELN. Er beginnt mit: *Ich hab versucht, an alles zu denken* ... (was zugleich die wichtigste Regel für Nilous Leben als erfolgreiche westliche Frau und die erste der vielen Listen ist, die es lenken). Sie drückt auf *Senden*:

Von: Dr. Niloufar Hamidi
An: Guillaume Leblanc
Betreff: REGELN

Ich habe versucht, an alles zu denken, was bei uns schiefläuft. Aber schreib ruhig noch was dazu, falls ich irgendwas vergessen habe.

(1) Jeder von uns tut zwei nette Dinge pro Tag. Vor dem Zubettgehen muss der andere erraten und aufschreiben, was es war. Wir behalten diese Liste, um nicht zu vergessen, was wir füreinander getan haben.

(2) 1 lautes Wort = 1 lästige Hausarbeit,
1 herablassende Bemerkung = 1 lästige Hausarbeit.

(3) Wer Geburtstag hat oder krank ist, hat – soweit angemessen – das letzte Wort. Wer während einer Krankheit laut wird oder flucht, wird nicht mit einer Hausarbeit bestraft, sondern lediglich verwarnt. Wer gesund ist, muss sich um die kranke Person kümmern und fragen, was sie braucht.

(4) Zwischen 9 und 18 Uhr ein fünfzehnminütiges Gespräch am Telefon. Volle Konzentration, ohne nebenbei weiterzuarbeiten. Andererseits: Rücksichtnahme auf unsere jeweilige Arbeit. Man muss das Gegenüber »Bye« sagen hören, ehe man auflegt. Gespräch möglichst mit »Ich liebe dich« beenden.

(5) Wir essen gemeinsam zu Abend, nicht an getrennten Tischen (falls wir beide zu Hause sind).

(6) Interesse an unserer jeweiligen Arbeit zeigen: Wenn wir über ein Thema diskutieren oder etwas zeigen wollen, das wir geschrieben haben (wie letztens, als ich deine Schriftsätze Korrektur gelesen habe), müssen wir uns zuhören. Außerdem eine Tätigkeit finden, die uns beiden gefällt (Romane? Tennis? *The Economist?*).

(7) Falls nach einem zehnminütigen Streit keine Lösung erreicht ist, können beide Seiten eine Auszeit nehmen. Erneuter Gesprächsbeginn nach 20 Minuten Auszeit.

(8) Kleine Kränkungen vermeiden. Nicht beiläufig von Scheidung sprechen. Die andere Person nicht ignorieren, wenn sie wütend ist. Ihre Sorgen nicht herunterspielen. Nicht fragen, ob zusätzliche arbeitsbezogene Tätigkeiten ihre Zeit oder ihr Geld wert sind (überhaupt: Arbeit nicht

in Dollar oder Euro bewerten, weil Arbeit nun mal
Arbeit ist).

(9) Öfter Sex haben? Wer am Wochenende zuerst aufwacht,
sollte im Bett bleiben, bis der andere ebenfalls wach ist?

(10) Falls es zum nächsten Streit kommt, weitere Regeln
aufschreiben.

Sie tippt sich mit den Fingern auf die Lippen, während sie die
Mail noch mal durchliest. *Das deckt alles ab,* denkt sie. *Ich sollte einen Ehe-Ratgeber schreiben.* Sie erhebt sich aus ihrer Ecke im
Schrank, streckt die Beine und räumt die Parzelle auf. Dann geht
sie mit ihrem Laptop in die Küche und macht sich eine Tasse Tee.

Sie sieht ihren Posteingang durch. Babas Name taucht zwischen Werbe-Mails und Listserv-Nachrichten der Amsterdamer
Universität auf. Er schreibt finglish (Farsi-Wörter in lateinischen
Buchstaben, durchsetzt mit einer seltsamen Interpunktion und
Rechtschreibfehlern, nur um alles auf seine typische Bahman-Ha-
midi-Art noch ein bisschen schwieriger zu machen). Der Betreff
ist in Großbuchstaben verfasst, als würde Baba durch den Computer brüllen, ein bizarres Bild, da er niemals laut wird. Er nennt
sich »dad«.

Betreff: ICH BIN BEREIT

Treffen wir uns in doubai schajad bezudi? {sehr schöner palatz
in doubai} Kian ham hast? man keh hastam. dad

*(Treffen wir uns in Dubai vielleicht bald? {sehr schöner Platz in Dubai}
Ist Kian auch da? Ich bin sowieso da. Dad)*

Eine E-Mail von Baba ist eine Seltenheit, und man kann nie wissen, ob eine Antwort ihn überhaupt erreicht – er hat eine neue Frau, ein temperamentvolles junges Ding, womöglich jünger als Nilou (sie will ihn das nicht fragen). Als Nilou ihm das letzte Mal schrieb, war das knappe »*doctor Hamidi maschghuleh*« (Dr. Hamidi ist beschäftigt), das in ihrem Posteingang landete, sicherlich auf dem Mist dieser Frau gewachsen. Also antwortet sie ihm dieses Mal gar nicht erst, obwohl Baba sich im letzten Monat drei Mal bei ihr gemeldet hat. Er will ein Treffen organisieren – ihr fünftes, seit sie den Iran 1987 verlassen hat. Nilou hat keine Lust mehr auf diese Begegnungen – sie sind anstrengend und schmerzhaft, und sie kann schlecht mit ihnen umgehen. Immer wieder beleidigt oder kränkt sie ihn, und manchmal betrachtet er sie mit zusammengekniffenen Lippen und vorgeschobenen Augenbrauen, als wäre sie ein Manuskript in einer Fremdsprache, die er in der fünften Klasse mal einen Monat lang gelernt hat. Diese Verständigungsprobleme zwischen ihnen lassen sie nachts hochschrecken. Wenn sie an sie zurückdenkt, stockt ihr der Atem, weil sie weiß, dass sie Anzeichen einer unnatürlichen Verlagerung sind – etwas, das sie einmal besessen hat, ist gestorben.

Bei ihren vergangenen Begegnungen hat Baba ein- oder zweimal angedeutet, dass sie ihm ein Visum besorgen könnte. Doch die Vorstellung, ihrem Vater dabei zu helfen, ein verzweifelter Exilant zu werden, lässt sie in Anbetracht seiner gefährlichen Süchte – das Opium und der *aragh*, die seinem Leben in Isfahan angeblich »Würze« verleihen – frösteln. Sie sieht nur, auf welche Weise ihr Vater sie bloßstellt, die vielen Risiken. Er spricht kein Englisch. Als er Gui in Istanbul kennenlernte, gab er andauernd unsinnige Redewendungen von sich, weil er sie einfach eins zu eins aus dem

Persischen ins Englische übertrug. Statt *Ich muss mir über meine Situation klar werden* oder der blumigeren, aber dennoch verständlichen Übersetzung *Ich möchte mein Schicksal erhellen* sagte er: *Ich will meine Hausaufgabe beleuchten*, weil das Wort *erhellen* auf Farsi sehr bildlich ist und auch für das Anschalten einer Glühlampe verwendet werden kann und weil das Wort für *Schicksal* dasselbe ist wie für *Hausaufgabe*. Wie kann sie diesen Mann der westlichen Welt zumuten?

Sie verschiebt die E-Mail in einen Ordner für Unerledigtes, steht auf und geht zu dem pfeifenden Wasserkessel.

Als sie zurückkommt, ist eine Mail von Gui gekommen.

Von: Gui
An: Verrücktes Hühnchen
Betreff: Re: REGELN

Ich ergänze dasselbe, was ich schon immer sage: Du musst
ein paar Stunden Arbeit (oder »zusätzliche arbeitsbezogene
Tätigkeiten« … was zum Geier soll das sein?) gegen etwas
Sinnloses eintauschen. Ich meine keinen Sport oder Buchclub
oder *The Economist* oder irgendwas anderes, das dir bei deinem
niedlichen kleinen Vorhaben nützt, die Weltherrschaft zu
übernehmen. Willst du mir zeigen, dass du mich liebst?
Vergeude ein bisschen Zeit. Lern ein paar entspannte Leute
kennen. Käseherstellung, Falknerei, Volkstanz. Oder vielleicht
die iranische Dichtergruppe im Jordaan? Du solltest deine
unerschöpfliche Energie nutzen, um ein bisschen sinnlosen
Spaß zu haben.

Warum redet er so mit ihr? Sie ärgert sich, dass er offenbar Spuren von Ironie in eine Mail hineingelesen hat, die sie völlig ernst meint. Jetzt will sie mit etwas Ernstem zurückschlagen: *Du musst*

MIR zeigen, dass du mich liebst! Oder etwas Ironisches: *1 Herablassung = 1 Hausarbeit.* Stattdessen schreibt sie etwas Langes und Hölzernes: *Meine Weltherrschaft ist weder niedlich noch klein. Außerdem lockt iranische Lyrik keine »entspannten Leute« an. Und sie ist extrem hilfreich dabei, treue Heerscharen von ergebenen Dienern zu sammeln, also ...*

Sie ist zu aufgebracht, um zu arbeiten, und macht sich erst mal einen Shirazi-Salat: Gurke, Tomate und rote Zwiebeln mit viel Limettensaft und Olivenöl. Sie isst das Gemüse mit einem Suppenlöffel und hebt dann die Schale an die Lippen. Sie denkt über Guis Mail nach und wird dabei immer wütender. *Vergeude Zeit?* Wieso sollte sie sich benehmen, als hätte auch sie ihre Kindheit und Jugend damit verbracht, verschlafen durch den Nebel ihrer eigenen privilegierten Stellung zu grinsen? Und selbst wenn er einräumte, dass dem nicht so ist: Soll sie etwa jede lieb gewonnene und tief verankerte Gewohnheit aufgeben, nur weil sie jetzt mit ihm zusammen ist? Sie trinkt das Limettensaft-Olivenöl-Dressing bis auf den letzten Tropfen – sie schämt sich nicht für diese Angewohnheit. Es ist ein Instinkt, übrig geblieben aus einem anderen Leben: Olivenöl ist teuer, Limetten ebenso. Aber als Gui sie zum ersten Mal dabei beobachtete, hat er sie mit offenem Mund angestarrt. »Du bist von einem anderen Planeten«, flüsterte er. Nilou grinste und wischte sich den Mund ab. Gui weiß ganz genau, dass sie keine Zeit vergeuden kann. Sie kann nicht mal übrig gebliebenen Limettensaft vergeuden.

Am späten Nachmittag geht sie ins Jordaan-Viertel, zu der schmalen, gepflasterten Straße an einer so mickrigen Gracht, dass ein sportlicher Mensch einfach drüberspringen könnte. Sie gesteht sich nicht ein, dass sie zum Zakhmeh will, dem von Persern besetzten Haus, in dem kulturelle Veranstaltungen stattfinden und das sie zufällig vor ein paar Sonntagen auf einem Spaziergang mit Gui entdeckt hat. »Ich fass es nicht, dass es hier so was gibt«, sagte sie, während sie die Augen mit den Händen abschirmte und durch ein beschlagenes Fenster spähte. Ein wenig atemlos erklärte sie Gui, dass der Name von *zakhm* abgeleitet war, dem Wort für *Wunde*. Aber ein Mann, der ein paar Schritte entfernt rauchte – wenn sie mit Gui unterwegs ist, wird sie häufig von neugierigen Iranern belauscht –, korrigierte sie: Ein *zakhmeh* sei ein Plektron für östliche Saiteninstrumente wie den *setar*.

Sie dankte ihm auf Farsi. Er richtete seine schwerlidrigen Augen auf Gui und sagte, ohne sie anzusehen: »Sie verlieren Ihren schönen Akzent, *khanom*. Sie sollten herkommen und mit uns Gedichte lesen.« Er deutete mit einem Nicken auf einen Flyer, der am Fenster klebte.

Die Veranstaltung hieß »Erotic Republic«. »Schön«, sagte Gui, las aber nicht weiter. »Ja, das sollten wir uns mal anschauen.« Sie notierte sich die Details auf einer alten Visitenkarte.

Erotic Republic: ein Abend für sinnliche Lyrik, Erinnerung und Fantasie:

Englisch-Farsi-Nacht der Poesie. Alle Vortragenden werden gewürdigt, bejubelt, verehrt! Kommt und erzählt eure schrillsten Geschichten, Fabeln und Mythen, Gedichte, Gedichte, Gedichte. Kommt und hört zu und genießt unsere hausgemachte Suppe. Einlass um 19:00 Uhr. Eintritt frei, aber von Spenden zahlen wir unsere Miete (okay, wir sind Hausbesetzer. Von Spenden kaufen wir Koriander und Tomaten ... und stocken unseren Vorrat an pflanzlichen Getränken auf).

Jetzt denkt sie, dass sie vielleicht wirklich Lust hat, Neuankömmlinge aus dem Iran kennenzulernen, Menschen, deren Akzent noch rein ist und deren Erinnerungen an die Heimat klar und unverfälscht sind. Außerdem liebt sie Geschichten und Lyrik. Und iranisches Essen.

Sie trödelt in den umliegenden Straßen herum, bis das Licht schwindet und die Leute allmählich in den typischen »braunen Kneipen« und Bierlokalen der Gegend verschwinden. Für den

Fall, dass sie sich rausschleichen und in einem Café etwas arbeiten will, hat sie ihren Rucksack mitgenommen, ein Accessoire, das mit ihr gewachsen ist. Im gleichen Tempo, in dem ihre Schultern stärker geworden sind, hat sich die Anzahl der Dinge in ihm vermehrt, sodass er sich genauso schwer anfühlt wie beim ersten Mal.

Sie wartet auf den richtigen Moment, um hineinzugehen, verliert aber die Geduld. Sie will diese Leute beobachten, deren Namen vertraut klingen und die möglicherweise entfernte Verwandte sind, will sie studieren, so wie sie schon ihr ganzes Leben lang Menschen und Gegenstände studiert hat: von den Männern auf den Fotos ihres Vaters über versteinerte Maulbeeren in den Obstgärten von Ardestun, über russische Männer in italienischen Flüchtlingslagern bis zu Teenagercliquen in einem McDonald's in Oklahoma. Jetzt hat das Zakhmeh sie neugierig gemacht, und Neugier ist ein Instinkt, dem Nilou selten widersteht.

Hinter der schweren Metalltür der ehemaligen Fabrik in einem dicht verhängten Versammlungsraum, der nach Weihrauch und Linsensuppe riecht, nach ungewaschenen, im Schweiß von Fremden marinierten Kissen und Unmengen Haschisch, kommt sie sich seltsam amerikanisch vor. In dem Raum drängen sich Dreadlocks tragende Hippies aus Holland und dem Mittleren Osten, iranische Bohemiens, einige Hidschab-Frauen und Männer, die ganz unterschiedlich gekleidet sind. Die Bohemiens mit ihren langen Haaren und den Armbändern der Grünen Bewegung faszinieren sie am meisten – sie hat den Iran zu früh verlassen, um die kreative Untergrundszene zu erleben, die Partys, die Clubs und Shows. Auch in Amerika hat sie an nichts dergleichen teilgenommen. Aber wenn es dort verboten gewesen wäre, hätte sie vielleicht ganz bewusst aus sicherer Entfernung ein gewisses Interesse dafür entwickelt.

Sie betritt den Raum unauffällig, wirft zehn Euro in den Krug für Spenden und lässt sich auf ein großes hellgrünes Kissen sinken. Sie stellt den Rucksack vor sich ab und schlingt die Beine darum, um möglichst wenig Platz einzunehmen.

Ein älterer Iraner mit buschigen weißen Koteletten bietet ihr eine Schale Linsensuppe an. Sein Löffel steckt noch in der Suppe, und er hat schon damit gegessen. Nilou lächelt, weil sie sich daran erinnert, dass es eine vertrauliche, unbefangene Geste ist, einem Kind Essen aus der eigenen Schale anzubieten, etwas, das für ihren Großvater und jeden Mann aus Ardestun völlig normal war. Sie nimmt die Schale und isst. »*Merci, agha*«, sagt sie. Danke, mein Herr.

»Bitte … nenn mich doch Mam'mad«, sagt der Mann, und sie begrüßt ihn erneut, diesmal mit seinem Vornamen, einer hübschen ländlichen, freundlicheren Version von Mohammad. Sie kennt sie gut; in ihrer Kindheit hatten zwei Freunde von ihr, Söhne von Dorfaufsehern, auch so genannt werden wollen.

»Liest du heute Abend?«, fragt er auf Farsi. Seine Sprache klingt gebildet, aber er lispelt. Das *sch* in *emschab*, »heute Abend«, kommt als ein leises, gequetschtes Zischen heraus. Er trägt eine verblichene braune Jacke, und die Plastikbügel seiner Brille verlieren sich in einem weißen Haarwust, der bis auf beide Wangen hinabreicht. Er sieht ein wenig älter aus als Baba und ist um einiges schmächtiger gebaut.

»Nein, *agha* … Mam'mad *agha*«, sagt sie und wird rot. Sie hatte nicht erwartet, hier nervös zu sein. Sie zieht ein Bein unter ihren Körper. »Ich bin keine von den Vortragenden.«

Er schnalzt mit der Zunge. »Aber nein, hier gibt es keine Vortragenden«, sagt er mit leicht feuchter Aussprache. »Die Leute treten auf, wenn die Poesie sie bewegt. Siehst du das da?« Er zeigt auf einen Stapel Blätter und ein Glas Wasser auf einem niedrigen Hocker neben dem Mikrofon. »Das sind Gedichte, die du uns vorlesen kannst, oder du kannst eine eigene Geschichte erzählen oder irgendwas vorlesen, das du geschrieben hast. Das ist alles ganz frei. Keine Regeln, keine Holländer. Willst du was rauchen?«

»Aber es sind doch Holländer hier.« Sie zeigt auf zwei Männer mit blonden Dreadlocks.

Mam'mad schüttelt den Kopf. »Schweden. Weniger Eis in den Adern.« Dann beugt er sich vor und sagt auf Englisch: »Ich hasse die Holländer. Fuck Wilders.« Mit seinem starken iranischen Akzent hört es sich an wie *Fäck Vilders*.

Nilou hat sich zwar nie in dieser Szene bewegt – die Szene der Flüchtlinge, Aktivisten, Künstler –, aber sie hat an der einen oder anderen Demonstration der Grünen Bewegung teilgenommen, wenn auch eher am Rande. Seit Juni hat sie sich jeden Tag die Nachrichten aus dem Iran angeschaut. Sie fragt sich, ob Leuten wie Gui und seinen Kollegen bewusst ist, was die iranischen Flüchtlinge hier in den Niederlanden durchmachen, ohne Zuhause, immer die drohende Abschiebung vor Augen. Manche leben in besetzten Häusern, andere auf der Straße. Wenn die Nachrichten aus dem Iran ihr zu laut durch den Kopf toben, lenkt sie ihre Aufmerksamkeit oft auf Geert Wilders ab, den zutiefst rassistischen (und islamfeindlichen, fremdenfeindlichen) Rechtspopulisten, der ihre Landsleute aus Holland rauswerfen will. In Kürze soll ihm wegen seiner Hassreden gegen Muslime der Prozess gemacht werden; er hat den Koran als faschistisches Buch und Mohammad als den Teufel bezeichnet. »Der Islam ist das trojanische Pferd in Europa«, hat er einmal gesagt. Manchmal klingen seine Tiraden wie ihr Baba, nur dass Baba alle Religionen hasst, nicht bloß eine. Es ist ihr unbegreiflich, dass ein Land, dessen Gesundheitswesen, Seniorenbetreuung und Bildungssystem so fortschrittlich sind, diesem Mann eine andere Rolle zubilligen kann als die eines Clowns. Dennoch ... seine Partei für die Freiheit (PVV) hat Zulauf, und er könnte Ministerpräsident werden.

»Fuck Wilders«, sagt sie und isst ihre Suppe auf.

Später nimmt sie eine Zigarette von Mam'mad an, dessen trockener Humor sie an Baba erinnert, wenn er düsterer Stimmung ist. Etwa in der Mitte der dritten Lesung bemerkt sie einen jungen Iraner, der rauchend hinten in der Nähe der Tür steht, neben ihm eine dunkle Frau um die vierzig mit spitzem Kinn und dichten schwarzen Locken wie Spiralen aus Garn. Sie berührt immer wieder mit einem Finger seine Brust. Der Mann blickt zu Nilou herüber und nickt. Selbst in dem dämmrigen Licht kann sie sehen, dass sein Gesicht vernarbt ist.

Eine schüchterne junge Frau mit kindlicher Stimme liest ein Gedicht über Liebe und Sex vor. Ein Obdachloser kommt hereingeirrt, aber keiner nimmt von ihm Notiz. Das Pärchen neben der Tür steht eng aneinandergeschmiegt da, ihre Makel durch Qualm und Dunkelheit verhüllt, und ohne es zu wissen, schauen beide die Vorleserin mit demselben amüsierten und aufmunternden, aber etwas ratlosen Blick an.

»*Da war Schlaf, da war Wachsein / da war Verlangen, da war Ekel / in Widerstreit und Einklang, wie eine Hand einen Kragen packt.*«

Als die Vortragende endet, applaudiert das Publikum großzügig, pfeift und johlt, und sie verharrt noch einen Moment am Mikrofon, dann geht sie hastig davon, den Blick achtsam auf ihre Schuhe gerichtet. Der Moderator, ein hagerer Mann mit Bauchansatz und europäischer Nase, der Sandalen und eine hoch taillierte Jeans trägt, nähert sich dem Mikrofon so langsam, als hätte sich die Luft in Pudding verwandelt. Nilou versucht, die diffuse Trägheit abzuschütteln, die sie allmählich übermannt. Als sie sich an den Kopf fasst, fühlt es sich an, als würde ihre Hand durch einen Farbtopf gleiten. Mam'mads Selbstgedrehte muss voller Haschisch gewesen sein. Sie wendet sich ihm zu und bekommt ein paar abfällige Worte mit: »Zu leichte Wahl, das Gedicht … für eine Veranstaltung namens ›Erotic Republic‹ …«

Irgendwer antwortet: »Wenn du Erotik willst, guck dir holländisches Fernsehen nach Mitternacht an.«

Mam'mad schnalzt mit der Zunge und winkt energisch ab. »Dummer Vergleich. Du hast wohl noch kein Wort moderne iranische Lyrik gelesen.« Das Hin und Her erfreut Nilou, diese Erwachsenen, die sich gegenseitig Sticheleien zuwerfen, die sie nicht versteht, während sie sich ein Kissen teilen, aus demselben Suppenkessel essen. Die Intimität ist vertraut und berauschend, etwas, das sie selbst noch nie erlebt hat, weil sie in Ardestun noch ein Kind war, das von einer Ecke des *sofreh* aus zuschaute.

Als der Abend voranschreitet, erzählen die Frauen Geschichten. Die meisten Männer sind zu high oder betrunken und hören lieber zu. Die Geschichten unterscheiden sich thematisch und vom Tonfall her, sind mal tragisch und mal urkomisch, aber etwas verbindet sie alle. Jeder hier will sein Herz ausschütten über die Tage fern vom Iran, über den Versuch, ein Leben aufzubauen, über das Scheitern, den Erfolg, die Unsicherheit, die unerwarteten Verbündeten. Während die Frauen erzählen, dringen Stimmen aus dem Publikum, werfen etwas ein, stellen Fragen, scherzen mit der Geschichtenerzählerin, spotten über eine Figur oder ein Ereignis.

»Ich erzähle euch jetzt die Geschichte«, sagt eine beleibte Frau vom Typ flotte Tante mit heiserer Stimme und großen Brüsten, die in ein knallrotes Wickelkleid gequetscht sind, »von der berühmten gefleckten Banane.«

Die Menge johlt, und Nilou ist sicher, dass jetzt eine anzügliche Geschichte folgt. Doch die Frau spricht über die Unterversorgung im Iran, über Handelsbeschränkungen und Schlägereien auf den Straßen, über Händler, die diese seltene Frucht zum zehnfachen Wert verkaufen. Manchmal sei es fast unmöglich, so sagt sie, in ganz Isfahan oder Teheran auch nur eine einzige Banane zu bekommen. Dann erzählt sie von ihrem Cousin, einem fragwürdigen Geschäftsmann, der, schon als sie noch Kinder waren, zu seinem ernst dreinblickenden Vater marschiert war und verlangt hatte, man solle das Regenwasser in ihrem Hof mit Gewinn verkaufen. Als Erwachsener dann stellte ebendieser Cousin fest, dass die Bananen, die er aus Istanbul oder Dubai ins Land schmuggelte, immer überreif ankamen, mit schwarzen Flecken auf der Schale. Sie frischer zu besorgen, wäre zu teuer gewesen, also erklärte er der Öffentlichkeit von Süd-Teheran stattdessen, dass er in der ganzen Stadt der einzige Verkäufer der äußerst seltenen, äußerst köstlichen gefleckten Thai-Bananen sei, die er großherzig zum nur dreifachen Preis der herkömmlichen ungefleckten Banane anbieten würde. »Dieser Teil der Geschichte ist kaum erzählenswert«, sagt sie. »Er war ein guter Geschäftsmann, und er kam zu seinem Geld. Viel interessanter ist, was passierte, als ich letztes Jahr nach London zog. Ich komme also an. Ich schaue mich nach Iranern um, weil ich denke, dass ich Freunde brauchen werde. Ich finde welche. Ich besuche sie zu Hause. Wir essen. Wir unterhalten uns. Die Familie lebt seit zehn Jahren in London, und die Frau ist elegant und immer schick gekleidet und spricht Englisch wie eine *bolbol*. Sie nimmt mich mit zum Markt, und sie marschiert (in ihren schicken Schuhen) schnurstracks zu dem Jungen am Obststand und sagt: ›Wo sind eure gefleckten Bananen? Ich sehe hier nur die gewöhnliche Sorte.‹«

Die Zuhörer prusten los. Die Frau lacht in ihre molligen, weichen Hände. Ihre Nägel sind blutrot lackiert. Sie erzählt noch ein bisschen über Iraner, die in Heathrow landen und sich gleich als Erstes auf die Suche nach gefleckten Bananen machen, an jedem Obststand den Abfall aufkaufen und vorgeben, das matschige Fruchtfleisch in der dunklen Schale zu lieben. »Schmutz auf unsere Häupter, wir sind so dumm.« Das Publikum wird still, jemand wirft eine Serviette nach ihr, aber die meisten nicken. Das

Timbre ihres Lachens verändert sich. Sie seufzt leise ins Mikrofon: »Ach, Menschen, Menschen, wir sind *alle* so dumm.«

Nilou denkt: *Maman wird diese Geschichte lieben. Kian wird sie hassen. Und Baba kennt wahrscheinlich den Cousin oder aber jemanden, der ganz genauso ist.* Was würde Gui denken, wenn sie ihm die Geschichte erzählen würde? Er würde lachen, sie küssen und sich ein paar Minuten lang schlecht fühlen.

Während einer Pause stupst Mam'mad sie an. »Ich würde gern eine von deinen Geschichten hören«, sagt er, als wären sie alte Bekannte. »Los. Geh auf die Bühne, *khanom*.«

»Ich kann nicht«, sagt sie, aber ihre Füße haben ihren eigenen Willen. Sie fühlt sich wagemutig und fiebert danach, nicht mehr bloß zuzuschauen. Sie fragt sich, welche Geschichte den Leuten gefallen würde. Soll sie von Maman in der Food-4-Less-Filiale erzählen? Von dem Versuch, den Slang von Sechstklässlern zu lernen? Von ihrem nervösen Zucken im Hals? Nein, beschließt sie, sie sollte den Vorfall vor zwei Monaten in der Reinigung schildern. An dem Tag hat sie gar nicht erst versucht, sich einem fassungslosen Guillaume zu erklären, ebenso wenig wie nach der Episode bei Marqt. Sie wusste nicht, wie. Von den Vortragenden hier erklärt niemand seine Geschichten in irgendeiner Weise. Es scheint gar nicht nötig zu sein. Die Erzählungen entwickeln sich einfach, und die Köpfe im Publikum nicken und senken sich zustimmend, das Verständnis der Leute zeigt sich in ihren Mienen, in der ruhigen Art, wie sie ihre Zigaretten an den Mund heben, wie sie das Kinn auf die Knie stützen und ihre Suppe neben ihren nackten Füßen kalt werden lassen.

Am Mikrofon räuspert sie sich zweimal und legt dann los, versucht, den Ton der erfahrenen Erzähler nachzuahmen. Die Zuhörer sind freundlich und duldsam, unterbrechen sie nicht so oft, wie sie das bei denjenigen tun, die regelmäßig hier auftreten (es sind *echte* Iraner, sagt sie sich, und gehen mit der Amerikanerin nachsichtig um). »Vor ein paar Monaten hat ein etwa fünfzigjähriger Chinese meine Lieblingsjacke zerrissen, die ich in seiner Reinigung abgegeben hatte.« Mr Sun hatte ihre Jacke zerrissen, und Nilou war ausgeflippt. Sie besitzt die Jacke seit sechs Jahren, das einzige Kleidungsstück, das sie in ihrer Ecke zusammen mit ihren Schätzen aufbewahrte, das einzige rein ästhetische, nicht funktionale Teil, das sich einen Platz in der Parzelle verdient hatte. Wie kann man sich sicher fühlen, wenn etwas so Wichtiges von einem Profi, der extra dafür bezahlt wird, es behutsam zu behandeln, einfach herumgeschmissen und zerrissen werden kann? Was für eine Ordnung ist das? Wenn Mr Sun ihre Jacke zerreißen kann, dann kann die Botschaft auch ihren Pass einziehen, und der Bankdirektor kann ihre Kreditkartennummer auf einen Zettel schreiben und irgendwo liegen lassen, und die ganze Welt kann im Chaos versinken. Sie gibt sich keine große Mühe, die Parzelle zu erklären. »Der Quadratmeter Raum, den ich von einem Land zum anderen mitnehme«, sagt sie und stupst mit der Fußspitze ihren Rucksack an, den sie unter den Hocker geschoben hat. Alle im Publikum lachen leise oder nicken – hier hat jeder seine eigenen mobilen Kostbarkeiten.

An dem Nachmittag musste Gui länger arbeiten, deshalb war ausnahmsweise sie zur Reinigung gegangen. Sie kannte Mr Sun nicht, wusste nicht, wie sorgfältig er arbeitete. Also schrie sie ihn an. Er schrie zurück. Sie beschuldigte ihn, schlampig gearbeitet zu haben. Er beschuldigte sie zu lügen, der Riss wäre vorher schon da gewesen. Sie schaukelten sich gegenseitig hoch, bis Mr Sun irgendwas von einer verwöhnten Amerikanerin murmelte, die nichts über sein Leben und das Leben seiner Kinder wüsste. Ein unerklärlicher Klumpen bildete sich in ihrer Kehle, und sie stürmte mit der zerrissenen Jacke nach draußen. Sie setzte sich in ein Café und überlegte zwanzig Minuten lang, was sie machen sollte. Aber schließlich ging sie wieder zurück, nach einem kurzen Abstecher in einen orientalischen Lebensmittelladen. Sie entschuldigte sich. Sie erzählte Mr Sun, dass sie keine Amerikanerin sei, und falls sie verwöhnt war, dann nicht so, wie er dachte. Sie schenkte ihm *baghlava*. Mr Suns Augen umwölkten sich. Er sagte nur: »Ihre Kleidung ist meine Kleidung.« Ein Gedanke, der durch seine Sanftheit umso stärker wirkte und für östliche Ohren vertraut klang. Die Holländer hingegen könnten ihn kaum begreifen und würden ihn rasch vergessen.

Die Zuhörer lachen leise, rufen ihr freundliche Aufmunterungen zu, und sie setzt sich. Sie verschweigt ihre tränenreiche Fahrradfahrt nach Hause, die zerrissene Jacke über den Lenker gehängt. Sie hatte gehofft, dass Gui die Geschichte hören und verstehen würde, warum der Klumpen in ihrer Kehle anschwoll, warum es so wichtig war, dass Mr Sun sie als eine von seinem Schlag akzeptierte, als einen weiteren entwurzelten Menschen, und sie nicht den behäbigen Einheimischen zuordnete, die nie gelitten haben. Aber Gui sagte: »Ach, Nilou, er ist doch bloß ein alter Mann.« Dann schickte er ihm ein fettes Trinkgeld und machte alles nur noch schlimmer, weil die *baghlava* und Mr Suns Kommentar sie praktisch zu Freunden gemacht hatten und Guis Geste ihn wieder auf seine Rolle zurückwarf als jemand, der gegen Bezahlung für sie arbeitete.

Einige Stunden später schwirren und summen die angeregten Zuhörer aus dem besetzten Haus, zurück in ihre Privatheit – manche von ihnen wohnen vielleicht sogar hier im Gebäude –, und sie lässt sich von ihrem Strom hinaus in die kühle, feuchte Amsterdamer Nacht tragen. Das Pärchen, der Mann mit der Narbe und die Frau mit den schwarzen Locken, geht an Nilou vorbei und verschwindet ein paar Häuser weiter in einer braunen Kneipe. Sie hat einen Arm um seine Taille geschlungen, während er raucht. Unter der Straßenbeleuchtung fällt Nilou auf, dass seine Narbe weiß ist, ein sahnig aussehender Streifen, der sich von der

Stirn an der Augenbraue vorbei nach unten zieht, als würde ihm
Milch übers Gesicht laufen.

Agha Mam'mad kommt in kaputten Sandalen herausgestol-
pert. »Alles gut, *khanom*?« Die Straßenbeleuchtung spiegelt sich
in der Gracht, und der Hefegeruch von Craft-Bieren hängt in der
Luft. »Diese Stadt«, sagt er auf Farsi, zündet sich eine Zigarette
an und schüttelt den Kopf, als sehe er sie zum ersten Mal, »fühlt
sich an wie die erste Seite eines Kinderbuchs ... nachdem das
Knusperhäuschen gefunden wurde und alles strahlt und nach
Zucker riecht« (er redet mit den Händen), »bevor der schwarze Wind kommt und die Äste anfangen, dir ins Gesicht zu peit-
schen.«

Er erzählt ihr, dass er vor vier Jahren seine Frau und zwei Töchter in Teheran zurückgelassen hat. Er war dort Hochschullehrer,
aber hier ist er bloß ein Flüchtling. Er hofft, Arbeit zu finden, damit er seine Familie nachkommen lassen kann. Manchmal kocht
er in der Gemeinschaftsküche des besetzten Hauses Granatap-
felsoße. Aber eigentlich sitzt er am liebsten auf den Kissen und
lauscht den Geschichten der anderen Flüchtlinge oder unterhält
sich mit Aktivisten, die bis spät in die Nacht hitzige Diskussionen
führen. Er erzählt ihr von einem jungen Mann namens Karim,
der nach zehn Jahren illegalen Aufenthalts in Holland und nach
zahlreichen Asylanträgen die meisten Nächte ohne ein Dach über
dem Kopf verbringt und gelegentlich ins Zakhmeh kommt, um
sich mal satt zu essen. »Und hast du Siawasch gesehen? Den ar-
roganten Burschen mit den Narben? Der ist verwöhnt, sein ganzes Leben amerikanische Freiheit. Er sitzt hier nicht fest. Aber
er bleibt als Mitglied einer Menschenrechtsorganisation. Im Moment reden sie bloß über die Wahlen.«

»Die Wahlen im Iran?«, fragt sie, noch immer ein bisschen benommen von dem Joint.

»Wo denn sonst?« Dann scheint er sich an die gefährliche

Stimmung in Holland zu erinnern, die Tatsache, dass er selbst in Europa Feindseligkeit erlebt hat. Er murmelt in seine Hand: »Ach so, ja ... fuck Wilders«, während er auf seine eisigen Finger haucht.

Sie muss unwillkürlich kichern. Gedanken jagen ihr durch den Kopf, verschwinden und tauchen wieder auf, machen sie schwindelig. Mam'mad nimmt ihre Hand und drückt sie, als würde er eine Frikadelle formen. Er sieht ihr prüfend ins Gesicht und sagt: »Keine Sorge, *khanom*. Nach zwei Zügen Haschisch einen Gedanken festhalten zu wollen, ist so, als würde man mit einem Boot abtreiben und dabei versuchen, sich an ein einzelnes kleines Ästchen am Ufer zu klammern. Unmöglich.«

Später wird sie feststellen, dass Mam'mad, wenn er high ist, gern in Gleichnissen redet. Aber mit dem Boot und dem Ästchen liegt er richtig – was wollte sie noch mal sagen? Unvermittelt entfährt ihr: »Du hast schöne Zähne.« Sie denkt an ihren Baba, der ungefähr so alt ist wie dieser Mann und dem die Zähne eines Menschen unglaublich viel verraten: »Ich kann sehen, dass du nicht mit den Zähnen knirschst.«

Er stößt ein verschleimt hustendes Lachen aus, Augen und Mund umschlossen von drei deutlich sichtbaren Klammerpaaren. Bald wird sie herausfinden, dass die Augenklammern verschwinden, wenn er ein falsches Lächeln aufsetzt, während die um den Mund bleiben. Das ist beunruhigend, weil sie irgendwann anfängt, darauf zu achten. »Seltsame kleine Lady mit großem Raketenrucksack«, summt er. »Du musst mich morgen besuchen kommen. Ich mach dir ein gutes Mittagessen mit *torschi*.« Persische Mixed Pickles.

Wieder lacht sie unverhofft los. »Gruppe drei«, trällert sie vor sich hin. Mam'mad starrt sie an, und die Klammern um seine Augen vertiefen sich, während er auf eine Erklärung wartet. Sie denkt, was spricht dagegen, ihn in das Wunderland zu lassen, das sie allein bewohnt, in ihrer Fantasie, dieses geordnete Universum aus Tabellen und Kategorien und tröstlichen Regeln? Wenn sie die Welt farbkodieren könnte, würde sie das tun. So hat sie die Anthropologie für sich entdeckt – mit siebzehn saß sie oft stundenlang in Fast-Food-Restaurants und Cafés herum, beobachtete mit tranceartiger Reglosigkeit, wie Leute sich trafen und wieder auseinandergingen. Ihre Rituale faszinierten sie schon damals. Inzwischen ist es ihre liebste Freizeitbeschäftigung, sie in Schubladen zu stecken, und ihre lockeren Klassifizierungen sind absolut zutreffend.

»Ich habe herausgefunden«, sagt sie zu Mam'mad, »dass Iraner im westlichen Exil in vier *einander-ausschließende-insgesamt-erschöpfende* Gruppen eingeteilt werden können.« Sie zählt die vier Gruppen an den Fingern ab. »Bereit?«

»Nur zu, seltsame Lady«, sagt Mam'mad, und seine müden Augen leuchten. Diese Klassifizierung von Exil-Persern muss noch immer irgendwo bei ihren Unterlagen liegen. Sie hält ihren kleinen Vortrag aus dem Kopf, lässt Details weg, die beleidigend wirken können. Aber in ihrem Notizbuch hat sie es folgendermaßen aufgeschrieben:

Gruppe eins: Geld-Perser. Sie haben ihr Geld vor dem Sturz des Schahs außer Landes geschafft. Sie haben sich überwiegend in Kalifornien niedergelassen, machen überwiegend in Immobilien. Sie haben Tehrangeles gegründet und scheinen sich dafür ebenso wenig zu schämen wie für ihre blauen Samtmöbel und die wuchtigen Säulen in ihren Villen. Sie sind mit Gold behängt und in Parfüm gebadet, sie machen Heilfasten und treten in Rudeln auf; wenn sie aus ihren roten Mercedes quellen, funkeln Designer-Labels an ihren Körpern, immer gleich mindestens zwei oder drei. Wenn Geld-Perser westliche Gäste bewirten, servieren sie Beluga-Kaviar oder Honiggebäck, frische Pistazien, Champagner.

»Üble Vertreter«, sagt Mam'mad. »Diese Idioten bringen uns alle in Verruf!«

Bei Gruppe zwei – der besten – enthält sie ihrem neuen Freund kein Detail vor.

Gruppe zwei: Akademische Perser. Sie sind auf kleine Colleges und Universitätsstädte verteilt und lesen dicke, verstaubte Bücher. Falls sie nicht schon vor der Revolution abgehauen sind, haben sie nicht viel Geld, und das scheint ihnen nichts auszumachen. Geld-Perser sind ihnen peinlich. Sie sind in den Westen geflohen, weil ihnen die Freiheit, zu denken und zu schreiben und zu studieren, was sie wollen, wichtig ist. Sie beben vor politischer Wut, hören Musik aus dem mondänen Teheran der Sechzigerjahre, lesen Die blinde Eule *und drängen ihre Kinder, nach Harvard zu gehen. Alle jungen Perser denken, ihre Eltern fallen unter Gruppe zwei, selbst wenn ihr Haus korinthische Säulen hat oder nach geröstetem Koriander riecht. Amerikanischen Gästen servieren sie Kartoffelchips mit Gurken-Joghurt-Dip.*

»In die gehöre ich, nicht wahr?«, sagt Mam'mad. »Oder sind in Gruppe drei die seriösen Wissenschaftler?«

Sie überarbeitet Gruppe drei, so gut es der nebulöse Dunst in ihrem Gehirn erlaubt, hat aber Mühe, sich auch nur den genauen Wortlaut in Erinnerung zu rufen.

Gruppe drei: Frisch-vom-Boot-Perser. Sie mögen schon zwanzig Jahre hier sein, aber der Dorfgeruch haftet ihnen noch immer an. Sie lesen den Koran. In ihren Häusern riecht es nach ghormeh sabzi *oder wenigstens nach geröstetem Koriander. Häufig haben sie schlechte Zähne – das liegt nicht an der gesellschaftlichen Stellung, sondern an ihren Gewohnheiten. Selbst reiche Leute vom Lande bleiben Leute vom Lande. Sie hängen* ghilim*-Teppiche mit Nastaliq-Schrift an die Wände. Wenn sie unerwartet an Geld kommen, geben sie es für gefälschte Uhren oder Reisen zum Grand Canyon aus. Sie hoffen, dass ihre Kinder versuchen, an eine gute Universität zu kommen, wünschen sich aber insgeheim, dass sie in ihrer Nähe bleiben. Sie wissen, was Harvard ist, aber Yale sagt ihnen nichts. Es ist für sie nicht von so elementarer Bedeutung wie für die Gruppen eins und zwei. In der Garage, gleich neben dem altersschwachen Auto,* *haben sie Einmachgläser mit Eingelegtem stehen (Knoblauch, Schalotten, Zwiebeln), das sie dann westlichen Gästen servieren, die verkniffen lächelnd vorsichtig das eine oder andere kosten.*

»*Ei vai*, steckst du mich etwa zu diesen Trotteln, bloß weil ich einmal Mixed Pickles erwähnt habe?«, sagt Mam'mad belustigt. »Und zu welcher Gruppe gehören kleine, hartherzige Rucksack-Ladys?«

Ja, zu welcher Gruppe gehört sie?, fragt sie sich. Vielleicht ist sie inzwischen einfach Amerikanerin. Gruppe vier handelt sie möglichst rasch ab, weil Mam'mad den ganzen Abend mit ihren Mitgliedern verbracht hat und sie ihn nicht langweilen will. Er kommt ihr jetzt vor wie eine Mischung aus Baba, Onkel Ali und allen Männern in Ardestun, die sie je gekannt hat.

Gruppe vier: Künstler und persische Aktivisten. Hitzig, unstet, keinerlei Ehrgeiz außer dem, die Welt aus der Bahn zu werfen. Sie trinken viel, rauchen viel, wettern gegen Religion, haben imaginären Sex mit Fremden. Manchmal gehen sie nach Kalifornien oder New York und spielen die Rolle des Arabers in einer billigen Nachmittagsserie oder Telenovela, während sie ihre Erzählbände oder Alben fertigstellen. Sie schreiben Briefe an Dichter, die derzeit im Evin-Gefängnis untergebracht sind. Im Alter tragen sie weiße Pferdeschwänze und geblümte Röcke, die an den Nordiran denken lassen, tatsächlich aber auf Bauernmärkten in Fort Greene oder Camden Town oder im Jordaan gekauft wurden. Sie verfolgen die Nachrichten und können gut tanzen. Gästen servieren sie Bier, Nüsse und alles, was im Kühlschrank noch genießbar ist, so wie das auch gebürtige Einheimische tun würden.

»Ahh, unsere Hausbesetzerfreunde«, sagt Mam'mad. Er starrt nickend auf einen Punkt über ihrem Kopf, als könnte er ihre Liste dort schweben sehen. »Khanom Wissenschaftlerin, ich glaube nicht, dass Menschen so leicht einzuordnen sind ... aber ich möchte dich trotzdem noch zum Mittagessen mit *torschi* einladen.«

»Okay«, sagt sie, weil sie vorübergehend ihre persischen Manieren vergessen hat. Dann kann sie, benebelt, wie sie ist, ihre Bestürzung nicht verbergen. »O Gott, hätte ich erst dreimal ablehnen sollen?«

»Wir leben jetzt nach holländischen Regeln«, sagt er. Jedes Mal, wenn Mam'mad von Holländern spricht, sieht er aus, als würde er am liebsten jemandem sagen, er soll sich ins Knie ficken. »Meine Töchter sind weit weg. Wir werden zusammen essen, und du wirst mir Geschichten über deine Familie erzählen.«

»Das klingt gut«, sagt sie und macht sich auf den langen Nachhauseweg.

Welche Geschichten über die Hamidis kann sie Mam'mad erzählen? Sie sind wie alle anderen Familien durch Meilen und Jahre und sich verändernde Lebensgewohnheiten voneinander getrennt. Als Nilou in Oklahoma aufwuchs, servierte Maman ihren Klassenkameraden Chips mit sahnigem Joghurt-Dip, aber auch gemischte Nüsse, übrig gebliebenes Bananenbrot, *torschi* mit köstlichen geschmorten Lammfleischhappen – Pari Hamidi lässt sich nun mal in keine Kategorie einordnen. Vielleicht wird Nilou ihm von Ardestun erzählen oder von ihrer Ehe und Karriere, den Dingen, die sie im Westen erreicht hat. Vielleicht wird sie über jene Nacht im Jesushaus sprechen, dem Schluckauf zwischen ihren beiden Leben. Vielleicht werden ihre Geschichten ihn davon abhalten, seine eigenen Töchter herzuholen, denn falls er das tut, werden sie sich in westliche Frauen verwandeln und ihm immer unbegreiflicher werden.

Sie könnte ihm Geheimnisse von ihren nächtlichen Spaziergängen erzählen. Dass sich nichts je richtig abgeschlossen anfühlt. Dass sie etwas Wesentliches in Isfahan zurückgelassen hat und sich nicht daran erinnern kann, was es war. Dass sie ihre Mutter manchmal um ihren religiösen Eifer beneidet, um die Freiheit, die Kontrolle abzugeben. Sie möchte sagen, dass sie erschöpft ist.

Dass sie entgegen der heiligsten Überzeugung ihres Vaters nicht überdurchschnittlich intelligent oder weltgewandt oder elegant ist. Dass sie bloß ein Dorfmädchen ist, ein mageres Flüchtlingskind unter einem Felsbrocken von einem Rucksack, das schließlich zur Amerikanerin geworden ist. Kräftig und mit gestählten Beinen, braucht sie keine brüchigen genetischen Zierden wie Talent oder Köpfchen. Was sie auszeichnet, ist ihr Durchhaltevermögen. Und wenn sie sich ausruhen würde, wozu alle ihr raten, wäre sie nichts. Aber niemand sollte glauben, Nilou sei bloß eine typische verzweifelte Emigrantin, denn ehe sie ganz unten angekommen ist, rappelt sie sich schon wieder auf, und sie hat die Regeln durchschaut. Vor allem möchte sie sagen, dass sie sich unglaublich anstrengt. Sie strengt sich an, wenn sie schlafen und lieben und Erinnerungen schaffen und Fehler machen und Freundschaften schließen sollte, wenn sie lernen sollte, das Räderwerk in Gang zu halten, ohne sich ständig so ins Zeug zu legen.

Oder vielleicht wird sie stattdessen über ihre Arbeit reden, ihre Forschung über frühe Primatenfamilien, deren Nahrungsbeschaffung und -verteilung. Gefahrlose Themen aus grauer Vorzeit. Manchmal stellt sie sich vor, wie sie ihre publizierten Aufsätze ihren Verwandten in Ardestun zeigt, wie sie gemeinsam auf den nahen Berg steigen und nach steinzeitlichen Artefakten graben.

Während sie an der Gracht entlangtrottet, schwirren Mam'mad und das Zakhmeh noch immer durch ihren Kopf. Sie versucht, den nächsten Vormittag zu planen, doch ihre Gedanken gleiten ab. Baba hätte die Dichterlesung heute Abend genossen. Aber falls er tatsächlich nach Europa übersiedeln würde, wie er angedeutet hat, würde er haargenau in Gruppe drei fallen. Er würde Taxi fahren und seine zahnärztliche Zulassung verlieren. Er würde verkümmern, und seine kindliche Freude würde aus ihm entweichen, bis seine Wangen ganz eingefallen wären. Er würde sterben, während er auf einem verblassten Nain-Sitzüberzug aus grob geknüpften roten und blauen Fäden in einem parkenden Taxi säße, mit der einen Hand Sonnenblumenkerne knackte, mit der anderen seine Betperlen unter dem Daumen hindurchgleiten ließe und in Erinnerungen schwelgte.

Der absolute Wert des Universums würde abstürzen, jede Küste, jeder Obstgarten, jedes Stadtzentrum, jeder Bissen und jede Melodie, alles würde auf unerklärliche Weise seine Besonderheit verlieren.

Hinter ihr ertönt eine Fahrradklingel, aber Nilou dreht sich nicht um. Sie denkt: *Ich werde Mam'mad von Babas Besuch in Oklahoma erzählen.* Wieder klingelt es hinter ihr. Seit zwanzig Jahren, ob in New Haven oder New York oder Amsterdam, bremst jeder ab, der Niloufar Hamidi auf ihren langen nächtlichen Spaziergängen überholt, und schaut kurz zu ihr rüber, weil er von hinten für einen Moment nur einen Rucksack auf zwei Beinen gesehen hat.

*

Zwanzig Minuten später, als die Prinsengracht sich nach Osten krümmt und Nilous Kopf allmählich klar wird, beginnt sie, über Mam'mads rechtliche Situation nachzudenken. Wie kommt es, dass er hier lebt? Sie weiß, dass Flüchtlinge gemäß den EU-Vorschriften in dem Mitgliedsland Asyl beantragen müssen, das sie als Erstes betreten haben. Bei den Flüchtlingen, die keine hilfreichen Beziehungen haben, den meisten also, sind das selten die Niederlande, weil man dafür ein Flugticket braucht, ein Ausreisevisum, ein Einreisevisum. Die Ärmsten fliehen in die Türkei und gelangen von dort auf dem Landweg in die EU. Oder sie versuchen ihr Glück in Griechenland oder Zypern. Dennoch haben sich viele iranische Immigranten hier niedergelassen: Manche sind Wissensarbeiter, viele andere haben Verwandte, die sie unterstützen. Geld, ein ausländischer Studienabschluss oder ein europäischer Partner können nicht schaden (auch Nilou, eine amerikanische Akademikerin, könnte in diese Rubrik fallen, aber das kommt ihr irgendwie falsch vor). Ein Hochschullehrer wie Mam'mad dürfte nach Amsterdam gekommen sein, um eine Tagung zu besuchen, oder im Rahmen einer Forschungsreise oder auf Einladung einer Universität. Nach Ablauf seines Visums wird er sich eine iranische Community gesucht und Asyl beantragt haben.

Bestimmt hat er niemanden bestochen, anders als Baba, der bedenkenlos zu diesem Mittel greifen würde, wenn er herkäme. Bestimmt würde Mam'mad keine kriminellen Freunde im Drogenmilieu anrufen, damit sie ihm Steine aus dem Weg räumen.

Als sie den Schlüssel im Schloss dreht, hört sie Gui in der dunklen Küche rumoren. Er sitzt im Pyjama am Tisch und isst Müsli. Über seine Frühstücksschale gebeugt, die Beine lang ausgestreckt, wirkt er irgendwie schutzlos. Mit seinen gut ein Meter neunzig, dreißig Zentimetern mehr als Nilou, wirkt er umso verletzlicher, wie ein faltbarer Trekkingstock, den sie zu Ausgrabungen mitnehmen und nach jedem Einsatz zusammenklappen kann. »Hast du auf mich gewartet?«, fragt sie. Er nickt und streckt einen Arm aus. Sie lässt ihren Rucksack zu Boden fallen, setzt sich auf seinen Schoß und schmiegt sich an ihn. Manchmal vergisst sie, wie groß ihr Mann wirklich ist, bis er sie mit seinen Armen umschließt, in denen sie völlig verschwindet. Der Haschischnebel lichtet sich. »Das war ein schrecklicher Streit«, sagt sie. »Entschuldige.«

Er sieht zu, wie sie in seinem Müsli rührt, eine Walnuss und eine Rosine herausklaubt. »Du musst dich nicht immer so anstrengen«, sagt er. Sie blickt ihn fragend an, sucht dann in der Schale nach einer weiteren Walnuss. »Manche Dinge können leicht sein. Der Supermarkt, zum Beispiel.« Er sagt das, als wäre es die offensichtlichste Wahrheit der Welt. So gewinnt er Prozesse, denkt sie bewundernd.

Aber sie sagt ihm nicht, dass sie stolz auf ihn ist. Stattdessen erzählt sie von ihrem Mittagessen mit Mam'mad. Na bitte: Sie hat ein Hobby gefunden, genau wie er wollte – Flüchtlinge.

»Warst du in diesem Plektron … Dichterhaus?«

»Im Zakhmeh«, sagt sie an seinem Hals. »Ja.«

»Zieh dir bloß nicht deren Probleme an, okay?«, sagt er mit besorgten Augenbrauen und schmalen Lippen. »Gibt's denn nichts, das ein bisschen weniger stressig ist? Die haben bloß Gedichte gelesen, oder?«

»Es hatte nichts mit meiner Arbeit zu tun«, sagt sie. »Und ich habe einen Freund gefunden. Genau das wolltest du doch.« Er streicht sich mit einer seltsamen Geste, über deren Ursprung Nilou sich schon immer gewundert hat, eine hellbraune Haarsträhne aus der Stirn. Es sieht aus, als würde er einen Lockenwickler entfernen. Ob er als Kind seine Mutter dabei beobachtet hat? Er starrt sie mit traurigen Augen an. Sie versucht, einen verspielten Ton anzuschlagen. »Und mal ganz nebenbei: Ich brauche auch niemanden, der mich adoptiert. Ich bin ja keine Pfirsichverkäuferin, die du am Straßenrand aufgelesen hast. Wir haben uns in Yale kennengelernt.«

Er nimmt seinen Arm von ihren Schultern. »Genau das meine ich«, sagt er. »Du redest so einen Scheiß und flippst aus, wenn deine EC-Karte nicht funktioniert, und denkst, mit deinem finsteren Blick kannst du allen was vormachen, aber um ehrlich zu sein, Hühnchen, wirkst du wie das Mädchen auf 'ner Party, das auf cool macht, während sein Rock in der Unterhose steckt.«

Sie lacht, den Mund voller Walnüsse, und wischt sich Milch von den Lippen. Doch sie begreift Guis Sehnsucht nach einem ehrlich gemeinten Statement. »Ich hab das Gefühl, wir streiten immer schlimmer. Was wir uns alles um die Ohren hauen.« Er nickt, legt das Kinn auf ihren Kopf. Er sagt nichts, also flüstert sie an seinem Hals: »Können wir bitte nicht mehr streiten?«

»Okay«, sagt er. Eine Ecke des Zakhmeh-Flyers lugt aus Nilous Tasche. Er zieht ihn heraus. »Ich hab mir überlegt, wir sollten uns einen Raum schaffen, in den *unsere* wichtigen Dinge kommen. Wir könnten den hier an den Kühlschrank hängen und nächstes Mal zusammen hingehen.«

Sie blickt zum Kühlschrank hinüber, an den Gui ihre Liste mit Regeln geklebt hat. »Du willst dir persische Lyrik anhören?«, fragt sie gerührt, obwohl sie hofft, dass er Nein sagen wird.

»Ja klar«, sagt er. »Wenn das dein Ding ist, dann ist es auch mein Ding.«

Sie lächelt, muss an Mr Sun denken, erwähnt ihn aber nicht. Mit einem Achselzucken nimmt sie Gui den Flyer weg und zerknüllt ihn. Später wird sie ihn in eine der Mappen in ihrer Parzelle schieben, wo er unangefochten ihr gehört. »Der war nur für heute Abend. Nächstes Mal.«

Sie steht auf und will ins Schlafzimmer gehen. Die Versuchung, Mam'mad von Babas Besuch in Oklahoma zu erzählen, ist vergangen. Aber jetzt, wo sie diese Erinnerung aufgerufen hat, möchte sie ein Weilchen allein damit verbringen, sie rekapitulieren. In einem anderen Leben hätte Mam'mad Babas Freund sein können. Sie kann sich lebhaft vorstellen, wie die beiden versuchen würden, sich gegenseitig an Esprit zu überbieten, wie sie Wasserpfeife rauchten und Sonnenblumenkerne knackten, während sie über Literatur und Politik diskutierten.

Gui nimmt ihre Hand und zieht sie zurück. »Okay, nächstes Mal«, sagt er. Er küsst ihr Gesicht, knabbert an ihrer weichen Haut, eine Angewohnheit, die er seit ihrem ersten Date hat, als er sie fragte: *Darf ich in deine Wange beißen?* Er streicht mit einem Finger über ihr Kinn. »Ich bin froh, dass du einen neuen Freund gefunden hast.«

Das erste Wiedersehen

Oklahoma City, 1993

> Keine Begebenheit erweckt in uns
> einen Fremdling, von dem wir
> nichts geahnt hätten. Leben heißt
> langsam geboren werden.
>
> *Antoine de Saint-Exupéry*

Zum ersten Mal sahen wir uns 1993 wieder. Ich glaubte, Baba würde nach Oklahoma kommen, um bei uns zu bleiben. Wir fuhren an einem glühend heißen Oklahoma-Sonntag gegen Mittag zum Flughafen. Maman erlaubte uns, die Kirche ausfallen zu lassen, und wir freuten uns, weil wir unsere normalen Sachen anbehalten durften. Wir packten einige Flaschen Eiswasser ein, und Kian nahm einen alten Gameboy mit. Die Sonne brannte durch die Autoscheiben, und schon nach fünf Minuten waren wir völlig durchgeschwitzt und erschöpft. Kian und ich trugen Shorts und T-Shirts mit verblassten Markenlogos aus irgendeinem Secondhandladen; Maman trug Jeans und eine hübsche Bluse aus dem Iran. Sie versuchte, möglichst neutral zu wirken. Iranische Frauen denken ständig über ihr Aussehen nach, aber sie wollte Baba nicht den Eindruck vermitteln, dass sie ihn vermisst hatte.

Sie bombardierte uns mit Fragen, ohne sich für unsere Antworten zu interessieren. »Freut ihr euch darauf, euren Baba zu sehen?« »Kian, hast du dein Gedicht dabei?« »Nilou, ich hab doch gesagt, keine Shorts. Soll dein Baba etwa denken, du wärst eine amerikanische *dokhtare kharab* geworden?«

Seit ich ein Jahr zuvor dreizehn geworden war, trieb Maman die Angst um, ich könnte eine *dokhtare kharab* werden, ein »gebrochenes Mädchen«, womit Iraner eine sexuell freizügige Person meinen, die zufällig weiblich ist. Sie glaubte, dass ich in dieser Hinsicht stärker gefährdet war als andere, weil ich Babas DNA in mir trug. Wie in den meisten Kulturen geht die männliche Version dieser Bezeichnung so etwa in Richtung *verspielt*.

Kian stupste mich in die Rippen und fing an, ein nerviges Lied zu singen, das er sich ausgedacht hatte. Maman kicherte. Manchmal zog sie ihn auf, indem sie sein Revolutionslied aus Kleinkindertagen sang. »Der gefangene Vogel leidet Herzweh hinter Mauern«, trällerte sie dann mit Babystimme. Meistens ergänzte Kian den Rest der Strophe, und sie ergötzten sich an ihrer innigen Mutter-Sohn-Beziehung. Ich hasste das. Ich begriff nicht, dass ich in solchen Momenten Baba vermisste.

Vielleicht, weil ich eine Tochter war oder weil ich *Babas* Tochter war, behandelte Maman mich besonders streng. Sie verbot mir, auch nur einen winzigen Hauch Make-up zu tragen, und gab meinem Drängen, mir endlich die Beine rasieren zu dürfen, erst nach, als sie sah, dass meine Behaartheit gegen die guten Sitten verstieß und sie mich so weder aus dem Haus lassen noch mich zwingen konnte, in der drückenden Hitze Oklahomas lange Hosen zu tragen. Ständig mit Maman und Kian auf engstem Raum lebend, sehnte ich mich nach einem winzigen bisschen Privatsphäre.

Irgendwann während unserer Jahre im Exil hatte ich aufgehört, Kinderspiele zu spielen. Ich vergaß die Bücher, die ich einst geliebt hatte, die Texte der persischen Lieder und fing an, von einer eigenen Wohnung in einer Großstadt zu träumen. In Oklahoma schmiedete ich heimlich Pläne, lieh mir in der Stadtbücherei Ratgeber für Uni-Bewerbungen aus, bereitete mich auf meine zweite Flucht vor – in diesem verschlafenen Flachland konnte ich mich nicht zu Hause fühlen, und jede Anstrengung und Demütigung würde sich gelohnt haben, wenn ich dadurch eine eigene Heimat finden würde. Die anderen Kinder hatten noch nie jemanden aus dem Mittleren Osten gesehen, hatten sich immer nur mit ihren eigenen Träumen und Dämonen befasst, und sie luden mich nicht in ihr beschränktes Universum ein. Sie erklärten mir ihre Liedertexte nicht und ebenso wenig die Völkerballregeln oder wie man die vielen Wörter aussprach, die ich durcheinanderbrachte. Ich blieb mir selbst überlassen und lebte in meiner Fantasie. Bald kam ich zu dem Schluss, dass ich zwei Dinge brauchen würde, um mich hier sicher und zu Hause zu fühlen: Geld und die Ausstrahlung einer *echten* Amerikanerin (ein schwer fassbarer Begriff, der mir tägliche Blamagen bescherte). Um mich auf meine glänzende großstädtische Zukunft vorzubereiten, aß ich nichts anderes als Pitabrot und Ei ohne Dotter, schwamm täglich tausend Meter und cremte ständig meine Beine ein. Sieben Stunden am Tag paukte ich den Mathe-Lehrplan der zwölften Klasse.

»Er wird mich nicht für *kharab* halten«, sagte ich zu Maman. »Er hat meine Noten gesehen.«

»Noten haben damit überhaupt nichts zu tun«, sagte sie.

Ich schnaubte. »Wir reden hier von Baba! Mit genug Einsen auf dem Zeugnis könnte ich nackt in die Schule gehen.«

»Nilou!« Sie schlug mit beiden Händen aufs Lenkrad. »Es reicht.« Sie atmete zweimal tief durch. »Bitte vergesst nicht, dass ihr für euren Baba sehr verändert aussehen werdet. Vielleicht macht ihn das traurig. Versucht einfach, lieb zu sein. Ich weiß, dass ihr das noch könnt.«

Etwa um die Zeit, als wir in der ersten Flüchtlingsunterkunft ankamen, fingen meine Albträume an. Sie änderten sich im Laufe der Jahre, aber sie verschwanden nie, und ich gewöhnte mich an den Gedanken, dass fehlende Gliedmaßen und gespenstische Würger und sterbende Eltern einfach der Preis des Schlafes waren. Als ich vierzehn wurde, handelten die Träume meist von

Klassenkameraden, die mich wegen irgendwas bloßstellten. Ich fürchtete, sie würden herausfinden, dass ich eine ganze Dekade amerikanische Musik verpasst hatte, dass ich aus einem Land stammte, in dem Frauen gezwungen werden, triste Kleidung zu tragen, dass ich nur etwa die Hälfte von ihrem Slang verstand. Ich fürchtete, sie würden herausfinden, dass ich mich fürchtete. Meine einzigen Gegenmittel gegen die Angst waren Mathe und Naturwissenschaften, konkrete Disziplinen, denen zu trauen ich von Baba gelernt hatte (eine reinere Liebe zum Lernen und Studieren setzte erst in späteren Jahren ein).

In manchen Nächten träumte ich, dass Baba mich entführte, und in diesen Träumen waren seine Augen tot, und ich wusste, dass er der andere Baba war, der Opium-Baba, der zahnjagende Baba, und dass ich ihm entkommen musste.

»Wo wird er denn schlafen?«, fragte ich, obwohl wir das schon besprochen hatten.

Unsere Wohnung war für Immigranten eigentlich nichts Besonderes, aber für mich war sie ein Albtraum. Die in typischen Durchgangsländern wie Italien und den Arabischen Emiraten verbrachte Zeit hatte unsere Geldreserven aufgezehrt. Wir verfügten über Mamans kleines Einkommen und eine dunkle Zweizimmerwohnung im Erdgeschoss eines zweistöckigen Hauses. Zuerst teilten Maman und ich uns ein Zimmer. Dann Kian und ich. Und bald würden wir wahrscheinlich wieder tauschen. Es hing davon ab, wer ihrer Meinung nach gerade mehr Privatsphäre brauchte, sie selbst oder Kian. Ich nie, denn Privatsphäre war die einzige noch fehlende Zutat, die mich von einer *dokhtare kharab* trennte. Sie hielt sie von mir fern, wie den versehentlichen Tropfen Eigelb, der eine Schüssel mit schaumigen Baiser-Spitzen in eine flache, schlabberige Zuckersuppe verwandelt.

Wir kamen überein, dass Baba mit Kian und ich wieder mit Maman in einem Zimmer schlafen würde. Wir kamen auch überein, dass Nader, Mamans »Bekannter«, der vor der Revolution aus Kermanschah gekommen war, während Babas Aufenthalt nicht vorbeischauen würde. An den meisten Tagen tauchte Nader gegen sechs oder sieben Uhr bei uns auf und kochte die unterschiedlichsten köstlichen Fleischgerichte. Ständig schwappten scharfe Marinaden in durchsichtigen Behältern im Kühlschrank – sämige rote und gelbe Mischungen mit rohem Fleisch darin, das nach kurzer Back- oder Brat- oder Grillzeit einfach fantastisch schmeckte. Nader sah ziemlich idiotisch aus, wenn er ohne Hemd, aber mit Kopfhörern auf den Ohren in der Küche stand, eine Zigarette zwischen die Lippen geklemmt und eine Pfanne mit Brokkoli in der Hand, doch dann wendete er sämtliche Röschen wundersamerweise mit einem lockeren Schnippen aus dem Handgelenk, sodass kein einziges anbrannte. Manchmal bat er mich, eine Prise Kurkuma zuzugeben, und wenn ich es tat, verzog er das Gesicht. »Eine Prise, Kleine, eine Prise!« Als wäre eine *Prise* eine genaue Mengenangabe. »Nenn mich nicht Kleine«, sagte ich dann, »und eine Prise ist keine wissenschaftliche Maßeinheit.«

Ich wollte, dass Nader wieder verschwand. Mir war vage bewusst, dass Maman und Baba sich hatten scheiden lassen, weil Baba nicht bereit gewesen war, sein Dorf zu verlassen, seine Stellung, seine Wurzeln, sein Opium aufzugeben. Nachdem Maman im Iran immer stärker in Gefahr geraten war, blieb ihnen keine andere Wahl, als getrennte Wege zu gehen. Außerdem hatte Baba ihr bei der Flucht geholfen, und wie hätte er, wären sie verheiratet geblieben, bei den stundenlangen Vernehmungen danach seine Beteiligung abstreiten sollen? Ich verstand die Lage, wenn auch nur widerwillig. Und es lag nicht an einem Gefühl der Loyalität Baba gegenüber, dass ich diesen neuen Mann unsympathisch fand – Nader nervte einfach.

Wenn ich als Heranwachsende mit Baba telefonierte, bat er

mich immer um Geschichten und Fotos, vor allem Fotos. »Schick mir alle, die ihr doppelt habt. Egal, was drauf ist, nicht bloß die besonderen.« Und wenn wir seinem Wunsch nicht nachkamen, ließ er sich Vorwände einfallen: Er brauchte irgendein Dokument oder wollte eine bestimmte Zeitschrift lesen oder bat um eine besondere amerikanische Feuchtigkeitscreme. Maman machte sich stets die Mühe, ihm diese Dinge zu schicken, und wenn er ihr seine Listen durchgab, schob er nach: »Bitte pack Fotos von den Kindern dazu. Nicht vergessen.«

Später, als Maman immer mehr zu tun hatte mit ihren zwei Jobs und der Kirche und der Abendschule, als ich mit der Highschool und dem Schwimmen und den ersten Vorbereitungskursen fürs College anfing, gaben wir nur noch Pakete auf, um ihm seine Kompressionsstrümpfe zu schicken, weil wir wussten, dass Baba wirklich schlimme Krampfadern in den Beinen hatte. Wir stellten uns vor, wie er älter wurde in diesem Land, wo solche Dinge nicht so leicht verfügbar sind und die Menschen sich einfach mit dem Leiden abfinden. Also rief Baba alle paar Wochen an. »Bitte schickt mir noch mehr von diesen speziellen engen Strümpfen«, sagte er. Und dann: »Vielleicht könnt ihr noch einen Stapel Fotos dazulegen. Wo habt ihr die letzten gemacht? Ist das eine gute Geschichte?«

Es wäre ungerecht zu sagen, dass ich meinen Baba mit vierzehn vergessen hatte. Ich dachte oft an ihn. Aber ich hatte aufgehört, ihn zu vermissen, und noch bevor er seinen Besuch ankündigte, hatte ich die Hoffnung aufgegeben, dass er nachkommen würde. Es schien immer wahrscheinlicher, dass er das niemals tun würde und dass die Versprechungen meiner Eltern während der ersten Monate nach unserer Flucht größtenteils Lügen gewesen waren. Ich wuchs zum Teenager heran. Ich machte mir ständig Sorgen um meine Zukunft. Ich wollte mich unbedingt verlieben, und ich wollte mich unbedingt nicht verlieben, weil ich wusste, dass ich aus Oklahoma fliehen musste, wie meine Mutter aus dem Iran geflohen war.

Und jetzt hatte Baba wie durch ein Wunder ein Touristenvisum ergattert, um uns besuchen zu können, und ich hegte die stille Hoffnung, dass er für immer bei uns bleiben würde – Baba und ich würden das natürlich heimlich deichseln müssen, wie früher, wenn wir Windbeutel ins Haus geschmuggelt hatten; Maman hatte nichts davon gesagt. Wir erreichten den Will Rogers World Airport etwas zu früh, fühlten uns nicht wohl in unserer Haut, in unserer Kleidung und mit unseren Frisuren. Wir warteten im Terminal, bis seine Maschine, die aus New York kam, gelandet war. Als die ersten Passagiere von der Gepäckausgabe kamen, manche von ihnen noch frisch nach einer kurzen Reise, andere übermüdet nach langen, internationalen Flügen, spürte ich, wie meine Beine zitterten. Ich wünschte mir sehnlichst, dass er der nächste Passagier sein würde, der auftauchte. Jedes Mal, wenn ich den Schatten eines erwachsenen Mannes sah oder jemanden, der einen mir vertrauten Gang hatte oder viel Gepäck, war ich mir sicher, dass er es war, und meine rechte Hand schnellte hoch zu meinem rechten Ohr. Falls es eine beruhigendere Geste gibt, als sich am Ohrläppchen zu zupfen, so habe ich die bislang noch nicht entdeckt, und während jener ersten Jahre in der Emigration entwickelte sich diese Angewohnheit zu einem neuen Tick. Maman nahm meine Hand und drückte sie sich an die Brust, und wir warteten weiter.

Schließlich überraschte er uns und kam als Letzter heraus, zusammen mit den Flugbegleiterinnen, die er mit seinem breiten, bärtigen Honigkuchenpferdgrinsen anlächelte, als sie ihm seine vier Feuerzeuge und ein Streichholzbriefchen überreichten. »Er ist kleiner«, flüsterte ich Maman zu. Sie verbot mir nicht den Mund, sagte auch nicht, ich sollte mich benehmen. Sie sah Baba nur staunend an und sagte: »Du bist *größer*.«

Als er uns entdeckte, lachte er erschöpft, breitete die Arme aus und versuchte, uns alle drei gleichzeitig hochzuheben. Es war eine ungeschickte Aktion, und einige Passanten musterten uns erstaunt, aber er war nicht zu stoppen. Babas Freude war wie ein Gepäckstück, das eine steile Rolltreppe herunterpoltert. Man versucht nicht, etwas von so viel Masse und Dynamik zu stoppen. Man springt einfach zur Seite. Er lachte und weinte, wischte sich mit einer großen behaarten Hand über die Augen, zog eine Riesenshow ab. Ich kann mich nicht erinnern, dass mein Baba je so laut war, so hemmungslos. Rote Büschel sprossen aus seinem Hemd, das bis zur Brust aufgeknöpft war. Sein Haar war zerzaust, und jetzt, da ich größer war, konnte ich zwischen den babyweichen Strähnen, die er noch immer lang und jugendlich geschnitten trug, die kahle Stelle am Hinterkopf sehen.

»Ist das meine Nilou?«, flüsterte er und legte eine verschwitzte Hand an meine Wange. Irgendwie verließen mich schlagartig die Worte, und ich stand stumm da, ohne Hallo zu sagen, oder: *Es ist schön, dich zu sehen, Baba-dschun*, wie ich es geübt hatte. Als er meine Wange berührte, wollte ich zurückspringen, nicht, weil seine Hand feucht war, sondern aus einem vergessenen Instinkt heraus, einer alten Angst. Aber ich lächelte. Er sagte: »Nilou *khanom*, du bist so groß.« Er sah mich lange an, und als ich das Schweigen gerade durchbrechen und Hallo sagen wollte, dröhnte er los: »Ha, du hast ja richtige Schneidezähne! Lass mal sehen.« Er machte Anstalten, mir einen Finger in den Mund zu stecken, aber ich wich zurück. Offenbar stand mir das Entsetzen ins Gesicht geschrieben, denn sein Blick glitt rasch hinunter zu seinen Schuhen. Er ließ die Hand sinken und sagte: »Du bist sehr erwachsen, Nilou-*dschun*.« Er klang verletzt, aber ich sagte mir, dass auch ich meine Grenzen hatte, und ich wollte auf keinen Fall leisen nächtlichen Gesprächen darüber lauschen, dass ich zum Kieferorthopäden müsste oder mir frühzeitig die Weisheitszähne ziehen lassen sollte. Nein. Ich war vierzehn. Ich wollte, dass man mir die Hoheit über meinen Körper ließ.

Baba wandte sich Maman zu. »*Salam*, Pari-*dschun*«, sagte er mit sanfter, tiefer Stimme, als würde er eine Trauernde auf einer Beerdigung begrüßen. Sie umarmten sich stumm, während Kian und ich von einem Bein aufs andere traten, an unseren Rucksäcken herumhantierten, Fäden aus unseren ausgefransten Shorts zogen. Baba schüttelte Kian die Hand, ein stolzes, leises Lächeln im Gesicht, und wir gingen zum Wagen.

Baba ging, ohne zu überlegen, auf die Fahrerseite, und dann kam ein verlegener Moment, als er und Maman die Plätze tauschten. »Jetzt darf ich vorne sitzen«, erklärte Kian.

»Dein Baba sitzt vorne«, sagte Maman. Ihre Stimme war tonlos und so emotionsfrei, als würde sie Kinder in einen Bus scheuchen.

»Ich setze mich nach hinten zu Nilou«, sagte Baba. Zuerst war ich beklommen. Also erkundigte ich mich nach Onkel Ali, um die Anspannung loszuwerden – wie ging es ihm? Hatte er eine Freundin? Fragte er noch nach mir? Wusste er, dass ich jetzt Schneidezähne hatte? Baba lachte. »Du fehlst ihm sehr«, sagte er. »Und er hat alle deine Fotos gesehen. Ich hab sie ihm gezeigt.«

Den Rest der Fahrt stellte er mir Fragen. Nach der Schule, nach meinen Zähnen, meinen Lieblingsfächern, wie gut ich in Naturwissenschaften war. Darüber sprach ich gern, weil es ein sicheres und konkretes Thema war. »Pari.« Mitten in meiner Aufzählung von vulkanischen Felsen sah Baba zu Maman nach vorne. »Wieso hat Nilou einen Akzent?«

»Ich hab keinen Akzent!«, widersprach ich, weil sie schon wieder über mich redeten, als wäre ich ein kaputter Mixer.

»Sprichst du Farsi mit ihnen?«, wollte er wissen.

»Ja, wir sprechen Farsi«, sagte sie, »aber in der Schule sprechen sie Englisch.«

Er schnaubte und sah mich an, doch dann trat sein kindliches Grinsen wieder hervor wie ein schnell grassierender Ausschlag. »Liest du Gedichte?«, fragte er. Ich zuckte die Achseln. Er fing an, über den Wert von Lyrik zu dozieren, über die vielen verborgenen Bedeutungen seiner Lieblingsgedichte. Während er sprach, berührte er mich manchmal an Arm, Schulter oder Wange, als wäre ich ein Stück Seide, das er unbedingt kaufen wollte. Einmal zog er mich in eine Umarmung, die fast eine Minute lang dauerte. Dabei tätschelte er mir den Rücken, bis ich die Hände auf seine Brust stemmte und mich von ihm wegdrückte. Das schien ihm nichts auszumachen. Er plapperte ungerührt weiter, und ich fragte mich, ob er schon immer so geschwätzig gewesen war.

Mitten in seiner lebhaften Rede legte er eine Hand auf mein Knie. Ich wischte sie mit einer raschen Bewegung weg, als würde ich eine Spinne wegschlagen. Er schnappte nach Luft, sagte aber nichts. Ich war sicher, er würde aus meiner Reaktion folgern, dass ich dabei war, eine Art schwache und fehlgeleitete Angst vor Männern zu entwickeln, weshalb er später Maman zur Rede stellen würde. »Warum erziehst du sie so?«, würde er sagen. »Liegt das an deiner Kirche?«

Trotz meiner verblassenden Erinnerungen wusste ich noch, dass Baba gern und viel umarmte und küsste und Rücken tätschelte und in Wangen kniff. Aber seit über fünf Jahren hatte mich kein Mann mehr umarmt oder geküsst. Die zärtlichste Geste von Nader war ein gelegentliches High five. Jetzt rutschte Baba auf dem schwitzigen Plastiksitz neben mir herum, klemmte die Hände zwischen die Knie, ließ sich sein Unbehagen deutlich anmerken. Etwas Unsichtbares schien ihm auf dramatische Weise zu entgleiten, und sein innerer Kampf zeigte sich während dieser fünfundvierzigminütigen Autofahrt in seinen verkrampften Kiefermuskeln und seinen blutleeren Fingerknöcheln, die er ins Sitzpolster presste. Er starrte geradeaus, wobei er gierig auf seinem

Schnurrbart kaute, als versuchte er, die aktuellen Koordinaten seiner wirklichen Tochter zu berechnen. Er sah aus wie ein Mann, der, wenn man ihm auch nur ein kleines bisschen Zauberkraft geschenkt hätte, durch die Zeit gereist wäre, um die sechs Jahre der Trennung ebenso rückgängig zu machen wie die unbekümmert gezogenen Zähne und überhaupt alles, was seine Tochter dazu gebracht haben könnte, seine Hand wegzuschlagen. Ich war alt genug, um den Schmerz in Babas Augen zu sehen, und wäre der Moment nicht so schnell wieder vorbei gewesen, hätte ich gesagt, dass es nicht an ihm lag, dass ich bloß eine Klimaanlage brauchte und etwas Wasser und einen ruhigen Moment für mich allein.

Aber ich sagte nichts, um seine Traurigkeit zu mildern. Es gibt Wesen, die man mit dreißig sehen kann, zu denen man mit vierzehn aber noch keinen Zugang hat. Als Jugendlicher sieht man nur die Schwanzspitze eines solchen Wesens oder die Kontur seines Rückens, wenn es im Dunkeln vorbeizieht. Heute weiß ich, dass Baba mich hochheben und herumschwenken wollte, so wie früher, dass er mein Gesicht streicheln und meine Zähne kontrollieren wollte. Ich brachte kaum ein Hallo heraus, die Arme vor meinem T-Shirt verschränkt. Mein vierzehnjähriges Ich wollte bloß abtauchen, aber dieser stämmige Mann mit dem roten Schnurrbart war mit dem Vorsatz gekommen, Amerika mit allen Sinnen zu erleben. Während jener Wochen aß er zweimal am Tag Eiscreme und rechnete bei sämtlichen Preisen um, wie viele Wurzelbehandlungen sie kosteten, und seine Süchte brachten uns mehr als einmal in Gefahr. Wir gingen mit ihm mexikanisch essen; er probierte die Guacamole und erklärte prompt: »Schmeckt wie Nivea.« Er fragte mich, ob ich gelernt hatte, damenhaft eine Zigarette zu halten, und er bot dem Klempner Pistazien an.

Zu Hause angekommen schaute Baba sich um, deutete mit einem Nicken auf die Couch und knurrte halblaut: »Auf der schlafe ich. Ihr müsst euch keine Umstände machen.« In der

Wohnung waren keine sichtbaren Spuren von Nader zu sehen, aber sie war winzig, hatte eine Küchenzeile, die ins Wohnzimmer ragte, jedoch keine Essecke oder Diele. Das Mobiliar im Wohnraum bestand lediglich aus einer Couch direkt vor einem kleinen Fenster, einem runden türkischen Couchtisch, einem Fernseher auf einem abgestoßenen Glasschrank, bei dem eine Scheibe fehlte, und zwei Metallsesseln mit grünen Kissen. Das alles verteilte sich auf einem grässlichen blauen Teppichboden, der schon in der Wohnung gewesen war, als wir einzogen. Immerhin war die Küche bestens ausgestattet mit Messern und Woks und Töpfen in allen Größen. Grund dafür war der blöde Nader mit seinen blöden Kopfhörern und seiner Obsession, alles braten und sautieren und marinieren zu müssen. Ein Teil von mir wünschte sich, er würde hier auftauchen, ohne Hemd, Kette rauchend und U2 hörend, damit Baba ihm sagen könnte, was für ein Idiot er war, und ihn rausschmeißen. Als ich mir die Szene vorstellte, musste ich kichern. Überrascht von diesem kurzen fröhlichen Laut, drehte Baba sich um und sah mich an, worauf ich schnell wieder eine finstere Miene aufsetzte.

Er stellte seinen Koffer neben die Couch und machte eine Vierteldrehung erst zur einen, dann zur anderen Seite. Dann wandte er sich wieder Maman zu und sagte mit einer Stimme, die sich selbst für mich nicht ungezwungen anhörte: »Pari-*dschun*, darf ich mal dein Telefon benutzen?«

Maman war an der Küchenzeile damit beschäftigt, selbst gemachte Windbeutel auf einen Teller zu legen. »Wozu?«, fragte sie. Als sie weitersprach, glitt ein alarmierter Ausdruck über ihr Gesicht. »Willst du im Iran anrufen? Da ist es doch schon spät.«

»Nein«, sagte er und kramte in seiner Tasche. Er starrte kurz auf einen Zettel und stopfte die Hand wieder zurück in die Tasche.

»Oh nein, nein, nein, Bahman«, sagte Maman, ließ einen Teelöffel fallen und kam ins Wohnzimmer gestürzt. Sie sprach in einem lauten Flüsterton, zischte die Worte heraus wie durch eine Lücke zwischen ihren Schneidezähnen. »Du wirst hier keine Freunde anrufen. Keine Freunde, hast du mich verstanden? Wie hast du überhaupt einen gefunden?« Er wollte etwas sagen, doch Maman schnitt ihm das Wort ab. »Schluss damit. Keine Kontakte zu irgendwelchen Leuten.« Sie stürmte zurück in die Küche und fing an, die Windbeutel wieder wegzupacken, als wollte sie ihn bestrafen, indem sie ihm die Süßigkeit vorenthielt. Ihre Finger zitterten bei der Arbeit, Sahne spritzte auf ihre hübsche Bluse. »Wir haben gerade erst unsere Greencards bekommen«, murmelte sie. »Wie kannst du nur so dumm sein?«

Babas Präsenz verbreitete eine müde und angestrengte Atmosphäre im Raum. Selbst das grelle Licht durch das einzige Fenster störte mich, obwohl ich es seit Jahren jeden Tag gespürt und darin gesessen hatte, um meine Beine zu wärmen. Ganz zu Anfang war ich nachts manchmal aus dem Bett geschlichen, wenn Kian und Maman schliefen, und hatte meinen nackten Bauch gegen die Glasscheibe gedrückt. Die Wärme war eine Wohltat. Ich stellte mir vor, ich wäre auf einer tropischen Insel.

»Beruhig dich, Pari-*dschun*. Es ist alles in Ordnung«, sagte Baba. »Du kannst sie ruhig draußen lassen.« Er lächelte sie und ihr Gebäck strahlend an, mit jungenhafter Vorfreude.

Maman hielt inne, ihre Schultern sanken herab, und ein leiser Seufzer entfuhr ihr. Sie schaute auf ihre Hände, merkte jetzt erst, dass sie dabei war, die Windbeutel wegzuräumen, die sie mit viel Mühe zubereitet hatte. Sie packte sie wieder aus und stellte sie auf den Couchtisch.

Natürlich verstand ich nicht, was da gerade zwischen ihnen vorgefallen war. Ich war jung und hatte keine Ahnung, wen er anrufen wollte und warum. Heute kenne ich viele Iraner, die es an einen Ort weit weg von zu Hause verschlagen hat, Fremde, die aufgrund eines einzigen gemeinsamen Interesses zu Freunden werden. In ihrer neuen Wahlheimat haben iranische Immigranten keine Hilfskräfte oder Botenjungen mehr, die ihnen ihre illegalen Genüsse liefern. Deshalb lernen sie, sich schnell zu vernetzen.

Später an dem Abend, nachdem Kian und Maman zu Bett gegangen waren, ertappte ich Baba am Telefon. Er thronte im Schneidersitz in Unterhemd und Pyjamahose auf einem leuchtend orangen Schlafsack über einer Reihe von Couchkissen, die Maman auf dem Boden verteilt hatte. Er hielt ein Glas heißen Kardamomtee in der Hand und hatte die Knie angezogen, sodass er aussah wie ein Mensch auf einer Rettungsinsel, tief geduckt, bemüht, alle Gliedmaßen nah am Körper zu halten. Er flüsterte auf Farsi, deshalb dachte ich zuerst, er hätte entgegen Mamans Wunsch im Iran angerufen, obwohl das so teuer war.

Doch nach einigem Nicken und etlichen zustimmenden Knurrlauten sagte er in schleppendem, dörflichem Tonfall: »Es ist eine Ehre, *agha* ... Was für ein Glück, auch in der Ferne Freunde zu haben ... Nein, nicht der Rede wert. Ich bin Ihr Diener. Bis morgen.« Dann legte er auf. Als er sah, dass ich ihn beobachtete, rief er mich zu sich. »Komm her, *khanom*, die du aussiehst wie meine Tochter. Hast du irgendwelche Bilder, die du deinem Baba zeigen kannst? Neue Fotos?«

Ich schüttelte den Kopf. Ich ging nicht zu ihm, weil eine tröstliche alte Angst zurückkehrte.

Er sagte: »Wie ist das möglich?«, und warf eine Hand mit dieser besonderen abfälligen Geste in die Luft, die wir mit Italienern und Spaniern und jedem anderen temperamentvollen Volk gemeinsam haben – aber nicht mit den Holländern. »Im Iran sind Mädchen in deinem Alter süchtig nach Fotos. Deine Cousinen, du erinnerst dich doch noch an sie? Deine Cousinen sitzen im Wohnzimmer um deine Großmutter herum und spielen den ganzen Tag mit ihrer Polaroid. Ich hab ein paar Fotos mitgebracht. Willst du sie sehen?«

»Ich hasse Fotos«, sagte ich. Neuerdings wurde meine iranische Nase größer und größer, und meine Haut war fettig und dunkel. Noch schlimmer war, dass meine Schneidezähne schief gewachsen waren. Der Gedanke, dass Baba mich zum Kieferorthopäden schicken würde, machte mir Angst. Deshalb fügte ich hinzu: »Sie sind eitel und unchristlich.«

»*Khak tu saram*«, sagte er, Schmutz auf mein Haupt. Seine Augen traten aus den Höhlen, wie die des Hamsters im Biologieunterricht, wenn man ihn zu lange drückte. »Was zum Teufel redest du denn da, Nilou-*dschun*?«

Ich zuckte mit den Achseln. Er stemmte sich hoch und schaltete den Fernseher an. Neben der Mattscheibe hockend, wechselte er die Programme, bis er bei einer kitschigen Seifenoper landete. Er reckte den Hals in Richtung von Mamans Schlafzimmer, und als er hörte, dass dort alles mucksmäuschenstill war, sagte er: »Siehst du die Frau da?« Er zeigte auf eine auffällig geschminkte Frau in einem schulterfreien Top, deren bombastische Frisur mit Haarspray einbetoniert war und die gerade einen hitzigen Streit mit einer ebenso aufgetakelten Rivalin hatte. Der Anblick von so viel amerikanischem Busen in Babas Anwesenheit ließ mich rot werden. Aber er schien das gar nicht wahrzunehmen. Er sagte: »Mir wäre lieber, du wirst fürs Universum genauso nutzlos wie diese Frau, als dass aus dir eine religiöse Fanatikerin wird. Wenn dieses Desaster« – er zeigte auf die Frau, sein fleischiger Finger direkt auf ihrem Gesicht – »der Nullwert ist, dann sind Jesus- und Allah-Fanatiker komplett im Minusbereich. Dieses ganze Gerede von Gott wird dich vermurksen, Nilou-*dschun*, und dann wird es dich umbringen. Und hinterher kommt nichts. Verstanden?«

Ich nickte, ohne zu merken, wie sich eine tiefe Konfusion in mir breitmachte. Für Maman war Jesus die einzige noch verbliebene Identität unserer Familie. Er war unser Weg aus dem Iran gewesen, und er war der Grund, warum Kian und ich auf amerikanische Elite-Unis gehen würden. Im Iran war kaum etwas anderes für sie wichtig gewesen, aber hier war sie sogar noch frommer geworden. Da sie ihren Beruf, ihre ehrenamtliche Arbeit und ihre Gemeinde verloren hatte und als Emigrantin im entlegensten Winkel von Oklahoma ihr Dasein fristete, lebte sie nur noch für IHN. Jede ihrer Entscheidungen wurde daran gemessen, ob sie Gott diente – selbst die Entscheidung, sich auf Nader einzulassen, der nicht richtig mit der Kirche verbunden war, sondern ihr, wenn man mich fragte, vor allem wegen der Gemeindeausflüge und des ungehinderten Umgangs mit geschiedenen Frauen aus verschiedenen Kulturen angehörte.

»Wenn du Gott finden willst«, sagte Baba und schaltete den Fernseher aus, »studiere Naturwissenschaften. Die Erde, den menschlichen Körper, alles, was du berühren kannst, dessen Spuren du sehen kannst oder was du durch ein Mikroskop beobachten kannst. Und falls dein Geist dann noch immer hungrig ist, lerne Gedichte auswendig. Das ist die einzige Unsterblichkeit, die uns zugänglich ist, Nilou-*dschun*, diese Stimmen aus einer anderen Zeit.« Ich widersprach nicht, weil seine Empfehlungen in keinem offensichtlichen Gegensatz zu Mamans Glauben standen. Ich konnte sie leicht beide zufriedenstellen, warum also darüber nachdenken, wer nun recht hatte? »Wusstest du, dass früher von jedem persischen Gelehrten erwartet wurde, in Versen zu schreiben? Die Hälfte von Avicennas medizinischen Schriften ist in Versform verfasst. Es gibt so viel Geheimnisvolles und Schönes in der physischen Welt, ohne dass wir uns in Fantasterei und Gottesverehrung flüchten müssen.«

Baba ließ sich wieder auf seiner Rettungsinsel nieder und sagte: »Nun hol schon ein paar Fotos.« Er griff erneut zum Hörer und wählte eine Nummer, die er in der hohlen Hand hielt. Ich hatte den Zettel, den er da verbarg, vorher nicht bemerkt und wollte wissen, wen er anrief, aber er winkte mich fort und brummelte irgendwas von den Fotos, nach denen er hundert Mal fragen müsste. Ich zählte mit, wie viele Zahlen er wählte – nur sieben. Er rief also nicht im Iran an. Er rief nicht mal in Oklahoma City an. Wer immer sein Freund war, er wohnte hier in unserer kleinen Vorstadt.

Ich ging mein Schulalbum aus der achten Klasse suchen. Maman hatte mir geholfen, Fotos von meinen Freunden und von irgendwelchen Schulveranstaltungen in lustige Formen zu schneiden und in ein Heft zu kleben, zusammen mit Bildern aus Zeitungsreklamen (Früchte und Süßigkeiten und so weiter; keine Werbung für Kosmetik oder Alkohol, obwohl die die besten Motive hatten. Ich wollte unbedingt eine herrliche Limettenscheibe, die an einer eiskalt glitzernden Wodkaflasche hing, mit hineinnehmen. Sie sah mich nur entsetzt an). Meine Suche hatte wohl etwas länger gedauert, denn als ich auf dem Weg zurück ins Wohnzimmer war, bot sich mir eine bizarre Szene. Baba stand in seiner Pyjamahose an der offenen Wohnungstür und schüttelte Nader die Hand.

Ich verharrte im Flur, rechnete damit, dass irgendetwas passieren würde. Maman war im Tiefschlaf. Ihre zwei Jobs und ihr Einsatz in der Kirche verlangten ihr so viel ab, dass sie jede Minute schlief, in der sie nicht für jemandes körperliches oder spirituelles Wohlergehen sorgen musste. Und selbst wenn sie gewusst hätte, dass Nader und Baba sich gerade kennenlernten, hätte sie nicht geweckt werden wollen. Wer arm ist, genießt nicht den Luxus, sich über Peinlichkeiten aufregen zu können. Er muss lernen, damit umzugehen. Also blieb ich auf meinen türkisgrünen Socken stehen, einen Fuß an den Oberschenkel gedrückt wie ein Strauß, mein Album unter den Arm geklemmt, und wartete darauf, dass einer von ihnen dem anderen einen filmreifen Kinnhaken verpasste.

»Hey, Kleine«, begrüßte Nader mich und tätschelte Baba den Rücken, als er sich an ihm vorbei in die Wohnung schob. Ich hielt die Luft an. Bestimmt würde Baba sich diese Unverschämtheit nicht gefallen lassen, schließlich war der Mann hundert Jahre jünger als er. »Übst du gerade?«, fragte Nader mit Blick auf meinen Fuß am Oberschenkel. Manchmal, wenn Nader am Herd stand, brachte er mir Yogaübungen bei, die er auf seinen Reisen gelernt hatte. Dann hoben wir die Arme und grüßten die Sonne, während wir irgendwas sautierten. Pfannenwender zwischen die Zähne geklemmt, machten wir den herabschauenden Hund. Ich hatte ein gutes Gleichgewichtsgefühl und war gelenkig, und ich machte die Übungen auch gern, wenn ich allein war. Jetzt jedoch senkte ich den Fuß und sagte: »Nenn mich nicht Kleine.« Dann schob ich wütend nach: »Baba, das ist Mamans Freund Nader.«

Nader blieb gelassen. »Endlich lerne ich mal den berühmten Dr. Hamidi kennen«, sagte er. »Es ist mir eine Ehre. Gehen wir eine rauchen, Doktor?«

»Ich rauche keinen Tabak«, sagte Baba abweisend. Obwohl er sehr wohl Tabak rauchte, natürlich tat er das.

»Ich auch nicht«, sagte Nader. Obwohl auch er das tat. Der Mann rauchte zum Frühstück; was erzählte er denn da?

»Ach ja?«, sagte Baba. »Na dann, meinetwegen. Sehr verbunden, Nader-*dschun*.« Er griff nach seinem Hemd. Nader-*dschun*? Wieso das denn auf einmal? Drei Minuten später folgte Naders schlanke Gestalt im grauen T-Shirt Babas fülligerem Körper im zugeknöpften Hemd zur Tür hinaus.

Stunden später kamen die Männer zurück und schienen die besten Freunde der Welt zu sein. Sie kamen nicht herein, sondern gingen um die Wohnung herum auf die Gemeinschaftsterrasse hinter dem Haus, wo sie sich leise unterhielten. Ich beobachtete sie durchs Fenster und konnte gelegentlich ein Wort auf-schnappen, aber nichts, das irgendeinen Sinn ergab. Was hatten sie einander zu sagen? Ich nahm mein Album von der kissenlosen Couch, auf die ich es gelegt hatte, und schlich mich zur Hinter-tür hinaus. Sie bemerkten mich nicht, also blieb ich dort stehen, dachte mir, wenn ich erwischt würde, könnte ich das Album als Vorwand nehmen – *Was ich hier mache? Ich spioniere nicht. Ich woll-te bloß ein bisschen Zeit mit meinem Vater verbringen.*

Eine kleine Nebenbemerkung: Während der Jahre in Amster-dam habe ich iranische Väter und ihre Töchter studiert. Persi-sche Männer demütigen und misshandeln ihre Frauen, verlangen völlige Unterwerfung. Sie erwarten köstliche Abendessen, blitz-blanke Fußböden und Kleidung, die nach Jasmin riecht, und das alles soll ihnen ohne viel Aufhebens und klaglos geliefert werden. Schließlich haben schon ihre Mütter sie bedient, und anders kön-nen sie gar nicht leben, aber sie empfinden deswegen unbewusst Schuldgefühle. Wenn das Glück ihnen dann Töchter schenkt, be-kommen sie Angst. Was, wenn jemand ihre Küken so behandelt, wie sie ihre Frauen behandelt haben? Also opfern sie sich für ihre kostbare Kleine auf. Sie werden ihr Übungsfeld. Sie bieten sich an als der Boden, auf dem sie steht, die sich verschiebenden Plat-ten ihres Rückens das Terrain für ihre kleinen Füßchen. Sie brin-gen ihren Töchtern bei, aggressiv und raffiniert zu sein und sie zu beherrschen, ihre Väter mit List und Tücke dazu zu bringen, ihnen Geschenke zu kaufen, mit den Wimpern zu klimpern und Herzen mit Füßen zu treten, niemals zu ihren eigenen Ehemän-nern »Ich liebe dich« zu sagen, weil das einen zu großen Macht-verlust bedeuten würde. Wenn frustrierte Ehefrauen (die mal jemandes Muse und Machiavelli waren) gezwungen sind, dieses Schauspiel zu beobachten, verwöhnen sie im Gegenzug ihre Söh-ne, überschütten sie mit all der Aufmerksamkeit, die ihnen ihre Männer vorenthalten, lehren die nächste Generation, dass sich die Liebe einer Frau niemals in Worten zeigt, nur in ihrer Bereitschaft zu dienen. Die Folge sind Generation um Generation von anspruchsvollen Kind-Männern und beinharten, manipulativen Frauen. Diese Dynamik mag gesittete Menschen schockieren, aber sie ist nachhaltig und reproduziert sich selbst.

Mein Baba verwöhnte mich nicht so sehr wie andere Babas ihre Töchter, doch selbst er konnte dieser perversen Vater-Tochter-Liebe nicht entkommen, die unsere soziale Welt im Würgegriff hielt. Wir sahen sie überall, und auch wir gingen ihr in die Falle – ein wenig. Also wartete ich neben der Tür und belauschte die beiden, ehe ich sie ansprach. Sie redeten über Maman, Baba erzählte die Geschichte, dass er während seiner letzten Tage an der Universität in Teheran oft Beeren und Mandeln aus Ardestun mitgebracht und sie in Mamans Wohnung verborgen hatte, mit kleinen gänzlich in Versform geschriebenen Hinweisen auf die Verstecke. Ich kannte die Geschichte.

»Du warst verliebt«, sagte Nader. »Das ist eine Gnade.«

Baba schnaubte. »Gnade«, sagte er. »Ein hochtrabendes Wort. Ich hatte einfach Glück, wie du. Und ich war offen dafür. Tief in mir war ich offen dafür.« Nader nickte. Er wirkte nie, als würde er sich unwohl fühlen. Baba zuckte mit den Achseln. »Du bist ein Kirchgänger. Du kannst von Gnade reden, wenn du willst. Aber ich denke, alles ist Zufall, und ich habe recht.«

»Du solltest mal mit uns in die Kirche kommen«, sagte Nader und zog dreimal kurz an seiner Zigarette. »Hinterher mache ich uns Rippchen. Und dazu gibt es echten Reis, nicht so pappiges Dreckszeug.«

»Danke«, sagte Baba, sonst nichts. Sie rauchten eine Weile schweigend. Dann spähte Baba in die Dunkelheit. »Ich vermute, es ist hier weniger einsam«, sagte er, den Rücken gebeugt, den Blick auf seine Schuhe gerichtet, »wenn man einer Gemeinde angehört.«

Nader nickte. »Das ist wahr«, sagte er, »auch für die Kinder.«
Baba schnaubte, und dann klang seine Stimme auf einmal gepresst. »Aber sie haben ihr Zuhause vergessen. Ich hab versucht, über Ardestun zu reden. Kein Interesse. Und aus Nilou wird langsam eine verdammte Asketin. Sie sagt, sie isst kein Eis mehr. Wusstest du das?« Ich konnte den Unmut in Babas Augen sehen. Als Kind hatte ich erlebt, dass er gewalttätig wurde, doch das Monster war jetzt so tief vergraben – was könnte es wieder zum Vorschein bringen? Nicht Nader. Nader allein genügte nicht.

»Ist die Hochzeit bald?«, fragte Nader. Er beugte sich über den Zaun, der die Gemeinschaftsterrasse von einer kleinen Grünfläche trennte. Eine Woge brandete in meinem Magen auf. Wie bitte? *Hochzeit? Wessen Hochzeit? Eine von Babas Schwestern? Mein geliebter Onkel Ali?*

Baba zuckte mit den Schultern. Seine Stimme war jetzt rau und leise. Ich hatte Mühe, ihn zu verstehen. »Das ist nur so eine Überlegung«, sagte er. »Sie ist eine einfache Frau. Ich würde sie fast lieber einstellen, um leichte Arbeiten zu verrichten. Ich weiß selbst nicht, was ich da rede. Tut mir leid. Ich möchte Pari nicht wehtun.«

»Pari geht's gut, Agha Doktor«, sagte Nader. »Sie ist kompliziert. Hat einen Eisenkäfig um ihr Herz. Eine Festung. Es ist unmöglich, sie zu verletzen.«

»Unmöglich?« Baba grinste und sah Nader kopfschüttelnd an, als wollte er sagen: *Und du glaubst, Pari zu kennen, was?* Er drückte seine Zigarette aus. Er würde sich jeden Moment Richtung Wohnung umdrehen, deshalb sprang ich rasch vor, um nicht beim Lauschen ertappt zu werden.

»Baba, ich hab Bilder gefunden«, sagte ich und hielt das Album hoch.

»Ach, Nilou, meine Nilou«, sang er, während er mir nach drinnen folgte. »Was hast du für gute Instinkte! Ich will jedes Foto sehen, das du gemacht hast. Wo sind denn eigentlich die Windbeutel?« Er drehte sich um und winkte Nader zum Abschied. Der nahm einen letzten Zug, fuhr sich mit der Zunge über die Zähne und ging dann um das Haus herum zurück zu seinem Auto.

In der nächsten Nacht verschwand Baba. Er sagte nicht, wo er hinwollte, und er nahm nicht viel mit, bloß seine Ledertasche mit Bargeld, seine Papiere und die grünen Betperlen. (»Nur für weltliches Zählen«, sagte er oft. »Zählen beruhigt.«) Er ging, bevor Maman von ihrem zweiten Job in der Apotheke nach Hause kam. Als sie feststellte, dass er weg war, murmelte sie vor sich hin und durchsuchte seine Sachen. Sie öffnete den Koffer ohne das leiseste Zögern oder eine Spur von schlechtem Gewissen. Sie zog einfach den Reißverschluss auf, warf seine Hemden beiseite, durchwühlte seine Unterwäsche und Strümpfe. Als ihre Hand eine rätselhafte Beule streifte, holte sie eines von Naders Steakmessern und schnitt in das Innenfutter des teuren Koffers, als wäre es die Plastikhülle einer Salatgurke. Damals wurden Koffer an Flughäfen noch nicht geröntgt, manuelle Durchsuchungen waren selten und trugen niemals der Tatsache Rechnung, dass ein durchtriebener Bonvivant mit Geld und Beziehungen sich ein falsches Innenfutter in seinen Koffer einnähen lassen könnte. »So ein schamloser, verlogener Hund«, flüsterte Maman, als sie die in Watte eingepackten Dosen mit Kaviar vom Kaspischen Meer, die Schachteln mit selbst gemachtem Sesamkrokant, die benutzten Pfeifen mit dem gefährlichen, beißenden Geruch zutage förderte.

Sie tobte stundenlang. Als Baba um sechs Uhr morgens zurückkam, war sie noch wach, wartete auf einem Küchenstuhl, zupfte mit den Fingernägeln Spliss aus ihren Haaren. Sie hatte ihren kostbaren Schlaf geopfert, um ihre Wut an diesem ergrauten Rotschopf auszulassen, sobald er einen auf Abwege geratenen Fuß in ihre Wohnung setzte.

Sie wusste, wo er gewesen war. Und er versuchte nicht, es zu leugnen – er hatte einen iranischen Emigranten mit einer *manghal* gefunden, der gewillt war, ihn gegen Geld rauchen zu lassen. Er hatte seinen neuen Freund zu Hause aufgesucht, an seinem *sofreh* gesessen und es sich auf seinen Kissen gemütlich gemacht. Er hatte mit ihm geraucht und gegessen und getrunken und seiner Familie als »Geschenk« Pistazien oder getrocknete Früchte oder Kaviar aus der Heimat angeboten. Die Familie hatte sich geziert, indem sie die iranische Kunst des *tarof* praktizierte, und das Geschenk abgelehnt, bis es zum dritten Mal angeboten wurde. Schließlich hatten sie es angenommen, wohl wissend, wie viele Fünfzig-Dollar-Scheine darin versteckt waren.

Anscheinend hatten sie ihm sogar die Möglichkeit geboten, seinen Rausch auszuschlafen, denn Baba kam mir unverändert vor – nur müde. Meine Eltern stritten sich stundenlang. Es würde nichts bringen, alles haarklein wiederzugeben. Maman fühlte sich missbraucht. Wieder mal hatte er ihre Freundlichkeit ausgenutzt und dabei auch noch die Zukunft seiner eigenen Kinder gefährdet – was war mit unseren Greencards? Und was für einen Eindruck hinterließ er bei seiner Tochter, die ohnehin schon Anzeichen von Liederlichkeit zeigte?

Als die heiße Sonne Oklahomas hoch am Himmel stand, wurde Baba vor die Tür gesetzt. Er zog in das Red Carpet Motel, eine schäbige, muffige Absteige mit dunklen Zimmern, die hufeisenförmig um einen mit Schlaglöchern übersäten Parkplatz angeordnet waren. Ich bestand darauf mitzukommen, als Maman ihn hinfuhr. Ich gab nicht zu, dass ich Angst hatte, er würde einfach in den Iran zurückkehren, uns vielleicht noch kurz aus einem Fenster zum Abschied winken. Kian kam auch mit, aber er blieb im Auto bei Maman, während ich Baba half, sein Gepäck ins Zimmer zu tragen. Das Bett stand auf Rollen, die Matratze, auf der ein einzelnes Kopfkissen lag, wurde von einem dünnen Laken bedeckt. Der Anblick einer leeren Cheetos-Tüte und etlicher Taschentücher, die der letzte Bewohner (oder eine schlampige Putzfrau) im Mülleimer zurückgelassen hatte, machte mich traurig, und ich wandte mich zum Gehen, weil ich fürchtete, die Beherrschung zu verlieren. Baba atmete laut aus und gab mir einen Abschiedskuss. »Geh, Nilou-*dschun*, wir wollen sie nicht noch wütender machen.«

Und damit begannen zwei Wochen, in den Baba versuchte, seinen Fehltritt wiedergutzumachen, indem er uns aufregende amerikanische Freizeitvergnügungen bot. An acht Tagen fuhren wir zu einem Western-Erlebnisbad namens White Water Bay, einer eigenartigen Mischung aus abgeschmackten Americana, schlimmstem Indianerkitsch, Wasserrutschen, Surfmotiven und überteuertem Tex-Mex-Essen. Es war unklar, ob sich das schizophrene Bad in Oklahoma, Montana, Kalifornien oder (was mich schon damals verdutzte) irgendwo in der Nähe eines Regenwaldes verortete.

Baba hatte das Erlebnisbad entdeckt, als er am ersten Abend in seinem Motelzimmer vor dem Fernseher saß. Ich kannte den Werbespot: Wasser spritzte gegen die Kameralinse, Zwanzigjährige mit gestählten Körpern stürzten Diätlimos hinunter und rauften miteinander, alles unterlegt mit der Neurostimulanz eines Songs von den Surfaris, der im Prinzip aus gackerndem Gelächter und dem Wort *Wipeout* bestand, das wieder und wieder in eine Echokammer gebrüllt wurde.

Als Maman uns das erste Mal vor dem Kassenhäuschen absetzte, wollte ich den Tag bloß irgendwie hinter mich bringen. Viele meiner Klassenkameraden kamen regelmäßig her. Und jetzt, nachdem ich jahrelang versucht hatte, wie eine Amerikanerin zu wirken, tauchte ich mit meinem schnurrbärtigen Vater auf, dessen imposant gewölbter Bauch mit rotbraunem Pelz bedeckt war, der eine neonfarbene Badehose mit einer persischen Aufschrift trug und eine Zigarette von seiner Unterlippe baumeln ließ. Er fiel schon auf, als er nur aus dem Auto stieg, noch bevor er den vor der Kasse Wartenden in gebrochenem Englisch zubrüllte: »Da! Oh wässriger Paradies! Lass uns passend Gedicht finden für diese Tag!«

»Besser nicht«, flüsterte ich erschrocken. »Baba, hör auf damit! Das ist mein Ernst.«

»Womit soll ich aufhören?«, sagte er laut auf Farsi und stieß eine lange Rauchfahne aus.

»Kein Farsi mehr«, sagte ich. »Und musst du unbedingt so laut reden?«

Kian schien das nicht zu stören. »Können wir als Erstes auf die große Rutsche gehen?«

»Siehst du, Nilou-*dschun*? Kian hat recht«, sagte Baba, nahm einen tiefen Zug von seiner Zigarette und schnippte sie dann mitten in die Warteschlange neben uns. Er hatte wieder auf Farsi umgeschaltet. »Wir leben für uns. Nicht für irgendwelche Zuschauer. Sei frei, wo du jetzt in einem freien Land bist.« Er bezahlte unsere Eintrittskarten mit einem Bündel Geldscheine, das ungefähr so dick war wie zwei *Rubaijat*, und ignorierte den tadelnden Blick der Kassiererin, als er sich die nächste Zigarette anzündete. Ich bin ziemlich sicher, dass er eine weitere einem Teenager zusteckte, der am Eingang herumlungerte.

Einige Stunden später zeigten sich auf Babas heller, rot behaarter Haut die ersten Spuren eines Sonnenbrandes. Er blieb zehn Minuten lang neben unseren Liegestühlen stehen und rieb sich Beine und Arme überaus sorgfältig mit Sonnenmilch ein, wobei er am ganzen Körper einen weißen Rest ließ – »als zusätzlichen Schutz«. Ehe ich mich verdrücken konnte, bat er mich, ihm den Rücken einzucremen. Ich hätte am liebsten die Flucht ergriffen, aber seine Haut, selbst seine Kniekehlen, waren schon tiefrot. Also schmierte ich Baba, während ich zugleich Ausschau nach irgendwelchen Klassenkameraden hielt, hastig Sonnenmilch auf den Rücken, die aber einfach nicht einziehen wollte, sondern durch den dichten Haarpelz schäumte. »Fertig«, sagte ich und lief zu Kian unter die Wasserfälle. Sollte Baba sich doch allein die Zeit vertreiben.

Im Laufe des Tages sah ich ihn ein paarmal in seiner orangeroten Badehose und mit Strohhut auf dem Kopf staunend in der Badeanstalt herumspazieren.

Irgendwann später schlenderten Kian und ich zum »Acapulco Cliff Dive« hinüber, einer monströsen Rutsche, die aussah wie ein sich reckender Basilisk. Sie hatte einen kurzen Anlauf, gefolgt von einem langen, steilen freien Fall, der sich erst gegen Ende abflachte. Als wir unten vor der Rutsche standen, kam gerade ein athletischer junger Bursche heruntergeschossen und tauchte zitternd aus dem Becken auf, abwechselnd fluchend und hysterisch kichernd.

»Sollen wir?«, fragte Kian, schielte kurz zu mir rüber und dann schnell wieder weg. Ich merkte ihm an, dass er inständig hoffte, dieses Monster nicht ausprobieren zu müssen.

»Ich stell mich nicht für eine blöde Rutsche in die Warteschlange«, sagte ich, um ihn zu schonen.

Also schauten wir bloß zu, wie die Leute heruntergerast kamen. Zwei Olympiaschwimmertypen später tauchte eine vertraute Gestalt am oberen Ende der Rutsche auf, die so hoch war, dass die Leute am Einstieg bloß als kleine Punkte zu sehen waren, erkennbar nur an der Farbe ihrer Badehosen oder Bikinis. Aber etwas an den Bewegungen der Person, die mühsam versuchte, ihren rundlichen, weiß beschmierten Körper in Startposition zu bringen, ließ uns beide aufmerken. Kian sah mich an, und seine braunen Augen, die ohnehin schon rund wie Münzen waren, weiteten sich. Dann, ehe wir auch nur zwei Worte wechseln konnten, kam Babas Körper rumpelnd und klatschend nach unten gerast, während er verzückt und hemmungslos und ängstlich ununterbrochen »Ach du großer Gott« auf Farsi schrie.

Er winkte uns zu, als er aus dem Landebecken gewatet kam. Dann, als er an uns vorbeimarschierte, als wären wir undankbare Verräter und nicht seine leicht zu beeindruckenden pubertären Sprösslinge, sagte er: »Diese Rutsche ist wie ein Glas Hochprozentiges aus einer Kinderbadewanne!« Er trommelte sich auf die glänzende cremeweiße Brust und schritt davon, um sich wieder anzustellen.

Das Erlebnisbad entrückte ihn vielleicht auf ähnliche Weise wie sein Opium.

Wochenlang genoss Baba das amerikanische Leben, dass es nur so krachte, rutschte den »Acapulco Cliff Dive« hinunter und aß zu viel Eiscreme und ging seine neuen »Freunde« besuchen, die wir nicht kennenlernen durften. Heute bin ich froh, dass er seinen Spaß hatte, denn er bekam nie wieder ein amerikanisches Visum. Zweimal wurde er aus dem Erlebnisbad geworfen, weil er in Rauchverbotszonen geraucht und Zigaretten an seine »Mitarbeiter« verteilt hatte. Dabei handelte es sich um ein paar Jungs, die ihm als Gegenleistung für seine Zigaretten Snacks holten und sich für ihn in die Warteschlangen stellten. (Ich verbrachte viel Zeit damit, mich mit einem Buch in der Umkleide zu verstecken.) Nach jedem Rausschmiss zückte er sein kolossales Geldscheinbündel und bestach das Personal, ihn wieder reinzulassen.

So vergingen die schwülheißen Tage, bis ich eines Nachmittags nach einem Evangelisationsgottesdienst zum Red Carpet Motel ging, weil ich ihn überraschen wollte.

Als ich klopfte, ging die Tür von allein auf. Sie war hastig geschlossen worden und nicht eingerastet. Also rief ich munter: »Baba-*dschun*, ich bin's!«, und trat ein. Er war seit Wochen bei uns, und ich wusste tief in meinem Innersten, dass er nie wieder fortgehen würde. Jedes Mal, wenn er mit Maman herumscherzte, glaubte ich fester daran. Außerdem fiel es mir immer leichter, in seiner Nähe zu sein, und ich vergaß auch schon die Angst um meine Zähne.

Das Zimmer war dunkel, obwohl draußen helllichter Tag war. Feuchte Handtücher lagen vor den Ritzen des fest verschlossenen Fensters. Der Raum roch so furchtbar, dass ich in meine Hand atmen musste. Das Bett und der Boden daneben waren mit Fotos bedeckt – seine Kindheit mit seiner Mutter in alter Dorftracht, seine ersten Tage an der Teheraner Universität, jahrzehntealte Schwarz-Weiß-Aufnahmen von Verwandten, ein Picknick in einem Obstgarten, dann jungverheiratet mit Maman in Ardestun, die Familie am Esstisch in unserem Haus in Isfahan, Kian und ich als Babys und sogar ein paar Oklahoma-Fotos, die er offensichtlich aus meinem Album gestohlen hatte. Ich schob sie mit einer Hand hin und her, suchte nach neueren Fotos von Onkel Ali, fand aber keine aus Babas derzeitigem Leben. Ich hörte keine Geräusche aus dem Bad, und obwohl die Szene für einen Erwachsenen leicht zu durchschauen gewesen wäre, dachte ich lediglich, er wäre kurz mal raus, um sich ein Eis zu kaufen. Er war hin und weg von der erstaunlichen Vielfalt der Geschmacksrichtungen, die amerikanische Eiscreme zu bieten hatte – Butter(Butter!)-Pekannuss und Rum(Rum!)-Rosinen-Eis und Cappuccino mit Schokostückchen.

Ich öffnete das Fenster, nahm die feuchten Handtücher und ging damit ins Bad, um sie in die Wanne zu werfen. Ich stieß die Badezimmertür auf, und da war er, auf dem geschlossenen Toilettendeckel. Er saß nicht richtig, sondern war in sich zusammengesunken, sein obligatorisches weißes Unterhemd und die Pyjamahose waren schweißnass. Seine Beine waren gespreizt, die Hände hingen über die Knie und zuckten dann und wann, der Kopf war so tief gebeugt, dass sein seidiges jugendliches Haar an den Unterarmen klebte wie Moos an einem Felsen.

Er musste gespürt haben, dass ich da war, denn er versuchte, den Kopf zu heben. Vergeblich. Ich hörte mehrere tiefe Atemzüge, angestrengtes Luftholen. Ich sagte: »Baba«, und endlich gelang es ihm. Er hob den Kopf und musterte mich, als wäre ich eine Fremde. Ich wartete darauf, dass er lächelte, *Hallo, Nilou* sagte, aber sein starrer Blick war so lang, so dunkel und schrecklich, so völlig ohne jede Vernunft und Erinnerung, und doch nicht völlig gefühllos. Baba glaubte zwar nicht an Himmel oder Hölle oder Gott oder Dämonen, aber wo immer er sich befand, es war jenseitig. Hinter seinen Augen lag etwas Rohes und Unverarbeitetes, etwas Animalisches. Nicht gerade Hass, obwohl Menschen, die hassen, häufig diesen Blick haben. Es war Entsetzen.

Er schluckte trocken und flüsterte dann etwas, in langsamen, krächzenden Silben. Doch ein Schwall anderer Geräusche übertönte seine Worte. Das Tröpfeln von Wasser in der Wanne, das gequälte Atmen dieses Fremden, der Baulärm draußen; diese Geräusche füllten stattdessen meine Ohren. Er griff nach einer Packung Taschentücher, doch seine Hand zitterte drum herum, daneben, darüber. Dann sah er mich an und flehte: »Nilou-*dschun* ... Taschentuch.« Aber ich konnte nicht. Er versuchte, sich an einer Handtuchstange festzuhalten, seine Hand rutschte zweimal ab, aber ich sprang nicht vor, um ihm zu helfen. Das war der Mann, der mich vor nicht allzu langer Zeit auf den Schultern getragen hatte, dessen fleischiger Rücken mein Erdboden gewesen war.

Ich konnte nur eines: weglaufen, ihn dort zurücklassen, damit er sich erholte oder auch nicht.

Am nächsten Tag, als er seine Sachen für den Rückflug packte und Kian und mir erklärte, der wäre doch von vornherein für diesen Tag geplant gewesen (hatte er uns das nicht gesagt? Er meinte, doch, ganz sicher), widersprach ich nicht. Er sagte: »Kleine Nilou, du weißt, dass ich nicht für immer bleiben kann.« Ich hasste ihn, nicht bloß dafür, sondern auch, weil er den Vortag vergessen hatte, an dem ich in seinem Motelzimmer gewesen war. Und obwohl er zum ersten Mal zugab, sein Versprechen nicht halten zu können (»Ich kann nicht für immer bleiben«), wusste ich es da bereits. Im Badezimmer des Motels war mir klar geworden, dass er sich entschieden hatte, weit weg von mir zu leben, dass es etwas gab, das er noch mehr liebte: nicht die Poesie oder die Medizin oder seine Familie, sondern das Vergessen.

Ich fragte mich oft, wie lustvoll es sein mochte, und als Heranwachsende bat ich Maman, mir Babas Delirium zu beschreiben. Sie verlor nur wenige Worte über den Glückszustand, das Gefühl der völligen Übereinstimmung mit dem Universum, hauptsächlich sprach sie über die Qual des Entzugs, das Schwitzen, Erbrechen und Zähneklappern. Sie erzählte von ihren zwei Versuchen, Baba zu heilen. Sie hatte ihn wochenlang im Haus eingesperrt, ihn gefüttert und gewaschen, ihm Musik und Bücher gebracht. Beim ersten Mal schlich er sich heimlich hinaus. Beim zweiten Mal brauchte er so verzweifelt eine *manghal*, wurde von dem tierischen Bedürfnis, freigelassen zu werden, die Fesseln durchzubeißen und sich auf die Suche nach einer zu machen, derart übermannt, dass er Maman ins flache Ende unseres leeren Pools jagte und mit einem Gartenschlauch auf sie eindrosch, bis sie ihm die Schlüssel gab.

Obwohl ich Baba nach Oklahoma noch drei weitere Male gesehen habe, kann ich mir nicht vorstellen, wie er jetzt lebt. Sehen seine Tage aus wie meine, liest er an seinem Schreibtisch Fachzeitschriften, geht er auf dem Nachhauseweg noch kurz zum Bäcker und zum Schuster? Oder verbringt er seine Tage unter einem Blätterbaldachin in Ardestun? Hintergeht er seine neue Frau? Lauert sie auf den Moment, in dem sich ihr schlauer Mann in etwas Abscheuliches verwandelt? Hier in Amsterdam muss ich nur ein einziges Mal Marihuana oder Haschisch inhalieren, und schon bin ich wieder mit ihm in diesem Motel, aber ich traue mich nicht, Opium auszuprobieren. Meine Arbeit bietet mir Vergessen. Häufig frage ich mich: Was ist das für ein Drang, allein zu einer imaginierten Heimat aufzubrechen? Hab ich ihn geerbt? Vielleicht ist es ein Impuls, der den Vagabunden durchhalten lässt, ein Überlebensinstinkt aus frühester Zeit. Ich versuche, ihn mir global vorzustellen – wie viele elende Reisende hocken jeden Tag, weltweit, in schmutzigen Badezimmern und ringen um eine Erklärung, warum sie nicht aufstehen können?

Jeder Mensch hat zig verborgene Gesichter. Meine Erinnerungen sagen mir, dass Babas Oklahoma-Besuch der manische Versuch eines Hedonisten war, ein freizügiges, überreiches Land auszukosten, eine kurze Vergnügungsjagd. Ich war damals zu jung, um die Trauer in seinen Augen zu sehen, als ich die Arme verschränkte und wegschaute, als ich ihm im Bad des Motels nicht auf die Beine half, und an unserem letzten Tag, als ich mich kaum von ihm verabschiedete. Heute sehe ich es auf den Fotos, sein Arm unbeholfen auf meiner Schulter, während ich mein Gewicht von ihm weg verlagere.

Hausarrest

Juni 2009
Isfahan, Iran

In seiner Gefängniszelle spielte Bahman mit seinen Betperlen und rezitierte laut Gedichte, um seine Atmung unter Kontrolle zu bringen. *Lebe, wo du fürchtest zu leben*, sagt Rumi, *sei berüchtigt.* Bahman glaubte, dass Rumi die Vergnügungshungrigen achtete, diejenigen, die in den Ritzen zwischen den Minuten nach dem nächsten Herzenstaumel suchten. Die Wachsamen, die aus einem knochentrockenen Tag noch Freude ziehen konnten. Nun, Bahman hatte es versucht, das konnte man wohl sagen. Sein ganzes Leben hatte er es versucht, jede Wonne ausgekostet, bis sie verblasste. Er hatte seine Ehefrauen geliebt, hatte aber nie sediert und innerlich ausgehöhlt in einer komatösen Ehe verweilt. Obwohl er vier Frauen gleichzeitig hätte haben können, war er klug genug gewesen, nie auch nur zwei zugleich zu lieben. Und jetzt das. Sein Mund war voll Watte, seine Strümpfe waren nass, und ihm juckten die kalten Füße. Er hätte sich nicht die Schuhe ausziehen sollen, bevor er sich hinlegte. Er war im Gefängnis, nicht in seinem Schlafzimmer. In einer trockenen Ecke drehte er sich auf die andere Seite, lockerte seinen Gürtel, versuchte, es sich unter der kratzigen Decke bequem zu machen.

Er verbrachte nur eine einzige Nacht dort. Am nächsten Morgen kam sein junger Anwalt mit einem Minibus voll Leumundszeugen, frommen Männern und Kleinstadthonoratioren, Bahmans Freunden und Patienten und häufigen Gästen. Der Junge kam hereinspaziert, als hätte er wirklich einen Plan, und außerdem brachte er eine Pralinenschachtel voll Bargeld mit. Bahmans Geld, aber dennoch, der Junge hatte es gedeichselt. *Was für ein schönes Gefühl*, dachte er, *in seiner Gemeinde so beliebt zu sein – oder doch immerhin mehr als nur vordergründig gebraucht zu werden.* Alle diese Männer fragten sich bang, was ein inhaftierter Bahman über sie erzählen würde oder wo sie einen ebenso langmütigen oder spendablen Gastgeber finden würden.

Wieder zurück im Richterzimmer, hatte Bahman die große Ehre, sich öffentlich und wortreich bei dem Mann zu entschuldigen, der eine arme junge Frau zwei Tage ins Gefängnis gesteckt und dann zurück in eine Ehe geschickt hatte, der sie so verzweifelt hatte entkommen wollen, dass sie geschrien und gelogen und ihren Körper auf den Richtertisch geworfen hatte. Während seiner schlaflosen Nacht hatte Bahman unentwegt an diese Frau gedacht, hatte sich vorgestellt, wie sie sich in einer anderen Zelle mit ihrem Tschador die Tränen abwischte. Ob ihre Strümpfe wohl auch nass waren? Immer wieder ging ihm die Frage durch den Kopf, ob sie wohl einen Geliebten hatte. Und falls nicht, wie rettungslos ihr das Leben erscheinen musste. Jeder Dichter, der seine Tinte wert war, würde ihr zum Selbstmord raten oder zum raschen Ausleben ihrer großen Leidenschaft. Doch angesichts der Unmöglichkeit, solche Leidenschaften heraufzubeschwören, wenn sie am dringendsten benötigt werden, musste es eben die Klinge oder Kugel tun, oder, um ganz besonders dramatisch zu sein, das Gift der Kobra. Nein, befand Bahman, es lag näher, dass der Mann sich umbrachte.

Bahman nahm sich vor, gleich nach der Verhandlung seinen Anwalt zu fragen, ob er den Namen der jungen Frau herausgefunden hatte. Er würde sie zu einem Essen einladen und ihr Geld anbieten. Doch zuerst würde er einen Brief, den er im Geist formuliert hatte, schreiben und abschicken, eine Bitte an Nilou, irgendeine Möglichkeit zu finden, wie er aus diesem elenden Land herauskam.

In der Nacht, als Bahman in einen seltenen Moment der Bewusstlosigkeit gedriftet war, hatte er von dem Wiedersehen mit seinen Kindern im Jahr 1993 geträumt. Sein gesamtes Verhalten hatte seine Tochter beschämt, und ihr Gesicht war immerfort von ihm abgewandt. Sie schien ihre vielen gemeinsamen Streiche vergessen zu haben, dass sie beide sich heimlich mit Eis gefüttert hatten, ihr Hähnchenküken, wie sie sich durch ihre Kindheit gekreischt und gelacht hatte.

Er fragte sich oft, ob Nilou Nader wie einen Vater geliebt hatte. Was für eine Tragödie das Leben dieses Mannes gewesen war; wie vorzeitig eine Geschichte, eine gute Geschichte enden kann. In all den Jahren hatte Bahman nicht den Mut gefunden, Pari zu fragen, ob sie ihren Gefährten im Exil geliebt hatte, ob sein Tod ihr Herz aus seinem angestammten Platz gerissen hatte. Einmal hatte er Nader gefragt, was er für Pari empfand, doch Nader war ein nüchterner Mensch, ohne die Neigung zu romantischen Anwandlungen, wie die Hamidis sie hatten.

Das Richterzimmer war leerer als am Vortag. Sein Anwalt hatte ihm einen frühen Termin verschafft, ehe das Gedränge losging. Der Richter sagte: »Die Anschuldigungen sind sehr schwerwiegend.«

Der Anwalt bat den Richter, eine rasche Entscheidung zu treffen, da Bahman in der Gemeinde gebraucht wurde. »Wir müssen die Situation des Doktors klären.«

Bahman war davon ausgegangen, dass die Sache aus der Welt geschafft wäre, sobald der Richter sein Geschenk und seine Entschuldigung bekommen hatte. Er wollte diesen Gedanken gerade zum Ausdruck bringen, als ein stechender Schmerz im Unterarm ihm signalisierte, dass sein Anwalt es für besser hielt, wenn er ihn für sich behielt. Wie hatte sich der Bursche in nur einer

Nacht so ein Rückgrat wachsen lassen können? Wie auch immer, ihm sollte es sehr recht sein. Zum ersten Mal nannte Bahman ihn in Gedanken beim Namen und nicht »der Junge«. Er flüsterte: »Ja, ja, schon gut, Agha Kamali. Sie müssen nicht gleich brutal werden.«

»Diese Grüne-Bewegung-Sache liegt außerhalb der Zuständigkeit dieses Gerichts«, schwafelte der Richter gerade, »und um die Wahrheit zu sagen, ich dachte, es würde sich nur um fehlgeleitete junge Leute handeln, die auf irgendeinen Unsinn hereingefallen sind. Aber Sie sind fünfundfünfzig, mein Freund. Und wer weiß, vielleicht sind Sie schon Großvater, schließlich wissen Sie ja so wenig über Ihre erwachsenen Kinder.«

Es war eine offensichtliche, wenn auch höflich formulierte Taktik. Der Richter provozierte ihn, sorgte dafür, dass ihm seine Entschuldigung leidtat. Tja, Bahman war zu alt und zu müde, um sich über den Geifer aufzuregen, der aus dem Mund des alten Mullahs troff. Er würde sich auf die Zunge beißen und nach Hause gehen, wo ihn ein warmes Essen und ein Bad und eine in Ruhe zu rauchende *manghal* erwarteten.

»Wir werden«, sagte der Mullah und berührte den Rand seines Turbans, »in dieser Angelegenheit beten und darüber nachdenken. Zuerst die Scheidung und dann der Grüne Unsinn.« Die Tür zum Richterzimmer war jetzt geschlossen, aber die Fenster ließen eine kühle Morgenbrise herein. Jemand klopfte sachte an die Tür. Zuerst reagierte niemand, weil der Richter weitersprach. »Ich denke, dass diese Frau, Ihre Ehefrau, finanzielle Motive hat, wie alle Frauen, aber sie erscheint mir außergewöhnlich durchtrieben. Ich bemitleide Sie. Andererseits jedoch müssen wir klug und unvoreingenommen entscheiden.« Die Tür öffnete sich mit einem Klicken, eine zögerliche, unentschlossene Hand auf der anderen Seite. Die Person lauschte, Bahman nahm eine Gewichtsverlagerung hinter der Tür wahr, und nach einem Moment erkannte er den Geruch – gebratene Zwiebeln und Essigreiniger und zerstoßene Hyazinthe.

»Schnell, bitte. Herein, herein«, sagte der Richter zu der zaudernden Tür. Fatimeh, Bahmans zweite Frau, schob den Kopf durch den Türspalt und begrüßte alle lächelnd, die Augen niedergeschlagen. Sie trug ein dunkles Kopftuch, dessen Polyesterglanz die aufgedruckten matten Weizenhalme fast verschwinden ließ. Nachdem sie sich gezeigt hatte, kam Schirin in den Raum gesprungen und umschlang Bahmans Taille, sodass die Identität der beiden Neuankömmlinge außer Frage stand. »Aaah«, sagte der Richter. »Die zweite Khanom Hamidi?«

Sie sagte: »Ja, Herr«, wie eine gehorsame Magd. Sie sprach immer so unterwürfig, obgleich sie alles wahrnahm, ein Dutzend Erzählungen und Motivationen und Möglichkeiten im Bruchteil einer Sekunde erfasste.

Bahman drückte Schirins Kinn. Sie war groß geworden, seit er sie zuletzt gesehen hatte.

»Agha Kamali hat uns hergebeten«, sagte Fatimeh mit einem Nicken in Richtung von Bahmans Anwalt. Ihre Stimme war fast ein Flüstern, aber es war klug von ihr, Schirin mit einzubeziehen. Bahman hatte vergessen, wie winzig Fatimeh war. Noch kleiner als Sanaz, die kindlich dünn und weich war, weil sie Essen und Sport mied, um ihren aufdringlichen Lippenstift nicht zu verschmieren. Sanaz kam aus einer protzigen Mittelschichtsfamilie, die Sorte, die jedes Gramm Gold zur Schau stellte. Seine erste Frau, Pari, war athletisch und wohlproportioniert gewesen, eine Studentin, die wusste, wie man einen Tennisschläger schwang. Fatimeh dagegen war eine arme Dorffrau, überfüttert, aber unterernährt. Ihre Zähne waren dringend sanierungsbedürftig, aber sie hatte sich nie von ihm behandeln lassen wollen, weil ihre Angst vor körperlichem Schmerz größer war als ihre Achtung vor wahrhaftigerem Leiden, nämlich dem des Herzens und des Geistes. Dadurch hatte sie viel von Bahmans Respekt eingebüßt.

Bahman hielt Schirins kalte, nasse Hand. Die Kleine war pummelig, und mit ihrem kindlichen, bettelnden Verhalten wirkte sie viel jünger als ihre acht Jahre. Wie hatte er die mollige, liebenswerte Schirin vermisst, obwohl in ihren Adern kein Tropfen seines Blutes floss. Es war ein Jahr her, dass er sie gesehen hatte, aber Schirin war fürwahr Bahmans eigene Tochter, süß wie ihr Name, ein Kind, das Musik und Tanzen liebte und furchtbar gern aß. Sie waren füreinander die zweite Wahl, eine Arme-Leute-Version von Nilou und der grinsende Wanderdichter, aber sie waren ein Team, verbunden durch ihr gebrochenes Herz, ihren Mangel an körperlichen Vorzügen und ihre Gier nach Zucker. Und auch durch das Bedürfnis nach sofort wirkenden Heilmitteln für jeden Schmerz und jedes Begehren.

Schirin sog das Leben in sich auf, genau wie Nilou es früher getan hatte.

»Was ich sagen wollte«, sagte der Richter, lächelte Schirin an und räusperte sich dann heftig: »Bis die ganze Angelegenheit geklärt ist, und damit meine ich die Scheidung ebenso wie diese … Anschuldigung, Agha Bahman, werden Sie in Ihrem Haus bleiben.« Bei der Anrede *Agha Bahman* musste Bahman zweimal blinzeln und seinen Körper zwingen, nicht aufzubegehren. Gestern noch war er *Dr. Hamidi* gewesen, sein richtiger, schwer verdienter Name. Zum Glück war Sanaz nicht da, um das hier zu genießen, weil sie lieber zu Hause geblieben war, um ihr Territorium zu schützen und die Verzweifelte zu spielen. Ihr Schwager und ihr Anwalt, ein hibbeliger Mann, kaum größer als Fatimeh, würden ihr das Urteil überbringen. Der Richter fuhr fort: »Wir stellen Sie vorläufig unter Hausarrest. Ihre Frau wird ebenfalls weiterhin dort wohnen, um für Ihr Wohlbefinden zu sorgen und den Haushalt weiterzuführen. Keine Besucher, abgesehen von nahen Verwandten, da Ihre Freunde und Bekannten derzeit äußerst fragwürdig erscheinen. Ich denke da an Ihren eigenen Schutz. Wenn die falsche Sorte Menschen bei Ihnen gesehen wird ...«

Bahman wandte sich seinem Anwalt Kamali zu, der nickte, als wollte er sagen: *Ja, ersparen Sie sich den Hinweis, wie absurd das ist.* Bahman ergriff trotzdem das Wort. »Euer Ehren«, sagte er, »diese Frau hat nur ein einziges Ziel, nämlich mich in den Selbstmord zu treiben. Gewiss gibt es noch eine andere Möglichkeit –«

»*Agha*, ich sehe keine. Sehen Sie eine?«, unterbrach ihn der Mullah.

Bahman sah gleich mehrere, aber es war klar, dass die einzige zulässige Antwort *Nein* lautete. Stattdessen sagte er: »Hausarrest ist eine so kostspielige Lösung.«

»Ja, danke, dass Sie das ansprechen«, sagte der Richter. »Wir werden zwei Autos dafür abstellen, eines vor und eines hinter dem Haus. Und wir werden die Bezahlung dieser Männer später mit Ihnen abrechnen.« Dann entließ er alle Anwesenden, raffte die Robe bis über die Knie und strebte Richtung Samowar und Pralinen.

Doch noch ehe er sich zwei Schritte von seinem Tisch entfernt hatte, ertönte Fatimehs dünnes Stimmchen wie eine Münze, die auf den Boden fällt. »Euer Ehren, was ist mit Bahmans Krankheit?«

War sie verrückt geworden? Ein Hämmern arbeitete sich von Bahmans Brust aus weiter nach oben. Auch Kamali wirkte verunsichert, warf aber gleichzeitig einen Blick auf die Pralinenschachtel, als wollte er sagen: *Wir haben den Mann bezahlt. Also können wir es auch ansprechen ... Sie sind nicht der einzige Süchtige im Iran.*

»*Agha*«, redete Fatimeh weiter: »Allah allein weiß, ob in dem Haus jemand ist, der ihn versorgen wird. Ich bin gelernte Krankenpflegerin. Und es würde ihm schon helfen, seine Tochter um sich zu haben.«

In dem Moment holte die mollige Schirin laut Luft und sagte mit ihrer honigsüßen Stimme: »Dürfen wir wieder bei Baba-dschun wohnen?« Die Wangenmuskeln des Richters schienen in sich zusammenzufallen. Bahman vermutete, dass auch dieser Mann eine Wunde von der Form eines Kindes in sich trug.

Dennoch, das Ganze war ein großer Schlamassel – was für eine abwegige Idee. Er funkelte seinen Anwalt an. Warum hatte er sie herbestellt? Brauchte Fatimeh eine Bleibe? Hatte sie ihre Morgengabe aufgebraucht? Sie war eine fleißige Frau. Warum hatte sie sich nicht unter vier Augen an ihn gewandt?

»Diese Krankheit«, sagte der Richter, der zwischen seinem Tisch und dem Samowar stehen geblieben war. »Ist das die Art von Krankheit, die schlimmer wird … mit der Zeit … im Haus?«

Niemand antwortete. *Jeder hier im Raum weiß Bescheid*, dachte Bahman, *und doch kann keiner es aussprechen*. Wenn es einer täte, wäre das Spiel aus, und das Ergebnis würde anders ausfallen. Die Lüge muss immer geschützt werden.

»Ja«, sagte Bahman, »genau die Art von Krankheit.« Er hätte den Richter liebend gern an die Schachtel mit Geld erinnert, die er jetzt sein Eigen nannte, oder besser noch an die Pralinen. Wer bringt es fertig, die Süßigkeiten eines Mannes anzunehmen, und zwingt ihn dann, seine schmutzige Wäsche in aller Öffentlichkeit auszubreiten?

»Agha Bahman«, sagte der Richter kopfschüttelnd und erneut, ohne seinen Titel zu verwenden, »wünschen Sie, dass Ihre ehemalige Ehefrau sich während dieser Zeit um Sie kümmert?«

Bahman wusste selbst nicht, wie oder warum, aber seine Lippen sagten bereits »Ja«, ehe er richtig nachdenken konnte. Er sah ein, dass er den Entzug – oder Sanaz' Herrschaft – ohne Fatimeh nicht überleben würde. Vielleicht könnte sie sogar hin und wieder seine *manghal* füllen.

»Dann werden wir eine vorübergehende Ehe bewilligen müssen, damit sie bei Ihnen im Haus leben kann«, sagte der Richter. »Ist das eine Lösung, die Sie beide akzeptieren würden?«

Was für kranke Geister diese Geistlichen doch sind, dachte Bahman. Der hier wollte ihn offensichtlich noch ein paar Minuten länger über die Ottomane gebeugt sehen. Er war hergekommen, um einer Ehe zu entfliehen, und jetzt war er an beiden Armen gefesselt. Zwei Ehefrauen; wer konnte sich so einen Albtraum ausdenken?

»Ich werde die Verträge aufsetzen«, sagte Kamali hastig. Vernünftig, denn dem Richter war durchaus zuzutrauen, dass er sich spontan noch ein paar weitere Strafen einfallen ließ. »Wir können für diese Ehe einen Zeitraum von drei Monaten festlegen. Falls Euer Ehren mehr Zeit braucht, um die beiden anstehenden Fragen zu klären, kann der Zeitraum verlängert werden, obgleich wir auf Ihre baldige kluge Entscheidung vertrauen.« Er sah Bahman an. »Keine Scheidung oder größere Geldzahlungen bei Auflösung. Eine vorübergehende Ehe ist äußerst unproblematisch, Doktor, keine Sorge.«

»Gut, das wäre also abgemacht«, sagte der Richter, trottete zu dem Tisch mit dem Samowar und stopfte sich die erste Praline in den Mund. »Bringen Sie mir die Papiere heute Nachmittag.« Dann winkte er Schirin zum Abschied. »Auf Wiedersehen, kleine *khanom*. Versuche, nie wieder herkommen zu müssen.«

In jener Nacht schlief Bahman zu Hause, in einem Kinderzimmer, dem einzigen Raum, der von innen nicht abschließbar war. Früher war es Schirins Zimmer gewesen, und es roch noch immer nach ihr. Seltsamerweise war ihm das unangenehm. *Warum nur?*, fragte er sich. Was für ein herzloser Instinkt war das, nur den Geruch des eigenen leiblichen Kindes zu lieben? Er versuchte zu schlafen, aber Sanaz hatte den ganzen Abend herumgezetert. Seit sie von Fatimehs vorübergehender Ehe erfahren hatte, war sie durchs Haus getobt wie ein angeschossenes Maultier. Und sie hatte tatsächlich die Unverfrorenheit besessen, mit halbgaren Ideen über Feminismus und eheliche Gerechtigkeit um sich zu werfen (wichtige Themen, die er begrüßt hätte, wäre ihr Interesse daran aufrichtig gewesen), die über die Satellitenschüssel, die Bahman für sie angeschafft hatte, ohne jeglichen kritischen Filter oder geistige Auseinandersetzung in ihr Gehirn gedrungen waren. Er versuchte, nachsichtig zu sein. Ihre Generation, geboren nach 1979, hatte eine verworrene, triviale Sicht auf den Westen, gerade genug Einblick, um sich mit ihren Erkenntnissen lächerlich zu machen. Sie besaß nicht das, was Nilou besaß.

Am nächsten Morgen blieb er so lange in seinem Zimmer, wie sein Körper es zuließ, und erst als offensichtlich wurde, dass niemand ihm die Demütigung ersparen würde, zu einer Mahlzeit mit dieser bizarren neuen Familie zu erscheinen, beschloss er, nach unten zu gehen. Mit steifen Muskeln hievte er sich aus dem Bett und versuchte zu schlucken, doch sein Hals war wund. Alles schien zu triefen und zu tränen – seine Nase, seine Augen. Die dunklen Tage näherten sich. Er hatte sie bereits zweimal durchlebt. In diesem Moment schwor Bahman sich, dass er diesmal nicht scheitern würde. Vielleicht war das eine Gelegenheit, eine Chance, den Entzug durchzustehen, ohne den armen Frauen die Raserei eines leidenden Suchtkranken zuzumuten, wie er das als junger Mann getan hatte. Im Stillen entschuldigte er sich bei Pari, wo immer sie jetzt sein mochte.

Sein Handy war ihm weggenommen worden, aber das störanfällige Internet und Fernsehen hatten die Behörden ihm gelassen. Fatimeh hatte daraufhin einen alten Computer in sein Zimmer gebracht und ihn sogar angeschlossen. Gott segne diese Frau, sie war so verlässlich wie der Wachhund seines Vaters. Ehe er nach unten ging, rief er über den Computer seine Mutter in Ardestun an, versicherte ihr, dass es ihm gut ging, und bat sie, Nilou ein Päckchen zu schicken. Vielleicht mit Gewürzen. Ja, sie hatte einen feinen Gaumen, nicht wahr? Gewürze würden ihr lieber sein als Stoffe oder *ghilims* oder Tee.

Im Wohnzimmer füllte Totenstille den Raum zwischen Fatimeh und Sanaz, die an entgegengesetzten Enden des *sofreh* saßen, jede auf Kissen, die sie als junge Bräute mit in sein Haus gebracht hatten. Schirin saß auf einem Kissen neben ihrer Mutter, die den Blick gesenkt hielt und Happen aus Quark und *lavash*-Brot für die Kleine machte, die dann Gurkenscheiben darauflegen durfte. Fatimeh süßte Schirins Tee, um sie zufriedenzustellen, gab ihr aber nur einen Löffel voll, obwohl sie nach mehr verlangte. Dann und wann räusperte Sanaz sich und murmelte etwas wie »Störenfriede«, während sie die beiden unverwandt anstarrte. Bahman wünschte, sie wäre freundlicher, immerhin hatten Fatimeh und Schirin einmal zu seiner Familie gehört. Er fühlte sich ungeschützt in seinem Pyjama. Zu allem Übel kam auch noch einer der *pasdars* herein. Sanaz sprang auf und hielt ihm ein Glas Tee hin, das sie gerade eingegossen hatte. Offenbar hatte sie beschlossen, sich mit den Wachen anzufreunden. »Bitte sehr, *agha*«, sagte sie. Der Mann zog seine Schuhe aus und warf sie auf den Berg in der Diele. Er dankte ihr und trank einen Schluck. Sanaz füllte zwei weitere Gläser. »Die kann ich rasch rausbringen. Machen Sie sich keine Umstände. Setzen Sie sich doch.« Der Mann setzte sich. Jetzt war Bahmans Heiligtum, sein *sofreh*, von zwei unerwünschten Ehefrauen, einem Kind, das er nicht gezeugt hatte, und einem Mann, den er dafür bezahlen musste, ihn gefangen zu halten, in Beschlag genommen. »Na wunderbar«, knurrte er, als er sich auf seinem üblichen Platz an der Wand gegenüber der Haustür niederließ. »Ein voller *sofreh*.«

Der *pasdar* hockte sich bequemer hin. »Wie geht es Ihnen, Agha Doktor?« Anscheinend wussten alle um Bahmans Zustand. Seltsam, dass sie sich ein Urteil erlaubten, wo es doch so vielen Männern und Frauen in diesem Land genauso erging wie ihm.

Bahman sah ihn erbost an. »Iss etwas Käse, mein Sohn«, sagte er. »Junge Leute brauchen Proteine und Kalzium.« Er hatte bedrohlich wirken wollen, doch sobald er den Mund aufmachte, entfuhr ihm ein langes Gähnen. Dann noch eins. Es fing an. Er kannte diese Symptome gut, fürchtete sie nicht, aber jetzt hatte er das letzte bisschen Autorität in diesem Raum verloren.

Sie saßen eine Weile da, die Frauen zogen ihre Hidschabs enger. Schirin nahm den jungen Wächter ins Verhör, was Bahman entzückte. Sie fragte ihn, wo er aufgewachsen war, wie er dazu gekommen war, die Häuser anderer Leute zu bewachen, ob er Fußball spielte und ob er Lust hatte, mit ihr draußen zu spielen. Der Bursche druckste herum und trank hastig seinen Tee. Mit ihren acht Jahren trug Schirin bereits das graue Kopftuch der Schülerinnen. Er konnte nicht auf der Straße mit ihr spielen wie mit einem Kind. »Nein«, sagte er, ohne sie dabei anzuschauen. »Danke.«

»Sie ist ein Kind«, sagte Bahman, ohne seinen Abscheu zu verbergen. »Sie haben meine Erlaubnis, falls Sie Fußball spielen wollen. Schirin, nimm sofort das Kopftuch ab. Wir sind im Haus, und du bist sechs, um Allahs willen.« Das *Allah* schob er aus reiner Effekthascherei hinterher.

Schirin wollte widersprechen und die volle Anerkennung für ihre acht Jahre einfordern, aber Fatimeh durchschaute sofort, dass diese Lüge ihrem Kind vielerlei Unannehmlichkeiten im Haus ersparen würde, also nahm sie ihre Tochter in den Arm und kitzelte sie, bis ihr die Tränen kamen und sie die Sache vergessen hatte. Den Wächter schien die Szene zu verunsichern. Er stand auf, füllte sein Glas am Samowar auf und verzog sich nach draußen. Sanaz, die das Ganze fassungslos verfolgt hatte, sagte: »Was ist bloß los mit euch? Das hier ist eine ernste Angelegenheit.«

»Ach, jetzt nimmst du das auf einmal ernst?«, konterte Fatimeh, deren vogelweiche Stimme in ihrer gemeinsamen Zeit häufig schrill geklungen hatte, jetzt aber melodiös und belustigt zugleich war. »Was sollen diese albernen Spielchen? Verrückte Anschuldigungen gegen deinen Mann erfinden und uns alle in Gefahr bringen? Das ist kein Spiel, Sanaz *khanom*. In diesem Land passieren schlimme Dinge. Wer hat dir beigebracht, deine Familie so zu behandeln?«

»Bei allem Respekt«, sagte Sanaz, einen Arm um den Bauch geschlungen, »ihr seid nicht meine Familie.« Sanaz hatte diese seltsame Angewohnheit; immer hatte sie einen Arm um den Bauch gelegt, als fürchtete sie, ihre Organe könnten herausquellen.

Er hatte keine zwei Bissen seines Frühstücks hinuntergebracht, und schon meldete sich die Übelkeit. Die kam normalerweise erst später. Bahman warf seiner Frau einen Blick zu. Sie sah an ihm vorbei, befingerte eine von ihren obszön blonden Haarsträhnen. »Ich leg mich wieder hin«, sagte er. Er hatte seit über fünfzig Stunden nichts geraucht.

»Ich mach dir was zu essen«, sagte Fatimeh und beobachtete aufmerksam, wie er sich hochrappelte und zur Treppe ging. »Etwas Nahrhaftes, um den Übergang zu erleichtern.« Den Übergang erleichtern? Hieß das, sie würde dem Essen etwas beimischen? *Bitte, ihr grausamen Götter*, flehte er, *lasst die Frau ein Glas mit der Gewürzmischung haben, wie sie die Großmütter in Ardestun besitzen.*

»Ich werde kochen. Das ist mein Haus«, sagte Sanaz. In drei gemeinsamen Jahren hatte die Frau noch nicht mal einen Joghurt für Bahman angerührt. Sie wurden regelmäßig vom Hotel Kurosch beliefert und vom Schole und vom örtlichen *kabobi*. Oder sie tauten tiefgefrorene Gerichte auf, die seine Mutter und die anderen Frauen aus Ardestun ihm nach seinen Wochenendausflügen mitgaben.

»Sanaz!«, blaffte er. Doch ehe er sie richtig zurechtstauchen konnte, kamen die drei Bissen Brot und der Tee wieder hoch. Er krümmte sich und erbrach sich auf die Treppe, rutschte aus, hielt sich im letzten Moment am Geländer fest und sank auf die Knie.

Die Frauen eilten beide wortlos zu ihm. Fatimeh, die trotz ihrer Zierlichkeit viel stärker war, legte seinen Arm um ihren Hals, half ihm die Treppe hinauf und sagte dabei beruhigend: »Alles gut. Es wird leicht werden, ganz leicht.« Drei Jahre lang hatte er sich die größte Mühe gegeben, Sanaz gegenüber als stark zu erscheinen, und jetzt war sie vor Verblüffung verstummt. Sie wischte die Sauerei unbeholfen, aber schweigend auf. Selbst vom oberen Treppenabsatz aus roch er den Jasminduft des Reinigungsöls, das sie großzügig auf dem Boden verspritzte.

Den ganzen Nachmittag lang hörte er BBC und sah sich auf dem Schlafzimmerfernseher ausländische Nachrichten an. Fatimeh drehte den Apparat so, dass er ihn auf der Seite liegend sehen konnte, die einzige Position, die nicht sofort wieder zu Erbrechen führte. Jetzt war er dankbar für Sanaz' Satellitenschüssel, weil die iranischen Nachrichten über die Grüne Bewegung sich so stark von denen aller anderen Länder unterschieden. Alle paar Stunden hörte er, wie Sanaz den Wachen etwas zu essen brachte, eine Aufgabe, die ihr zu gefallen schien, obwohl die Familie ohnehin dazu verpflichtet war.

Angesichts seiner eigenen Probleme hatte Bahman die Unruhen nach den Wahlen in letzter Zeit nicht richtig verfolgt. Es hatte Proteste gegeben, das wusste er – Freunde und Verwandte riefen von überall an, um sich zu erkundigen, ob es ihm gut ging. Jeden Abend versammelten sich die Menschen auf den Dächern und skandierten *Allahu akbar*. Jeden Tag strömten sie auf die Straßen, entzündeten Feuer, kippten Autos um, Mülleimer, einfach alles, was man umwerfen konnte, und schrien: »Wo ist meine Stimme?« An Universitäten und anderen belebten Plätzen schmückten grüne Armbänder jedes junge, verwestlichte Handgelenk – die gebildeten, säkularen jungen Leute, die sich von der islamischen Herrschaft befreien wollten. Es kam in sämtlichen Nachrichten. Al Jazeera sprach von den »größten Unruhen seit der Revolution von 1979«.

Bahman erinnerte sich an die Anfänge, als die Revolution eine Bewegung des Volkes gewesen war und Religion und Gier sie noch nicht verdorben hatten. Alle Aufstände beginnen mit Hoffnung. Viele kommen vom Wege ab. Dennoch, 1979 war ein gutes Jahr. Es war das Jahr, in dem Nilou geboren wurde. Dieser neue Aufstand erschien ihm ganz anders, obwohl er sich an keinem von beiden beteiligt hatte. Damals wurde er ganz von der Liebe in Anspruch genommen und war zum ersten Mal Vater geworden, heute steckte er in dieser bizarren Hölle fest, die er sich selbst zuzuschreiben hatte.

Die Proteste hielten nun schon etliche Tage an, und in der vergangenen Woche, kurz bevor er Feierabend hatte machen wollen, waren drei Männer gewaltsam in seine Praxis eingedrungen. In Teheran hatten Demonstranten Geschäfte und Büros angegriffen, Banken und Privatfahrzeuge. Sie hatten Brände gelegt. Sie schienen kein anderes Ziel zu haben als das, ihrer Wut Ausdruck zu verleihen. »Nieder mit dem Diktator«, skandierten sie nachmittags so laut, dass der Lärm ihrer Stimmen seinen Zahnbohrer übertönte und er die Jalousien herunterlassen musste, wenn er Zähne zog, weil er fürchtete, dass seine Hand zittern würde. Diese Revolution, so schien es ihm, war ein wütendes Feuer mit zu wenig Brennstoff, ähnlich einer Liebesaffäre, von der man weiß, dass sie nicht lange währen wird, und die man deshalb umso feuriger auslebt. Diese jungen Leute waren nicht bereit, für die Freiheit und eine neue Regierung zu sterben, wie seine Generation es gewesen war. Sie hatten ihre Satellitenschüsseln und Nasen-OPs und Designerklamotten. Sie konnten Skiurlaube machen und westliche Musik hören. Sie hatten Zugang zu Bildung und sehr eingeschränkt auch zum Internet. Wofür sollten sie sterben? Für ein Prinzip? Schon möglich, dass die Armen litten, aber es sind nie die Armen, die etwas verändern. Und den gewissenhaften Reichen ging es nur um ihr Online-*bazi*.

An dem Tag, als die Männer in seine Praxis eingedrungen waren, hatte Bahman es mit den üblichen Höflichkeiten versucht. Aber sie waren zu wütend und aufgewühlt gewesen, um auf die Stimme der Vernunft zu hören. Also hatte er ihnen Geld angeboten. Darauf reagierten sie äußerst beleidigt. Einer stieß den Schreibtisch in seinem Vorzimmer um. Bahman sagte nachdrücklich: »Freunde, ich bin ja eurer Meinung in Bezug auf Mussawi, aber das hier ist eine Zahnarztpraxis, versteht ihr? Was habt ihr davon, wenn ihr medizinische Behandlungsräume zerstört?« Dann holte er einen Packen Bargeld hervor, und sie begriffen, dass er ihnen sehr viel mehr bot, als sie gedacht hatten – vielleicht war dieser Betrag ja nicht ganz so beleidigend. Letztlich kostete es ihn weniger als tausend amerikanische Dollar, die drei Burschen wieder loszuwerden.

Jetzt entnahm er den Nachrichten, dass die Lage sich verschlimmert hatte. Überall im Iran hatten die Proteste Menschenleben gefordert. Journalisten waren verhaftet und des Landes verwiesen worden. Man machte die westlichen Medien dafür verantwortlich. Exilanten versammelten sich vor Botschaften und Universitäten in Europa und auf Plätzen in der ganzen Welt. Die Hoffnung auf Veränderung, auf Heimkehr brachte sie zusammen und entfachte ihre schlafenden Leidenschaften für den Iran.

Er beugte sich vor, spie in einen Abfalleimer neben dem Bett und schaltete auf einen iranischen Nachrichtensender um. Dort erfuhr er etwas, das ihm bislang entgangen war: Ein paar Tage zuvor war eine junge Frau, nur vier Jahre jünger als Nilou, auf der Straße vor den Augen ihres flehenden, weinenden Vaters und einer Menge von Umstehenden gestorben. Jemand hatte ein Amateurvideo von ihrem Tod gedreht, sodass den iranischen Medien nichts anderes übrig blieb, als sich damit zu befassen; Neda Agha-Soltans Sterben war bereits in der ganzen Welt gesehen worden. Laut den iranischen Nachrichten war sie eine Demonstrantin. Und ihr Tod war die Schuld eines Schriftstellers, Dr. Arash Hejazi, der, wie Bahman wusste, Preise gewonnen und auch bedeutende Bücher ins Farsi übersetzt hatte. Behaupteten sie, er hätte den tödlichen Schuss abgegeben?

Er wechselte zur BBC, dann zu CNN und Al Jazeera, versuchte, die wahre Geschichte zusammenzusetzen. Während er auf neue Nachrichten wartete, rief er Nedas Video auf seinem Computer auf, ließ das Standbild auf dem Monitor und suchte nach Artikeln. Viele Webseiten waren blockiert. Manche Leute hatten Texte aus unterschiedlichen Berichten kopiert und dann in den Sozialen Medien gepostet. Die Welt trauerte um Neda. In diesem Moment der Geschichte war sie der junge Iran. Würde später jemand an das Jahr 2009 denken können, ohne sich an dieses arme Kind zu erinnern? Obwohl Bahman Gewalt und Grausamkeiten schlecht verkraftete (sobald er den Arztkittel auszog, übernahm sein lyrisches Gemüt die Kontrolle), beschloss er, sich das Video anzuschauen.

Sie trug Jeans und Kopftuch. Blut lief ihr übers Gesicht. Er meinte zu sehen, wie sie ein- oder zweimal würgte. Jemandes Hand drückte auf die Wunde in ihrer Brust, und ihr Vater flehte sie an, die Augen zu öffnen. Bahman musste den Film mittendrin anhalten, weil ihm eine seltsame Panik in die Brust stieg. Wo war Nilou jetzt? Wo war Kian? Mit beiden hatte er seit über einem Jahr nicht mehr gesprochen.

Kurz darauf begann eine neue Nachrichtensendung auf BBC. Wieder waren Irans gestohlene Wahlen das Hauptthema. Und jetzt auch Neda. Der Reporter sagte, dass ein Basidsch-Milizionär ihr vor ein paar Tagen, während der riesigen Samstagsdemonstrationen, in die Brust geschossen hatte, obwohl sie nur Zuschauerin war und nicht an den Protesten teilnahm. Sie wurde ins Shariati-Krankenhaus gebracht, wo nur noch ihr Tod festgestellt werden konnte, und der Staat verbot öffentliche Trauer und einen Gottesdienst für sie. Jede größere Versammlung würde zur Festnahme der Familie führen. Und doch war sie zu einer Ikone geworden – das Video ihres Sterbens inzwischen eine perverse Reliquie dieser zweiten Revolution. Der Schriftsteller Arash Hejazi wurde erwähnt: Er hatte versucht, sie wiederzubeleben; vielleicht war es seine Hand, die in dem Video auf ihre Brust drückte.

Etwas Hartes wälzte sich in Bahmans Magen. Als wäre der nahende Entzug ein toxischer Dunst gewesen, der sich jetzt in seinem Körper verdichtete, an Kraft gewann und zu einer Hand wurde, die bereit war, ihn zu foltern. Während die Hand ihm die Kehle kitzelte und mit langen Fingernägeln über seine Magenschleimhaut kratzte, schaute er sich das Video wieder und wieder an. Er schaute es sich vier Mal an, drehte den Bildschirm hin und her, versuchte, ein klareres Bild zu bekommen. Er erbrach sich zweimal, aß etwas Kandiszucker, dann schlug die Übelkeit wieder zu, und ein beängstigender Nebel trübte seine Sinne. Er trank Tee, rief aber nicht nach Fatimeh oder Sanaz. Stundenlang dachte er an Neda. Ihre Jeans. Das Blut, das ihr übers Gesicht rann. Er dachte an seine eigene Tochter, die diesem Wahnsinn entkommen war, und erinnerte sich an eine junge Frau, der das verwehrt blieb. Manchmal fordert das Schicksal dich auf zu handeln – wann würde dieses arme gefangene Mädchen je einer anderen Person über den Weg laufen, die bereit war zu helfen? Er schickte seinem Anwalt eine E-Mail. »Wie hieß diese junge Frau vor Gericht doch gleich?«

Zwei Stunden später antwortete Agha Kamali: »Hallo, mein Freund. Wie steht es mit Ihrer Gesundheit? Die junge Frau heißt Donya Norouzi. Was für ein Name, nicht wahr?«

Die Namensgebung ist ein poetischer Akt. Dass Namen prophetisch sein können, war eine der wenigen mystischen Überzeugungen, die Bahman hegte. Neda zum Beispiel bedeutete *Stimme*, vielleicht die Stimme eines Aufstands. Wie hochfliegend und fantasievoll er bei der Namensgebung für Nilou und Kian gewesen war. Schirin bedeutete lediglich *süß*. Donya Norouzi jedoch war der beste Name, den Bahman seit Jahren gehört hatte, und seine Trägerin war es wert, gerettet zu werden. Er murmelte ihn immer wieder vor sich hin, während er ihre Telefonnummer in sein Notizbuch schrieb und dann wieder einschlief.

Donya Norouzi. *Eine Neujahrswelt.*

*

Der Nebel wurde dichter, was irgendwie angenehm war. In diesem suppigen, fiebrigen Delirium konnte er so tun, als wäre er high oder im Traumzustand, und sein Körper fühlte sich leicht an, schwebend. Einmal fiel er aus dem Bett, und der Aufprall auf dem Boden tat überhaupt nicht weh, als wäre sein Körper weich gepolstert. Zweimal kam Fatimeh mit Essen herein, wobei die wohltuenden Aromen von Aubergine und sauren Gurken und Safranreis sie schon vorher ankündigten. Irgendwann später kam Sanaz hereingeschlichen, während er immer wieder wegdämmerte, und spielte ein Weilchen an seinem Computer.

Am frühen Morgen schaltete er noch einmal die BBC-Nachrichten ein. Diesmal brachten sie Beiträge über Proteste in ganz Europa, meistens vor den iranischen Botschaften. Emigranten hatten Demonstrationen in Paris, London, Wien, Berlin, Den Haag, Rom, Dubai und sogar in amerikanischen Städten wie New York und Los Angeles organisiert. Zu den Bildern von schwarzhaarigen Menschen, die ganz in Grün und mit wütend aufgerissenen Mündern durch die Straßen zogen, sprach eine Stimme von einem Erwachen unter der behaglich lebenden iranischen Diaspora. Eine neue Leidenschaft war entstanden, die ihre heimatlichen Sehnsüchte weckte. Waren Nilou oder Kian auch dabei? Er schaute sehr genau hin, als die Kamera die Demonstrationen in Den Haag und New York zeigte, unsicher, wie weit diese Städte von den Wohnorten seiner Kinder entfernt waren.

Fatimehs Auberginen waren so gut wie eh und je. Die Zwiebel in heißem Olivenöl angebraten, bis sie ihre maximale Süße entwickelte, den Knoblauch erst zum Schluss dazugegeben, sodass er niemals bitter schmeckte, jede Auberginenscheibe einzeln geschält und vorher ausgiebig gesalzen. Fatimehs Auberginen waren ein Paradebeispiel für Qualität und Sorgfalt, ebenso wie ihre Gerstensuppe, ihre Lammkeulen und ihre *abguscht*, die kaum Zusätze enthielt, keine Knorpel oder Schalen, nur ganz zarte Fleischstücke und einen einzigen mit Mark gefüllten Knochen. Er vermutete, dass sie das Mark von kleineren Knochen dazutat, damit derjenige auf seinem Teller geradezu überquoll von der dekadenten Substanz. Fatimeh war eine Nährerin, die gern diente, keine gelehrte Aktivistin wie Pari oder eine zu Ohnmachtsanfällen neigende Verführerin wie Sanaz. Vor vielen Jahren, am ersten Abend ihrer Ehe, war ihm aufgefallen, dass Fatimeh für sie beide unterschiedliche Salate zubereitete. Für ihn verwendete sie nur das Salatherz, die äußeren Blätter legte sie auf ihren eigenen Teller. Ihre Derbheit und Einfalt gefielen ihm. Es war schade, dass ihre körperliche Beziehung immer lauwarm und unbehaglich geblieben war. Daher auch ihre Affäre mit dem Dichter, vermutete er. Er nahm sie ihr nicht übel. Wie sollte er auch?

»Warum bist du hier?«, fragte er, als sie mit Tee hereinkam. »Ich hab dich nicht um Hilfe gebeten. Wieso bist du zum Gericht gekommen?« Er war geschwächt und klang sicher vorwurfsvoll.

»Agha Kamali hat mich darum gebeten«, sagte sie. »Was hätte ich denn machen sollen? Ablehnen, wenn dein Anwalt sagt, du steckst in Schwierigkeiten? … Schlaf weiter.«

Wieder driftete er lange Zeit zwischen Schlafen und Wachen. Die Stunden vergingen immer langsamer. Der Morgen war noch normal verlaufen, doch der frühe Abend fühlte sich an wie ein ganzer Tag, das Zittern wurde intensiver, Arme und Beine juckten, das Erbrechen erreichte ungeahnte Heftigkeit. Wie schnell das Leiden begonnen hatte. Nach dreimaligem Erbrechen waren Fatimehs Auberginen Geschichte, und Bahman nahm an, dass vier oder fünf Stunden vergangen sein mussten. Doch die Uhr zeigte ihm, dass es lediglich fünfzehn Minuten waren. Er beschloss, sich mit Fotos abzulenken.

Bahmans Alben waren sein Schatz. Sie füllten drei Schubladen seines Schreibtisches, die er stets verschlossen hielt, und Sanaz hatte sie nie auch nur anrühren dürfen. Als er aus dem Gefängnis nach Hause gekommen war, hatte er sie und ein paar andere Habseligkeiten mit in dieses Zimmer genommen. Jetzt betrachtete er Kian, wie er mit seinem Spielzeuglaster spielte und empört in die Kamera blickte, Nilou, das Haar zu Zöpfen gebunden, die saure grüne Pflaumen mit Salz aß, und er ertrug es kaum. Er wünschte, er hätte auch Fotos von Nilous Hochzeit bekommen. Er versuchte, seine Emotionen mit der Schwäche seines Körpers zu erklären. Er begann zu zittern, zuerst bebten seine Schultern, dann zuckte sein ganzer Torso und erschlaffte und zuckte erneut.

Nein, er konnte das nicht durchhalten. Warum sollte er es auch durchhalten? Er war ein Mann mit einem Namen, mit Verbindungen und Geld. Schmutz auf ihre Häupter; sollten sie doch alle verrecken mit ihren Religionen und ihren Gesetzen und ihren masochistischen Philosophien. Er hatte seine eigenen Götter, Gebete und Sakramente. Er hatte Rumi; Rumi wusste um Bedürftigkeit. Der Mensch ist nur Fleisch, sinnierte er, und er trottete mit frischer Kraft aus dem Zimmer, entschlossen, sein eigenes Fleisch vor Schmerzen zu bewahren.

Er fand Fatimeh in der Küche, wo sie gerade dabei war, Sellerie zu schneiden. »Fatimeh-*dschun*«, sagte er, bemüht, die Lautstärke und das Beben seiner Stimme zu steuern. Trotzdem zitterte sie, und nach drei Wörtern musste er jedes Mal hastig Luft holen. Er klang, als hätte er eine Woche in einem Kühlraum verbracht. »Fatimeh-*dschun*, hast du nichts in die Auberginen getan?«

Sie blinzelte ein paarmal, überlegte, was er wohl meinte. »Wo soll ich was reingetan haben?« Dann verstand sie, und ihre buschigen Augenbrauen schnellten nach oben. »*Ei vai*«, sagte sie und lachte leise.

»Ich rufe Ali an«, sagte Bahman. Er ließ den Blick durch die Küche wandern und merkte plötzlich, dass sein Kopf sich viel zu stark bewegte. Er versuchte, ihn still zu halten, und verlor kurz den Faden. »Ich rufe Ali an. Er kann zum Abendessen kommen. Er gehört zur Familie.«

Fatimeh wies ihn nicht zurecht. Sie sagte: »Die Wachen werden eine *manghal* riechen. Und sie kommen manchmal in die Küche. Er muss dir was bei sich zu Hause kochen.«

»Ja, ja«, sagte er. Er bemerkte Fatimehs nackte Füße, ihre langen roten Zehennägel. Wann hatte sie die zum letzten Mal geschnitten? Warum machte sich jemand die Mühe, seine Nägel zu lackieren, wenn er sie nicht ordentlich schnitt?

Er ging zum Telefon im Wohnzimmer und wählte die Nummer seines Bruders. Er wartete leise keuchend. Doch bevor Ali abheben konnte, kam Sanaz hereinspaziert und legte sofort los. »Wen rufst du an?«, fragte sie naserümpfend. Er begriff, dass er seit über einem Tag nicht geduscht hatte und seine Kleidung mehrfach durchgeschwitzt war. *Egal.* »Du musst deine Anrufe da eintragen.« Sanaz deutete mit dem Kinn auf ein gelbes Blatt Papier, das jemand auf das olivgrüne Paisleytuch des Teetisches geklebt hatte. Vor vielen Jahren hatte Pari den wie eine Münze geformten Tisch auf einem Basar in der Nähe der Dreiunddreißig Bogen entdeckt.

Er ignorierte sie. Ali würde ihm eine fette *beryuni* braten, und er würde sie mit Opium füllen. Er würde das jeden Tag machen, und er würde sie ihm in einem Verbandskasten bringen, und die Wachen würden nichts merken. Sie waren Kinder. Was wussten sie schon?

Sanaz kam näher. Er hatte weder aufgelegt noch Anstalten gemacht, den Anruf auf dem Blatt zu notieren. Sie sagte: »Bahman, du bringst uns in Schwierigkeiten.« Was erdreistete sie sich, von Schwierigkeiten zu reden, als wäre sie nicht der Grund für jeden bitteren Bissen, den er zu schlucken hatte? Sie griff an ihm vorbei, drückte auf die Telefongabel und unterbrach den Anruf.

Der Zorn vom Vortag, all die Schuld, die er auf sich genommen hatte, all das Schönreden und Rumgedruckse, jede Antwort, die er sich verkniffen hatte, alles brodelte plötzlich auf und kochte über, sodass Bahman außer der Übelkeit und den Bauchschmerzen und den wahnsinnig juckenden Gliedmaßen nur noch eines empfand: nackte, animalische Wut. Den Hörer noch in der Hand, brüllte er: »Du niederträchtiges Biest, ich will, dass du verschwindest!«, und schlug ihr ins Gesicht. Und obwohl er das nicht hatte tun wollen und sich, wäre er bei Sinnen gewesen, niemals für einen so barbarischen Akt entschieden hätte, empfand er keine Schuld, nur herrliche, überschwängliche Erleichterung.

Nach einem kurzen Moment des Schweigens begann Sanaz, ihn zu beschimpfen. Sie hielt sich den Bauch und schleuderte ihm Flüche entgegen, und obwohl ihre Stimme mit jedem Wort lauter wurde, war sie niemals schrill. Sie klang inbrünstig, wie eine Märtyrerin. Sie stürzte vor und riss ihm den Hörer aus der Hand. Während sie überhastet wählte (wen rief sie an? Ihre Schwester?), stieß sie einen Stift und Nilous Krippenfigürchen vom Tisch. Fatimeh und Schirin tauchten aus der Küche auf. Auch die Wachen vor der Tür hatten den Streit gehört. Zwei Männer kamen herein, ohne sich die Schuhe auszuziehen.

Ein einziger Tag unter Hausarrest war vergangen – ein einziger Tag. Er holte tief Luft, versuchte, das Zähneklappern zu verlangsamen. Er würde hier sterben, da war er sicher, in dieser sich endlos hinziehenden Zwischenwelt, die aussah wie das Zuhause, das er sich einst erbaut hatte.

»Was ist hier los?«, fragte der junge *pasdar*, der heute Morgen zum Frühstück gekommen war – war das wirklich erst heute Morgen gewesen? Wie konnte die Zeit sich so höllisch in die Länge ziehen? Der Bursche hielt ein frisches Glas Tee in der Hand, das Sanaz ihm wohl zum Auto gebracht hatte. Bahman sah seine Frau an, die jetzt schniefend ins Telefon flüsterte.

»Es ist nichts«, sagte Fatimeh. »Ich hab mich mit ihr gestritten. Tut mir leid.«

Der *pasdar* starrte Fatimeh ratlos an, denn wie soll man mit den häuslichen Zankereien zweier Frauen umgehen? Die beiden waren in ihrem eigenen Zuhause, und sie standen nicht unter Arrest. Die Wachen beratschlagten sich leise, bis Sanaz ihren Anruf beendete. Bahman vermutete, dass sie diese elende Farce jetzt beenden würde, vielleicht dafür sorgen würde, dass er wieder ins Gefängnis geworfen wurde, obwohl er als Ehemann in einem islamischen Staat das abscheuliche Recht hatte, seine Frau zu schlagen. Dennoch, die Welt war von eifersüchtigen, durchtriebenen Menschen bevölkert, und diese speziellen Menschen konnten Sanaz besser leiden als ihn.

Aber Sanaz sagte nichts. Sie verschränkte die Arme und schüttelte den Kopf und schniefte wieder. Fatimeh lud die Wachen zum Abendessen ein, wenn sie so gütig wären, an den Küchentisch zu kommen, denn der *sofreh* sei gerade in der Wäsche. Sie führte sie davon, und Schirin hüpfte fröhlich hinterdrein. Die Aussicht auf eine unerwartete Mahlzeit hatte sie auf andere Gedanken gebracht.

»Dein ganzes Gerede von Bildung und Feminismus und Amerika«, flüsterte Sanaz und hielt die Krippenfigur an die Brust gepresst. »Dein ganzes Gerede. Du bist ein Tier.«

Er wollte sie fragen, warum sie ihn den Wachen gegenüber verschont hatte, obwohl sie diesen Zwischenfall hätte benutzen können, um die Scheidung wesentlich vorteilhafter für sich ausfallen zu lassen. Stattdessen sagte er: »Warum hasst du mich? Was habe ich getan, dass du so einen Aufstand machen musst?«

Sie starrte ihn finster an, mit zutiefst traurigen Augen. »Warum denkst du, dass du Menschen einfach wegwerfen kannst? Wenn jemand nicht genau das studiert hat, was Nilou und Pari studiert haben, kann er dann nicht trotzdem klug sein? Oder schick oder interessant oder … genug? Du bist selbstgefällig und grausam.«

Sanaz sorgte gern für ihre eigenen kreativen Strafaktionen, und noch am Abend wurde klar, warum sie den Wachen gegenüber den Mund gehalten hatte. Als Bahman schlotternd unter drei Decken lag und die Minuten quälend langsam verstrichen, während von unten ein Höllenlärm von scheppernden Töpfen und keifendem Gezänk und klappernden Tellern heraufdrang, klopfte jemand an seine Schlafzimmertür und trat ein, ohne auf eine Antwort zu warten. Es war der krausbärtige Mann, der vor Gericht als Zeuge aufgetreten war, zusammen mit Soleimani, Sanaz' Schwager. Keiner von beiden hatte sich die Schuhe ausgezogen. Sie blieben an der Tür stehen, betrachteten ihn, und in seinem Fieber dachte Bahman, dass er zuvor recht gehabt hatte – Sanaz hatte tatsächlich ihre Schwester angerufen. Sein erster Instinkt war es, sie zu begrüßen, doch sobald er den Mund aufmachte, überwältigte ihn die Übelkeit. Sein Körper klappte nach vorne, und er erbrach sich erneut in den Eimer, den Fatimeh zu diesem Zweck neben das Bett gestellt hatte.

Die Gastfreundschaft
der Holländer

August 2009
Amsterdam, Niederlande

Gui fragt alle paar Tage nach dem Zakhmeh und deutet an, dass er gern mal mitkommen würde. Aber Nilou reagiert abweisend. Sie ruft ihre Mutter in New York an, sagt aber nicht viel. Nach vier Jahren Ehe weigert sich Nilou noch immer, ein Hochzeitsfest auszurichten – es erscheint ihr zu riskant, Gui mit so vielen Iranern in Kontakt zu bringen. Am Ende verlangen sie noch ein protziges iranisches Spektakel. Manchmal klagt ihre Mutter auf Englisch: »Ich brauche Foto, für wenn ich alt bin.«

»Es ist zu aufwendig, Maman-*dschun*«, sagt Nilou. »Und Gui ist es nicht wichtig.«

»Okay, Gay nicht wichtig. Und *deine* Familie? Wir brauchen Foto.«

Nilou hat schon längst aufgegeben, ihre Mutter auf die »Gay«-Problematik hinzuweisen. Maman hat ihre vertrauten Silben und keine Ahnung, was der Unterschied ist, und damit basta. Gui findet es lustig.

Als Maman das Thema jetzt wieder anschneidet und Babas Sucht nach Andenken zum Vorwand nimmt, sagt Nilou: »Baba hat seine eigenen Hochzeitsfotos. Mehr als genug.«

»Niloufar, lass die Sticheleien«, sagt Maman. Seit einiger Zeit würzt sie ihr Englisch, das ohnehin schon von Farsi durchsetzt ist, mit wirrem, jugendlichem Slang aus dem Internet. »Schluss mit dem Übel-*bazi*. Das hab ich voll satt.«

Nilou wechselt das Thema. Sie beschließt, Maman nicht von dem Mittagessen mit Mam'mad oder von den Flüchtlingen im Zakhmeh zu erzählen. Stattdessen erzählt sie von ihrer Forschung über die Kiefer und Zähne frühzeitlicher Großwildjäger. Sie spricht schließlich mit Pari Hamidi, der einst angesehenen iranischen Ärztin und Akademikerin, der gesellschaftlichen Renegatin, einer Frau, die Gelehrsamkeit in jeder Form zu schätzen weiß. Aber ihre Mutter reagiert mit einem Haufen emotionalem Unsinn. »Primaten ... warum wichtig?«, sagt sie. »Studiere lieber, was passiert in Iran! Die stehlen Wahlen da! Verrückte Hunde. Iran steckt voll in Scheiße. Ich nie verstehe, warum du studierst Anthropologie. Die Abfälle, die aus Erde ausgegraben, die zu lange tot. Nicht mehr nützlich für Denken, für modernes Denken.«

»Okay, Maman«, seufzt Nilou. »Die Verbindung ist schlecht. Und ich muss los.«

»Verbindung schlecht?« Die Stimme ihrer Mutter wird schwächer, und Nilou hört, dass sie mit einem langen Fingernagel aufs Display klopft. »Hier kein Empfang«, murmelt sie ins Handy, dann hebt sie es wieder ans Ohr und sagt: »Schick Foto an dein Baba. Er immer denkt an dich. Und grüß Gay.« Sie legt auf, ohne eine Antwort abzuwarten.

Nilou weiß, dass Bahman sie vermisst und ein fünftes Treffen organisieren möchte. In seiner E-Mail hat er Dubai vorgeschlagen. Es fühlt sich seltsam an, ihn so nah an sich heranzulassen. Sie fürchtet, dass sie es vermasseln, seine Fantasievorstellungen von ihr ruinieren könnte – und brauchen wir nicht alle unsere Fantasien? Manchmal gibt sie sich noch immer Visionen hin, in denen sie Senatorin oder Nobelpreisträgerin ist. Warum sollte sie Babas Träume zerstören? Außerdem ist er nicht mehr Baba. Er ist bloß ein weiterer iranischer Süchtiger, Teil einer Bevölkerungsgruppe, die in die Zehntausende geht.

*

Beim Mittagessen lernt Nilou einen stillen iranischen Flüchtling namens Karim kennen, von dem Mam'mad ihr erzählt hat und der schon seit zehn Jahren illegal in Holland lebt. Mam'mad behandelt Karim zwar wie einen Sohn, aber Mam'mad verhält und kleidet sich wie ein gebildeter Mann, Karim dagegen nicht.

»Hallo, Khanom Kosmonautin«, sagt Mam'mad, als er die Tür aufmacht. Er rückt seine Brille zurecht und betrachtet sie väterlich, als wäre er stolz, dass sie sich heute schon allein angezogen hat. Er nimmt ihren Rucksack. »Gib mir das Ding, ehe deine Wirbelsäule bricht und du deine Mondmission absagen musst.«

Obwohl sie sich darauf gefreut hat, Farsi zu sprechen und iranische Mixed Pickles zu essen und Geschichten aus der Heimat zu hören, hat sie sich eine Entschuldigung zurechtgelegt, für den Fall, dass sie vorzeitig wieder gehen muss. Was mögen diese Flüchtlinge, Männer, die allein sind in einer neuen Stadt, von einer Freundschaft mit ihr erwarten? Hoffentlich ist ihnen klar, dass sie keinerlei Kontakte zu irgendwelchen Einwanderungsbehörden hat.

Mam'mad bietet ihr eine Köstlichkeit von daheim an, ein Sauerkirschen-*sharbat*. In dem beschlagenen Glas zeichnen sich drei verschwommene Rotschattierungen ab, die sie mit einem langen Löffel verquirlt. Als sie eintritt, erhebt sich der jüngere Mann, Karim, von einem Kissen und streckt ihr die Hand entgegen. Mam'mad stellt fest, dass Karim und Nilou ungefähr im selben Alter sind, ein Umstand, der Karim offenbar peinlich ist. Sein Händedruck ist schwach, als habe er Angst, ihr wehzutun, und ihr wird klar, dass er als ein Iraner vom Lande gerade erst gelernt hat, einer Frau die Hand zu schütteln. Das Mittagessen ist schon auf dem Boden angerichtet, ein Kräuter-Omelett, das er auf einer Kochplatte gebraten hat, mit Knoblauch-Pickles. Mam'mad bewohnt ein Zimmer mit Blick auf eine schmale Gracht, eines der dunkleren, kargeren in einer schönen Gegend, dank der egalitären Regel der Holländer, dass es in jedem Viertel auch Sozialwohnungen geben muss. Wahrscheinlich ist das Zimmer eine Studentenbude, eine vorübergehende Unterkunft. Er schläft in einer Ecke, das Bettzeug ordentlich auf dem Boden ausgebreitet, und isst in einer anderen, auf ein paar Kissen und einem *sofreh*-Tuch, die denen im Zakhmeh ähneln. Dass er hier ist und nicht in einer Flüchtlingsunterkunft irgendwo in der tiefsten Provinz, bedeutet, dass eine holländische Hilfsorganisation, vielleicht Hivos, sich für ihn eingesetzt haben muss.

Sie hocken sich auf die Kissen und essen vom *sofreh*, als wären sie wieder im Iran. Nilou ist hingerissen wie von einem kindlichen Rollenspiel. Sie hören iranische Lieder, und sie erinnert sich an das schönste, »Age Ye Rooz« (Wenn eines Tages), ein Lied für getrennte Liebende. Sie reden über ihr Leben, obwohl Nilou überwiegend zuhört. Mam'mad ist Akademiker. Sein Leben war ruhig, geprägt von Fleiß und Studium. Sowohl Mathematik als auch Literatur sind seine Fachgebiete, die er beide auf Universitätsniveau gelehrt hat, was ungewöhnlich ist. Nachdem sie sich eine Weile unterhalten haben, vermutet Nilou, dass er dieses Zimmer teilweise mit seinem eigenen Geld bezahlt. Es ist ihm gelungen, Mitte fünfzig zu werden, ohne an der Wirklichkeit zu verzweifeln (nur an den Menschen) oder Trost im Vergessen zu suchen. Nilou ist noch keinem älteren Iraner wie ihm begegnet, jemandem, der nicht von irgendwas abhängig ist, und seine Anwesenheit tröstet sie. Karim hingegen hat viele Abhängigkeiten – seine Frau, den Iran, möglicherweise Opium. Seine schwieligen Hände legen nahe, dass in der Landwirtschaft gearbeitet hat.

Sie fragt, warum die beiden ohne ihre Familien hier sind: »Hat Hivos euch hergeholt?«

»Ich bin mit einem Schlepper geflüchtet.« Karim spricht so leise, dass sie Mühe hat, ihn zu verstehen. Er blickt starr auf seinen
Teller, während er langsam sein Brot kaut.

Mam'mad tunkt sein Brot in die Ölpfütze neben dem Kräuter-
Omelett. »Ich bin mit *Scholars at Risk* hergekommen. Die laden
dich ein, ein paar Vorträge zu halten, und falls es zu gefährlich ist
heimzukehren, helfen sie dir bei den Asylanträgen. Aber die Vorträge sind schon Jahre her, und seitdem hat keiner einen Finger
gerührt. Ich sitze fest«, sagt er. »Karim ist noch schlechter dran
als ich. Ungelernt, illegal.«

»Wenn meine Familie nicht wäre«, sagt Karim, und das Unglück in seiner Stimme legt sich über den *sofreh*, lässt das Essen
verblassen, als wäre ein Gazetuch darübergeworfen worden,
»würde ich noch heute nach Hause gehen, direkt ins Evin-Gefängnis.« Etwas Gelbes, ein fauler Zahn, lugt hervor, wenn er
spricht.

»Vielleicht kann Nilou *khanom* dir ja helfen«, sagt Mam'mad
in einem bewusst beiläufigen Tonfall, wobei er seine Hände damit beschäftigt hält, Petersilienstängel zu zerrupfen. *Aha*, denkt
sie, *die Bitte*. Sie verlagert ihr Gewicht auf dem Kissen und legt
ihr Brot aus der Hand, nur für alle Fälle. »Es könnte wunderbar
passen«, sagt Mam'mad. »Karim braucht jemanden mit dem
richtigen Akzent, der für ihn übersetzt, und Siawasch ist ohnehin schon überlastet. Nur ein paar Stunden von deiner Zeit, um
mit ihm zur Einwanderungsbehörde zu gehen, Nilou *khanom*. Im
Gegenzug würde Karim alle möglichen Arbeiten für dich erledigen.«

Karim nickt. »Das mache ich so oder so«, flüstert er kaum
hörbar. Bleich und zermürbt, in einem verwaschenen gestreiften
Hemd und einer alten Kakihose, sitzt Karim mit geradem Rücken und gesenktem Blick da, unfähig, sich zu entspannen. Der
nervöse Ausdruck in seinem hageren Gesicht weckt bei Nilou die

Vermutung, dass er jünger ist, als er aussieht, sieben- oder achtundzwanzig. Keiner der beiden Männer zeigt irgendein Geschick darin, die Tatsache zu verschleiern, dass Karim nur deshalb eingeladen wurde, weil sie glauben, dass Nilou ihm helfen kann.

»Was für ein Akzent?«, fragt sie und stellt sich Guis Reaktion vor. »Und wer ist Siawasch?«

»Der junge Mann mit den Narben. Er ist auch Amerikaner«, seufzt Mam'mad, als würde er ihr das nur ungern sagen. »In den Botschaften und Behörden sitzen schlecht ausgebildete westliche Bürokraten. Wenn dein Übersetzer einen holländischen oder amerikanischen Akzent hat, wie du und Siawasch, glauben sie deine Geschichte. Wenn nicht, dann nicht.« Sie möchte widersprechen. Wie kann ein so wichtiger Vorgang, ein Vorgang, der sie nach Amerika gebracht und ihr dieses Leben ermöglicht hat, so willkürlich und subjektiv und hässlich sein? Mam'mad spricht weiter: »Und damit nicht genug. Die Lügner mit den besten Beziehungen und den dramatischen Geschichten werden besser behandelt, weil sie den Beamten mit Vorliebe jedes Detail unter die Nase reiben. Und dabei ignorieren diese Bürotrottel vollkommen die stumme Qual der Opfer, die zu traumatisiert sind, um diese Erinnerungen wiederaufleben zu lassen, und die sowieso keinen guten Übersetzer kennen.« Sie beobachtet Karim, der keinerlei Regung zeigt, den Blick auf das Essen gerichtet. Beschämt es ihn denn nicht, wenn so über ihn geredet wird? Doch die Männer scheinen an solche Gespräche gewöhnt zu sein, und Mam'mad fährt fort. »Karim hat seine Geschichte schon zehn Mal erzählt. Jedes Mal, wenn sie ihn nach Einzelheiten fragen, zuckt er zusammen und sagt irgendwas Allgemeines, und sie denken, er erfindet es bloß.«

Etwas Schweres legt sich auf ihre Brust, aber sie versucht, ihre Gefühle zu verbergen. Es wäre Karim peinlich, wenn sie weinen würde, also tut sie es nicht. »Das kann doch nicht sein«, sagt sie.

Mam'mad zuckt die Achseln, hebt beide Hände, zeigt die Innenflächen, als wollte er sagen: *Warum sollte ich lügen?*

Sie stellt sich vor, wie sie selbst als geflüchtete Erwachsene versuchen würde, in dem Labyrinth aus Botschaften und Verfahren und unausgesprochenen Regeln zurechtzukommen. Der Gedanke erschreckt sie – wenn sie den Iran erst vor ein paar Jahren verlassen hätte, wären ihr Akzent, ihre Ausbildung, ihr Leben völlig anders geworden. Nilou erinnert sich noch immer an die Langeweile in den verschwitzten, übel riechenden Warteschlangen vor der Botschaft in Rom, wo ihre Mutter die Gründe ihrer Flucht erklären musste. Sie erinnert sich an Mamans zitternde Hände, ihre nervöse Stimme, ihr leicht singendes Englisch. War das der falsche Akzent gewesen? Hatte die Beamtin Mitleid mit ihr, weil sie jung und hübsch und Mutter von zwei Kindern war? Oder war ihre Geschichte überzeugend genug? Jahre später erzählte Maman ihr, man habe ihnen geglaubt, weil die Beamtin Nilou und Kian allein befragt und festgestellt hatte, dass die Kinder tatsächlich als Christen erzogen worden waren. Nilou erinnert sich an den Nachmittag in der Botschaft. Sie hatte gelangweilt Matheaufgaben gelöst, während Kian das Bild eines Cowboys ausmalte. Als die Lady sie nach Jona fragte, hatte sie kaum aufgeschaut, sondern einfach losgeplappert. Über Wale und wie groß einer sein müsste, wenn er einen Menschen verschlucken könnte, und dass sie, wenn sie erst groß wäre, Reisen machen und die Knochen von diesem Wal ausgraben und die Stelle am Berg Ararat finden wollte, wo Noah gelandet war. Als die Lady sie aufforderte, den heiligen Petrus zu beschreiben, hatte sie gesagt: »Der ist kein Heiliger. Das glauben die Katholiken, und die irren sich schon seit Luther und Calvin. Er war der Jünger, der Jesus dreimal verleugnet hat.«

»Hat Mohammed Jesus je verleugnet?«, hatte die Beamtin in der Hoffnung gefragt, sie hereinlegen zu können – vielleicht waren die Hamidis ja Muslime in protestantischer Verkleidung, vielleicht hatte sie doch noch Bindungen an Mohammed und Hassan und Hussein.

Nilou hatte zu der Beamtin hochgesehen. Sie war schon dabei, das lebhafte Mädchen aus Ardestun abzulegen, und ihre Stimme wurde stumpfer. »Nein«, hatte sie gesagt, »aber das tut der Satan auch nicht.«

Und deshalb gewährten die Vereinigten Staaten den Hamidis Asyl: eine dumme Antwort auf eine dumme Frage, zwischen einer geistlosen Bürokratin und einem Kind, das sich verzweifelt nach Eindeutigkeit sehnte. Deshalb hat sie eine Nacht im Jesushaus verbracht und ist nach Yale gegangen und hat Gui kennengelernt und die Entwicklung der menschlichen Rasse studiert und ist Atheistin geworden. Sie muss lachen, als sie daran zurückdenkt, wie sie damals war. »Ich werde für dich übersetzen, Karim *agha*«, sagt sie, greift wieder nach ihrem Brot und nimmt sich noch ein paar Mixed Pickles. »Und du musst nicht dafür arbeiten.«

Mam'mad klatscht in die Hände, stößt einen Freudenschrei aus und packt Karim, in dessen nach unten gewandtem Gesicht sich ein zaghaftes Lächeln abzeichnet, mit einer Hand im Nacken. Dann erzählt Mam'mad von Karims Familie im Iran, seinem Leben in Holland und seinen Straftaten. Karim hört nur stumm zu und nickt. Zu Hause ist er wegen Opiumschmuggels angeklagt worden. »Seit wann geht die Islamische Republik gegen Opium vor?«, fragt sie, schlagartig besorgt. Sie denkt an Baba und seine Laster. (In Bezug auf Alkohol ist Baba vorsichtig, ein heiterer, zurückhaltender Trinker, sein Glas stets gefüllt vom unaufhörlichen Strom der Freunde, die zu ihm kommen, um eine gute Zeit zu verbringen. Opium hingegen … entfesselt den rücksichtslosen, sabbernden, wütenden Unhold in ihm.)

»Nur bei ihren politischen Gegnern«, beruhigt Mam'mad sie, während er Karims Glas nachfüllt. Zu Hause hat jeder einen Süchtigen, irgendeinen geliebten Menschen, der sich nie zu weit von

den Mohnfeldern entfernen kann. »Keine Sorge, Nilou-*dschun*.«
Es freut Nilou, dass er sie schon mit der vertraulichsten Form ihres Namens anspricht. Sie spürt, dass Karim sich entspannt. Und
als er ein wenig über seine Frau spricht – wie ihr federleichtes
Haar bis zur Mitte des Rückens fällt und wie sie den ganzen Tag
Mandeln schält und ihre Häute verbrennt, um Kajal für ihre Augen zu machen –, fühlt Nilou sich an Mam'mads *sofreh* endlich
zu Hause.

Im folgenden Wochen geht Nilou regelmäßig ins Zakhmeh.
Sie isst mehrmals zusammen mit den beiden Männern (immer
einfache Eierspeisen), und sie werden zu einem ungewöhnlichen
Trio, das nachts an Amsterdams dunkelsten Grachten entlangspa-
ziert. Jedes Mal erzählt Mam'mad ihnen Geschichten. Er erklärt,
warum Iraner gerade in Holland landen. »Wissenschaftler kommen her, sie verkümmern, sie finden keine Arbeit. Sie werden
nach Hause geschickt«, sagt er. Stets kommentiert er dann noch
seine eigene Situation. »Ich sollte ein Wissensarbeiter sein, kein
Flüchtling«, murmelt er oft. »Siawasch kümmert sich nicht um
die Papiere.« Siawasch, der ein passables Holländisch spricht und
sich inzwischen mit allen möglichen Einwanderungsformalitäten
auskennt, hat sich bereit erklärt, die Asylanträge für Mam'mad
und seine Familie auszufüllen.

Normalerweise klagt der ältere Mann eine Weile über sein ver-
lorenes Prestige, ehe ihm irgendeine andere Beschwerde in den
Sinn kommt. An einem Abend in seiner Wohnung sagt er: »Ver-
rat mir eins, Nilou *khanom*, warum werden Reisende von den
Holländern so begrüßt? Ich spreche nicht von Immigranten. Ich
meine … niemand hat mich hier in der Nachbarschaft willkommen geheißen. Wusstest du das?«

Im Vergleich zu den extrem geselligen Umgangsformen im
Iran pflegen die Holländer eine Kultur der Einsamkeit. Keine
zwanglosen Gespräche mit Fremden, keine übertriebene Groß-

herzigkeit. Mam'mad erzählt ihr, dass er zwar schon Jahre hier
wohnt, aber noch nie von jemandem eingeladen wurde, noch
nicht mal zum Tee, noch nicht mal, nachdem er sein mageres
Einkommen dafür verwendet hat, jedem seiner Nachbarn *baghlava* zu bringen. Die Holländer lieben ihre Hunde mehr als den
Fremdling nebenan. Und das Schlimmste: keinen Respekt vor Intellektuellen. »Hab ich sie etwa beleidigt?«, fragt er mit gepress-
ter Stimme. Sie möchte ihn beruhigen, ihm sagen, dass sie einfach so sind, aber er redet schon weiter. »Im Iran hat man mich
schikaniert, festgenommen, meine Töchter auf der Straße ange-
halten. Meine Arbeit wurde von Leuten kritisiert, die nicht mal
einen Universitätsabschluss hatten. Und dann komme ich hier
an, und derselbe Mist verfolgt mich. Dieser Siawasch behauptet,
er wird mir helfen, aber wer weiß, was er für Motive hat, wo er
herkommt. Vielleicht will er ja, dass mein Antrag abgelehnt wird.
Wer weiß? Ahmadinedschads Leute haben ihre Finger überall
drin, selbst im Ausland.«

Diese jähe Paranoia kennt sie schon. Ähnliches hat sie in Italien
und Dubai gehört, in den Flüchtlingsunterkünften. Sie erwächst
aus der Warterei und der Untätigkeit in Kombination mit kleinen beängstigenden Erinnerungen. Sie möchte ihn zum Lachen
bringen, seine düsteren Gedanken über abweisende Einheimische zerstreuen, also erzählt sie ihm etwas über die Holländer.
Vielleicht kann sie ihm begreiflich machen, dass es keine Ver-
schwörungen gibt, dass die Menschen in Holland zur Kälte erzogen werden.

»Du verpasst überhaupt nichts«, sagt sie. »Wenn Holländer
dich zum Mittagessen einladen, gibt es eine Scheibe Brot mit
Schinken *oder* Käse, nicht beides. Sauermilch, und dann, um dem
Ganzen die Krone aufzusetzen, *einen* Keks zum Kaffee.«

»Einen Keks?«, sagt er und hebt die buschigen grauen Augenbrauen. »Ich versteh nicht.«

»Na ja, sie stellen eben nicht die ganze Dose auf den Tisch«,
sagt sie mit einem nervösen Lachen. »Sie legen einen Keks neben
deine Tasse, wie in einem Restaurant. Das ist der holländische
Geiz.«

»*Ei vai.*« Er schlägt sich auf eine Hand. »So was hab ich hier
noch nie erlebt.«

»Ja, weil alle deine holländischen Bekannten Hausbesetzer
und Hippies sind«, sagt sie. »Die Armen und die Fortschrittli-
chen teilen gern mit anderen.«

Karim nickt und beteiligt sich vorsichtig am Gespräch. »Ich
hab gehört, wenn Holländer fünf Leute zum Abendessen einladen, kochen sie genau fünf Kartoffeln.«

Mam'mad schüttelt den Kopf. »Großzügigkeit ist die Gabe des
armen Mannes«, sagt er. »Was passiert, wenn du bei Holländern
zu Gast bist und noch einen Keks oder eine zweite Kartoffel essen möchtest?«

»Du leidest stumm«, sagt sie todernst, während sie gleichzeitig Karim anlächelt, der hinzufügt: »Oder gehst nach Hause.«

»Die sollten sich schämen«, sagt Mam'mad, von seinen eigenen Sorgen abgelenkt. Er schiebt einen Teller mit Radieschen zu
ihr hinüber. Sie nimmt eins, wickelt es in ein Minzblatt und isst
es. Ihr fällt auf, dass Mam'mads Lispeln verschwindet, wenn er
nüchtern ist. Dann klingt er wie der Universitätsdozent, der er
im Iran war. Das macht sein Lispeln umso charmanter, der Beweis, dass er daran arbeitet, seine Sprache zu verfeinern, dass er
im Alltag um Präzision bemüht ist. Wenn Baba hier wäre, würde er das für einen Fehler halten und dem Mann einen Drink
nach dem anderen einschenken, bis das Lispeln wieder da wäre.
Und dann würde er seinen Kiefer untersuchen, um zu sehen,
ob er ihn richten kann. Er würde darin keine Heuchelei sehen.
Mam'mad will mehr hören, und auch Karim scheint interessiert.
»Was noch?«

»Mal überlegen«, sagt sie. »Ach so, die Rechnung im Restaurant heißt *rekening*, dasselbe wie *Abrechnung*.«

Er schlägt klatschend auf den Boden. »Das gibt's nicht!« Er hebt das linke Knie, umfasst es mit einer Hand und zieht das Kissen unter sich zurecht. Er stupst Karim an. »Hörst du noch zu? Kaltherzige Mistkerle. Ich vermute, die Hölle wird von einem holländischen Demografen geleitet, dem ein Klemmbrett an einem orangen Strick um den Hals hängt.«

»Genau.« Sie zieht die Beine eng unter den Körper, sodass ihre Fußsohlen zur Wand zeigen. Zwei Jahre in einer Isfahaner Mädchenschule haben sie gelehrt, so zu sitzen. Sie sucht im Kopf nach anderen holländischen Eigentümlichkeiten. Mam'mads Verwunderung amüsiert sie.

»Diese Holländer«, murmelt Karim mit einem langen Seufzen. »Unsere Hölle sieht wahrscheinlich anders aus als ihre.« Mam'mad fängt über seine Brille hinweg Nilous Blick auf, und sie lassen das Thema fallen. Er steht von seiner Insel aus Kissen auf, um eine Dose Kekse zu holen, denn Iraner, so hat Nilou festgestellt, hören Anspielungen selbst dann, wenn es gar keine gibt.

Wenige Tage später geht Nilou in ihrer Mittagspause zusammen mit Karim zu seinem Sachbearbeiter, einem elfenhaften Mann, der anfangs sichtlich verärgert auf ihre Anwesenheit reagiert. Als er merkt, dass ihr Englisch besser ist als seins und sie sich durch seine Position nicht einschüchtern lässt – sie hofft, er sieht an der Art, wie sie mit dem Fingernagel über seinen billigen Holzschreibtisch fährt, an der Art, wie sie sein Namensschild mustert, das immer wieder aus der Plastikhalterung rutscht, dass sie seinen Job noch nicht einmal annehmen würde, wenn man ihn ihr auf dem Silbertablett servierte –, richtet er all seine Fragen und Antworten direkt an sie und ignoriert Karim völlig, der sich noch ein bisschen tiefer in sich selbst zurückzieht.

Hinterher marschiert sie mit einem verschwitzten Karim zur

nächsten braunen Kneipe, einer typisch holländischen Gaststätte. »Das war gut!«, sagt sie. »Bestimmt klärt sich jetzt alles.«

Zum ersten Mal sieht er ihr direkt in die Augen. »Glaubst du das wirklich, Nilou *khanom*?« Dann senkt er den Blick wieder.

Die Verzweiflung in seiner Stimme raubt ihr den Willen, weiterzugehen, als hätte ihr jemand einen Schlauch in den Arm gebohrt und alle Begeisterung und Entschlossenheit aus ihr herausströmen lassen. Sie hat nie so völlig ohne Hoffnung gelebt. »Ja, natürlich glaube ich das«, sagt sie, Optimismus vortäuschend. Karim zieht die schwere Holztür der Kneipe auf. »Mit einem Glas in der Hand sieht alles gleich viel besser aus. Ich glaube, ich nehme einen rauchigen Roten. Was nimmst du? Soll ich uns eine Flasche bestellen?«

»Eines Tages, Nilou *khanom*, in glücklicheren Zeiten«, sagt er, »wirst du mir erzählen müssen, wie du es geschafft hast, Amerikanerin zu werden. So wie ich das sehe, ist jede Einwanderungsbehörde gleich. Sie sind alle wie der *dehati*-Verlobte, der sich immer wieder mit dir Eheringe anschaut, aber dir nie einen kauft.«

Er wartet mit einem schiefen Lächeln auf ihre Reaktion. Jetzt, wo er ihr vertraut, versucht er nicht mehr, den fehlenden Eckzahn zu verbergen. Das ist von so großer Bedeutung und zugleich eine so kleine Geste, dass sie tief gerührt ist und sich vornimmt, mehr für ihn zu tun, um sich dieses Vertrauen zu verdienen. Doch im Augenblick möchte er, dass sie lacht. Also lacht sie.

*

Am Nachmittag vor dem nächsten Erzählabend schließt sie gerade vor der Wohnung ihr Fahrradschloss auf, als Gui mit seinem Motorroller ankommt. »Willst du zu diesem Plektron-Laden?«

»Zakhmeh«, sagt sie und beugt sich vor, damit er sie auf die Wange küssen kann. »Ist doch nicht so schwer.«

»Steig auf«, sagt er mit einem Nicken über die Schulter. »Ich komm mit.«

Sie bleibt stehen, das Fahrradschloss in der Hand, und sucht nach einem Vorwand, Nein zu sagen.

»Ist das etwa auch was für die Parzelle?« Er schaut sie verletzt an. Sie möchte sagen: *Es ist was für meinen privaten Raum. Braucht das nicht jeder? Musst du es zu einer Nilou-Exotik machen, über die du dich dann amüsierst?* Nilou hat verschiedene Taktiken entwickelt, um die Erzählabende unbemerkt besuchen zu können. Sie ruft Gui im Büro an und fragt, wann er nach Hause kommen wird, damit sie eine halbe Stunde vorher verschwinden kann. Sie fährt nicht auf der Straße, sondern direkt an der Gracht entlang, weil Gui mit seinem Motorroller dort nicht fahren darf. Hin und wieder geht sie direkt von der Arbeit hin und kauft sich unterwegs etwas zu essen. Jetzt sucht sie nach einer liebevollen Art, Nein zu sagen, aber sie sieht Guis erwartungsvolles Lächeln und merkt, dass sie es nicht kann. »Okay«, sagt sie. »Aber ich muss noch was zu essen kaufen. Heute gibt's gelbe Schälerbsensuppe.« Als er die Achseln zuckt, erklärt sie: »Schmeckt scheußlich. Glaub mir.«

Sie rutscht vom Roller, als Gui vor einem Kiosk langsamer wird. In vier Jahren Amsterdam hat sie gelernt, nicht erst zu warten, bis Fahrräder oder Roller zum Stehen kommen, ehe sie auf- oder absteigt. »Sollten wir nicht doch lieber eine Pizza oder so mitbringen?«, fragt Gui.

»Nein!«, sagt Nilou. »Unser Essen darf nichts Besonderes sein. Die Leute da sind bettelarm.« Gui hebt kapitulierend die Hände. Sie mustert ihn von Kopf bis Fuß und windet sich innerlich. Er trägt einen Maßanzug und leichte Motorradhandschuhe (wer trägt bitte Motorradhandschuhe auf einem Roller?), wohingegen sie ganz bewusst ein T-Shirt mit ausgefranstem Saum und ihre älteste Jeans angezogen hat, die mit dem unidentifizierbaren blauen Fleck knapp unter dem Knie und dem kleinen Loch im Schritt.

Wenn Iraner es sich leisten können, schätzen sie das Mondäne und Protzige, deshalb ist es für sie eine Genugtuung, eine Amerikanerin aus dem Iran, also jemanden, der alles bekommen hat, was sie sich wünschen, in abgerissener Kleidung zu sehen. Es liefert ihnen etwas, womit sie Nilou necken können, und es ermöglicht Nilou, ihnen von Yale zu erzählen und dennoch gemeinsam mit ihnen über die Mieten zu schimpfen oder den Kurs des Euros. Sie findet es angemessen, ihre Lebensverhältnisse ein bisschen auszugleichen. In dem Kiosk kauft sie zwei *broodjes*, bescheidenen jungen Käse mit Butter auf pappigem Brot in Plastikverpackung, und zwei Dosen Erbsen.

»Dosenerbsen? Schon wieder?«, fragt Gui entsetzt – er hat sie schon öfter mitten in der Nacht dabei erwischt, wie sie sie mit Sojasoße gegessen hat, und jedes Mal musste er würgen. »Wieso?«

»Dosenerbsen sind wunderbar«, sagt sie, und das stimmt. Sie liebt sie, seit sie sie das erste Mal in der Flüchtlingsunterkunft in Rom gekostet hat. Sie aß sie jeden Samstagnachmittag im Innenhof, warm und gesalzen, oder auf eine Scheibe Brot vom Mittagessen gedrückt, während sie ihre ersten englischen Kinderbücher las. Dosenerbsen schmecken für sie nach Europa, und kein noch so großer Wohlstand wird daran etwas ändern. »Keine Sorge«, sagt sie und hebt ihren Rucksack an, »ich habe einen Dosenöffner dabei.« Gui tut so, als würde er den Kopf auf den Lenker schlagen, sagt aber nichts. Sie späht in ihre Einkaufstüte, deutet dann mit dem Kinn auf die Aktentasche zwischen seinen Füßen. »Hast du Salz da drin?«

Er zieht den Ständer des Rollers mit dem Fuß hoch. »Weißt du, normalerweise nehme ich immer einen Salzstreuer mit zur Arbeit«, sagt er, »aber heute leider nicht, sorry ...«

»Ich meinte, vom Mittagessen«, sagt sie. »Aber schon gut. Ich besorge uns da welches.«

»Ich sollte wirklich jedes Mal, wenn ich aus dem Haus gehe,

für eine Volksrevolution packen«, sagt er. »Ich meine, da lauf ich doch tatsächlich die meiste Zeit ohne meine Ausweise herum, ohne meine Computerlautsprecher ...«

»Ja, ja.« Sie steigt auf und schlingt einen Arm um seine Taille.

»Ohne Geburtsurkunde, Schmusedecke«, redet er weiter, während er sich in den Verkehr einfädelt.

»Du bist bloß neidisch, weil ich immer auf alles vorbereitet bin«, murmelt sie in seinen Nacken.

»... jodiertes Wasser ... Studentenfutter!«

Im Zakhmeh fällt Gui mit seinem Maßanzug auf wie ein bunter Hund, und Nilou beginnt, sich Sorgen zu machen. Was, wenn Karim und Mam'mad denken, sie will mit ihrem europäischen Ehemann angeben? Sie weiß, es würde Karim beschämen, Guillaume kennenzulernen, und sie hofft, dass er nicht da ist.

Am Spendenteller zückt Gui einen Zwanziger. Nilou hält sein Handgelenk fest, wirft zwei Euro hinein und zieht ihn weiter. Sie sucht ein klumpiges hellgrünes Kissen aus dem großen Berg aus und legt es in eine Ecke, und sie setzen sich. Gui schaut sich im Raum um, sieht die alten Teppiche, die Dreadlocks, den großen Suppenkessel. »Gefällt mir«, sagt er.

Sie holt ihre Einkaufstüte und den Dosenöffner hervor, doch Gui entscheidet sich für die gelben Schälerbsen. Als er von der Schlange vor dem Suppenkessel zurückkommt (wo drei neugierige Mütter ihn ausfragen, wer er ist und wo er wohnt und warum er hier ist), lässt Mam'mad sich gerade neben ihr nieder. Er springt auf, um Gui zu begrüßen, eine übereifrige Geste, die sie bekümmert. Sie wünscht sich so sehr, dass Gui diesen Mann respektiert, den sie inzwischen bewundert.

»Nilou-*dschun*, endlich hast du deinen Mann mitgebracht. Es ist uns eine Ehre«, sagt Mam'mad und streckt Gui eine Hand entgegen. Seine Wangen und Augenbrauen haben sich gehoben, lassen sein Gesicht jung aussehen, fröhlich. Als sie sieht, wie

Mam'mad Guis Hand mit beiden Händen umfasst, erinnert sie sich an seine Sehnsucht nach einer Einladung von einem holländischen Nachbarn und ist für einen Moment froh, dass Gui mitgekommen ist. »Aber ich warne Sie, hier müssen Sie für Ihre Suppe singen«, sagt Mam'mad. »Was meinst du, Khanom Kosmonautin?« Er dreht sich händereibend zu Nilou um. »Sollen wir deinen Mann zwingen, eine Geschichte zu erzählen?« Er umreißt kurz, welche Geschichte er vortragen will. Endlich hat ihn eine holländische Nachbarin zum Tee eingeladen, und sie hat ihm eine einzige Praline auf einer Untertasse serviert. »Ich hab gedacht: *Fuck Wilders, Nilou hat die Keks-Situation genau richtig beschrieben.*« Er nimmt ihre Hand, knetet sie wie einen Klumpen Teig, bringt Nilou zum Kichern. Sie sieht einen Ausdruck unverhoffter Freude (war das ein Insiderwitz?) und dann ein aufmunterndes Grinsen in Guis Gesicht, als würde er ein schüchternes Kind ermutigen.

Schließlich nehmen die Leute in Grüppchen Platz, stapeln leere Suppenschüsseln neben sich, und Siawasch, der andere Amerikaner, nimmt das Mikrofon, stellt den Fuß auf die untere Querstrebe des Hockers. Er redet über die Grüne Bewegung und darüber, wie Flüchtlinge in Holland behandelt werden. Dann und wann werfen die Zuhörer eigene Geschichten und Argumente ein. Siawasch spricht ein elegantes Universitätsenglisch, erzählt von verbannten Wissenschaftlern, Künstlern, Ärzten, Aktivisten. Eine Holländerin mit stämmigen Beinen und schulterlangem Haar, deren Jeans viel zu tief hängt, unterbricht ihn. »Holland ist sehr gut zu den Immigranten«, sagt sie. »Ja, es ist unsere Pflicht zu helfen, aber es kann auch beängstigend sein. Wir hören von Demonstrationen und Krawallen. Und manche von diesen Flüchtlingen, die zu uns kommen ...«

Ein Raunen geht durchs Publikum. Nilou überlegt, wer die Frau sein mag, erinnert sich, dass auch holländische Künstler hier verkehren. Siawaschs Mund verzieht sich zu einem spöttischen Grinsen. »Die, vor denen man sich fürchten muss, flüchten nicht, *mevrouw*.« Sein Ton ist schneidend, doch dann senkt er die Lautstärke wieder. Es ist ein dramatisches Mittel, das Gui bestimmt registrieren wird. »Die bleiben. Und *wir* flüchten vor *ihnen*.«

»*Wir?*«, fragt Gui prompt im Flüsterton. »Kommt der nicht aus Amerika?« Dass Siawasch ihm auf die Nerven geht, wundert Nilou nicht. Gui ist ein erfolgreicher Anwalt; er hat eine Nase für Politiker, und er verachtet Hipster, diese überqualifizierten Penner mit ihrem inszenierten Elend. Er dagegen macht wenigstens keinen Hehl aus seiner Herkunft und dem Preis seiner Kleidung.

Siawasch hat ein junges Gesicht. Alles andere an ihm ist schmuddelig und verlebt, von den langen Haaren, die er oft zum Knoten gebunden trägt, über das graue T-Shirt mit zahllosen winzigen Löchern um den Hals bis hin zu den Schatten unter seinen Augen und diesem giftigen weißen Streifen, einer Narbe wie verschmierte Sahne, von der er einmal sagte, es handele sich um eine Verätzung, die er sich auf einer Reise in den Iran zugezogen habe. (»Ich glaube nicht, dass der je im Iran war«, sagt Gui in der Pause.) Eine wulstige böse Messernarbe an seinem Hals sieht aus, als klebte dort eine Raupe, und eine Ansammlung von Pockennarben, als hätte ein Tier Stückchen aus der Haut genagt, verteilt sich seltsamerweise nur auf einer seiner Wangen. Seine Freundin Mala, eine wachsame, knochige ehemalige Tänzerin aus einem Teheraner Reichenviertel, hält sich in seiner Nähe auf. Sie ist Mitte vierzig, und es ist allgemein bekannt, dass sie Siawasch finanziert. Sie trägt fließende Röcke über ihrem Körper, der nur aus Knien und Ellbogen zu bestehen scheint, Tops, die ihre abfallenden gebräunten Schultern sehen lassen, und spricht ein schreckliches Englisch. Immer hält sie die Arme vor der Brust verschränkt, eine Demonstration ihrer puren Abscheu dagegen, Siawasch mit anderen teilen zu müssen, besonders mit anderen Iranern.

Als Siawasch von einer Demonstration in Teheran erzählt, auf der er mit ansehen musste, wie eine Frau geschlagen und ins Evin verschleppt wurde, beugt Gui sich erneut zu ihr und flüstert: »Meine Fresse, so ein Idiot! Und die Geschichte ist total beliebig … ›hab gesehen, wie eine Frau geschlagen wurde‹. Wer hätte das gedacht?«

»Psst!«, sagt sie. »Wir sind Gäste hier.«

Während Siawasch Fragen entgegennimmt, weist Gui immer wieder leise auf die Unzulänglichkeit oder die widersprüchliche Logik der Antworten hin. Aber Nilou mag Sia. Er hat große weiße Zähne, glänzend und ebenmäßig wie Marmorfliesen. Ganz wie ihr Vater liebt Nilou das ländliche Leben, während sie die Menschen insgeheim danach beurteilt, wie perfekt ihr Lächeln ist. (»War wohl nicht bereit, etwas Geld für ein paar Veneers auszugeben?«, sagte Baba öfter. »Man sollte lieber mit Löchern in den Schuhen rumlaufen als mit schlechten Zähnen.«) Wie fahrlässig kann Siawasch gelebt haben, wenn er so formvollendete Zähne hat? Außerdem ist er selbstlos. Karim hat ihr erzählt, dass Siawasch seine gesamte Zeit dafür investiert, Proteste zu organisieren, Briefe zu schreiben oder Kommentare für Zeitungen zu verfassen, seit Ahmadinedschads Leute Anfang Juni die Wahlen gestohlen haben.

»Wir müssen hier Demonstrationen organisieren«, sagt er jetzt. »Und wir müssen europäische Bürger zum Mitmachen bewegen. Freunde, das seid ihr euren Mitmenschen schuldig.« Er nickt den holländischen Gesichtern im Raum zu, spricht sie mit Namen an und sieht dann zu Nilou und Gui. »Und noch wichtiger als unsere holländischen Freunde sind die Iraner, die das Privileg eines Lebens im Westen genossen haben, Menschen wie Nilou, wie ich. Wir müssen jeden Tag raus auf die Straße.«

Jetzt erhebt sich eine leise Stimme aus der Männergruppe ganz hinten. Sie erkennt Karim auf Anhieb. Er räuspert sich zweimal, ist aber trotzdem kaum hörbar. Er spricht Farsi, und ein Mann neben ihm übersetzt auf Englisch. »Glaubst du wirklich, das wird irgendwas ändern?«, fragt Karim fast stöhnend. »Jedes Mal, wenn ich zu einer Demonstration gehe, denke ich, was, wenn eine Zeitung ein Foto von mir bringt und ich meine Frau nie wiedersehe? Und dann, wenn viel Zeit vergeht und nichts passiert oder der nächste Asylantrag abgelehnt wird, denke ich, dass ich ewig durch diese Straßen laufen werde. Ich bin seit zehn Jahren hier, *agha*. Keine zehn Jahre wie die deiner Freundin Mala. Die meiste Zeit davon war ich illegal. Habe mal hier, mal da gewohnt oder auf der Straße gelebt. Ich habe Kinder, die ich kaum kenne.«

Karim scheint sich unablässig zu schämen, wie ein Besiegter, erschöpft an Leib und Seele, als würde er jeden Moment die Hände heben und erklären, dass er am Ende ist, um dann prompt zu einem Aschehäufchen zu zerfallen. Nilou spürt, dass kein Westler je etwas mit Karims Leben zu tun haben wollte.

Der Staat hat ihm eine Weile Unterkunft gewährt, Bürokraten haben ihn juristisch beraten, Wohlfahrtseinrichtungen haben ihm Kleidung gegeben, doch die Mitarbeiter, die diese institutionellen Gaben überreicht haben, sind kühl und auf Distanz geblieben. Vielleicht wissen sie, dass Flüchtlinge, wurden sie erst einmal hereingebeten, auf viele Gefälligkeiten angewiesen sind.

Mala wechselt einen vielsagenden Blick mit Siawasch. Wie oft hat Karim schon so getan, als würde er die peinlich berührten Mienen nicht sehen? Kleinlaut setzt er sich wieder und trinkt einen Schluck Bier, und ein Mann neben ihm berührt ihn an der Schulter. Nilou erinnert sich an eine Zeit, als auch sie dachte, sie würde nie mehr ein Zuhause haben. In jenen ersten Tagen ohne Baba hatte sie geglaubt, nie wieder einen glücklichen Tag zu erleben. Jeden Morgen fragte sie Maman, wann er denn nachkäme. Wann hatte sie akzeptiert, dass er nie kommen würde?

»Was, wenn wir tatsächlich gewinnen?«, sagt Mam'mad in

einer angetrunkenen Mischung aus Farsi und Englisch, »und Mussawi wird Präsident, und es gibt ein paar Verbesserungen in Sachen Menschenrechte, und das eine oder andere wird durchgesetzt und so weiter? Aber unsere Töchter tragen immer noch den Hidschab. Unser Öl füllt noch immer die Taschen der Mullahs. Unsere Söhne sind noch immer drogensüchtig. Würdet ihr dann nicht wünschen, dass die Hardliner gewonnen und irgendeine ausländische Macht so weit provoziert hätten, dass die sie stürzt?«

»Deshalb organisieren wir uns ja«, sagt Sia, »um unsere europäischen Freunde dazu zu bringen, dass sie mitmischen.«

Mam'mad deutet zum vorderen Teil des Raumes. »Du redest von Veränderung, Agha Siawasch«, schreit er fast, das respektvolle *Agha* triefend vor Sarkasmus. »Du bist hergekommen, um uns bei den Einwanderungsverfahren zu helfen. Ich frage dich, wie steht es damit? Gibt es da Fortschritte? Wäre eine Fahrt nach Den Haag vielleicht sinnvoller als irgendwelche Proteste?«

»Das hier ist nicht der richtige Ort für dieses Gespräch.« Sias Stimme nimmt einen warnenden Tonfall an. »Ein anderes Mal, unter vier Augen, werde ich deine Fragen gern beantworten.«

»Das dauert jetzt schon Jahre«, sagte Mam'mad und lässt die Augen durch den Raum wandern, als wollte er eine Rebellion anstacheln. »Wird genug getan? Wo ist das Problem, dass die Sache so kompliziert geworden ist?« Nilou spürt den drohenden Ausbruch von Mam'mads Paranoia. Sie beschwört ihn innerlich, das Thema fallen zu lassen, und es scheint auch fast so, als würde er sie erhören. »Ist sowieso alles egal«, murmelt er leise, aber mit einer solchen Verbitterung, dass die Leute tuscheln. »Ich bin kein Flüchtling. Ich sollte ein Wissensarbeiter sein.«

Stille breitet sich im Raum aus. Selbst die Luft scheint sich zu verändern, als hätte jemand eine Tür geöffnet und alle Wärme hinausgelassen. Nilou stockt der Atem wie von einer Gräte in der

Kehle. Jetzt reden Mam'mad und Siawasch, als hätten sie alle anderen vergessen. »Wissensarbeiter?«, blafft Sia den älteren Mann an. »Mam'mad *agha*, weißt du, was dafür erforderlich ist? Du musst einen Arbeitgeber finden, eine echte Organisation. Und es reicht nicht, wenn er dich bloß für einen Monat einstellt, er muss dir mindestens fünfzigtausend Jahresgehalt zahlen. Hast du das? Kannst du genug Holländisch oder Englisch, um dir darauf Hoffnungen zu machen? Was denn, du glaubst mir nicht?« Er holt sein Smartphone aus der Tasche und fängt an, nach Beweisen zu suchen.

»Fick dich und deine Information«, sagt ein hochroter Mam'mad in fehlerhaftem Englisch. Er will weggehen und stolpert über Nilous Kissen. Gui hebt schützend die Hand vor sie, und Mam'mad entschuldigt sich. Dann sagt er: »Du mit deinen schrecklichen amerikanischen Manieren und deinem blöden Handy. Wo bleibt dein Respekt vor Menschen, die ihn verdient haben?«

Nilou greift nach Mam'mads Arm, aber der reißt ihn weg. Die Leute gaffen und tuscheln, manche weinen. »Fick dich, sagst du zu mir?«, schreit Siawasch. »Hast du eine Ahnung, wie viele Stunden ich mich mit deinen Unterlagen beschäftigt habe? Denkst du, wir sind im Iran, wo jeder jüngere Mensch vor dir katzbuckeln muss? Wir müssen alle mit derselben verrückten Bürokratie in diesem Land klarkommen. Du bist nicht mehr wert als jeder andere elende Arsch hier. Und dass dir die Behörden nicht schon längst wegen deiner Papiere aufs Dach gestiegen sind, hast du mir zu verdanken.«

Hinten im Raum hat Karim sein Gesicht in seine Hände sinken lassen. Siawaschs Hals wird rot, und sein Atem scheint sich zu verlangsamen, als wartete er darauf, die Worte, die ihm herausgerutscht sind, mit der Zunge aufzufangen und wieder herunterzuschlucken. Er steht verlegen vor den schweigenden Zuhörern.

Dann und wann flüstert jemand etwas, ein Löffel stößt gegen eine Plastikschüssel.

»Mannomann, ist das normal?«, fragt Gui, packt ihre Hand und zieht sie hoch, »so wie wenn du mit deiner Mutter Krach hast? Oder gehen die sich wirklich gleich an die Gurgel?«

Obwohl Nilous Finger taub sind und ihr Hals und ihre Kehle brennen, ein trockenes Gefühl, als hätte sie einen Strang Wolle geschluckt, bleibt sie auf dem Weg nach draußen stehen, um mit Karim zu sprechen. Sie fühlt sich schmutzig, klebrige Schuhe, die Haut mit einem Film aus Schweiß und Haschischqualm überzogen. »Es tut mir leid, dass der Abend so schiefgelaufen ist«, sagt sie, weil ihr nichts Besseres einfällt.

Karim begrüßt Gui mit einem Nicken. Er streckt ihm zögerlich die Hand entgegen. Statt »Hallo« sagt er: »Sehr verbunden«, als hätte Gui ihm einen Gefallen getan. Er lächelt breit, hält aber die Lippen geschlossen, will seine gelben und fehlenden Zähne verbergen. Obwohl sie damit gerechnet hat, obwohl sie wusste, dass iranische Umgangsformen Karim dazu veranlassen würden, Gui mit der Art von devotem Respekt zu behandeln, der weißeren Männern vorbehalten ist, gibt sie ihrem Mann die Schuld. Hätte Gui an einem Strick gezerrt, der um Karims Füße gebunden wäre, sie wäre nicht viel wütender gewesen. Jetzt bedankt sich Karim in schlechtem Englisch bei Gui dafür, dass er seiner Frau erlaubt, ihm zu helfen. Jegliche Nähe, die zwischen ihnen entstanden war, hat sich damit wohl erledigt. Sie werden sich nie wieder bei einem Bier über den Iran unterhalten.

Guis Gesicht wirkt abgespannt. »Ich kann versuchen, Ihnen jemanden aus meiner Kanzlei zu besorgen«, bietet er Karim an, als könnte er Nilou einfach aus dieser Situation herausheben. »Nilou ist keine gelernte Juristin.« Karim nickt in Richtung seiner Schuhe, schon wieder ein Westler, der ihm Hilfe anbietet, aber Angst hat, ihm zu nahe zu kommen.

»Hör nicht auf ihn, Karim-*dschun*«, mischt sich Nilou verärgert auf Farsi ein. »Ich werde dir helfen. Ich selbst. Es hat sich nichts geändert. Mach dir keine Sorgen.«

*

Zu Hause machen sie sich beide schweigend bettfertig. Nilou hat eine weitere E-Mail von Baba bekommen.

Betreff: DOUBAI? JA? PÄCKCHEN?
Niloudschun, yek päckchen barat ferestadam, gerefti?
Was mit Doubai? dad

(Nilou-dschun, ich hab dir ein Päckchen geschickt, hast du es bekommen? Was ist mit Dubai? dad)

Sie klickt die Nachricht weg. Denn wenn sie heute Abend eines gelernt hat, dann Folgendes: Babas einzigartiger Geist würde das Flüchtlingsleben nicht ertragen, und sie will ihn nicht verlocken oder verwirren, indem sie sich auf ein weiteres Wiedersehen einlässt. Würde sie etwa einen arglosen Menschen wie Gui (ganz gleich, wie arrogant er ist) in das chaotische Teheran der Grünen Bewegung schicken, wo man ihn aufgreifen und festnehmen würde? Ebenso wenig passt Baba hierher, seine nackten Füße, jahrzehntelang von warmen Gräsern, weichen Ardestun-Flussufern und seidigen Teppichen umschmeichelt, gehören nicht auf diesen frostigen, ungastlichen Boden. Im Exil würde Babas wildes Lachen ihm im Hals stecken bleiben. Seine Sauerkirschentaschen würden austrocknen. Er würde das jungenhafte Pochen seines Herzens vergessen, wie Mam'mad und Karim es vergessen haben. Wie Nilou es vergessen hat, vor langer Zeit.

Das zweite Wiedersehen

London, 2001

> Finde das Gegenmittel im Gift.
> Komm zur Wurzel der Wurzel
> deiner selbst.
>
> *Dschalal ad-Din ar-Rumi*

Unser zweites Treffen mit Baba fand Ende August 2001 in London statt. Ich war zweiundzwanzig, frisch von der Uni und hatte etwas Angst, amerikanischen Boden zu verlassen. Aber es war gut, dass ich die Reise machte, denn jeder von Babas späteren Anträgen auf ein britisches oder amerikanisches Visum sollte abgelehnt werden.

Kian und ich landeten ganz benebelt vor Erschöpfung am Flughafen Heathrow. Ich hatte Jetlag, litt unter Übelkeit und war völlig überreizt, aber Kians schlechte Laune schlug alle Rekorde. Er hatte gerade sein erstes diskriminierendes, rassistisches Jahr als amerikanischer Werkstudent hinter sich und litt dermaßen unter Schlafentzug, dass er praktisch jedes Wort nur noch blaffte. Und jetzt war er dazu gezwungen worden, seine Sommerferien und sein mageres Gehalt zu opfern, um seinen verrückten, zügellosen iranischen Vater in der teuersten Stadt Europas zu treffen.

Während des gesamten Fluges schmollte er vor sich hin; die Kopfhörer wie angeklebt, die Arme vor dem Gesicht, drehte er sich vom Gang weg. »Es riecht nach Zigaretten«, murrte er. »Der Scheiß tötet die Geschmacksknospen ab.« Kian ist keine leichte Aufgabe. Ich habe festgestellt, dass ich seine Gesellschaft am besten genießen kann, wenn ich einfach akzeptiere, dass wir als Entschädigung für sechs oder sieben seiner Stimmungsschwankungen, unangebrachten politischen Tiraden und gehässigen Bemerkungen mit der einen oder anderen spektakulären Unterhaltung oder einem gemeinsamen Lachanfall belohnt werden. Das gilt für die ganze Familie – ja, er verurteilt uns, wenn wir uns ungeschickt anstellen und lächerlich machen, aber das wird durch die Tatsache gemildert, dass er uns auch verurteilt, wenn wir geistreich sind.

Im Laufe der Jahre haben Maman und ich drei Situationen herausgefiltert, in denen er uns nicht verurteilt: wenn wir uns in unseren (stets unerwünschten) E-Mails kurzfassen, wenn wir nett zu Kellnern und sonstigem Servicepersonal sind und wenn wir irgendwas wirklich Originelles kochen. Es gefällt ihm auch, wenn wir Kunst, Gedichte, Kochkunst und andere handwerkliche Arbeiten mit heftigem Nicken quittieren, weil der jeweilige Künstler uns möglicherweise beobachtet, eine seltsam spezielle Situation, die wir aber häufiger erleben. »Nick für die Soße, Nilou!«, forderte er mich auf Farsi auf, als wir das letzte Mal in New York essen waren. »Du schaufelst dir das Werk dieses Mannes in den Mund, und er steht da hinter der Glasscheibe und fragt sich, ob er das Richtige mit seinem Leben macht. Also nick wenigstens, als würde dich die Soße zumindest ein bisschen interessieren.«

All das plus eine große Sättigungsbeilage aus christlich-rechtskonservativer Spinnerei macht Kian Hamidi aus, zukünftiger Sternekoch und Sohn von Dr. Bahman Hamidi, einem Bonvivant und Opium-Schrägstrich-Wasserrutschen-Liebhaber, der noch nie in seinem Leben irgendetwas mit Nicken quittiert hat, wenn ihm nicht nach Nicken zumute war, der allergisch reagiert, wenn er verurteilt, analysiert oder herumkommandiert wird, und der überzeugt ist, jeder Christ oder Muslim sollte sich eine tiefe Senkgrube suchen und hineinspringen.

Zumindest das Temperament haben sie gemeinsam.

Baba hatte für Kian und mich ein Hotelzimmer in der Nähe vom Leicester Square gebucht. Er würde bei Verwandten etwas außerhalb unterkommen. Wäre ich älter gewesen, hätte ich vielleicht gefragt, wo genau er wohnte und bei wem. Doch die Erinnerung an den Nachmittag, als ich ihn hilflos im Red Carpet Motel gefunden hatte, war noch immer so unverarbeitet und schmerzlich, dass ich nicht weiter darüber nachdachte. Ich fragte nicht, ob er außerhalb wohnte, um seine Sucht bedienen zu können, vielleicht konnte er sich auch einfach keine zwei Hotelzimmer leisten, denn der Packen Geldscheine, seine Schwarzmarktwährung, sah deutlich bescheidener aus als der, mit dem er in Oklahoma herumgelaufen war.

Kaum hatten Kian und ich kurz nach Mittag unser Hotelzimmer bezogen und die Koffer ausgepackt, schliefen wir prompt ein. Wir sollten Baba erst am nächsten Tag treffen und fanden, dass wir uns ein kleines Nickerchen verdient hatten. Später ließen wir uns Cheeseburger mit Pommes aufs Zimmer kommen, guckten Serien auf BBC Two und versuchten, zur richtigen Zeit einzuschlafen. Als uns das nicht gelang, stritten wir uns. Es ist lange her, und wir waren übermüdet und angespannt, deshalb habe ich vieles von dem, was wir gesagt haben, vergessen. Ich erinnere mich an die schlimmsten Vorwürfe:

Zwei Uhr morgens. Kian zu meiner Berufswahl: »Du hast keine Ahnung von Kunst. Du hast keinerlei Respekt vor meiner Arbeit. Du respektierst bloß Daten und Stipendien und deinen Namen in öden Fachzeitschriften.«

Drei Uhr morgens. Ich zu Kians religiösen Neigungen: »Soll ich dir mal was sagen? Es gibt keine größere Wahrheit oder Schönheit, als den Kieferknochen eines Neandertalers in der Hand zu halten und mit absoluter Sicherheit zu wissen, dass deine Bibel und der Koran und jeder Irre, der sich im Serotonin-High ins Nirvana oder in Ekstase oder sonst wohin träumt, dass die alle so was von danebenliegen.«

Bei Tagesanbruch beendete Kian, die Stimme heiser vor Erschöpfung, unseren Streit mit der bittersten Bemerkung: »Du bist mit einem weißen Langweiler zusammen, der dich höflich in die Depression treiben wird, und dann, in fünf Jahren oder so, wird er dich verlassen, aber ganz friedlich. So was von friedlich; keine Sorge.«

Danach sprachen wir vier Tage lang kein freundliches Wort mehr miteinander.

Wir trafen uns zum Frühstück mit Baba in einem Café in Covent Garden. Schon von Weitem war er leicht zu entdecken. Er saß an einem Außentisch, die Hände im Schoß verschränkt, als lauschte er einem Sufi-Gebet. Neben ihm an der Wand lehnte ein Gehstock, und er trank um elf Uhr vormittags ein sehr großes, sehr dunkles Bier. Der Schaum in seinem Schnurrbart war selbst von der anderen Straßenseite aus zu sehen. Er war älter. Ich spürte es in dem Raum zwischen Brustkorb und Herz, der mit jedem Schritt kleiner wurde. Kian flüsterte leise vor sich hin. »Gott, ich will ihn nicht sehen.«

Und weil ich in dem Moment wütend auf Kian war, beruhigte ich ihn nicht, obwohl ich dieselbe Angst und Unsicherheit empfand. War Baba kleiner geworden? Ich wollte mich umdrehen und den ganzen Weg bis Connecticut laufen und in mein Studentenwohnheimbett kriechen, in dem Guis Arme meinen Kopf so viele Nächte lang gehalten hatten, dass es sich allmählich wie ein Zuhause anfühlte. Stattdessen sagte ich: »Ich freu mich, meinen Baba wiederzusehen.« Ich wollte Kian daran erinnern, dass ich Babas Liebling gewesen war, dass ich das geliebte älteste Kind war, dass Baba und ich vor Kians Geburt drei Jahre allein verbracht hatten, ein Luxus, den Kian sich gar nicht vorstellen konnte, Jahre, in denen ich ihm Eiscreme auf den Nacken tropfen ließ und er unter meinen Füßen aufjaulte, in denen er mein Gesicht küsste und sagte, ich wäre das süßeste Wesen, das Kitzeln seines Schnurrbarts an meiner Wange eine dauerhafte Erinnerung an die Beständigkeit und Festigkeit des Bodens unter meinen Fußsohlen. Im Stillen dankte ich allen möglichen Göttern für Gui, der den Platz dieses alternden, welkenden Mannes eingenommen hatte.

Kians Schultern sanken ein wenig herab, als wir auf den Tisch zugingen. Baba erkannte uns erst, als wir schon fast bei ihm waren. Er erhob sich unbeholfen von seinem Stuhl, den er dabei umkippte, und grinste, weinte vielleicht auch hinter seiner aus der Mode gekommenen Sonnenbrille. Sein Haar war noch rot, jetzt mit Weiß durchzogen, und sein Schnurrbart war dünner und völlig grau. Sein Rücken war stark gekrümmt. Er sah älter aus als siebenundvierzig. Sein Körper wirkte kleiner, weicher, ausladender. Andererseits waren Kian und ich größer, fitter. Mit zweiundzwanzig und neunzehn taxierten wir Baba mit unseren jungen Augen. Ich starrte seinen Gehstock an.

»Nilou-*dschun*«, sagte er mit zitternder Stimme. »Ach, Kian. Ach, mein Junge, was bist du groß geworden.« Er betupfte sich die Augen, die ein bisschen trüber und grauer waren als in meiner Erinnerung, und griff nach seinem Stock, entschied sich dann aber dagegen. Er kam humpelnd auf uns zu und warf sich mit absoluter Vertrautheit in Kians Arme. Kian sah mich erschrocken über Babas Schulter hinweg an. Aber Baba drückte ihn weiter an sich, hielt die Arme um Kians Körper geschlungen, seine grünen Betperlen von einer Hand baumelnd, als könnte Kian weglaufen, und etwas, das stärker war als unsere unberührbaren jungen Seelen, drang durch Kians Haut, und eine gewisse Sanftheit erfasste ihn, erhellte seinen Blick. Er blieb lange still stehen, ließ zu, dass Baba ihn umarmte und an seiner Schulter weinte, dass er ihm mit den Händen über den Rücken strich, als wollte er den erwachsenen Körper erkennen, den sein Sohn jetzt bewohnte und der dem seinen von früher so ähnlich war.

Wir setzten uns, und Baba bestellte noch zwei Bier und bestach die Kellnerin mit zwanzig Pfund, damit sie uns Frühstück servierte, obwohl es dafür eigentlich schon zu spät war. Dann begann er prompt zu rechnen: »Das letzte Mal hab ich dich vor acht Jahren gesehen, Kian-*dschun*. Wie alt warst du da? Zehn? Elf?«

»Elf«, sagte Kian und sah die Kellnerin an, die mit den Speisekarten für uns kam. »Könnte ich bitte einen Kaffee bekommen? Mit viel Milch und Zucker?« Er lächelte die Kellnerin charmant an, als wären sie Verbündete im Kampf gegen die rücksichtslosen Restaurantgäste dieser Welt. »Die Sorte ist egal. Vielen Dank.«

Ich bestellte einen Cappuccino und zog eine Frühstückskarte aus dem Stapel unter ihrem Arm. Kian warf mir einen bösen Blick zu und entschuldigte sich bei der Kellnerin für meine Unverschämtheit. Sie musterte uns neugierig, und ihr fliehendes Kinn kräuselte sich, während sie unsere Getränkebestellung wiederholte. Dann ging sie. »Entschuldige dich nicht für mich«, sagte ich. »Du bist schließlich nicht mein PR-Beauftragter.«

»Halt die Klappe, Nilou«, sagte Kian. »Sie ist ein menschliches Wesen.«

Baba schlug sich mit einer Hand auf den Rücken der anderen, eine iranische Geste des Erschreckens und Unbehagens. »*Ei vai*, was ist denn los?«, fragte er leise und voller Empörung. »Sie ist deine Schwester, Kian. Spar dir die Bosheiten für deine Ehefrau auf.«

Ich prustete los, weil ich mich an diesen alten persischen Witz erinnerte. Die Frauen in Ardestun neckten ihre Söhne so oft damit, dass er seinen eigentlichen Sinn verloren hatte. Er bedeutete nur *Sei lieb*. Aber Kian war das nicht klar, daher murmelte er halblaut auf Englisch: »Falls ich je heirate, habe ich nicht vor, es zu vermasseln.«

Baba wandte sich an mich. »Was hat er gesagt?« Er deutete mit seinem Stock auf Kian, und Zorn verdunkelte seine Augen. Ich weiß, dass er es mehr oder weniger verstanden hatte, aber er verlangte eine Übersetzung. Ich gab Kians Bemerkung so ungefähr wieder, verschonte Baba jedoch mit dem genauen Wortlaut. Kian rutschte auf seinem Stuhl hin und her. Babas Gesicht lief rot an. Seine Reaktion war völlig überzogen, sodass Kian und ich uns verwirrt ansahen. »Was weißt du schon von der Ehe?«, sagte Baba. Speichel flog ihm aus dem Mund. »Was weißt du überhaupt von irgendwas? Du kannst gar nicht beurteilen, was wirklich beleidigend ist.«

Ich sagte auf Farsi: »Ich schlage vor, wir essen erst mal was. Ein Hamidi mit leerem Magen sollte Sprechverbot haben. Wir sind die reinsten Tiere.«

»Das ist ein wahres Wort«, sagte Baba und bestellte ein komplettes englisches Frühstück mit zwei zusätzlichen gegrillten Tomaten, einem zusätzlichen Ei und einem Teller Gurkenscheiben. Als Brot wollte er *barbari*, was sie natürlich nicht hatten, deshalb fragte er mich, welche westliche Brotsorte dem am nächsten käme. Ich bestellte ihm einen getoasteten englischen Muffin, einen Crumpet und ein halbes Baguette – da sollte wohl das Passende dabei sein. Kian bestellte sich ein Pilz-Omelett und eine weitere Tasse Kaffee. Ich entschied mich für einen zweiten Cappuccino mit extraviel Milch und zwei hart gekochte Eier mit Butter. Seit einiger Zeit hatte ich mir Guis Frühstücksgewohnheiten angeeignet. Sonntagmorgens genoss er es, sich an einen Tisch mitten in der Sonne zu setzen, die Eier mit einem kleinen Löffel aufzuschlagen, Salz und Butter hineinzumischen und in Erinnerungen an seine Kindheit in der Provence zu schwelgen.

Wieder wanderte mein Blick zu dem Gehstock. Baba stieß ein rasselndes, hustendes Lachen aus. Er sagte: »Keine Angst, mein Mädchen. Den hab ich nur wegen meiner Krampfadern. Ich hab mir eine Vene ziehen lassen.« Er zog ein Hosenbein hoch und zeigte uns den dicken weißen Verband vom Knöchel bis fast hinauf zum Knie. Irgendwie beruhigte mich das, vielleicht, weil dieses Leiden in jedem Alter vorkommt und weil Baba tatsächlich schon als Mittdreißiger damit zu tun hatte.

Als das Essen kam, erklärte Baba, das Baguette sei ein Verbrechen gegen die Menschlichkeit. Von dem Crumpet war er dagegen begeistert, und er rief die Kellnerin zurück. Über drei Tische und die Köpfe von verblüfften englischen Gästen hinweg krähte er: »Miss, bitte, kommen Sie mit Schnelligkeit.« Er sprach eine Art schizophrenes Englisch. Offensichtlich hatten wir die peinliche Erinnerung daran verdrängt, doch jetzt kam sie mit *aller* Schnelligkeit zurück. »Was das ist, Geehrte? Hartes Brot das?«, sagte er und schwenkte das Baguette. »Ist Stein. Ich breche Backenzahn. Aber nix schlimm. Nix schlimm, Miss, wir reparieren. Sie muss bringen dies England Muffin« – er zeigte auf den Crumpet –, »drei England Muffin, brauner toasten. Ist möglich?«

»Drei getoastete Crumpets«, wiederholte sie trocken. »Jawohl, Sir.«

Kian, der diese Undankbarkeit gegenüber einer Kellnerin kaum aushielt, sagte: »Es war alles sehr gut. Das Omelett war ausgezeichnet. Gleichmäßig durchgebraten, die Zwiebeln genau richtig gebräunt.« Die Kellnerin sah ihn verwundert an – wir boten eine komische Nummer.

»Und noch ein dunkel, dunkel Gerstenwasser«, sagte Baba. »Mit Schnelligkeit, weil ich ertrage diese Kinder.« Bei dem zweiten »dunkel« beugte er sich vor, als wollte er sagen, dass das vorherige Bier nicht dunkel genug gewesen war. Während er sprach, drückte er Brotstückchen in die Butter und hielt sie dann erst Kian, dann mir und dann wieder Kian vor den Mund, bis Kian seine Hand wegschlug und ihn mit seinem strengsten »Wir sind hier nicht im Iran«-Blick bedachte.

»Jawohl, Sir«, sagte sie. »Ein Guinness, kommt sofort.« Bei dem Wort nickte Baba knapp, und sein katzenartiges Lächeln, dieses lange, wohlige Grinsen, breitete sich, auch nach Jahrzehnten unverändert, auf seinem Gesicht aus.

Als das Bier kam, trank Baba einen Schluck der schaumigen Flüssigkeit und rief wieder die Kellnerin, diesmal mit dem Wink eines Fingers, während er sich den Mund abwischte. Kian schlug die Hände vors Gesicht und versank bis zu den Ohren in seiner Sommerjacke. Baba sagte: »Ist nicht Extra Stout, das Guinness.« Das war keine Frage.

»Stimmt. Sorry, Sir«, sagte sie. »Vom Fass haben wir nur Guinness.«

»Ja, ja«, sagte Baba. Er war von seinen Kindern frustriert und gierte nach seinem Frühstücksbier. »Ist nicht Fass, Extra Stout. Ist Flasche. Zu dunkel für meiste.« Dabei winkte er ab, als meinte er die zahllosen Plörre-Säufer ringsum.

Gab es irgendeinen Zweifel daran, dass das Personal in der Küche über uns redete? Vielleicht in unseren Kaffee spuckte? Wer war dieser ausländische Armleuchter, und wieso kannte er sich so gut mit irischem Bier aus? Hals und Kopf taten mir weh, und ich wünschte, diese Reise wäre schon vorbei – das Gefühl erinnerte mich so stark an jene Tage in Oklahoma, dass ich mich kurz dafür schämte. Ich war schließlich kein Teenager mehr. Ich war eine weltläufige Zweiundzwanzigjährige. Sollte ich da nicht in der Lage sein, mit einem Mann aus einer anderen Kultur umzugehen, einer Kultur, die mir auch irgendwo im Blut lag? Ich schlug in meinem *Michelin Green Guide* eine Liste der Londoner Museen auf. »Also, wo wollen wir zuerst hin?«, fragte ich. »Ich glaube, Baba würde die Tate Modern gefallen, und die Portrait Gallery, da stellt ein Gemälde die Hinrichtung von Jane Grey dar, und das Licht auf ihrem Kleid sieht genauso aus wie –«

Ein Lächeln schlich sich in Kians Gesicht. Offensichtlich glaubte er, ich würde wegen unseres Streits in der Nacht nun Kunstinteresse heucheln. Also sagte ich, um ihn zu ärgern: »Wir haben es in meinem Kunstgeschichtsseminar in Yale behandelt.« Kian hasste es, wenn ich Yale erwähnte. Er war der Meinung, dass ich dabei war, mich zu einem elitären Snob zu entwickeln. Und genau deshalb schob ich nach: »Ach so, und Gui hat uns eine Liste von Restaurants mitgegeben, die wir ausprobieren sollten.«

»Ich hab meine eigene Restaurantliste«, sagte Kian mit Nachdruck.

Ich beschloss, mich versöhnlich zu zeigen. »Baba-*dschun*, Kian wird Koch. Alle lieben seine Küche.«

Kian ging nicht darauf ein – er wandte den Blick von Baba ab, als rechnete er mit einem Vorwurf, und als er ihn wieder ansah, lächelten sie einander gezwungen an. Vielleicht wäre es Kian lieber gewesen, wenn ich das Thema nicht angesprochen hätte. Baba sagte: »Ach ja? Ich hab gedacht, du studierst Immobilienhandel oder Medizin wie alle anderen Iraner in Amerika.«

»Baba-*dschun*, Immobilienhandel kann man nicht studieren«, sagte ich. »So was machst du, nachdem du begriffen hast, dass du vierzig bist und die letzten zehn Jahre ununterbrochen Partys gefeiert hast. Oder wenn du ein gescheiterter Schriftsteller bist oder das Medizinstudium abgebrochen hast oder so. Es ist der bequeme Notfallplan für das gewiefte Mittelmaß.«

Kian kicherte los, was mich freute.

Baba wirkte verwundert. »Wirklich? Aber diese ganzen Iraner …?« Ich zuckte die Achseln. Baba schüttelte den Kopf, und ich sah ihm seine Enttäuschung an, natürlich. In diesem Alter waren Kian und ich die schlimmsten Menschen, die auf dieser Welt herumlaufen, und unsere Abscheulichkeit hatte sich in Universitäten mit ebenso unangenehmen Kommilitonen noch weiter herausgebildet. Dann sagte er auf Englisch: »Ist falsch, so reden. So abfällig. Ist zu viel Stolz, ihr beide.«

»Er hat recht«, sagte Kian. Wahrscheinlich waren ihm wieder Jesusworte durch den Kopf gegangen. »Tut mir leid.« Ich schwieg, weil es mir nicht leidtat. Ich hielt Immobilienhandel für nutzlos, eine Spielwiese für Angeber, die vorhatten, keinerlei Bedeutung in der Welt zu haben. Dieselben Leute, die Risse in den Wänden mit Zahnpasta füllten und künstlichen Apfelkuchenduft in Wohnungen pumpten, nur damit sie aus jungen Pärchen wie Gui und mir noch ein paar Dollar mehr herauspressen konnten. Zum Teufel mit ihnen. »Tut mir leid, wenn du jetzt enttäuscht bist, weil ich nicht Medizin studiere, wie du gehofft hast«, sagte Kian zu Baba, »aber ich koche gern. Und es ist kreativ. Deshalb werde ich es zum Beruf machen.«

»Enttäuscht?«, sagte Baba in dem bedächtigen, lockeren Englisch des angetrunkenen Ausländers. Er hatte sein wahnsinnig dunkles Bier halb ausgetrunken. Als er sah, dass ich das Glas anstarrte, schob er es zu mir rüber, und ich kostete. Es schmeckte wie Rohöl. Er sagte zu Kian: »Mein Sohn, Kochen ist Kunst. Und es ist eine Kunst aus unserem eigenen Dorf, aus unserer Familie. Deine Entscheidung macht mich stolz.«

Wir einigten uns auf die Portrait Gallery. Baba kaufte zwei Packungen Smarties »für unterwegs«. Sein Gehstock klackte auf dem Parkett des Museums in langsamen Zweier- und Dreierfolgen, wie Morsezeichen eines sinkenden Schiffs. Er ging von Saal zu Saal, krümmte den Rücken und verlagerte das Gewicht auf sein gesundes Bein. »Wieso sind diese Gemälde nicht abgedeckt?«, fragte er. »Sind sie echt? Die kann doch jeder anfassen.«

»Die Leute hier wissen, dass sie sie nicht anfassen dürfen«, erklärte Kian.

Baba nickte, dann sagte er mit einer Grundehrlichkeit in Augen und Tonfall: »Also sind hier keine Iraner?«

Kian prustete los. »Irgendwo ist auch ein Verbotsschild«, sagte er.

Baba schnaubte, schlurfte mit seinem Stock weiter wie ein sehr viel älterer Mann, lehnte sich zurück, um jedes Porträt von oben bis unten zu inspizieren. »Ich fass es jedenfalls nicht an«, murmelte er, als er zu einem Holbein ging, der ihm so gut gefiel, dass er fünf Minuten lang Nase an Nase mit dem unglücklich dreinblickenden Modell stehen blieb, einem unbedeutenden Höfling aus dem sechzehnten Jahrhundert. »Aber ich muss schon sagen, die Versuchung ist groß. Sehr groß.«

Später nahm er meine Hand und schüttelte ein paar Smarties hinein. Seine rundlichen Wangen bewegten sich hinter dem Schnurrbart, wie eine Maschine, deren viele Einzelteile sich alle gleichzeitig in Bewegung setzen. »Baba, tu die weg«, sagte ich und steckte die Süßigkeiten in seine Jacke. »Das darf man hier nicht.«

»Steht nirgendwo«, sagte er mit einem Rundumblick. »Ich seh kein Schild.«

Kian, der wieder müde geworden war und nach einem Espresso lechzte, sagte: »Hier steht auch nirgendwo: ›Nicht auf den Boden pinkeln.‹ Das weiß man einfach.«

»Mein Sohn ist sehr ordinär«, knurrte Baba vor sich hin und schlurfte kopfschüttelnd hinter Kian her. »Ein Glück, dass er kochen kann.«

In einem Coffeeshop vor dem Museum ließ Baba seine grünen Betperlen kreisen und stellte uns Fragen nach unserem Leben. Wir sprachen über Gui. »Ist er der Mann, den du heiraten willst?«, fragte er. Ich bejahte und fügte unnötigerweise hinzu, dass wir vielleicht heiraten würden, wenn ich mit meiner Dissertation anfing. Er wollte mehr über Kians Arbeit und meine Pläne nach dem Studium erfahren. Nach einer langen Pause erkundigte er sich nach Maman. Wir sagten ihm, dass sie aus irgendeinem unerfindlichen Grund nach Bangkok gereist war. Sie wollte uns nicht verraten, warum, und wir hatten sie nicht bedrängt. »Das versteh ich nicht«, sagte Baba. »Was könnte sie dort wollen?«

Während er seinen Latte trank, den er immer wieder zuckerte und kostete, nahm er ein zusammengefaltetes Foto aus seinem braunen Lederportemonnaie und legte beides auf den Tisch. Er besaß dieses Portemonnaie schon seit meiner Geburt, und es roch noch immer schwach nach Haschisch. Auf dem Foto abgebildet war irgendein graustufiger Vorfahre, ein Ardestuner im schwarzen Anzug, der direkt in die Kamera starrte. Ich nahm es in die Hand und betrachtete es genauer. Es war derselbe Mann (oder vielleicht der Vater des Mannes) wie auf einem der zwei Fotos, die Baba mir vor Jahren, bei unserem letzten Besuch in Ardestun, in Verwahrung gegeben hatte. Ich hatte sie noch immer, in einer Schatzkiste in meinem Schrank. Er begann, uns eine Geschichte zu erzählen, während er seinen Milchschaum schlürfte und noch einen Löffel Zucker hineinrührte.

Er erzählte uns von unserem Ururgroßvater Hamidi, einem so sachkundigen Arzt, dass Menschen aus dem ganzen Land ihn kommen ließen, um ihre Kranken zu heilen. Eines Tages bat irgendein Sultan oder Schah oder Wesir aus Indien oder Pakistan oder Bangladesch (in Babas Geschichten sind die am ehesten überprüfbaren Details immer die vagesten) diesen Arzt um Hilfe, weil seine Tochter im Sterben lag und unter qualvollen Schmerzen litt. Niemand konnte ihre rätselhafte Krankheit heilen. Als Dr. Hamidi endlich eintraf, hatte der Sultan (oder Schah oder Wesir) keinerlei Hoffnung mehr für sein Kind. Doch Dr. Hamidi machte sich sofort an die Arbeit. Er rührte Kräuter und chemische Mixturen an, die er selbst erfunden hatte (unwahrscheinlich), und binnen weniger Wochen hatte der Arzt das Kind geheilt. Der überglückliche Vater veranstaltete ein großes Fest. Drei Nächte lang stopfte er den Arzt mit Köstlichkeiten aus Indien (oder Pakistan oder Bangladesch) voll, und als der fast zu platzen drohte, stellten Diener ihn auf eine Waage. Er dachte: *Tja, jetzt werden sie mich wohl schlachten, diese Wilden.* Doch sie bezahlten ihm sein Gewicht in Gold und stellten ihm eine Karawane zur Verfügung, die ihn zurück nach Hause brachte. Und damit wurde fast ganz Ardestun erworben.

»Ich erzähle euch diese Geschichte, weil eure bloße Existenz auf die vorzügliche Arbeit eines anderen Menschen zurückgeht«, sagte er. Ich hatte seine Vorzüglichkeitsansprache erst ungefähr tausend Mal gehört, deshalb konzentrierte ich mich auf meinen Kaffee. Er sprach ohnehin eher mit Kian. »Wenn du für Fremde kochst«, sagte er, »musst du dein Bestes geben. Du darfst keine Essensreste aus dem Kühlschrank holen oder deinen Eintopf mit Kartoffeln strecken. Du darfst ihnen nicht altbackenes Brot vom Vortag servieren. Du musst stolz auf deine Arbeit sein! Essen ist Freude. Freude ist alles.«

Kians Gesichtsausdruck wurde offener, und er beugte sich auf seinem Stuhl vor. Er lächelte nicht, nickte nur, als ginge es um ein extrem schwerwiegendes Thema. Dann, als Baba erneut nachsüßen wollte, nahm er ihm den Löffel ab und versenkte den Zucker auf den Boden des Glases, süßte den Espresso und nicht den Schaum. Dann entsorgte er drei Löffel überzuckerten Schaum auf einen Teller und tränkte den Rest mit zwei Löffeln Espresso, sodass Babas Latte milder und weicher wurde und eine köstliche haselnussbraune Farbe annahm. Baba schüttelte den Kopf, ließ seine Betperlen zwischen den Fingern baumeln. Er kostete das Getränk und lächelte mit den Augen.

In den folgenden zehn oder zwölf Tagen erkundeten wir London zu Fuß und mit der U-Bahn. Baba humpelte meistens hinter uns her, fragte, ob wir den U-Bahn-Plan auch wirklich richtig verstanden hatten und ob wir ein paar Smarties wollten. Wenn er müde war, was immer öfter vorkam, rezitierte er Gedichte, die ihm aus heiterem Himmel einfielen und sich an niemanden richteten. Wir plauderten mit englischen Taxifahrern, und wir aßen Würstchen mit Kartoffelpüree. Kian wollte in Restaurants auf seiner Liste gehen, und wir probierten sie aus, obwohl Baba mit dem faden Essen nichts anfangen konnte – er aß sehr häufig Caesar Salad mit extra Hähnchenbrust und extra Dressing. Er liebte das Caesar-Dressing, kam aus dem Staunen gar nicht mehr raus. Er nannte es »Mayonnaise-Soße« – Baba war sich völlig darüber im Klaren, was für einen Mist er aß. Einmal gingen wir in ein iranisches Restaurant, und das war der einzige Abend, an dem Baba wirklich entspannt war, den Kellnern sagte, sie sollten uns »das gute Fleisch« und »das frischeste Gemüse« bringen. Kian erhob keine Einwände, weil die iranische Bedienung dieses Verhalten offenbar normal fand, sogar liebenswert. Ein bisschen typisch persische Übertreibung schadet ja nichts, besonders, wenn die Verheißung auf ein fettes Trinkgeld mitschwingt. Baba implizierte diese Verheißung irgendwie elegant, hob die iranische Kunst der Andeutung auf eine ganz neue Ebene. Bei uns Persern sind *tarof* und Täuschung und Scheinangebote an der Tagesordnung. Wir schließen Verträge, die nur auf Rückenklopfen und Schulterdrücken basieren. In dem Restaurant sagte Baba zwischen jeder irrwitzigen Bitte, jeder Bestellung von besonders reifem eingelegtem Knoblauch zu dem Kellner: »Das Universum wird Sie für Ihre Güte entlohnen«, oder: »Ihr Service ist besser als erstklassig, Sir. Wir müssen uns etwas überlegen, um Ihnen zu danken.«

Jeden Abend fuhr Baba mit dem Zug zu dem Haus des uns unbekannten Verwandten, bei dem er wohnte. Jeden Morgen wirkte er noch erschöpfter als am Vortag, daher vermutete ich, dass der Verwandte weit außerhalb wohnte, vielleicht nicht bloß in einem Vorort, sondern sogar in einer anderen Stadt. Die Tage vergingen, und Baba schien zunehmend unter irgendetwas Unausgesprochenem zu leiden, als ob er mit einem ganz bestimmten Vorsatz nach London gekommen wäre und es nicht schaffte, diesen in die Tat umzusetzen. Häufig begann er bei einem Bier, uns etwas zu erzählen, dann verlor er den Faden, und beim dritten Bier erkundigte er sich wieder nach Maman.

Eines Morgens, als unsere Covent-Garden-Kellnerin mit dem fliehenden Kinn, die, wie wir inzwischen wussten, Molly hieß, unsere Frühstücksbestellung aufnehmen wollte, hob Baba eine Hand und sagte: »Miss Molly, ist okay, wenn Sie kommen in wenigen Minuten wieder?« Sie sagte, selbstverständlich, schenkte uns Kaffee ein (ich glaube, sie hatte Kians alarmierten Gesichtsausdruck bemerkt) und ging. Baba rührte seinen Kaffee nicht an. Er spielte mit einem lockeren Knopf an seiner Manschette und sagte: »Kinder, ich möchte euch von einigen Veränderungen in meinem Leben erzählen. Es wäre mir lieb, wenn ihr diese Neuigkeit an eure Mutter weitergebt, und zwar auf die Art, die ihr für die beste haltet.« Ich griff nach meinem Kaffee. Plötzlich hatte ich einen unangenehmen Geschmack im Mund. Vielleicht, weil ich mir denken konnte, was kam. Er sagte: »Ich habe schon seit einigen Jahren den Wunsch, mich wieder zu verheiraten. Immer wieder stand ich vor der Entscheidung und habe sie immer wieder hinausgeschoben. Doch letztlich habe ich es getan. Ich bin sicher, das ist keine Überraschung für euch, und es wird euer Leben nicht berühren. Aber ich brauche jemanden, der sich um mich kümmert. Und meine neue Ehefrau macht das nun schon eine ganze Weile.« Er stockte, versuchte, unsere Reaktion in unseren Gesichtern zu lesen. Ich glaube, meine Erinnerung täuscht mich nicht, wenn ich sage, dass wir ihn aufmunternd ansahen und stumm abwarteten, dass er weitersprach. Er sagte: »Da ist noch etwas.« Er hielt inne, als versuchte er, sich für eine Version der Geschichte zu entscheiden, zu bestimmen, ob seine erwachsenen Kinder Fremde oder Verbündete waren. Sein Blick suchte nach etwas, das wir ihm nicht boten, während er lustlos in seinem Kaffee rührte. Er sagte: »Es gibt da ein Kind.«

Kian atmete geräuschvoll aus und schob seine Tasse weg. In dieser Sekunde schien Baba eine Entscheidung zu treffen. Er hob eine Hand Richtung Kian, wie um ihn daran zu hindern, wütend zu werden oder voreilig ungnädige Schlüsse zu ziehen. »Sie ist adoptiert«, sagte Baba. »Fatimehs Schwester ist krank, und wir haben ihre kleine Tochter adoptiert. Sie wurde vor wenigen Monaten geboren. Sehr gesund.« Er seufzte tief und fuhr sich mit der Handfläche über Mund und Kinn. Einen Moment lang sagte keiner von uns etwas.

»Dann heißt deine neue Frau also Fatimeh?«, fragte ich und beugte mich vor, obwohl mir die ganze Situation zuwider war. Baba hatte mich ein- oder zweimal nach Möglichkeiten gefragt, in den Westen zu emigrieren. Mit einem Kind würde diese Option unendlich viel mehr Leid mit sich bringen. Und zugleich würde er sich umso mehr danach sehnen. Ich dachte zurück an Maman, als wir Isfahan damals verließen. Die greifbaren, häufig niederschmetternden Unterschiede zwischen unserer arrivierten, gebildeten Maman, selbst wenn sie in der Islamischen Republik gefangen war, und der verzweifelten Flüchtlingsmutter waren ein tagtäglicher Schlag in die Magengrube. Und ein Blick auf Baba mit seinem Stock verriet, dass er bereits zu alt war.

Baba lächelte und nickte, Erleichterung und Zufriedenheit färbten seine Wangen. »Fatimeh und Schirin«, sagte er. »So heißen sie.«

*

An manchen Nachmittagen entschuldigte Kian sich und ließ uns ein paar Stunden allein. Baba und ich bummelten dann durch die Stadt. Wir aßen gebrannte Mandeln und versuchten, uns zu unterhalten. »Möchtest du ein Bild von ihnen sehen?«, fragte er mich eines Tages im Hyde Park. Ich wollte nicht, aber er zückte bereits sein abgegriffenes Lederportemonnaie. Das Foto hatte ungerade Ränder, als wären sie mit einer kleinen Schere gestutzt worden, und es zeigte eine Frau vom Lande, die im Schneidersitz auf einem der besten Teppiche meiner Großmutter saß, in einem Arm hielt sie ein in drei Farben gewickeltes Baby. Ihre brüchigen Zehennägel lugten unter einem langen Rock hervor, und sie hatte schiefe Zähne. Ihr Anblick beschämte mich – das sollte meine Stiefmutter sein?

Ehe ich mich bremsen konnte, entfuhr mir: »Sie ist keine Städterin.« Baba antwortete nicht. Verlegen schob ich nach: »Das Baby ist wirklich süß. Wenn die Kleine älter ist, solltest du sie zum Englischunterricht anmelden. Nur für alle Fälle.«

Baba senkte den Blick. Er schob das Foto zurück ins Portemonnaie, behutsam, damit die gezackten Ränder nicht am Innenfutter hängen blieben. »Und was, wenn ich meiner Tochter beibringen möchte, das eine kurze Leben, das sie hat, in vollen Zügen auszukosten? Was würdest du mir in dem Fall raten?«

Ich funkelte ihn an. »Ein einfaches Leben ist nicht alles, Baba-*dschun*«, sagte ich. »Es ist schwer da draußen. Keiner schenkt dir irgendwas, und sie erwarten so viel.«

»Wer erwartet denn so viel?«, fragte Baba, als rechnete er mit einer simplen Antwort. Ich stieß einen leidgeprüften Seufzer aus. »Okay, okay, Nilou-*dschun*. Lass uns nicht streiten. Gehen wir einen Tee trinken.«

Als wir einige Tage später an der amerikanischen Botschaft vorbeikamen, wurde Baba langsamer. »Nilou-*dschun*«, bat er fast verlegen, »meinst du, wir könnten da reingehen und ein paar Fragen stellen? Vielleicht wäre es gar nicht so schwer, einen Antrag für Familienangehörige zu stellen.«

Auf der baumbestandenen Londoner Straße fühlte ich mich in der Falle, als würde mich jemand in eine viel zu enge Gasse drücken, deren Mauern meine Rippen bei jedem Atemzug zusammenquetschten. »Baba-*dschun*, ohne Termin dauert das Stunden. Und Guillaume und ich bleiben vielleicht nicht mehr lange in den Staaten.« Er nickte zu oft. Dann ließ er das Thema fallen. Ohnehin sollte sich in vierundzwanzig Stunden die Klangfarbe der Welt ändern und Babas Wünsche im Keim ersticken.

Am nächsten Tag krachten die Flugzeuge in die Türme. Kian, Baba und ich nahmen gerade unsere Nachmittagsdrinks in der Nähe vom Hyde Park. Wir hatten uns aneinander und an unsere täglichen Rituale gewöhnt, und unser Rhythmus hatte sich verlangsamt – wir verbrachten viel Zeit in Pubs und Cafés. Baba war völlig aufgelöst. Er war aufgesprungen, sobald der Barkeeper die Fernsehnachrichten einschaltete. Eine Menschenmenge versammelte sich um die Barhocker unterhalb des Fernsehers, aber keiner setzte sich, und ich raunte Baba Übersetzungen ins Ohr. »*Ei vai*«, flüsterte er. »Das ist Wahnsinn.«

Die Menschen um uns herum hatten alle die Arme um den Oberkörper geschlungen, wischten sich die Wangen und rieben sich den Nacken, den Mund. Sie betasteten ihre Körper, als suchten sie nach Wunden. »Die werden uns bombardieren«, sagte Baba, als sei das beschlossene Sache.

»Wie kommst du darauf?«, sagte Kian. »Es gibt nicht mal –«

»Denkst du etwa, die Hisbollah hätte nichts damit zu tun?«, fragte Baba, die Augen glasig und leer. Trotz unserer eingeschränkten Beziehung hatte ich Baba in schlimmsten Situationen erlebt, im Drogenrausch, in Trübsal und Trauer. Aber ich hatte ihn praktisch nie so bar jeder Hoffnung gesehen. Er trägt die Hoffnung in seinen Knochen mit sich herum. »Tja, dann hast du falsch gedacht. Die helfen sich da drüben alle gegenseitig. Das ist alles derselbe religiöse Irrsinn.«

»Oh Gott, wir müssen Maman anrufen«, sagte Kian plötzlich. Er rutschte von seinem Barhocker. Seine Stimme zitterte vor Schreck. »Was, wenn die sie in Bangkok festhalten oder so?«

Eine halbe Stunde lang ging Kian alle fünf Minuten nach draußen und versuchte, Mamans Handy, ihr Hotel oder ihre Mailbox in New York zu erreichen. Baba und ich blieben sitzen und unterhielten uns, nickten ihm jedes Mal zu, wenn er sich entschuldigte. Wir konnten keine Getränke mehr bestellen, weil der Barkeeper zu abgelenkt war, außerdem nahm Baba sich ausnahmsweise einmal bewusst als Iraner wahr, und sein übliches temperamentvolles Feuerwerk erstarb zu ein paar ziellosen Funken. Er sagte: »Nilou-*dschun*, erinnerst du dich, wie ich mal, als du noch klein warst, in deine Schule gekommen bin, um mit deiner Lehrerin zu reden?« Natürlich erinnerte ich mich. Es war ein großartiger Tag gewesen. Er war in die Schule gestürmt und hatte eine Lehrerin beschimpft, die mich ungerecht behandelt hatte. Heute ist mir klar, dass sie bloß eine verängstigte Fünfundzwanzigjährige war und ich dafür gesorgt hatte, dass sie von einem durchaus furchterregenden Mann angeherrscht wurde, der einen Großteil der Schulausstattung finanzierte. Baba sprach weiter: »Ich hab bei eurem Morgendrill zugesehen. Die vielen grau gekleideten Mädchen in einer Reihe, die mit schrillen Stimmchen *Tod für Amerika, Tod für Israel* schrien. Das war wie ein Messerstich in den Bauch, und es war das letzte Mal, dass ich in die Schule gekommen bin. Und jetzt schau dir das an. Sie haben's getan. Welche Gruppe es genau war, spielt doch keine Rolle. Dahin führt es, wenn man einen Gott anbetet. Den Gott deiner Mutter ebenso wie irgendeinen anderen.«

»Baba-*dschun*, hör auf, so zu dramatisieren«, sagte ich, während ich achtlos Erdnüsse aus dem Schälchen auf der Theke knabberte. »Die Kirche tut viel Gutes in der Welt.« Ich weiß nicht, warum ich das Bedürfnis hatte, Gott oder die Kirche zu verteidigen. Ich war mittlerweile Akademikerin.

»Ja«, sagte er. Er griff zum sechsten oder siebten Mal nach seinem leeren Glas, hob es an den Mund und stellte es wieder ab, starrte es an, als hätte es ihn im Stich gelassen. »Das menschliche Herz ist zu sehr viel Gutem fähig.« Ich zog los, um endlich beim Barkeeper eine Bestellung aufzugeben.

Als ich mit drei neuen Flaschen zurückkam, darunter ein Guinness Extra Stout, stierte Baba wie ein Zombie auf den Fernseher. Ich sagte etwas, das ich schon längst hatte sagen wollen: »Baba-*dschun*, ich bin froh, dass du jemanden hast, der sich um dich kümmert.«

Sein Blick klärte sich, als erwachte er aus einem Traum. Er sagte: »Danke, *asisam*.« Er zögerte. »Ich denke, noch schöner ist, dass ich jemanden habe, um den ich mich kümmern kann. Ich war jung und egoistisch, als du und dein Bruder geboren wurdet.« Wieder begann er zu nicken, als hörte er eine innere Stimme, seine Augen ein wenig melancholisch. »Hast du jemanden, um den du dich kümmern kannst?«

»Gui liebt mich«, sagte ich. »Er pflegt mich, wenn ich krank bin, an den Wochenenden macht er Frühstück, und er erzählt Gott und der Welt von uns. Er ist ein lieber Mann.«

»Ein lieber Mann«, wiederholte er und grinste in sein noch unangetastetes Bier. »Vielleicht bin ich zu alt und zu iranisch, um dich zu verstehen, Nilou-*dschun*, aber diese Antwort beunruhigt mich.«

»Er ist der Richtige für mich«, sagte ich. »Hör auf, alles zu überinterpretieren.«

»Okay«, sagte er auf Englisch. »Wir trinken auf dein liebe Mann.« Er stieß mit mir an und schob dann nach: »Ich verrate Liebesregel. Nicht festhalten. Nicht festhalten lassen.« Danach sprach er unvermittelt auf Farsi weiter. »Ist deine Mutter glücklich? Ist dieser Mann, dieser Nader, noch in ihrem Leben?« Er trank sein Bier fast in einem Zug.

Ich antwortete nicht. Die Situation mit Nader war kompliziert. In den letzten zehn Jahren war er zigmal einfach verschwunden.

Der Mann schien die Reife eines Fünfundzwanzigjährigen zu haben, ein auf ewig jungenhafter Vagabund. Maman hatte vor Jahren aufgehört, ihn zu erwähnen. Aber ich wusste, dass sie ans Telefon ging, wenn er anrief. Ich fragte mich, wo er an diesem schwarzen Tag sein mochte. War er irgendwo in der Welt unterwegs? Würde er es wieder nach Hause schaffen? In seinem Pass stand ebenso wie in unseren: »Geburtsort: Teheran«.

»Ich hab ein paar neuere Fotos von ihr gesehen«, sagte Baba just in dem Moment, als Kian von seinem jüngsten Anrufversuch zurückkam. »Wie ist die Atmosphäre ihres Herzens?«

Was für eine Frage. Ich wollte nicht, dass meine Antwort hohl klang, deshalb sagte ich: »Ich glaube, ein wenig trüb.«

Kian riss die Augen auf. »Scheiße, Nilou«, sagte er und sprach dann so schnell englisch, dass Baba nicht folgen konnte: »Red nicht mit ihm über Maman. Er hat uns verlassen.«

Babas Blick huschte von Kian zu mir und wieder zurück. Er zuckte mit seinen wuchtigen Schultern und lutschte sich etwas Bier von der Oberlippe. »Was hat eure Mutter gesagt?«, fragte er Kian. »Hast du sie erreicht?«

Kian bejahte, wollte aber in Babas Gegenwart nicht mehr sagen. Später erzählte er mir (und ich erzählte es Baba), dass Maman nach Thailand gereist war, um Nader zu besuchen, dem thailändische Ärzte gerade eine Magenkrebsdiagnose gestellt hatten. Maman hatte zufällig davon erfahren, weil die Arztrechnung an ihre Adresse gegangen war, die er auf Reisen häufig als Heimatanschrift angab. Es war ein Hinweis, der wie durch die Kraft seiner Hoffnungen den Weg zu ihr fand. Also kaufte sie am nächsten Tag ein Ticket nach Bangkok und packte zwei Kleidergarnituren zum Wechseln und einen Jutesack Basmatireis ein. Maman und Nader waren mir immer ein Rätsel, doch im Laufe der Jahre wurde ihre Liebe zu ihm für mich der Schlüssel zu einem volleren Verständnis ihrer Persönlichkeit, weil sie einen Blick in die hintersten Winkel ihres Herzens ermöglichte, und mir wurde klar, dass du niemals allein leidest, wenn Pari Hamidi dich liebt, ganz gleich, wie sehr du sie hintergehst, ganz gleich, wie oft du sie im Stich lässt.

An jenem Abend gingen wir ziellos über den Leicester Square zu Covent Garden, kauften englische Süßigkeiten und indische Currys, die wir auf dem Boden unseres Hotelzimmers auf einem improvisierten *sofreh* aßen, während Baba uns mit Geschichten von zu Hause überschüttete und uns davon überzeugen wollte, dass wir trotz allem, was wir bald hören würden, nicht aus einem schlechten Land kamen. Zu vorgerückter Stunde griff er nach seinem Gehstock, der neben ihm an einem der Betten lehnte, und erklärte, er würde jetzt zum Bahnhof gehen. »Wo fährst du eigentlich jeden Abend hin?«, fragte ich. Nach allem, was wir an dem Tag bereits über die Welt erfahren hatten, konnte die Antwort wohl kaum zu verstörend sein.

»Ich habe einen Freund«, sagte er nur. Er zog seine Regenjacke an.

Es ärgerte mich, dass er so wortkarg war. »Wie weit weg?«, fragte ich. »Welcher Zug?« Ich schlug bewusst einen vorwurfsvollen Ton an.

Er atmete aus. »Bitte, fang nicht so an«, sagte er. »Es ist nicht wie letztes Mal. Ich schlafe bloß lieber in einem privaten Haus, bei einer Familie, wo ich unser heimisches Essen bekomme.«

»Ich hab's gewusst«, sagte Kian und sammelte die Tüten und Currybehälter ein, aus denen nur Kian und ich richtig gegessen hatten. »Von Caesar Salad allein kann man nicht leben.«

»Bitte seid mir nicht böse«, sagte Baba. Er schaute auf die Uhr und setzte sich auf den Schreibtischstuhl. »Mein Freund Soleimani hat hier Verwandte. Der Mann hat kürzlich in eine Familie eingeheiratet, die ich kenne. Sie kochen gern für mich. Hotelbetten sind unbequem. Und wir haben einiges zu besprechen.« Er stockte. »Wenn ich nach Zypern oder Istanbul oder Dubai reise, hilft Soleimani mir.« Er sprach es nicht aus, aber in Kian und mir steckte noch genug iranische Erziehung, und wir verstanden, dass er uns durch die Blume gestand, nach seiner Tournee zu etlichen Botschaften in Osteuropa und Asien nicht mehr genug Geld für ein zweites Hotelzimmer zu haben. Nach einer Pause schob Baba hinterher: »Ich nehme an, dass sich nach diesem Schlamassel in New York sowieso alle neuen Reisepläne erledigt haben.«

Kian stopfte die Papiertüten in den Mülleimer und stellte ihn vor die Tür. Er sagte: »Wenn die Lage so schlecht ist, warum hast du uns dann herbeordert?«

»Euch herbeordert?«, sagte Baba mit feuchten, blicklosen Augen. Ich hätte Kian dazu bringen sollen, den Mund zu halten, aber es ging mir wie ihm – ich wollte nur noch nach Hause. Wir waren zwar jetzt amerikanische Staatsbürger, dennoch verfolgte mich der Albtraum, an der Grenze abgewiesen zu werden. Baba schwieg einen Moment und starrte seinen fremden Sohn verwirrt an. Kians unverblümte Offenheit schien ihn zu verunsichern, bis er schließlich sagte: »Ich gebe mir die Schuld für deine Arroganz.«

»Lasst uns nicht streiten«, sagte ich mit einem flehenden Blick zu Kian. »Ich bring Baba zum Bahnhof.« Ich sah Kian an, dass er es bereits bereute, Baba zur Rede gestellt zu haben.

Aber Baba ließ sich nicht beirren. »Wisst ihr, was Soleimani neulich Abend zu mir gesagt hat? Er hat uns Whiskey eingeschenkt und gesagt: ›Du bist so stolz darauf, Arzt zu sein. So wie du herumstolzierst mit deinem Ansehen und deiner Bedeutung, du trägst sie vor dir her wie Orden an deiner Brust. Schon eine gebrochene Hand könnte dir das alles nehmen, Agha Doktor.‹ Und dann hat er, um seinen Ausbruch abzumildern, gesagt: ›Wahrscheinlich könnte die kleinste Kleinigkeit jeden von uns zerstören.‹« Wir warteten darauf, dass Baba auf den Punkt kam, aber das war er bereits: Wir hatten seinen extremen Stolz geerbt, ein Übel, und waren zu jung, um ihn in uns selbst wahrzunehmen. Er zitierte Rumi, sah uns dabei abwechselnd an. »Verkauf deine Klugheit, erwirb dir Staunen.«

Ich öffnete die Tür für ihn. Ich bat Kian, uns bei Marks & Spencer Nachtisch zu holen. Er nickte, und seine Stirn glättete sich. Auf der Straße sagte Baba: »Im Pub Kian sagt, ich euch ›verlassen‹.« Er wollte beweisen, dass er Kian verstanden hatte, doch dann wechselte er wieder ins Farsi. »Damals in deiner Schule, als ich gehört hab, wie die kleinen Mädchen Parolen brüllten, da hab ich gedacht: *Ich werde meine Kinder aufgeben, damit sie diesen Ort verlassen können.* Ich selbst hatte Angst, nirgendwo anders überleben zu können, also vielleicht stimmt das, was Kian gesagt hat.« Ich antwortete nicht. Sollte diese Beichte ihm Absolution verschaffen? Dazu war ich nicht bereit. Ich glaube, er deutete mein Schweigen richtig. Er nahm meinen Arm, hakte ihn unter seinen und sagte: »Diese Reise war ein unverhoffter Glücksfall. Selbst wenn ich nie wieder ein Visum bekomme, habe ich der geballten Faust des Universums etwas Kostbares entrissen.«

»Die geballte Faust des Universums«, wiederholte ich, eine herrliche Formulierung. Ich brachte ihn zum Zug. Er schlurfte zu einem Fensterplatz und winkte mir durch die Scheibe zu, sein Lächeln verspielt, als winkte er einem Kind zum Abschied. Es erinnerte mich an jenen anderen Abschied, damals. Auf dem Rückweg durch den Bahnhof sah ich mir den Fahrplan an. Sein Fahrtziel lag zwei Stunden entfernt. Er fuhr jeden Tag vier Stunden mit dem Zug, um mit uns zusammen zu sein.

Später am Abend, bei Erdbeeren und Mango mit Zitronenkuchen, über den Kian Karamellsoße geträufelt hatte, erzählte ich meinem Bruder, was Baba gesagt hatte. Er kaute stumm, den Kopf auf die Hand gestützt. Am nächsten Tag kam Baba nicht nach London. Kian rief die Nummer an, die Baba uns gegeben hatte, und ein Mr Soleimani erzählte uns, dass Babas Wundnaht von der Krampfaderoperation aufgeplatzt war. Kian schrieb eine Adresse auf den Hotelnotizblock, und am Abend fuhren wir mit dem Zug in einen Vorort weit außerhalb von London. Kian fragte, ob er in der Küche freie Hand haben könnte, und kochte uns ein Festmahl mit so viel Liebe zum Detail, dass es jeder iranischen Großmutter zur Ehre gereicht hätte. Er röstete Walnüsse, ließ die Auberginen in Salzwasser ziehen, zerdrückte den Knoblauch mit der Hand und löste frische Pistazien aus ihren Schalen. Baba ruhte mit seinem Tee vor einer Wand aus Kissen, eine Hand an seinem Stock, und wirkte so glücklich, wie ich ihn noch nie zuvor gesehen hatte. Er erzählte den ganzen Abend Geschichten, und die ganze Familie Soleimani (sechs Männer, fünf Frauen und zwei Kinder) lauschte hingerissen. Kian weigerte sich, in der Küche Hilfe anzunehmen, aber wir hörten ihn schnippeln und brutzeln, während Baba Gedichte und Märchen zum Besten gab, sodass sich die Musik ihrer jeweiligen Talente vermischte und diese beiden so künstlerischen Seelen, die einander fremd geworden waren, uns alle vergessen ließen, dass wir Iraner in den ersten Tagen einer veränderten Welt waren. Kian zeigte Baba nach dem Essen eine Seite in einem Gedichtband, und Baba lächelte. »Ja, das ist wahr. Sehr wahr«, sagte er, sog die Worte und die Aufmerksamkeit seines Sohnes in sich auf. »Ich werde die Weisheit und Schönheit dieser Zeilen nicht vergessen. Ich danke dir.« Und als ich Kian fragte, welches Gedicht er ihm gezeigt hatte, sagte er: »Unwichtig.«

Eine Neujahrswelt

Juni 2009

Isfahan, Iran

Wenn zwei brutale Finsterlinge, die finanziell stark von deinem Ableben profitieren würden, unangemeldet in dein Schlafzimmer kommen, liegt es durchaus nahe, sich einer gewissen Sterbebett-Hysterie hinzugeben. Genau das tat Bahman jedoch nicht. Er hatte solche Aggressionsspielchen schon öfter erlebt, die brusttrommelnde Großmäuligkeit und Angeberei gewisser iranischer Männer (meistens der ängstlichen mit ein bisschen Geld und wenig Bildung, typischerweise aus Süd-Teheran), und er wusste um die Grenzen von Sanaz' Schmerz und Wut. Also würde es nicht auf seinen Tod hinauslaufen, aber sie würden ihm wehtun.

Die lähmende Übelkeit des Entzugs half ihm. Er war immer wieder in einen fast betäubungsähnlichen Zustand gefallen, und die quälenden Krämpfe, die seinen Körper schüttelten, schienen völlig losgelöst von irgendwelchen physischen Auslösern. Der ganze Vorfall könnte genauso gut ein Traum sein. Ach, wie das Universum sich gegen sich selbst wendet! Wie rasch sich so mancher Infekt ausbreitet, unbemerkt, bis sein Werk vollendet ist. Soleimani war einmal sein Freund gewesen – hatte er damals schon Hass gegen ihn gehegt? Bevor Bahman Sanaz heiratete, waren er und seine Familie bei Soleimani zu Hause in London willkommen gewesen. Jetzt drückte ihm derselbe Mann ein Kissen aufs Gesicht und gab sich alle Mühe, ihm Angst einzujagen.

Er beugte sich über ihn und flüsterte ihm ins Ohr, drohte, ihn zu töten, falls er Sanaz je wieder ein Haar krümmte. Bahman würgte in den weichen Hügel hinein, Stoff füllte seinen Mund und quetschte ihm die Nase. Er spürte den kalten Speichel des Mannes im Ohr, wehrte sich aber nicht. Obwohl sein müdes Herz einen unregelmäßigen Rhythmus hämmerte und ihm aus der Brust zu springen drohte, wusste er, was er zu erwarten hatte. Vor allem dachte er: *Wie konnte mein Leben an diesen Punkt kommen? Ich war der Beste im Medizinstudium.* Und dann, ein ungebetener Gedanke, aus dem Äther: *Warum bin ich eigentlich Zahnarzt geworden, anstatt ein höheres Ziel anzustreben? Warum fand ich Zähne so viel wichtiger als das Herz oder das Gehirn? War ich faul? Habe ich mir nichts Besseres zugetraut?* Schon als junger Mann hatte er eine besondere Ehrfurcht vor dem menschlichen Mund gehabt. Ein makelloses Lächeln hatte ihn hypnotisch angezogen, und Zähne faszinierten ihn, diese Beißwerkzeuge, die uns mit unseren frühesten Vorfahren verbinden und doch zugleich Zeichen von moderner Veredelung und Pflege sind. Diese Gedanken kamen ihm, während er das Kissen auf dem Gesicht spürte und sein Körper zu geschwächt und unwillig war, um sich auf das Drama von ein paar Sekunden ohne Sauerstoff einzulassen.

Soleimani nahm das Kissen weg. Er starrte Bahman mit kalten Augen an und sagte: »Ich würde dir ja die Hand brechen.« Etwas krümmte sich in Bahmans Magen. Das war eine glaubhafte Drohung – hatte er ihm nicht einst Arroganz vorgeworfen und behauptet, all sein Stolz wäre mit dem Bruch einer Hand dahin? »Aber deine Zukunft ist auch Sanaz' Zukunft.« Er versetzte Bahman einen Schlag in den Bauch. Bahman würgte klare, bittere Galle aufs Kissen.

Dann gingen die beiden Männer. Auf dem Weg nach draußen warf der Bärtige noch einen zaghaften Blick durch das mädchenhafte Zimmer, beäugte die aprikosenfarbene Tapete, den gelben

Plastikabfalleimer. Bahman wartete eine halbe Stunde (oder waren es fünf Minuten?). Dann setzte er sich keuchend im Bett auf, wischte sich die Stirn und starrte auf die schwarze Mattscheibe des Fernsehers. Er trank ein paar Schlucke Wasser. Er spürte keine Schmerzen im Bauch, aber seine Beine juckten zum Verrücktwerden. Und er spürte, dass die Durchfallphase sich anbahnte. Er rief nach Fatimeh. Sie hatte nicht mitbekommen, dass Sanaz die Männer hereingelassen hatte. »Diese hinterfotzige Schlange!«, sagte Fatimeh. »Diese Prinzessin! Bitte lass mich Kurkuma in ihre Gesichtsseife reiben.« Bahman lachte schwach. Er hatte Fatimehs derben Humor vergessen. Er gab ihr etwas Geld und bat sie, es den Wachen zu bringen. »Sag ihnen, sie könnten uns doch wenigstens vor Einbrüchen schützen.« Natürlich war Bahman klar, dass auch die Eindringlinge die Wachen bezahlt hatten. Doch was er ihnen bot, war zweifellos mehr. Wie naiv von ihm, sie nicht gleich von Anfang an bezahlt zu haben.

Nachdem sie seinen Auftrag erledigt hatte, bezog Fatimeh sein Bett neu und half ihm, einen frischen Pyjama anzuziehen. Die neue Bettwäsche erfüllte den Raum mit einem markanten, frischen Geruch, wie Flieder und Teeblätter, und Bahman wurde bewusst, in was für einem Dreck er gelebt hatte, in mehreren Schichten Schweiß nach einem Tag, an dem er sich immer wieder erbrochen hatte. Fatimeh seine besudelten Laken wechseln zu lassen, beschämte ihn nicht. Es war sein dritter Entzugsversuch. Und Sanaz war die einzige Frau, vor der er versucht hatte, die Peinlichkeiten des Menschseins, des Alters zu verbergen.

Vielleicht war Fatimeh mit ihrem fleißigen, ländlichen Glanz seine einzige wahre Freundin. Als sie aus dem Zimmer ging, rief er sie noch einmal zurück. Er musste zwischendurch nach Luft schnappen, weil ihm eine Welle von Übelkeit in die Kehle stieg und Speichelströme im Mund zusammenliefen. Diese animalischen Spasmen widerten ihn an. »Fatimeh-*dschun* … wenn das alles vorbei ist … lass mich deine Zähne richten.«

Ihr braunes und zahnstumpfiges Lächeln erstarb, und tiefe Furchen erschienen in ihren Wangen, klammerten den Mund ein. Ihre glaskugelblauen Augen, wie sein rotes Haar ein Zeichen von nördlichem Blut, umwölkten sich, und sie sagte: »Versuch zu schlafen«, und zog die Tür sachte hinter sich zu.

Er litt drei Tage. Der Durchfall kam und ging. Der Schüttelfrost wurde schlimmer und ebbte ab. Das Jucken hörte auf. Wellen aus Schmerz und Benommenheit und Delirium schlugen über ihm zusammen, nahmen von seinem Körper Besitz und ließen ihn wieder frei. Einen ganzen Tag lang schien sein Gesicht zu schmelzen, weil jede Öffnung zu triefen begann, Augen und Nase und Mund zu aufgedrehten Hähnen wurden, aus denen Schleim und Wasser und Blut flossen.

Unterdessen lagen die Frauen im Dauerstreit. Manchmal bekam Bahman es mit und versuchte, ihren jeweiligen Ärger zu verstehen. Hatte Sanaz noch nie eine vermeintliche Rivalin erlebt, die sich weigerte, mit ihr zu konkurrieren? Hoffte Fatimeh auf eine Rückkehr in sein Haus?

»Was willst du hier?«, schrie Sanaz manchmal, wenn ihr keine neuen Gehässigkeiten einfielen, die sie Fatimeh entgegenschleudern konnte, wenn es kein Essen gab, das sie versalzen, und keine Arzneien, die sie wegwerfen konnte. Einmal hatte Sanaz Fatimehs Gewürzglas aus Ardestun weggeworfen, und Fatimeh weinte allein in ihrem Zimmer, weil die Gewürzmischung jedes Jahr anders ausfällt. Der besondere Geschmack dieses Jahres war für sie vorzeitig beendet worden, nur drei Monate nach Neujahr.

Fatimehs Taktik beschränkte sich oft auf eisernes Schweigen. Sie reagierte nur auf jeden vierten Wutanfall und selbst dann meist bloß mit einem halblauten »Gott steh dir bei« oder einer spitzen Anspielung auf Sanaz' Blutdruck.

Manchmal, wenn es Bahman einigermaßen gut ging, machte er sich einen Spaß daraus, sie beide zu provozieren. Zum Beispiel, wenn Sanaz beim Mittagessen mal wieder von Fatimeh wissen wollte, warum sie da war.

Dann grinste Bahman breit, ohne an den fehlenden Backenzahn zu denken, und sagte: »Ich mag ihr Essen. Da ist viel Butter drin.«

»Da ist viel Butter drin«, wiederholte Fatimeh, wobei sie ein Schmunzeln unterdrückte und den Blick auf ihre Kreuzstiche oder auf Schirins Malbuch gerichtet hielt. Schirin saß häufig auf ihrem Schoß, wenn sie aßen.

»Gib's zu! Dir schmeckt es auch«, neckte Bahman daraufhin Sanaz. »Schau nur, wie viel wir beide zugenommen haben.« Und Sanaz' Arm legte sich prompt um ihre Taille, und sie blickte erbost.

»Wer möchte vortragen?«, fragte Bahman ein anderes Mal. Dann bot er Sanaz etwas Einfaches an, zum Beispiel einen Vierzeiler aus den *Rubaijat*. »*Mit einem Brotlaib unter dem Zweig*«, murmelte er vor sich hin, als wüsste er nicht weiter.

Sanaz saß immer erst widerwillig da und ging nicht darauf ein. Doch sobald Fatimeh den Mund aufmachte, sagte Sanaz, als täte sie ihm einen Gefallen: »*Mit Wein, einem Buch voller Verse und Dir.*«

Worauf er sich ans Kinn tippte und nickte, als wollte er sagen: *Ach ja, jetzt fällt's mir wieder ein,* um dann mit gespielter Unsicherheit fortzufahren: »*Neben mir in der Wildnis singend.*«

Sie überließen Schirin immer den letzten Vers, den sie dann begeistert brüllte: »*Und die Wildnis wird zum Paradies!*« Bei solchen Gelegenheiten musste Bahman immer an den leiblichen Vater des Mädchens denken.

Am vierten Morgen, als die Frauen und Schirin einkaufen waren, rief er bei Donya Norouzi an. Was auch immer für unbarmherzige Götter es geben mochte, das Auftauchen dieser Frau in seinem Leben war ein Zeichen von ihnen. Dennoch, er war nicht sicher, welche Hoffnung er bei ihr suchte. Er redete sich ein, dass er ihr nur helfen wollte.

Beim zweiten Klingeln meldete sich ein Mann. Dank Bahmans Stimme, die wie rauchiger Scotch klang, und seines Titels und seiner Ausstrahlung hatte er keine Probleme, sie ans Telefon zu bekommen. Ein rasches »Hier spricht Dr. Hamidi, Zahnarzt, kann ich bitte Frau Norouzi sprechen?« genügte. Der Trick, um diese Bauern dazu zu bringen, ihre Frauen ans Telefon zu holen, um mit einem anderen Mann zu sprechen, war die Aura der wichtigen Persönlichkeit: keine Entschuldigung, keine Erklärung und vor allem die Fähigkeit, das anschließende Schweigen am anderen Ende mit einer Gelassenheit auszuhalten, die durchs Telefon hindurch zu spüren ist. Er lachte leise und dachte, wenn er diesen Trick doch nur schon mit zwanzig gekannt hätte, ein rothaariger Student mit dem Körper eines Footballspielers und einer verheirateten Geliebten, die er nie anrufen konnte. Das war, bevor er Pari in einem Wartezimmer begegnete und sich auf den ersten Blick in sie verliebte.

Donya klang verhalten, ihre Stimme atemlos und leise. Wie es schien, hielt sie den Hörer dicht an den Mund. Jemand musste mithören, denn anstatt zu fragen: »Wer spricht da?«, gab sie vor, ihn zu kennen. »Doktor?«, sagte sie.

Erst da wurde ihm klar, dass er keinen vernünftigen Grund für seinen Anruf hatte, und, ja, mit Sicherheit hörte irgendein Mann (oder eine neugierige Mutter) mit. So konnte er nicht offen mit ihr reden. Er sagte: »Khanom Norouzi, ich muss den Termin für Ihre Zahnfleischbehandlung auf morgen, 16:00 Uhr verschieben. Können Sie dann in meine Praxis kommen?« In seinem Büro könnte er mehr über ihre Situation erfahren und vielleicht versuchen, ihr zu helfen.

»Ihre Praxis?«, wiederholte sie fragend.

Er nannte ihr die Adresse, stellte drei Mal klar, dass es sich um eine Zahnarztpraxis handelte. Während er redete, versuchte er, seine Stimme älter klingen zu lassen, jovialer und alberner. Als er das Gefühl hatte, den Mithörer beruhigt zu haben, sagte er, um sie zu überzeugen: »Tut mir leid, dass ich Sie im Gericht nicht begrüßt habe. Ich hab Sie gesehen und mir gedacht, wer will denn schon mitten in einem Rechtsstreit an seine Parodontose erinnert werden? Ich hoffe, Sie hatten keinen allzu lästigen Grund, ins Gericht zu kommen, und dass sie nicht zu große Schmerzen im Mund haben.«

»Nein, Doktor«, murmelte sie. Irgendwo weit entfernt hörte er ein Klicken. Offenbar fand der Zuhörer Donyas Zahnfleisch zu langweilig, um das Ende der Höflichkeiten abzuwarten.

Bahman war sicher, dass sie kommen würde. Er legte auf und beglückwünschte sich selbst. Er hatte schon seit Jahren keinen heimlichen Plan mehr geschmiedet. Als er jung war, hatte er sich Späße aus dem Nichts einfallen lassen. Es gab eine Zeit, da hatte er Pari praktisch jeden Tag Streiche gespielt. Warum hatte er damit aufgehört?

Er dachte: *Vielleicht sollte ich Fatimeh mal ein wenig an der Nase herumführen.* Aber ihm fiel nichts Gutes ein.

Er ging zur Haustür, schaute hinaus und winkte einen der Wachleute zu sich. Er war noch immer krank, vom ständigen Schwitzen klebte ihm das Haar am Schädel. »Agha«, sagte er und bot ihm eine Handvoll Scheine an, »ich muss morgen um vier in meine Zahnarztpraxis. Können Sie den Richter anrufen und die Erlaubnis einholen?«

»Rufen Sie ihn selbst an«, sagte der *pasdar*, verärgert, weil er hatte aufstehen müssen. »Falls er Ja sagt, bringen wir Sie hin.« Er nahm das Geld und ging zurück zum Auto.

Ali holte die Erlaubnis des Richters ein. Wieder war dafür Geld erforderlich, aber Alis Charme war ohnegleichen, und so bekam er noch ein paar zusätzliche Informationen: Das Gericht konnte nahezu keine Hinweise auf Bahmans Schuld finden, und der Richter würde bald eine Entscheidung fällen. Nicht dass ein Mangel an Beweisen in diesem Land je einen Schuldspruch verhindert hätte, aber der Richter war wohl schwerfällig zu der Erkenntnis gelangt, dass Bahman harmlos war, kein mutmaßlicher Krimineller, an dem ein Exempel statuiert werden sollte, und überdies von Nutzen für die Wirtschaft und den Richter selbst.

Am nächsten Tag kam Ali zum Haus, und die beiden Brüder fuhren mit einem der Wächter zu Bahmans Praxis. Ali wartete mit dem Wächter unten (um mehr Zeit zu gewinnen), während Bahman, die Taschen voll Aspirin, nach oben ging. Zum ersten Mal seit dem letzten Aufflammen seines Venenleidens im vergangenen Jahr ging er wieder am Stock. Auf halber Höhe der Treppe blieb er stehen und warf noch zwei weitere Aspirintabletten ein. Sein Büro lag im dritten Stock eines bescheidenen Geschäftshauses, in dem den ganzen Tag über ein anhaltender Strom von Bank- und Uhrenreparaturkunden ein und aus ging. Als er sich in seinem Ledersessel hinter dem Schreibtisch niedergelassen hatte, schaute er aus dem Fenster auf den grünen Wagen des Wächters. Um vier Uhr sah er, dass Donya ungehindert durch den Haupteingang ins Haus trat.

Er wusste nicht genau, was er sagen wollte. Er saß an seinem Schreibtisch und starrte eine verschlossene Schublade an. Darin bewahrte er Geld und Dokumente auf. Und darunter, in dem Geheimfach, das der raffinierteste Tischler der Stadt eingebaut hatte, waren ein kleiner Vorrat Opium und eine Pfeife versteckt. Seine juckenden Arme, der erschöpfte Magen und seine kaputte Kehle flehten ihn an, die Schublade zu öffnen. Für nur einen hemmungslosen Augenblick den Geruch einzusaugen. Er widerstand, nahm bloß ein paar Geldscheine und einen Umschlag heraus, auf den er in Druckbuchstaben Donyas Namen schrieb.

Er räumte seinen Schreibtisch auf – obwohl Ali bereits Posteingänge und -ausgänge, die Belege des letzten Monats und den Terminkalender durchgesehen hatte. Sie trat ein, ohne anzuklopfen, vielleicht, weil sie dachte, sie würde Praxisräume betreten und nicht sein privates Büro. »Ach, entschuldigen Sie«, sagte sie, als sie ihn allein am Schreibtisch sitzen sah, unter dem riesigen Foto einer vierjährigen Krankenschwester (Nilou, 1983), deren Lippen anzusehen war, dass sie gerade »Pssst« sagte, als auf den Auslöser gedrückt wurde. Das Beste an dem Foto, das, was den meisten Leuten auffiel, war, dass Nilou dabei nicht den typischen Finger vor die Lippen hielt. Stattdessen berührte sie die Nase mit einer Fingerspitze und blickte auf einen Punkt in ihrem Handteller. Nur der gespitzte Mund und die zusammengezogenen Augenbrauen vermittelten ihre Botschaft.

»Khanom Norouzi?«, sagte Bahman und erhob sich. »Kommen Sie herein. Ich hab uns Tee gemacht.« Ihm war bewusst, dass er sich anhörte wie ein pubertärer Verehrer, und er war tatsächlich nervös.

»Hören Sie, *agha*«, sagte sie, während sie ihr Kopftuch lockerte, »ich weiß, was Sie wollen. Sie haben mitbekommen, in welcher Lage ich bin, und beschlossen, dass ich Geld brauche, nicht wahr? Sie denken, wir könnten für ein paar Stunden eine vorübergehende Ehe arrangieren.« Bahman wurde rot. Gekränkt wollte er widersprechen, aber hatte er nicht tatsächlich vor, ihr Geld zu geben? Hielt er nicht wirklich einen Umschlag mit ihrem Namen darauf in der Hand? Dennoch, warum musste jeder Versuch einer guten Tat immer so enden? Vielleicht war das seine Strafe, weil er Pari und den Kindern bei ihrer Flucht so wenig mitgegeben hatte. Donya schaute sich in dem leeren Büro um, bemerkte dann seinen Gehstock. »Heute keine Patienten, *agha*?« Als Bahman in seine Hand hustete, wurde sie milder. »Bitte, ärgern Sie sich nicht. Ich könnte das Geld gebrauchen, aber ich muss Ihnen leider sagen, dass mir die Scheidung verweigert wurde.«

»Nein, *khanom*, Sie verstehen das völlig falsch«, sagte er. »Setzen Sie sich doch bitte. Ich möchte Sie nicht heiraten oder sonst was in der Art.«

Sie setzte sich auf den Plastikstuhl ihm gegenüber, strich ihren dunkelblauen Mantel glatt und warf ihre gelbe Sonnenbrille auf den Schreibtisch. »Meinen Zähnen geht es bestens.«

Er konnte über den Schreibtisch hinweg sehen, dass das nicht stimmte. Ihre oberen mittleren Schneidezähne standen viel zu eng zusammen, wie Gesindel vor einer billigen Metzgerei. Er sagte: »Ihre Situation geht mir nahe. Ich habe mitbekommen, dass man sie gezwungen hat zu bleiben.«

Ihre Stirn legte sich in Falten, und sie starrte ihn verwundert an. »Und?«

»Ich möchte bloß helfen. Etwas von meinem Glück abgeben.« Er schob den Umschlag zu ihr hinüber. »Ich habe eine Tochter. Ich möchte bloß, dass es Ihnen besser geht.«

Sie spähte in den Umschlag und musterte ihn dann erneut misstrauisch, nachdem sie gesehen hatte, wie viel es war. Er hatte ihr den Gegenwert von dreitausend amerikanischen Dollar geschenkt, eine Summe, mit der sie ein halbes Jahr lang ihre Miete bezahlen könnte, falls sie allein in der Stadt wohnen wollte. Er tastete in seiner Tasche nach dem Aspirin und schluckte noch mal zwei Tabletten mit Wasser. Sie schien zu überlegen, ob sie drei Mal ablehnen sollte, wie es sich gehörte. Diese Summe war möglicherweise zu groß für *tarof*. »Was wollen Sie?«, fragte sie und griff nach ihrer Brille, als überlegte sie, mit dem Geld wegzulaufen.

Plötzlich hatte er keinen väterlichen Rat anzubieten, keine weisen Worte. Das Geld, so schien es, war alles, was er geben konnte. Er zuckte die Achseln. »Ich bin auch noch gefangen«, sagte er und wischte sich die Stirn. Er fühlte sich so schwach, und er vermutete, dass sie das süße Opium in seiner Schublade riechen konnte. Vielleicht würde er es rauchen, sobald diese Frau sich mit ihrem Geldsegen davongemacht hatte.

Sie schwieg einen Moment, und ihre Schultern entspannten sich. Vielleicht beschloss sie, ihm zu vertrauen. »*Agha*, sind Sie krank?«, fragte sie. »Haben Sie nicht mehr lange zu leben?«

Er lachte. Ja, vielleicht wirkte und handelte er ja wie ein Todgeweihter. »Ich bin bloß müde«, sagte er. »Nehmen Sie das Geld. Ich hoffe, wir kommen beide bald frei. Immerhin haben wir es aus dem Gefängnis geschafft, nicht wahr?« Er versuchte, sein altes Honigkuchenpferdgrinsen zu reaktivieren, ein Schatten seines jugendlichen Lächelns.

Sie steckte den Umschlag in ihre Handtasche und beäugte das Namensschild auf seinem Schreibtisch. »Hören Sie, Dr. Hamidi«, sagte sie, »ich habe anfangs dieselben Wut- und Reuegefühle durchlebt, und dann ist mir etwas klar geworden: Eigentlich ist es doch egal, was das Gesetz sagt. Ob du verheiratet oder geschieden bist, außerhalb der Grenzen dieses beschissenen Landes spielt beides keine Rolle.«

»In dem wir aber zufällig leben«, sagte er und griff nach seinen Betperlen. Er überlegte kurz, warum die Sichtweise dieser Frau ihm wichtig war. Vielleicht erinnerte sie ihn an Nilou, oder vielleicht war das bloß der richtige Zeitpunkt für ihn, das zu hören, was überall in der Luft lag.

»Ich nicht«, sagte sie. Sie zupfte an einem Nagelhäutchen, als wäre sie unsicher, ob sie ihm vertrauen könnte. »Nicht mehr lange. Schauen Sie sich doch an, was auf den Straßen los ist: Unruhen, Morde, Festnahmen. Neda. Wenn Sie es aus dem Land rausschaffen, können Sie bei irgendeiner Botschaft Asyl beantragen, *agha-dschun*. Istanbul oder Dubai wären möglich. Gehen Sie einfach, leben Sie Ihr Leben.«

Er lachte leise. »Einfach alles aufgeben«, sagte er, »wie ein Landstreicher. Das überlasse ich lieber den Jüngeren.« Er dachte zurück an eine Zeit, in der er das Land hätte verlassen können, in der er zusammen mit Pari und den Kindern hätte fortgehen können. Stattdessen hatte er sich in seinem Büro eingeschlossen, die Stunden in einem Miasma aus Opiumrauch verbracht. Er hatte ihnen durchs Fenster zum Abschied gewinkt, unfähig, seine Praxis, sein Ansehen, sein warmes Dorf und seine Fotos zurückzulassen.

»Was haben Sie denn hier, das so wichtig wäre?«, fragte sie, während sie ein loses Haar aus ihrer Sonnenbrille zog, »besonders, wenn Ihr Weg Sie bis vor Gericht geführt hat?«

Als sie ging, rief er ihr nach: »*Khanom*, darf ich fragen, warum Sie die Scheidung wollten? War er drogensüchtig oder untreu oder was?«

Sie lächelte. »Das sind doch bloß Begründungen für das Gericht.«

»Was dann?«, drängte er. »Haben Sie sich verliebt? Warum diese Hysterie?«

Sie zuckte die Achseln. »Es ist ein Fluch, wenn man nicht zueinanderpasst. Als würde man jeden Tag mit aller Kraft versuchen, hundert verschiedene Deckel auf die falschen Gläser zu schrauben. Viele meinen, das reicht als Grund nicht aus, dabei ist es das Einzige, was niemals besser werden kann. Es vergiftet alles.«

Wieder allein, blieb er an seinem Schreibtisch sitzen und befingerte den kleinen Schlüssel für das Geheimfach. Er war der Befreiung von seiner Krankheit so nah, näher als die letzten beiden Male. Er versuchte, sich an eine Zeit zu erinnern, als er die verdammte Pflanze nicht gebraucht hatte, als er auf die andere Seite der Welt reisen und einfach herumspazieren konnte, einen Kaffee oder ein Sandwich unter freiem Himmel genießen, mit

Fremden plaudern, ohne ständig krampfhaft zu überlegen, wie er an Opium kam. Er dachte an seine erste Erfahrung mit einer *manghal*. Er hatte mit ein paar jungen Freunden in einem Kirschgarten in Ardestun Opium ausprobiert, kurz bevor er sein Studium begann. Sie hatten unter rauschenden Bäumen gesessen, saure Pflaumen und Pistazien gegessen, und jemand hatte die *manghal* angezündet und gefüllt. Als Pari versucht hatte, ihn allein kraft ihres Willens durch den Entzug zu bringen, hatte sie oft gesagt, diese Burschen hätten ihn absichtlich abhängig gemacht, damit er an Ardestun gebunden blieb, damit er nicht fortging und als Arzt in Teheran ein freies Leben führte. War es ihnen gelungen? Er war nicht in Teheran geblieben. Er ließ sich in der Großstadt nieder, die Ardestun am nächsten lag, und kehrte jeden Freitag zurück. Kehrte er wegen seiner Eltern zurück, der dörflichen Geborgenheit, wegen der sämigen Eintöpfe, die er als Kind auf dem Krankenbett bekommen hatte, und der Schüsseln voller Maulbeeren aus ihren Obstgärten? Oder kehrte er wegen der *manghal* zurück? Damals, als er das erste Mal Opium rauchte, war sein Körper übergequollen vor Liebe zum Universum, zu jeder Frau darin, zu jeder prächtigen Pirouette der Natur. Er wollte Teil davon sein und es zugleich verändern. Er wollte das Mark so heftig auslutschen, dass der Knochen zerbrach, dass sein Kiefer zerbrach, dass seine Bindung an die Erde zerbrach und er in den Äther entschwebte. Damals wollte er kein Vergessen, er wollte eine Gottheit in seinem eigenen Orbit sein.

»Wie ist die Atmosphäre deines Herzens?«, fragte sein Vater eines Tages, nachdem sie gemeinsam geraucht hatten, ihre Zungen schwer und ihre Wörter seltsam und poetisch wurden. Sein Vater trug einen losen *shalwar* und ein Käppchen. Er war Bauer und fragte sonst nicht nach Herzen.

Bahman antwortete: »Als ob es jedes andere Herz verschlungen hätte und allein auf der Welt wäre.«

Sein Vater nickte und sagte: »Die *manghal* ist nur für gewisse große Augenblicke.«

Bahman streichelte den Mahagoni-Schreibtisch, den sein Freund gebaut hatte, die Intarsien und makellosen Rundungen. Er erinnerte sich an eine Reise nach Madrid im Jahr 2006. Auch dort hatte er seine Kinder mit seiner Sucht gequält. Es reichte. Fünfundfünfzig war noch nicht das Ende. Er legte den Schlüssel in den Safe, steckte eine Rolle Scheine ein, nahm seinen Stock und ging nach unten.

In dieser Nacht durchlebte er die Talsohle. Er warf sich im Bett hin und her, seine Albträume verschmolzen mit den Silhouetten von Fatimeh und Sanaz, die mit kalten Handtüchern und Laken und warmem Essen kamen, das er nicht anrührte. Endlich erreichte der Schmerz sein Tiefengewebe, eine Qual, als würde Mark austreten. Als würden Knochen, so vollgestopft, dass sie platzten, sein Fleisch verfärben. Aber er wusste, dass es irgendwann aufhören würde, und diesmal bettelte er nicht um Opium. Er wusste, dass er es nicht tun würde. Er zitterte sich durch die Nacht. Er hatte so heftige Magenkrämpfe, dass er sich gegen Morgen ins Bett entleerte. Er stand unsicher auf, um es selbst sauber zu machen, aber seine Arme waren zu schwach. Er machte Geräusche. Er fiel. Kurz darauf brachte Fatimeh ihm Tee. Sie sagte nichts zu der Schweinerei. Sie fing einfach an, das Bett abzuziehen, summte dabei ein Lied, das sie früher oft Schirin vorgesungen hatte.

Als er die Melodie hörte, hätte er am liebsten geweint. Er wollte sie fragen: »Warum hast du statt meiner diesen Herumtreiber geliebt? Ich hab dir ein angenehmes Leben geboten. Ich hab dir so viele Möglichkeiten geboten.« Sein Mund war trocken, seine Stimme heiser, doch er brachte einiges davon heraus.

Sie wickelte das Laken zu einem festen Bündel zusammen, verknotete die Enden. Sie hatte ihm nie eine Erklärung geliefert.

Und auch jetzt sagte sie bloß: »Ich glaube, wir haben alle etwas Animalisches in uns.«

Die Antwort versetzte ihm einen Stich. Spielte sie auf seinen derzeitigen Zustand an? So tief gesunken, dass er sich selbst besudelte wie ein gefangenes Tier? Er wollte etwas Bissiges erwidern, hatte aber weder die Kraft noch den Willen dazu. Anscheinend war sein Stolz gemeinsam mit den Giften, die sein Körper ausschied, aus ihm herausgesickert. »Es tut mir leid«, sagte er. »Mein Körper versagt.« Die Schmach presste seine Stimme zusammen wie eine dicke Geschwulst im Hals.

Fatimeh klemmte sich das Bündel unter den Arm. »Sei nicht albern«, sagte sie. »Ich weiß alles über dich. Was hast du, wovon ich nichts wüsste?« Er schlief im Sessel ein, während sie das Bett frisch bezog. Dann weckte sie ihn und half ihm, sich wieder hinzulegen.

Fünf Tage später sollte Bahman einen ganzen Tag lang nichts anderes tun als lesen, Tee trinken und mit Schirin spielen. Er würde zufrieden und erschöpft ins Bett sinken, nachdem er den ersten Tag seit dreißig Jahren ohne Opium im Blut und auch ohne Übelkeit und Schüttelfrost erlebt hatte. Wenige Tage später würde er wieder arbeiten gehen. Er würde lange darauf warten, dass Nilou auf seinen Brief reagierte, bis er schließlich im August die Hoffnung aufgab. Er würde eine Tasche packen und Isfahan am Morgen des darauffolgenden Tages verlassen. Bei der Durchsuchung seiner Praxis würde die Polizei keine Beweise für seine Schuld finden, nur zahnmedizinische Ausstattung, Bürobedarf und stapelweise Fotos aus seiner Kindheit und der seiner Kinder in Ardestun.

Vielleicht spürte Bahman in jener letzten unruhigen und beschämenden Nacht, während sein Körper sich unter der warmen zartlila Decke wand und versuchte, den Dämon abzuschütteln, den er seit Jahrzehnten in sich trug, dass der Wind sich drehte.

Vielleicht spürte er, dass sein Hausarrest bald enden würde und dass es an der Zeit war, der geballten Faust des Universums etwas Freude zu entreißen. Während er benommen dalag und versuchte, das Gefühl zu ignorieren, dass ihm tausend Insekten über die Haut krabbelten, plante er seine letzten Tage in diesem Land. Er würde sein Haus abgeben, es Fatimeh und Sanaz überschreiben, mit der Bitte, sie mögen miteinander auskommen. Er würde das Bargeld aus seinem Schreibtisch mitnehmen, nur eine einfache Tasche packen und mit seinem Bruder Ali in demselben Auto zum Flughafen fahren, das seine Kinder damals fortgebracht hatte. Dann mit einem gekauften Ausreisevisum ab nach Istanbul.

Er würde viele Dinge, die ihm am Herzen lagen, aufgeben müssen. Nicht bloß sein Haus, sondern seinen Namen und seinen Platz in der Welt, sein Umfeld, seine Patchwork-Zweitfamilie. Es schmerzte ihn besonders, seine umfangreiche Fotosammlung zurückzulassen. Doch von allen Äußerungen und ungebetenen klugen Ratschlägen, die er in den letzten Monaten vernommen hatte, klangen ihm nur zwei noch frisch im Ohr. *Was haben Sie denn hier, das so wichtig wäre?*, hatte Donya gefragt. Die Fotos? Das Geld? Geld war dazu da, um davon zu leben, und Fotos waren Papier, Bilder aus einem Leben, das er nicht mehr lebte. Sie waren verirrte Funken eines Feuers, das zu weit weg war, um Wärme zu spenden.

Die zweite Stimme, die ihm nicht aus dem Kopf ging, war Fatimehs, ihre Behauptung, ihn durch und durch zu kennen. Wie traurig es doch ist, wenn jemand, der deinen Orbit verlassen hat und dessen Bild verblasst ist, ein derart intimes Wissen über dich besitzt. Das Wiedersehen mit so jemandem fühlt sich wie ein erneuter Verlust an, und es geht einher mit Zittern und tränenden Augen und unwillkürlichen Reaktionen, ganz ähnlich wie ein Opiumentzug. Nicht nur, weil jedes vertraute Detail – die blauen Augen oder das vergilbte Lachen oder die bezaubernde

Drehung der Hand – wie ein Stück Haut ist, das von deinem Herzen geschält wird, sondern weil dieser Jemand das Wissen über dich, diesen Schnappschuss von dir, mit hinaus in die Welt genommen hat. Und während derjenige, der gegangen ist, sich verändert, verändert sich auch alles, was er weiß. Und so wirst du unwissentlich ein anderer.

In dieser Welt gab es Hunderte Varianten von ihm, wie identische, in derselben Werkstatt hergestellte Puppen, nur dass die eine vielleicht einen schmaleren Kopf hatte, die andere schläfrigere Augen oder buschigere Brauen – Details, die höchstens einen Sammler stutzen lassen würden, jemanden, der mit ganzem Herzen dabei ist. Diese Versionen umkreisten die Erde in den Erinnerungen anderer an ihn, in ihren Geschichten, und jedes Mal, wenn er einen Freund nach langer Abwesenheit begrüßte, begegnete er sich selbst neu. Als er darüber und über seine Kinder nachdachte, versuchte er, sich zu vergegenwärtigen, wie er auf sie in Oklahoma gewirkt haben musste und dann in London, Madrid und Istanbul. Manchmal, am Telefon, spürte er ihre kindliche Ehrfurcht vor ihm schwinden, und dann musste er das Gespräch abbrechen und auflegen, weil ihre Enttäuschung leise seine Lunge füllte, wie ein unsichtbarer Strom. Jetzt war er zum fünften Mal auf dem Weg zu ihnen; vielleicht würde er eines seiner Kinder diesen oder nächsten Monat erreichen. Er beschwor die vielen Inkarnationen seiner selbst herauf, versuchte, sich vorzustellen, wie die Zeit sie entstellt hatte. Er dachte an die Gedichtzeile, die Kian ihm vor Jahren in London gezeigt hatte. *Hüte dich, Wanderer, auch die Straße schreitet voran.* Und so versuchte er, seine Sichtweise an die seiner Kinder anzupassen, versuchte, die sich bewegende Straße unter ihm wahrzunehmen, und als es ihm nicht gelang, bekam er Angst.

Ein Süchtiger auf dem Dam

September – Oktober 2009
Amsterdam, Niederlande

In Farsi gibt es eine Redewendung, die Sehnsucht ausdrückt: *Meine Zähne lechzen nach dir.* Der Satz kann viele ursprüngliche Triebe zum Ausdruck bringen. Liebende sagen ihn zueinander. Eltern sagen ihn zu ganz besonders süßen Kindern. Kian kriegte ihn dauernd zu hören, als er klein war und seine Pausbacken ständig Gefahr liefen, vom gierigen Mund irgendeines Erwachsenen abgeknutscht zu werden. Siawasch hat ihn einmal zu einer Lammkeule gesagt, die er gerade grillte. In letzter Zeit lechzen Nilous Zähne nach immer mehr: nach der neuen Gemeinschaft, die sie gefunden hat, mit ihren herzhaften Eintöpfen und alten Liedern, nach ihrer Arbeit, nach der neuen Wohnung, die sie und Gui renovieren lassen, nach Amsterdam und nach allem Iranischen.

Mittlerweile verbringt sie ihre gesamte Freizeit im Zakhmeh. Sie besucht nicht bloß die Erzählabende, sondern auch andere Veranstaltungen: Auftritte von Folkbands, einem *setar*-Spieler, einer holländischen Geigerin, eine Podiumsdiskussion mit einem Lokalpolitiker. Sie kommt sogar an Abenden, an denen gar nichts stattfindet, um mit den jungen Iranern zu reden, die in dem Haus wohnen. Sie sind kürzlich aus Teheran oder Isfahan oder Schiras eingetroffen, meistens, weil ihnen Anklagen wegen irgendwelcher Sittenvergehen drohten: Underground-Musik, Homosexualität, Kontakte zu intellektuellen Ahmadinedschad-Gegnern.

Die Flüchtlinge teilen sich zwei kleine Räume hinten im Haus und kochen jeden Donnerstag persisches Essen. An diesen Tagen kommt Siawasch zu ihnen. Am frühen Nachmittag spielen sie zusammen Fußball, und dann kochen sie gemeinsam, essen, rauchen und trinken bis weit nach Mitternacht. Nilou bleibt immer bis zum Schluss, und sie hat Gui nie wieder mitgenommen. Wenn er fragt, wohin sie geht, sagt sie die Wahrheit, lehnt aber seine Angebote ab, sich als Anwalt einzubringen, und meidet jede Diskussion über die Gefahren, die ihre neuen Freunde darstellen. Sie weiß, ihm wäre lieber gewesen, wenn sie einen anderen Typus iranischer Freunde gefunden hätte (vielleicht ein paar Frauen aus Gruppe zwei, mit denen sie beim Lunch auf irgendeiner Terrasse an der Amstel über Belanglosigkeiten plaudern kann). Jetzt, wo sie sich ihre Freunde ausgesucht hat, versucht Gui ständig, ihr Engagement zu managen, seine eigenen Dienste anzubieten, damit sie sich zurückziehen kann. Einmal hat sie mitbekommen, wie er bei einem Telefonat mit Heldring in den Hörer seufzte: »Sie unterstützt jetzt einen Flüchtling.« Dann schwieg er lange, während Heldring seine Meinung dazu äußerte. Nilou ignoriert seine Bemühungen. Sie begleitet Karim häufiger auf Ämter, übersetzt seine Geschichten in elegantes Englisch.

Oft lädt sie Karim hinterher auf ein Bier und Käsekroketten ein; meistens lehnt er ab. Eines Tages sieht sie ihn allein auf der Mauereinfassung einer Gracht sitzen, in der Nähe der Stelle, wo sie sich verabredet haben. Er singt ein Lied von vor der Revolution, aus den späten Sechzigern oder frühen Siebzigern. Sie setzt sich neben ihn, lässt die Beine über dem Wasser baumeln. Er erzählt ihr von seiner Frau, seiner kleinen Tochter und der Gitarre, die er zu Hause zurückgelassen hat.

Sie ruft Mam'mad an, um über Karims Gesundheit zu sprechen. Ist er depressiv? Mam'mad ruft erst nach mehreren Tagen zurück und bleibt ziemlich vage. Er klingt älter, heiser. Als sie auflegt, schlägt Gui ein Wochenende in Paris vor, aber Nilou sagt, sie hat zu viel zu tun, und setzt sich in den begehbaren Kleiderschrank, um nachzudenken.

»Du findest das also nicht scheinheilig«, legt Gui eines Abends los, obwohl sie schon auf dem Weg zur Tür ist, die Jacke in der Hand.

»Bitte? Wieso denn scheinheilig?«, stöhnt sie.

»Hör mal, mach, was du willst«, sagt Gui von der Couch aus. Er liest einen Roman, den sie eigentlich gemeinsam lesen wollten, den Nilou aber noch nicht mal angefangen hat. »Ich finde bloß, anstatt für diesen Karim zu übersetzen, könntest du dich vielleicht mal mit der Situation deines eigenen Vaters befassen.«

»Welche Situation?«, faucht sie, und schon geht es wieder los. Den Rest des Abends verbringt sie damit, mit ihrem Mann zu streiten, was im Verlauf der letzten Monate immer häufiger vorkommt.

An Erzählabenden saugt sie Poesie und alte persische Märchen in sich auf. Das tun sie alle. Die Geschichten überlagern die Trostlosigkeit der verstreichenden Wochen für Männer wie Mam'mad und Karim, deren Leben tagein, tagaus im Ungewissen verrinnt. Nach einiger Zeit findet Karim einen Aushilfsjob, und Mam'mad wird mehr und mehr zum Eremiten, und sie verbringt ihre Abende mit Siawasch und seiner schweigsamen Freundin Mala. Sie beginnt, sich wieder als iranische Immigrantin zu sehen, als Flüchtlingskind, nicht mehr als eine im Ausland lebende Amerikanerin, wobei der Unterschied etwas mit Möglichkeiten, Zielen und persönlicher Kontrolle zu tun hat. Wie viele Immigranten aus dem Mittleren Osten beobachtet sie den wachsenden Einfluss von Wilders mit Furcht und Fassungslosigkeit. Sie informiert sich über seine politische Karriere, seine Tiraden gegen den Islam (»Geht die Straßen entlang … schneller, als ihr denkt, wird es dort mehr Moscheen als Kirchen geben«), seinen beiläufigen

Rassismus (»Niederarabien ist nur eine Frage der Zeit!«), seine Forderungen nach einer Kopftuchsteuer und einem Moratorium für nicht westliche Immigranten und, das ist das Schlimmste, über den Erfolg, den er mit seiner offen feindseligen Haltung gegenüber den vielen Einwanderern aus dem Mittleren Osten und Nordafrika bei der ungebildeten ländlichen Bevölkerung hat. Wilders führt die PVV, eine beängstigend populäre Partei. In einer Botschaft an die Flüchtlinge spricht er es direkt aus: »Ihr werdet die Niederlande nicht zu eurer Heimat machen.« Nach dieser Rede streitet sie sich mit Gui, der behauptet, Wilders sei bloß ein Politiker, der seine Wähler beruhigen will. Sie verlässt die Wohnung, knallt die Tür hinter sich zu. Sie schickt Siawasch eine SMS und fragt, ob er schon gegessen hat.

»Der Mann ist der holländische Ahmadinedschad«, sagt Siawasch kopfschüttelnd. »Dieselbe comicartige Niedertracht, nur noch schlimmer, weil er nicht auf Wahlbetrug zurückgreifen muss. Er hat wirklich überzeugte Anhänger.« Sie sitzen in einem türkischen Restaurant, dessen Besitzer wenige Schritte von ihnen entfernt ein bauchiges Saiteninstrument spielt, vielleicht eine Oud, und der Kellner bringt ihnen so prompt einen weiteren Teller Auberginen, wie anderswo Wasser nachgeschenkt wird. Karim arbeitet hier manchmal gegen Barzahlung als Tischabräumer und schickt das Geld in den armen Vorort von Teheran, wo seine Frau und seine Kinder noch immer leben. Heute Abend ist Karim nirgends zu sehen, aber sie haben beschlossen, trotzdem zu bleiben. »Ich frage mich, wo er steckt«, sagt Sia.

»Und Mam'mad?«, fragt Nilou. »Ich habe überhaupt nichts mehr von ihm gehört.« Siawasch zuckt die Achseln und löffelt etwas Gurken-Joghurt auf ihren Teller. Sie tunkt ein Stück Brot hinein. »Das sieht ihm gar nicht ähnlich«, murmelt sie.

»Wir sollten sie eine Weile in Ruhe lassen«, sagt Sia. »Sie sind beide in derselben üblen Lage. Wahrscheinlich sitzen sie in irgendeiner stillen Ecke und jammern über Ehefrauen und Visa.«

Vor einigen Wochen, im August, hat Ahmadinedschad seine zweite Amtszeit als Präsident angetreten, und wieder ist es überall zu Demonstrationen gekommen. »Tod dem Diktator«, skandieren die Menschen, und sowohl im Iran als auch im Ausland halten die Proteste an. Seit der Wahl im Juni ist das neu entfachte Feuer unter den Persern im Westen zu einem lodernden Brand angewachsen, obwohl es vielleicht nur ein Gefühl von Nähe zu ihrem Geburtsland und seiner Geschichte bewirkt. Dennoch, Nilou und ihre Freunde haben an den meisten Demonstrationen in Amsterdam und Den Haag teilgenommen. Häufig haben sie hinterher noch mit ein paar Mitdemonstranten etwas getrunken, oder sie sind in dunkle, schmuddelige Kneipen gegangen, wo sie stundenlang bei Pommes und Karaffen voll billigem Rotwein diskutiert haben.

Den ganzen September hindurch rufen Mussawi und sein Mitkandidat Mehdi Karubi zu Protesten auf. Eine große Demonstration findet in New York vor dem UN-Gebäude statt. Im Oktober wird Karubi bei einer Pressekonferenz von Basidsch-Milizionären angegriffen, der jüngste Zwischenfall in einer Einschüchterungskampagne gegen die beiden Kandidaten. Wütend organisieren Siawasch und zwei seiner Freunde – Studenten, die gerade aus Teheran eingetroffen sind und dort noch bis Juli protestiert haben, ehe sie mit knapper Not einer Festnahme entgangen sind – eine Demonstration am Spinoza-Denkmal, einer Statue an der Amstel, nahe dem Waterlooplein. Sie schneiden Masken von Mussawi und Karubi aus, befestigen sie an Stöcken und kleben Spinozas berühmten Satz »Der Zweck des Staates ist die Freiheit« darunter. Nilou kleidet sich in Grün und mischt sich unter die Demonstranten, hebt die Maske vors Gesicht, als ein kleines Grüppchen von Lokalreportern sie fotografiert und Fragen stellt.

Ein Journalist der BBC taucht auf, macht ein paar Fotos, stellt eine einzige Frage und verschwindet wieder. Siawasch führt das große Wort.

Zu Hause versucht sie, auf Babas E-Mail zu antworten. Sie schreibt auf Finglish: *Baba*-dschun, *können wir telefonieren? Ich weiß nicht, wer das hier liest.*

Zwei Minuten später kommt eine Antwort – Baba hätte so schnell nicht tippen können, selbst wenn ihm jemand ein brennendes Streichholz unter die Hände hielte. Und sie ist auch nicht in Finglish verfasst, sondern in den Farsi-Buchstaben einer Farsi-Tastatur. *Du bist eine schlechte Tochter. Du schreibst, als wäre überhaupt nichts passiert, bloß ein kleines Hallo. Das Land geht in Flammen auf. Dein Baba leidet hundertfach. Du undankbares, selbstsüchtiges Kind. Das muss das vergiftete Blut deiner Mutter sein.*

Sie schreibt zurück, und zwar so, dass nur ihr Baba es verstehen könnte, spielt auf Kinderbücher an, die sie früher zusammen gelesen haben. *Baba*-dschun, *was hast du für eine helle, kindliche Stimme.*

Wieder kommt eine rasche Antwort: *Du ignorierst seine E-Mails. Er wartet immerzu. Was ist denn wichtiger als das Leiden deiner Familie in diesem Chaos? Vielleicht empfangt ihr da drüben ja keine Nachrichten.*

Nilou lacht über den unbeholfenen Versuch, ihr ein schlechtes Gewissen einzureden. Sie hat von ihrer Mutter und Kian einiges über diese Frau gehört. Sie liebt Baba nicht; sie liebt das Drama. Also antwortet Nilou mit einer Beleidigung, die bei allen vier Gruppen von Iranern im Ausland am wirkungsvollsten ist und deshalb wahrscheinlich auch bei denen im Iran: schamlose elitäre Herablassung. *Ich wusste gar nicht, dass Baba eine Haushaltshilfe eingestellt hat. Richte ihm bitte aus, er soll seine Tochter anrufen.*

Er wird nicht anrufen. Baba hat sich am Telefon schon immer seltsam verhalten. Einmal, vor einigen Jahren, rief er nach Monaten des Schweigens an. Sie hatte den Nachmittag frei und spürte kurz das Bedürfnis, ihm ihre Geschichten zu erzählen, seine zu hören. Aber er fragte bloß nach ihrer Gesundheit und ob sie diese Telefonnummer auf Dauer behalten würde, und dann verabschiedete er sich. »Es war schön, deine Stimme zu hören«, sagte er. Sein Tonfall war rau und zittrig, aber entschlossen – hatte sie wieder was Falsches gesagt? Dann war er weg, und ihre vielen Geschichten lagen ihr noch immer auf der Zunge. Später erklärte Maman ihr, dass Anrufe aus dem Iran teuer sind. »Mehr steckt nicht dahinter, meine Kleine. Er hat angerufen, weil er ein gutes Herz hat. Mach nichts Negatives daraus.«

Zwei Sekunden später eine letzte E-Mail von Babas Account, ein fast liebenswert missglückter Sprung ins Englische: *Fock you.*

Als Gui nach Hause kommt, liegt sie auf der Couch, das Gesicht in ein Zierkissen vergraben. Sie hebt den Kopf und spürt, dass sich das Stickmuster in ihre Wange gedrückt hat. Gui setzt sich neben sie, streichelt ihr Haar, also erzählt sie ihm von der Demonstration und den E-Mails. »Warum hast du dich mit ihr angelegt?«, fragt er. »Du steckst dir das Auspuffrohr der Menschheit in den Mund, und dann fragst du dich: *Warum fühl ich mich schlecht?*«

»Wer, bitte schön, ist das Auspuffrohr der Menschheit?«, fragt sie trotzig.

»Ich meine den gesammelten Müll von allen«, sagt er. »Den Narzissmus und das Drama und das Elend. Du saugst es auf, als käme es aus einer Erdbeerwasserpfeife.« Sie lächelt. Letztes Jahr in Istanbul, bei ihrem vierten Wiedersehen mit Baba, hat Gui seine Liebe zu Fruchtpfeifen entdeckt.

Am selben Abend sitzt sie im Schneidersitz in dem Geschichtenerzählerhaus mit ihren neuen Freunden, diesen Außenseitern, mit denen sie ihre Nasenform und ihr dunkles Haar, die innere Unruhe und die heimatlichen Geschmäcker teilt. Sie essen Zitronengerstensuppe und sehen sich selbst auf BBC ONE. Alle jubeln, als Siawasch spricht, und sein Lächeln lässt seine Gesichtszüge schmelzen und wärmt den Raum. Wenn sein Blick zur Ruhe kommt, selbst auf einem Fremden, sind seine Augen wohlwollend.

Nilou sagt innerhalb eines Monats zwei Anthropologievorlesungen für Studienanfänger ab. Sie liegt nachts wach, stellt sich vor, sie wäre wieder eine frisch angekommene Immigrantin, malt sich aus, wie anders alles wäre, wäre sie als Erwachsene und nicht als Kind geflüchtet. Dann wäre sie stärker gewesen, als sie es damals war, arm, aber unabhängig. Sie erfindet einen jungen Geliebten, der ihre Muttersprache spricht, der dieselben Gerichte isst und Mamans Scherze versteht, einen Mann, für den sich ihre Eltern so gebildet anhören, wie sie sind.

Sie verbringt immer mehr Zeit mit Siawasch, denkt, dass eine Freundschaft mit ihm realistischer ist als eine mit Mam'mad, der ihr Vater sein könnte und praktisch von der Bildfläche verschwunden ist, oder eine mit Karim, der bei seiner nicht enden wollenden Suche nach Arbeit gerade eine Glückssträhne hat. Sia fühlt sich gleichaltriger an, nicht weil er es wäre (Karim ist zwei Jahre älter, Sia fünf Jahre jünger), sondern weil sie beide in Amerika aufgewachsen sind, wo sich das Heranwachsen in einem anderen Tempo vollzieht. Zu müde, um zu streiten, erzählt sie Gui nichts von alldem.

Sie begleitet Siawasch zu drei weiteren Reden vor Demonstranten, und die knisternde Spannung unter den Studenten, den jungen Einwandererfamilien, häufig Illegale und Hausbesetzer, elektrisiert sie, befeuert ihre Begeisterung für diese neue Phase. Sie ist Teil einer wichtigen Bewegung; sie hat Freunde, die mit ihr durch Blut, Kultur und Muttersprache verbunden sind. Sie spürt so etwas wie einen Sinn. Es kommt ihr vor, als hätte sie jahrelang unter einer milden, schwankenden Sedierung gelebt, darauf gewartet, dass der Bann gebrochen wird, dass jemand ihre Haut durchdringt, die Müdigkeit vertreibt und sie zurück in die wache Welt holt.

Eine Zeit lang hört sie auf, Listen zu schreiben. Als sie die Regeln durchliest, die sie vor Monaten für Gui formuliert hat, wird sie rot. Sie erwähnt sie nicht wieder und hört auf, ihn bei der Arbeit zu unterbrechen. Eines Tages schickt sie ihm in einem Anfall von Nostalgie eine E-Mail. *Ich liebe dich, Gui. Ich bin dankbar für diese verrückte, naive Nilou, die dich ausgesucht hat.* Seine Antwort, gerührt und überrascht und besorgt, macht sie traurig. Hat sie sein Herz wirklich dermaßen vernachlässigt?

Dann, eines Abends, kommt ein Schatz an. Es klingelt an der Tür, Nilou befreit sich von der Decke, in die sie sich gewickelt hat, und als sie aufsteht, flattert ein Stapel Computerausdrucke und Notizen zu Boden. Die Wohnung mit ihren offenen Balken ist im Spätherbst kalt, Nilou kann es kaum noch erwarten, ihr neues Zuhause zu beziehen. Vor der Tür streckt ihr ein verschwitzter Teenager mit der Figur eines Ölfasses ein Päckchen entgegen, einen Fuß auf der obersten Treppenstufe, als könnte er seine Bahn verpassen, wenn er noch einen Schritt mehr macht. Bei jedem Atemzug quillt sein Bauch über die rote Jeans wie Souffléteig, der in einer roten Auflaufform aufgeht, und sinkt dann wieder zurück, als hätte jemand die Ofentür geöffnet. Er ächzt *Dank je wel* für ihre fünf Euro und geht grußlos.

Der Karton ist unbeschriftet und nicht zugeklebt, die Laschen über Kreuz gefaltet, als wollte der Absender sein Vertrauen in den Paketdienst zur Schau stellen. Ein verblasstes Logo auf Farsi enthält nur ein einziges vertrautes Wort. *Ardestun.* Es genügt, um Nilou von dem Karton zurückweichen zu lassen. Sie will sich erst einen Tee machen, sich innerlich auf die Berührung mit dem Inhalt vorbereiten, der zuletzt iranisches Licht gesehen hat. Aber sie tut es nicht. Sie setzt sich in ihren Sessel, schiebt mit dem Fuß ihre Arbeitsunterlagen weg und reißt die braune Pappe auseinander. Ihre Großmutter hat ein Foto von sich selbst hineingelegt, auf einem Einmachglas *advieh* – Gewürzmischung. Das Glas ist in zerrissenen blauen Stoff eingewickelt, darunter kommt eine Plastiktüte zum Vorschein und dann eine Seite aus einer iranischen Zeitung. Nilou enthüllt es mit archäologischer Behutsamkeit und Entdeckerfreude. Durch das trübe Glas schimmert die Gewürzmischung in einem dunklen Sonnenblumengelb mit braunen und orangen Einsprengseln. Ein weiterer blauer Lappen lugt unter dem scharfen Rand des Metalldeckels hervor.

Dass eine siebzigjährige iranische Bäuerin ein Päckchen mit nicht näher spezifizierten Gewürzen aus einem kleinen Dorf am Fluss nach Amsterdam schickt, ist eine riskante und teure Angelegenheit, deshalb ist es nur verständlich, dass sie sich nicht auf die Post verlässt, sondern lieber irgendeinen Verwandten auf dem Weg nach Europa eingespannt hat – Asis-*dschun* ist genau wie ihre Enkeltochter Nilou eine logische, klar denkende Frau, die jede Option abwägt. Dieser Verwandte ist wahrscheinlich in London gelandet und hat das Päckchen an einen Cousin in Holland geschickt, und der Cousin hat es einem Nachbarn oder Boten gegeben und so weiter.

Für Nilou ist der Wert des Päckchens unschätzbar, und sein Duft versetzt sie zurück in die Küche ihrer Großmutter. Dann sieht sie den Brief, der auf dem Boden des Päckchens liegt mit der unverkennbaren Handschrift, dem schmuddeligen, fleckigen Papier in einem bürokratischen Pastellblau. Er verseucht den ganzen Karton. Anscheinend ist das Gewürzglas also doch keine freundliche Geste. Und vielleicht ist es auch nicht so ein Schatz, bloß eine billige Ablenkung, um den Brief zu tarnen, der Nilou offenbar schon ein- oder zweimal erreichen sollte. Die Logik von Großmüttern ist praktisch und scharfsinnig. Der per Hand aufgedrückte Poststempel in einer Ecke des Briefes verkündet AIR-

MAIL, doch dann hat jemand über den verhunzten Versuch, *Nederland* zu schreiben, das Farsi-Wort für *unzustellbar* gekritzelt. Die Absenderadresse ist durchgestrichen und unleserlich. Aber wer könnte die Zeichen übersehen? Alles, was ihr Baba anfasst, riecht gleich, verströmt diesen erdigen Geruch von Haschisch und Opium, der ebenso Nilous Geburtsurkunde anhaftet wie einer alten Ausgabe von Rumi-Gedichten, die er ihr einmal geschickt hat.

Sie starrt den Umschlag eine Weile an, dann stopft sie ihn ungeöffnet in eine Küchenschublade, die Gui so gut wie nie öffnet, die mit den Dosenöffnern und Möhrenschälern. Warum gibt er nicht auf? Weiß er denn nicht, dass hier kein Paradies zu finden ist? Der Geruch von Babas Drogen an ihren Fingern widert sie an, also wäscht sie sich die Hände und wirft den Karton weg. Sie möchte sofort mit den Gewürzen kochen, ein paar Hähnchenschenkel damit einreiben oder die hübsche gelbe Mischung mit geriebenem Brot vermengen und Pilze darin anbraten. Die Vorstellung, zu warten, erscheint ihr plötzlich unmöglich. Sie nimmt eine Pfanne und erhitzt Olivenöl. Sie schneidet die Enden einer Zwiebel ab und schält sie mit einer gekonnten Bewegung, hört im Geist schon das appetitliche Brutzeln.

Das Gewürzglas lässt sie ihre pedantischen Gewohnheiten vergessen – Gui macht sich gern darüber lustig, dass sie alles mit Laborpräzision misst und abwiegt, mit einem scharfen Messer den Rest Zucker von Esslöffeln schabt, Wasser mit einem Stück Butter verdrängt, um das genaue Volumen des Stücks zu ermitteln. Aber das Glas verzaubert ihre Finger, und sie streut und spritzt und schwenkt mit Ardestun'scher Hingabe. Das Kurkumagelb an ihren Fingern entzückt sie. Es erinnert sie an Nader, den jungen Liebhaber der ersten einsamen Jahre ihrer Mutter als Immigrantin. Jetzt ist er tot. Er stand gern hemdlos mit riesigen Kopfhörern auf den Ohren in der Küche und schlug Eier, und als unbarmherziges Kind hasste Nilou ihn. Das Gelb bringt auch Erinnerungen an ihre Großmutter und die Großmütter ihrer Schulfreunde zurück – an jede alte Frau im Iran, deren Finger von Kurkumawurzeln verfärbt sind.

Eine Woche lang kocht Nilou jeden Abend mit den Gewürzen ihrer Großmutter. Sie fragt sich, ob Gui den anderen Geschmack bemerken wird. Jedes Jahr mischen die Frauen von Ardestun eine gewaltige Menge *advieh*. Sie füllen hundert Einmachgläser, und jede Familie bekommt eins, sodass bei allen das Essen in diesem Jahr gleich schmeckt (vielleicht mit Ausnahme der aufsässigen Großmütter, die in dem Glas ihre Opiumkugeln verbergen; deren Essen ist natürlich das beste überhaupt). Normalerweise mahlen sie über dreißig Gewürze in die Mischung, alle aus Blättern und Wurzeln und Nüssen, nichts konserviert oder gekauft – Kurkumawurzel und Kreuzkümmelsamen, selbstverständlich aber auch Koriander, zerstoßene Teeblätter und Blütenblätter bestimmter Blumen, Zwiebeln, Knoblauch, eventuell Ingwer, eine Handvoll Bockshornklee und verschiedene Pfeffersorten. Jedes Jahr ändern sich Qualität und Mischverhältnis, vielleicht sogar eine oder zwei Hauptzutaten, sodass sich der Geschmack und der Duft im Laufe eines Jahrzehnts wandeln, doch Jahr für Jahr passen sie sich lediglich an, wie ein alternder Geliebter.

Aber Gui bemerkt nichts, und sie fängt an, ihre Kreationen in Plastikbehälter zu packen und sie Mam'mad zu bringen, dessen Eierdiät unmöglich gesund sein kann.

Von einem fortwährenden Hunger getrieben, kehrt sie ins Zakhmeh zurück. Sie geht zu Demonstrationen und ruft Slogans in die Kameras. Sie guckt BBC, hofft auf ausführlichere Berichterstattung. Sie hört zu, wenn Siawasch über Rassismus spricht und über Zwarte Piets (ab November wird dieser holländische Horror wieder überall zu sehen sein: Kinder und Erwachsene mit schwarz angemalten Gesichtern und goldenen Ohrringen, wenn

sie die »Helfer« von Sinterklaas spielen), über Einwanderungs-
politik, das Schicksal der Kleinkunst in Holland und über Wilders, dessen schleichender Machtgewinn das Leben bedroht, das
sich so viele hier aufgebaut haben, auf dem kalten, harten Boden
dieses abweisenden Landes.

Im Spätherbst droht ein iranischer Illegaler, sich selbst zu ver-
brennen. Sie verbringen Tage mit dem Versuch, seine Familie auf-
zuspüren, bringen ihm Eintöpfe mit Basmatireis, um ihm ein Gefühl von Geborgenheit zu geben, suchen nach einem vertrauens-
würdigen Psychologen, der mit ihm redet. Er rührt keinen Bissen
an, und seine Familie ist unerreichbar. Der Psychologe besucht
ihn regelmäßig im Zakhmeh, aber sie verständigen keine holländische Behörde. Die Holländer, so erklärt Mam'mad ihnen müde,
würden nicht versuchen, den Mann zu verstehen. Ihre Lösung
wäre kalt und schnell.

Mam'mad, der inzwischen hager und blass aussieht und aufgehört hat, Sia wegen seiner Papiere zu bedrängen, besucht den
Mann eines Abends und will mit ihm allein reden. Endlich isst
der Mann. Nilou überlegt eine schlaflose Nacht lang, worüber
die beiden wohl gesprochen haben.

Ein paar Tage später wird einer ihrer holländischen Freunde
vermisst, ein Maler namens Wouter. Siawasch sagt, ohne auch
nur eine Sekunde zu zögern: »Ruft die Polizei.«

»Seit wann vertraust du der holländischen Polizei?«, fragt
Nilou stirnrunzelnd. Mala hat ihr Telefon schon in der Hand.
»Sonst würdest du doch nicht mal den Notruf wählen, wenn je-
mand mit Selbstmord droht.«

»Wenn es um einen Guillaume oder einen Robbert oder einen Wouter geht«, sagt er, »vertrau ich ihnen blind.«

Er scheint ungerührt. Es ist einfach eine Erkenntnis, die er
während seiner jahrelangen Arbeit mit Flüchtlingen in Holland
gewonnen hat. Aber für Siawasch geht es nicht bloß um Guil-

laume oder Wouter oder ihre europäischen Privilegien in diesem Land der Immigrantenhasser. Oder um Wilders und das Unglück, das er über Künstler und Immigranten und Hausbesetzer bringen wird. Sia kann sogar der Tatsache, dass ihm sein Essen schmeckt, eine politische Bedeutung verleihen: *Mann, geht es mir gut. Ich frage mich, ob Ahmadinedschad weiß, dass es da draußen einen Iraner gibt, der mal für ein paar Minuten nicht am Arsch ist.* Und er hält alles in der westlichen Welt für fade und langweilig: *Siehst du denn nicht, wie grau hier alles ist im Vergleich zum Iran? Hast du die Zitronen vergessen, die wie Bonbons in den Bäumen hängen, und das rauschende Gras und Lamm-Kebab und salzigen Mais am Straßenrand auf dem Weg zum Kaspischen Meer? Hast du die Musik vergessen? Ach, Nilou-dschun, die Musik …*

Oft spricht er über vieles gleichzeitig: seine Kindheit in New York, Mussawis gemäßigte Politik, sein fehlendes Charisma, die Fußballweltmeisterschaft, die dubiosen iranischen Wahlen. Wenn er an Erzählabenden am Mikrofon steht, spricht er von der Liebe in schwierigen Zeiten, aus einer Gefängniszelle heraus, über Klassenschranken und Religionen hinweg. »Wunderbar«, sagt er. Er nennt alles *wunderbar*, inflationiert das Wort. Es ist wie ein tiefes Luftholen für ihn. Wenn er spricht, hängt Mala an seinen Lippen. Spätnachts in den Kneipen zieht sie ihm das Gummiband aus dem Haarknoten, sodass seine fettigen schwarzen Haare ihm auf die Schultern fallen. Sie arbeitet sich mit den Fingern durch das verfilzte Durcheinander, als wäre sein Körper eine Leihgabe an sie. Ihr Hunger offenbart sich, unterbricht die Gespräche am Tisch. Mam'mad und Karim scheinen sie nicht zu mögen.

Nilou denkt, was sie an Guillaume liebt, ist, dass er sie nicht braucht und sie ihn nicht braucht. Jedenfalls nicht wie Sia und Mala einander brauchen – deren Beziehung fühlt sich an wie eine abgelehnte EC-Karte. Eigentlich geht es nur um kleine Beträge, und trotzdem gibt es da immer diese Schlange von Leuten, die zuschaut und wartet.

Am nächsten Tag nach Feierabend ruft sie Gui an und sagt ihm, dass sie nicht zum Abendessen nach Hause kommt. Im Zakhmeh sitzt sie neben Mala auf verwaschenen Kissen, isst Gerstensuppe und redet über die Grüne Bewegung, über Mussawi und Karubi und Neda Agha-Soltan. Sie erörtern den bevorstehenden Prozess gegen Geert Wilders. Wird er wegen Volksverhetzung verurteilt werden? Mam'mad regt sich unheimlich auf und raucht einen ganzen Joint allein. Vor lauter Lispeln ist er kaum noch zu verstehen. »Er ist ein Rassist und Vorsitzender einer einflussreichen Partei. Falls er Ministerpräsident wird, bleiben uns vielleicht noch zwei Jahre Erotic Republic und beschissene Musik und Warten auf Asyl. Dann schmeißt er die meisten von uns raus. Ihr werdet schon sehen. Wenn du in der Hölle irgendeine Kleinigkeit findest, an der dein Herz hängt, nehmen sie dir die auch noch weg.« Mam'mad will allein sein. Er murmelt: »Es ist hoffnungslos«, und schwankt in Jogginghose und Sandalen mit hängendem Kopf die Straße hinunter.

Hinterher schiebt Sia sein Fahrrad neben ihrem die Prinsengracht entlang. Das Spiegelbild des Mondes und die Straßenlampen beleuchten ihren Weg, die Gracht ist schwarz und unergründlich, windet sich endlos davon. Sie sprechen über Gui und Mala und den Gang der Liebe und über Mam'mad und Karim und ihre einsamen Ehefrauen in Teheran, die Monat für Monat warten, über die vielen unmöglichen Erwartungen und die seltsame Unvermeidlichkeit von Abschieden.

»Die beiden werden jemand Neues finden«, sagt Siawasch, während er sein Fahrrad mit einer Hand lenkt. Mit der anderen entzündet er gleich drei Streichhölzer, die noch an seinem Streichholzbriefchen hängen, sodass es komplett in Flammen aufgeht. Er wirft es in die Gracht und nimmt einen Zug von seiner Zigarette. »Neue Liebe ist Kokain. Sie ist aufregend und lässt dein Herz schneller schlagen und weckt in dir den Wunsch, in die nächste Gracht zu springen. Alte Liebe, beständige Liebe ist Opium. Sie wärmt dich, macht dich entspannt und zufrieden. Leider ist es viel schwerer, Kokain aufzugeben.«

»Nein, ist es nicht«, sagt sie, eine Hand in ihrem Fahrradkorb, damit er nicht kippt und ihr Portemonnaie herausfällt. »Nichts macht abhängiger als Opium.«

Er schüttelt den Kopf. »Die Highs sind besser.«

»Du hast nie einen Opiumsüchtigen auf Entzug gesehen«, sagt sie und wehrt sich dagegen, Baba wieder in ihre Gedanken zu lassen. Siawasch wirft ihr einen Blick zu, der sagt: *Ich hab Hunderte gesehen.*

Kurze Zeit später erreichen sie den Scheitelpunkt der hufeisenförmigen Prinsengracht, und Siawasch fängt an, über die Gebäude und die Architektur zu sprechen, die großen verborgenen Geschichten Amsterdams. Kalte Feuchtigkeit liegt in der Luft, Nachttau bedeckt alle Geländer und Laternenpfähle, ihre Hände und Jeans und Fahrradsättel sind nass, und Nilou muss immer wieder das kleine Handtuch herausholen, das sie in einem Fach unter dem Sattel aufbewahrt. Gelbes Licht aus geschlossenen Buchläden und Konditoreien und Antiquitätengeschäften taucht das Kopfsteinpflaster und die Brücken in sanfte, verblasste Farben, wie ein verstaubtes Foto. Einige Schritte von ihnen entfernt küsst sich ein junges Paar leidenschaftlich an der Mauer eines geschlossenen Cafés.

»Siehst du? Kokain«, sagt Siawasch lächelnd und schnippt seine Zigarette in die Richtung der beiden. »Die wissen nicht mal, dass die übrige Stadt existiert. Wenn du ihnen jetzt Geborgenheit und Frieden und Einssein mit dem Universum anbieten würdest, würde sie das überhaupt nicht interessieren.«

Sie lacht, obwohl ihr die Wahrheit darin wehtut. »Das ist nicht für jeden so. Mam'mad wird zu seiner Frau zurückkehren. Du bist bloß unsicher in Bezug auf Mala.«

»Behauptet die größte Koksnase von uns allen«, sagt er und zieht sein Handy aus der Tasche. Er runzelt die Stirn, als er eine SMS liest. Er bleibt stehen.

»Wie kommst du denn darauf?«, sagt sie. »Ich bin seit Jahren verheiratet.«

»Ihn meine ich nicht«, sagt Sia und winkt ab. Er tippt, während er weiterredet. »Er ist dein Opium. Aber du bist jetzt in dich selbst verliebt. In dein ursprüngliches Ich. Nicht mehr diese langweilige amerikanische Lady, die Listen macht und –«

Er verstummt und sagt eine ganze Weile nichts. Eine weitere SMS kommt, er murmelt: »Ach du Scheiße«, und lässt sein Fahrrad auf den Bürgersteig fallen, obwohl man in Amsterdam sein Rad normalerweise festhält wie ein Kind, das ständig so tut, als wollte es ins Wasser springen. »Scheiße, Scheiße, Scheiße.« Er versucht hektisch, sein Fahrrad aufzurichten, und es scheppert, als er sich fluchend daraufschwingt. »Mam'mad ist auf dem Dam. Sieht so aus, als ob er durchdreht.«

Nilous Finger sind gefühllos, aber sie fährt hinter ihm her, und feuchte Amsterdamer Luft legt sich ihr auf Hals und Hände. Wenn alte Liebe Opium ist, dann muss sie gefährlicher sein als neue. Der Opiumsüchtige wird vom Entzug an den Rand des Dachs getrieben. Sein Denken wird verzerrt, sein Leben auf niedrigste Instinkte reduziert. Er stöhnt und fleht und bricht zusammen und tobt, schreit nach Erleichterung. Nichts ist so schlimm wie das Wissen, dass es keine geben wird.

Als sie am Dam ankommen, stürzen schon Leute auf ihn zu, versuchen, die Flammen mit Jacken und Pullovern und Wasser aus Flaschen zu löschen. Sie schlagen mit Stoffen auf ihn ein, und er fällt brennend zu Boden. Manche stehen nur da und schauen zu, die Hände vor den Mund geschlagen. Sie holen Handys hervor, überlegen, was sie tun sollen. Sie benehmen sich wie aufgescheuchte Hühner. Hat jemand die Polizei angerufen? Siawasch springt von seinem Fahrrad und drängt sich durch die Menschen, die ihre Oberbekleidung über Mam'mad werfen. Neben ihm erstickt ein Mann die Flammen, die aus seiner brennenden Jacke züngeln, ehe er mit deren verkohlten Überresten weiter auf Mam'mad einschlägt. Instinktiv greift Nilou nach dem nassen Handtuch unter ihrem Fahrradsattel. Ja, es ist nass, aber was kann ein so kleines Handtuch schon ausrichten? Die Flammen schlagen zu hoch, um es auf Mam'mads Gesicht zu legen, und sie hat Angst. Als das Feuer endlich gelöscht ist, nur Sekunden bevor ein Krankenwagen ankommt, liegt Mam'mad reglos da. Er schlägt nicht mehr um sich, seine Arme liegen ausgestreckt auf dem Boden. Nilou sieht Siawasch über ihn gebeugt, wie er mit zitternden Fingern überlegt, wo er ihn berühren kann. Er winkt die Umstehenden zurück, gießt behutsam etwas Wasser über Mam'mads Mund.

Jetzt erst tritt sie vor und gibt ihm das kleine Handtuch, das er auf die entstellte Stirn seines Freundes legt. Sie geht noch näher heran und stößt einen röchelnden Laut aus, wie ein unterdrücktes Wimmern. Sie weicht von ihrem Freund zurück, wischt sich Tränen und Rotz ab. Mam'mads Gesicht ist eine Ruine aus Ruß und Blut und verkohltem Fleisch, die Augenbrauen und Wimpern verbrannt. Sie denkt an Siawaschs Gesichtsverletzungen, die Brutalität, die solche Narben zurücklässt, und sie denkt, dass auch Mam'mad vielleicht überleben kann. Ein angesengtes, aber noch immer weißes Haarbüschel hinter seinem Ohr erinnert sie an den ersten Abend, als er ihr Suppe anbot und sie Khanom Kosmonautin nannte, als sie ihm ihre Kategorien für Iraner erklärte und er gelacht hat, weil die Menschen doch eigentlich komplizierter sind.

Obwohl er offensichtlich tot ist, sein Gesicht unkenntlich,

möchte sie ihn wach rütteln, ihm sagen: Mam'mad *agha*, das ist alles falsch. Du bist kein unbesonnener junger Mann. Du bist Professor. Du solltest Wissensarbeiter sein. Jetzt knicken ihre Knie ein, und sie sinkt aufs Pflaster. Sie versucht, die Reue niederzukämpfen, die bereits aufblüht, doch die Erinnerungen an ihre gemeinsamen Tage stürmen unaufhaltsam auf sie ein: die vielen bescheidenen Eierspeisen, die Sehnsucht nach einer Einladung von seinen Nachbarn, die Tage, an denen er mit Karim verschwand, die beiden sich vom Unglück des anderen nährten – sie hätte es wissen müssen. Sie wendet sich ab. Die Polizei sperrt den Bereich um den Toten ab. Siawasch und Nilou werden zusammen mit den übrigen Umstehenden abgedrängt.

Danach hasten sie zum Zakhmeh, um die Nachrichten zu verfolgen. Was hat Mam'mad dazu getrieben, sich selbst anzuzünden? Hat er mit irgendjemandem geredet? Obwohl sich alle in dem kleinen Wohnraum versammelt haben, wo sie Gläser leeren und sie in der Spüle stapeln, wo ihre Wärme die Scheiben beschlagen lässt und sie sich ihre Trauer in unermüdlichen Gesprächen von der Seele reden, bleibt eine schreckliche Wahrheit unausgesprochen. Mam'mad ist durch einen anderen Mann auf diese Idee gekommen, einen Mann, den sie kennen und der wie Mam'mad und Karim und viele andere hier nicht die Hilfe bekommen hat, die er so verzweifelt brauchte.

Der Moderator, der sonst immer den Erzählabend leitet, liest ihnen die Nachrichten von einem Laptop vor. Die holländischen Meldungen klingen so anders als die persischen. Als Erstes liest er den BBC-Text vor:

»… Berichten in den holländischen Medien zufolge hatte der Mann Streit mit einer Gruppe, ehe er sich anzündete. Er tränkte seine Kleidung mit einer leicht brennbaren Flüssigkeit und blieb angeblich reglos und stumm stehen, während Passanten und Ladenbesitzer mit Jacken und Wassereimern versuchten, die Flammen zu löschen. Die Polizei ließ ver-

lautbaren, dass es keine unmittelbare Erklärung für seine Tat gibt und dass Ermittlungen aufgenommen wurden.«

»Keine Erklärung«, ruft jemand. »Streit mit einer Gruppe. Diese verlogenen Schweine.«

Der Moderator nickt, wischt sich mit einem Taschentuch über die Stirn – die eng gedrängten Körper haben die Luft im Raum verbraucht, sie feucht und stickig gemacht, trotz der geöffneten Türen. Jetzt liest er eine Meldung der *Payvand News*. Nach der ersten Zeile stöhnen einige laut auf. Manche sprechen Gebete. Andere murmeln an Hals und Schultern ihrer Nachbarn:

»Ein Iraner, der sich in Amsterdam selbst angezündet hat, ist seinen Verletzungen erlegen. Der Mann, dessen Identität nicht bekannt ist, brannte über zwei Minuten lang, und alle Bemühungen von Umstehenden, das Feuer rechtzeitig zu löschen, blieben vergeblich. Sein mutmaßliches Motiv für die Selbstverbrennung war die Ablehnung seines Asylantrags durch die niederländische Regierung. Laut Associated Press hat die niederländische Regierung aufgrund einer wachsenden islamfeindlichen Stimmung in der Bevölkerung die Zuwanderungsbeschränkungen verschärft.«

Eine Frau hinten im Raum ruft dem Moderator zu: »Lies die erste noch mal.« Niemand muss die Unterschiede erklären. Obgleich in den kommenden Tagen auch viele liberale holländische Medien das Problem beleuchten werden. *Radio Nederland Wereldomroep*, der Auslandsdienst des niederländischen Hörfunks, wird der Holländisch und Englisch sprechenden Öffentlichkeit viele belastende Wahrheiten zumuten. Sie werden sagen, dass Mam'mad in Befragungen von Selbstmord sprach, aber nicht ernst genommen wurde, dass die holländischen Behörden keine Hilfe anboten, dass sie viele in ihren Heimatländern verfolgte Männer und Frauen gnadenlos abschieben. Holländische Fernsehsendungen wie *Nieuwsuur* werden einige der Menschen in diesem Raum interviewen. Der Moderator des Zakhmeh wird zitiert werden: »Er hatte es satt, nachts durch die Straßen zu laufen, wie viele Leute hier. Ohne Flüchtlingsstatus, ohne Reisedokumente, ohne Zukunft. Er hat gelächelt und behauptet, Gastprofessor zu sein, aber dieser Status war längst abgelaufen. Und das Geld war ihm ausgegangen. Fast sechzig, ohne gültiges Visum? Da bekommt man nicht mal Arbeit als Tellerwäscher. Wäre er in den Iran zurückgekehrt, hätte ihn wahrscheinlich dasselbe Schicksal erwartet. Außerdem hatte er Angst davor, festgenommen und hingerichtet zu werden.« Siawaschs Kommentare werden bewegend sein, eindringlich, sachkundig vernichtend. »Es gibt alle möglichen Anzeichen … Die Behörden mögen ja recht haben, wenn sie einen Antrag ablehnen und den Asylsuchenden ausweisen, aber falls er nach Jahren noch hier ist und man sieht, wie sich sein Zustand verschlechtert, seine Psyche leidet, dann kommt irgendwann der Punkt, an dem man Verantwortung übernehmen muss. Man kann einen Menschen nicht einfach vor die Tür setzen.«

Die holländischen Einwanderungsbehörden werden entgegnen, dass alle Vorschriften genau eingehalten wurden. Sie werden das Wort *tragisch* verwenden und die Sache ad acta legen.

Nach der gemeinsamen Trauer des Abends erhebt sich Nilou mit kribbelnden Beinen von den Kissen. »Ich fahr nach Hause«, sagt sie. Ist das wirklich ihr Zuhause, zu dem sie da zurückkehrt? Jahrzehntelang hat sie versucht, sich ein Zuhause zu schaffen, aber sie ist immer eine Ausländerin, immer ein Gast – dieses ewige Flüchtlingsgefühl, dieses ständige Bedürfnis nach einem Quadratmeter Platz, die Parzelle, die sie auf dem Rücken trägt. Im Laufe der Jahre hat sie gelernt, sich anzupassen, überall neu anzufangen und so zu leben, als gehörte sie dorthin. Es fühlt sich an wie eine Lüge, jetzt mehr denn je.

Während sie in östliche Richtung davonradelt, denkt sie an ihr Gewürzglas mit dem betörenden Duft und der goldenen Farbe und an eine Unterhaltung über Estragon und Kurkuma, die sie vor Jahren mit Gui hatte. Kurkuma hinzuzufügen, macht ein Gericht persisch. Die der Erde entrissene Wurzel, die gelb blutet, wenn sie zerdrückt wird, und Küchenarbeitsplatten, Topfhandschuhe, sogar die Erde dunkelgelb verfärbt. Die weichen Pergamentfinger von Großmüttern in der Heimat, allesamt gelbsüchtig – hatte Mam'mad einst eine Asis-*dschun* mit Hennahaaren und gelben Daumen? *Ach, Asis-*dschun, *wie ich deine Hände vermisse.* Die gekrümmte Knolle geht ins Blut, dringt nach oben aus dem Lehm. Als Kind ging Nilou barfuß auf dieser warmen Erde, auf den müden Rücken derer, die sie liebten, und sie sank ein, bis ihre Füße Halt fanden. Hier ist der Grund hart wie Eis und gibt nicht nach unter den Füßen von Fremden, und Nilous Freunde schweifen umher, ein verstreutes Dorf aus Dichtern und nach Freude Lechzenden, die darauf brennen, wahrgenommen zu werden. »Ich bin hier!«, hat Mam'mad mit seinem letzten Akt geschrien. *Wir* sind alle hier, Süchtige zusammengedrängt in einem besetzten Haus, aus der Erde gebrochen wie Kurkumawurzeln, wir warten noch immer und durchdringen alles.

Das dritte Wiedersehen

Madrid, 2006

Setz dich, sei still und lausche,
denn du bist betrunken
und wir sind
am Rande des Dachs.

Dschalal ad-Din ar-Rumi

Ende Dezember 2006 reiste ich zutiefst unglücklich zu unserem dritten Wiedersehen nach Madrid. In der Verschwiegenheit der Erinnerung ist es leichter einzugestehen: Diese Reise konnte nicht gut gehen, und sie begann wie eine Farce. Nachdem wir Jahre getrennt verbracht hatten, saßen Kian und ich neben unseren Eltern in einer angemieteten Wohnung an der Plaza Mayor und sahen uns Aufnahmen von Saddam Husseins Hinrichtung an. Direkt unterhalb unseres Wohnzimmerfensters kauften kostümierte Spanier mit farbenprächtigen Perücken auf dem sonnenüberfluteten Platz Churros und Bier und Wunderkerzen. Wir rutschten auf einer hellroten Couch herum, stumm, hungrig, ein bisschen angeschlagen vom Jetlag, aber unfähig wegzuschauen. Zuerst sahen wir das offizielle Video, das vom irakischen Fernsehen freigegeben worden war, dann die wackeligen Handyaufnahmen, die Männer, die ihn laut verhöhnten. »Fahr zur Hölle«, sagte einer. Ein anderer flehte: »Bitte, der Mann wird gleich hingerichtet.« Dann sprach der Diktator ein paar Gebete, und es ertönte ein schauerlicher, dumpfer Schlag. Baba zündete sich eine Zigarette an und ging leise murmelnd weg. »Endlich ist dieser niederträchtige Mensch tot«, sagte Maman. »Gelobt sei Jesus Christus.«

»Dann steckt also dein Jesus dahinter?«, sagte Baba und drehte sich in der Tür um. Maman antwortete nicht, sondern schloss bloß die Augen und atmete tief durch. »Alles ist so hässlich geworden. Der Dreck, der einmal das Persien von Rumi und Hafis und Avicenna war. Dieser Mist, das sind wir jetzt.«

»Baba, geh raus«, sagte Kian, als der Rauch von Babas Zigarette sich im Zimmer ausbreitete. Kian folgte ihm nach draußen, öffnete die kirschroten Riegel an den Fenstern. »Ich hab keine Lust, eine Woche lang in einem Aschenbecher zu wohnen.«

Maman war kürzlich erblondet – eine schlechte Entscheidung für eine Iranerin, ganz gleich welchen Alters, aber eine besonders katastrophale für eine Fünfzigjährige, die studiert, die Welt gesehen und gelebt hat. Ich sagte ihr oft, dass sie sich selbst eigentlich realistischer einschätzen sollte als die *nadid-badid*, der Pöbel, aber auf dieser Reise hielt ich den Mund. Es war schon schwer genug gewesen, sie dazu zu bringen, auch nach Madrid zu kommen, zu unserem dritten Treffen mit Baba, seit wir den Iran verlassen hatten. »Warum wollt ihr diesen Mann sehen? Er ist der Ruin und das Verderben meines Lebens.« Maman hatte schon immer einen gewissen Hang zum Drama.

»Es geht nicht darum, dass du Baba siehst«, sagte ich. »Es geht darum, dass du dir Madrid ansiehst und deinen Schwiegersohn kennenlernst. Du wirst dein eigenes Zimmer haben.« Ein Jahr zuvor hatten Gui und ich in einer kleinen, intimen Zeremonie geheiratet und waren nach Amsterdam gezogen. Keiner von uns wollte eine große Hochzeit.

Wir hatten noch keine Nacht in unserer farbenfrohen spanischen Wohnung verbracht. Am Morgen waren wir mit vier verschiedenen Flügen angekommen, hatten uns höflich begrüßt, die vielen Rot- und Blautöne unserer Bleibe bestaunt und uns auf die Couch sinken lassen. Jetzt sahen wir die Nachrichten an und ließen unsere Übermüdung aneinander aus. »Ich geh Lebensmittel kaufen«, sagte Maman. »Stellt meine Sachen da ab, wo ihr wollt.« Sie stemmte sich hoch und warf sich ihren Schal um die Schultern.

Sie strafte mich mit Missachtung, weil Gui nicht mitgekommen war. Ich war noch kein Jahr verheiratet, und jetzt saß ich mit meinem Bruder und meinen Eltern in Madrid, um Silvester ohne meinen Mann zu feiern. »Das ist ein schlechtes Zeichen, Nil«, sagte Kian. Ich sagte, er solle sich gefälligst um seinen eigenen Kram kümmern. Baba wandte sich ab, überspielte kaum sein Missfallen, dass wir uns seit London nicht gebessert hatten. Gui hatte abgesagt, weil er mit einem Fall betraut worden war, für den er wahrscheinlich bis Ende Februar rund um die Uhr würde arbeiten müssen. Ich vermisste seine kratzigen Bartstoppeln am Morgen, seine glatten, warmen Schultern, aber ich war froh, ihn Baba noch nicht vorstellen zu müssen. Also hatte Kian Guillaumes Platz eingenommen, und wir waren wieder zu viert, zum ersten Mal seit dreizehn Jahren.

»Sie hätten ihn töten sollen, bevor er Tausende von Menschen ermorden und ausrauben, unsere schönsten Städte bombardieren, unsere Wirtschaft schwächen und praktisch jahrzehntelang auf die gesamte Region scheißen konnte«, sagte Maman, während sie ihren Mantel anzog.

Baba sah sie an und rümpfte die Nase. Er schüttelte den Kopf. »Warum sagst du so was? Der Mann ist gerade einen schrecklichen Tod gestorben. Warum sagst du das?«

»Und natürlich hast du Mitleid mit ihm«, sagte sie. »Wie nett.«

»Leute, lasst gut sein«, rief Kian aus der Küche, wo er den Kühlschrank inspizierte und sich die Kochutensilien ansah. Ich hörte das präzise Hackgeräusch eines scharfen Messers, das eine

Gurke oder eine Möhre durchschnitt, die er offenbar gefunden hatte.

»Das ist kein schrecklicher Tod«, sagte Maman wutschnaubend und wild gestikulierend. Ich wünschte, sie wäre nicht hergekommen. »Wenn du mal Nachrichten gucken würdest, anstatt ständig alten Sufi-Müll auswendig zu lernen, dann wüsstest du das. Ein schrecklicher Tod ist der Tod nach Folter oder einer Amputation oder durch Senfgas wie bei diesen armen Kurden. Schrecklich sind Massengräber. Der Kerl ist schnell gestorben, hat sich als Märtyrer bezeichnet und wird bei seiner Familie begraben.«

»Er war ein Monster, und er hat dafür bezahlt«, sagte Baba, rieb sich mit einer Hand durchs Gesicht und versuchte sich abzuwenden, was ihm aber irgendwie nicht gelang, als wäre Mamans vorwurfsvolle Stimme eine Leine um seinen Hals. »Aber hör auf, in seinem Blut zu tanzen. Bitte, Achtung vor dem Tod ist doch etwas anderes als Achtung vor dem Mann, der er war.«

»Für *diesen* Mann empfindest du Mitleid«, knurrte sie und knallte die Tür zu.

Nachdem Maman gegangen war, teilte ich die Schlafzimmer auf. Ich gab Baba das mit den großen Fenstern, weil er stark behaart ist und nachts schnell schwitzt. Kian bekam das mit den Philosophie- und Kochbüchern, weil er ein launischer Mensch ist, der unter Schlaflosigkeit leidet und Sinn für das Unbegreifliche und das Köstliche hat. Ich schleppte das Gepäck in die Zimmer, und als ich zurückkam, sah ich meinen Bruder und Vater Gurkenscheiben mit Salz essen, ohne miteinander zu reden.

Sie kauten im selben Rhythmus, wie zwei Comicmäuse. »Ihr beide seht aus wie ein und dieselbe Person im Abstand von dreißig Jahren«, sagte ich. Baba strahlte. Kian verdrehte die Augen. Baba stand auf und zerschnitt eine Gurke der Länge nach. Er salzte sie liebevoll, als würde er ein Kunstwerk abstauben, dann hielt er sie mir hin. Seine dunklen, haschischfleckigen Finger hielten sie behutsam an den Seiten wie eine Zahnschiene.

Ich setzte mich zu ihnen an den Tisch, und wir drei knabberten eine Weile vor uns hin. Baba murmelte: »Ich höre immer noch diesen dumpfen Schlag. Dieses Geräusch ...« Er massierte sich die Schläfen.

»Jetzt hör bitte auf«, sagte Kian. »Fang bloß nicht wieder davon an, wenn Mom zurück ist, okay?«

»Wieso nennst du ihr *Mom*?«, fragte Baba leicht vorwurfsvoll in seinem schlechten Englisch.

»Du meinst *sie*«, sagte ich. »Du solltest alle paar Jahre mal einen Auffrischungskurs belegen.«

Kian sprang vom Tisch auf und ließ ein Stück Gurke auf seinen Teller fallen. »Ich weiß ehrlich nicht, warum wir überhaupt hier sind.«

Er marschierte in sein Schlafzimmer, um Kochbücher zu lesen und vor sich hin zu schmollen.

»Er wird so ... bitter«, sagte Baba noch immer auf Englisch. »Liest er noch Gedichte ... oder diese Bibeln, wie eure Mutter? Ich habe lieber, er liest Gedichte ...«

Ich zuckte die Achseln. »Das eine schließt das andere nicht aus, Baba-*dschun*.«

Er wechselte zurück ins Farsi. »Doch, wenn du dich nicht verrückt machen willst.«

»Teile der Bibel sind Poesie«, sagte ich. Und weil ich wusste, dass er jetzt von Rumis Liebe zum Wein anfangen würde und von den sinnlosen Forderungen der Bibel nach Selbstbeschränkung und Verzicht, schob ich nach: »Jesus hat Wein getrunken. Zumindest ist es doch ein interessantes historisches Dokument.«

»Schon gut, *asisam*«, flüsterte er und räusperte sich schwer. Er hatte sein Hemd bis zum Nabel aufgeknöpft, sein weißes Unterhemd hatte Schweißflecken, und an den Rändern quollen dichte graue Haarbüschel hervor. »Alle Religion ist von Übel.«

Ich bemerkte einen Schweißtropfen auf seiner Stirn. »Ist dir heiß?«, fragte ich. Wir hatten noch nicht rausgefunden, wie die Heizung funktionierte, und wir anderen hatten unsere Pullover und Schals anbehalten.

»Mir geht's gut, meine kleine Nilou.« Während dieser Begegnungen wurde Baba schnell schon bei den kleinsten Nettigkeiten unangenehm nostalgisch. Prompt hätte ich mich am liebsten wieder vor den Fernseher gesetzt.

Irgendwann kam Maman mit drei Einkaufstüten zurück, die so voll waren, dass ich noch nicht einmal eine einzige die sechs Etagen zu unserer Wohnung hätte hochschleppen können.

»Die abgepackten Sachen waren auf Spanisch beschriftet.« Sie packte Kirschtomaten, Granatäpfel, Lammfleisch aus. Sie hatte Magermilch statt Vollmilch gekauft und Buttermilch statt süßer Sahne. Baba witzelte, wir könnten beides zusammenrühren und hätten dann etwas fast Brauchbares. Als er an der Buttermilch schnupperte und sie sich ans Ohr hielt, als würde sie sich ihm vorstellen, lachte Maman, beherrschte sich dann aber sofort wieder. Sie wollte an ihrem Zorn festhalten.

In Wahrheit war Maman zornig, weil sie noch immer um Nader trauerte, der vor einiger Zeit allein in einem thailändischen Krankenhaus gestorben war, und weil sie niemanden hatte, dem sie ihre Trauer gestehen konnte, denn hätte sie sich ihren Kindern anvertraut, hätte das ihre Welt auf den Kopf gestellt, und wir wären alle in blanker Konfusion umhergetaumelt, bevor uns ein schwarzes Loch verschluckt hätte. Dennoch, wir wussten es. Maman hatte diesen Mann gemocht, und nun war er tot. Zuerst zu irgendwelchen Abenteuern in der Türkei und Griechenland abgetaucht, dann plötzlich nicht mehr per E-Mail oder Telefon erreichbar, aus Scham, seinen Zustand zu offenbaren, um schließlich zu einem Skelett seiner selbst abzumagern und jung und allein zu sterben. Die Nachricht hatte uns erst drei Wochen zuvor mit großer Verspätung erreicht.

Während wir gedünstete Auberginen und Lammkeule zum Abendessen aßen, seufzte Maman und erzählte vage von ihren Reisen nach Asien. Baba schaute sich um, als wäre ihm etwas entgangen. »Wo ist das Problem?«, sagte er. Er wischte sich wieder über die Stirn und blinzelte vier- oder fünfmal.

Kian sah ihn verwundert an. Baba erwiderte seinen Blick mit einer übertriebenen, albernen Version von Kians Gesicht, und Kian versuchte, nicht zu lachen. Er wandte sich an Maman. »Hast du hier noch mehr Kreuzkümmel reingetan? Nachdem ich das Lamm angebraten habe?«

Maman blickte von ihrem Teller auf. »Selbstverständlich«, sagte sie, als wäre sie gefragt worden, ob sie an Demokratie und Gott und die Schlechtigkeit der Islamischen Republik glaubte.

Kian schob sich matt einen Bissen in den Mund. »Ich koche gern für euch, Maman-*dschun*. Entspann dich doch mal.« Er kaute vorsichtig, als könnte das Mehr an Kreuzkümmel seine Geschmacksnerven schädigen. Aber er hatte recht. Kian spähte finster über seinen Teller, bis Baba einen Bissen von meinem Grünkohlsalat nahm. »Was ist das?«, fragte er. »Das schmeckt, als hätte ein Kopfsalat sich in ein Stück Stoff verliebt.« Kian prustete hinter vorgehaltener Hand los. »Probier mal«, sagte Baba aufmunternd. Er drückte etwas Grünkohl mit den Fingern zusammen und hielt ihn Kian vor den Mund, aber Kian schob seine Hand weg.

Unsere Teller waren längst leer gegessen, aber Baba redete unaufhörlich weiter über Gott und die Welt. Dann und wann wischte er beiläufig mit einem Finger über seinen Teller und leckte die Soße ab oder tupfte ein Reiskorn auf und legte es sich auf die Zunge. Mitten in einer Geschichte über das neueste Projekt seiner Mutter in Ardestun – sie hatte begonnen, jungen Mädchen das Knüpfen kunstvoller Teppichmuster beizubringen – steckte er seinen kleinen Finger in den nackten Lammknochen, von dem schon alles Fleisch abgeschabt war, und pulte die letzten Reste Mark heraus. Dabei fuhr er ungerührt in seiner Geschichte fort, als gehörten seine Finger einem anderen Wesen, als nähme er sie gar nicht wahr. »Sie vermisst euch Kinder«, sagte er über unsere Großmutter. »Sie ist sehr alt. Wusstet ihr, dass Ardestun jetzt im Internet ist? Würdet ihr sie gern sehen? Es gibt da eine Seite über den Aquädukt. Ich hab's euch ja gesagt – der ist ein Wunderwerk der Technik.«

»Baba, lass das«, sagte ich, weil ich seine pulenden Finger abstoßend fand.

Er schaute auf seine fettigen Hände. »Oh, Entschuldigung«, sagte er, schien es sich dann aber anders zu überlegen. »Warum ist dir immer alles peinlich? Wen willst du denn hier beeindrucken?«

Baba wusste, und inzwischen weiß ich das auch, dass ich mich vor mir selbst schämte – der neuen Nilou, der Nilou, zu der ich werden wollte. Er besudelte mich mit jedem Schnippen seiner gelblichen Finger, genau wie Maman mit ihrem gelben Haar. Sie waren gezeichnet, alle beide, und ich wollte ihnen nicht zu nahe kommen.

Er wischte sich die Hände ab und murmelte: »Beim nächsten Mal könnte ich ja in Dubai einen Zwischenstopp einlegen und meinen Körper professionell von allen Spuren des Irans reinigen lassen. Wie eine Autowäsche für arme Trottel, die nicht so kultiviert sind wie ihr – würde euch das zufriedenstellen?«

Wie üblich grollte er genau zwei Minuten vor sich hin, bis er sein Missfallen schlagartig wieder vergaß und es entsorgte wie den weggeworfenen Lammknochen, sobald Kian die Spiele und die Schokolade anschleppte.

Wir saßen am Fenster, beobachteten die ersten Feiernden auf der Plaza Mayor und spielten um Süßigkeiten Karten. Maman sagte: »Nilou, wo wir jetzt so gemütlich zusammensitzen, zeig uns mal die Fotos von deinem großen Tag. Du musst doch welche haben. Wenigstens eines.«

Baba setzte sich in dem flauschigen Sessel auf, an dem er einen Narren gefressen hatte (zwei Minuten nach seiner Ankunft, Baba auf Englisch: »Warum ist Sessel haarig?«), und warf die Karten, die er sortiert hatte, auf den Tisch. »Genau, wo sind die Fotos? Zeig sie uns.«

Ich seufzte – *nicht schon wieder*. »Wir haben doch darüber gesprochen«, sagte ich zu Maman.

»Wie ist das möglich, dass es keine Fotos gibt?«, sagte Maman und fuhr mit den Fingern durch ihr absurd blondes Haar. »Das ergibt keinen Sinn. Kein Mensch heiratet, ohne Fotos zu machen.«

»Kommt schon, lasst sie in Ruhe«, sagte Kian. »Nilou steht nicht so auf Kunst wie ihr zwei.« Er lachte über seinen eigenen Witz. In letzter Zeit hatte Kian aufgehört, sich über meinen Beruf lustig zu machen. Ich glaube, er respektierte ihn sogar. Baba nickte heftig, die Nase wieder in die Karten gesteckt.

»Wir haben keine Hochzeitsfotos«, sagte ich. Dann ließ ich eine gehässige Spitze gegen Baba vom Stapel: »Von *deiner* Hochzeit hab ich noch nie Fotos gesehen. Wo sind die?«

»Autsch«, flüsterte Kian. Er spürte, dass das Spiel zu Ende war, und aß einen von den Kartoffelchips, die wir als Pokereinsatz verwendeten.

»*Vai*, Nilou«, seufzte Baba schwach. »Das war gar nicht nett.«

Maman setzte ihre Brille auf, als wollte sie die Kälte ihres Blicks betonen. »Du weißt, dass das ganz unterschiedliche Situationen sind. Erste Hochzeiten sind viel wichtiger.«

Baba rutschte auf seinem Flauschsessel herum. Er kaute auf

den Lippen und schien sich überhaupt ziemlich unwohl zu fühlen. Seine Karten hatte er offen hingelegt, was uns verriet, dass das Spiel tatsächlich zu Ende war. »Ich sollte es euch gleich erzählen«, sagte er. »Es wird eine kleine Veränderung geben.«

Maman stand auf. »Ich koch uns Tee«, sagte sie. Baba faltete die Hände und begann, an seinem Schnurrbart zu knabbern. Nachdem er einen Moment nachgedacht hatte, ließ er das Thema fallen. Später, Maman war schon ins Bett gegangen, saßen Kian und ich noch mit Baba zusammen und tranken Whiskey. Er erzählte uns, dass seine Ehe praktisch beendet war, dass er sich kraftlos fühlte, gefangen in einem sterbenden Land, alt und verbraucht. Er sagte, er habe vor, ein drittes Mal zu heiraten, eine sehr viel jüngere Frau, die entfernt mit der Familie verwandt sei, die wir vor fünf Jahren in dem Vorort von London besucht hatten. Er hoffte, dass er in dieser Ehe gesünder leben und sich jünger fühlen könnte, dass es ihm möglich wäre, den Anforderungen des Universums offener gerecht zu werden. Nach zwei Whiskeys sprach er davon, sich den Schnurrbart färben zu wollen. »Die Haarfarbe eurer Mutter scheint ja aus einer Flasche zu kommen. Ich schätze, in unserem Alter führt wohl kein Weg daran vorbei, was?«

*

Ich erwachte um drei Uhr morgens von dem Duft nach türkischem Kaffee und weil aus dem Wohnzimmer gedämpftes Lachen drang. Meine Eltern diskutierten über Politik und machten sich über spanisches Essen lustig. Sie hatten die Packung Churros geöffnet, die Maman gekauft hatte, und aßen sie statt Schokolade, tunkten sie in den Honig aus Ardestun, den Baba im Koffer versteckt mitgebracht hatte. Baba saß vorgebeugt in seinem Sessel und gestikulierte lebhaft, während er sprach. Maman sah müde aus, hatte die Beine auf der Couch unter den Körper gezogen und ließ sich vom Dampf ihres Kaffees das Gesicht wärmen. Sie hatte ein breites schwarzes Stirnband um den Kopf gelegt und im Nacken zusammengebunden, sodass die blonden Haare, die daraus hervorlugten, fast elegant wirkten. Dann und wann gebot sie Baba, leiser zu reden. »Du weckst noch die Kinder auf«, sagte sie mit kehliger, entspannter Stimme. Es hätte 1985 sein können.

Baba redete wieder über Saddam Hussein. »Tja, Pari-*dschun*, immerhin hat er zwei Wahlen mit über hundert Prozent der Stimmen gewonnen. Gegen den Willen des Volkes kommst du nicht an. Schon gar nicht gegen den Willen von *mehr* als allen Wählern. Das wäre doch Wahnsinn.« Mamans Lachen, ein tiefer, klarer Klang wie aus dem Resonanzkörper einer Geige, schwebte bis in die Diele, wo ich stand.

»*Ai*, Pari-*dschun*, mit Ahmadinedschad ist es der gleiche Scheiß«, fuhr Baba fort. Während er sprach, pendelte sein Oberkörper vor und zurück. Es war eine dezente, aber unnatürliche Bewegung, die Maman anscheinend nicht bemerkte. »Allein dieses Jahr hat dieser Affe zig Mal Schande über uns gebracht. Er erzählt der internationalen Gemeinschaft, den Holocaust habe es nie gegeben, er lässt halbwüchsige Jungen aufhängen, und weswegen? Weil sie sich ein bisschen pubertär austoben! Er gibt vor laufender Kamera lächerlich pathetische Stellungnahmen ab. Wusstest du, dass manche behaupten, die Iraner hätten es geschafft, Aids zu heilen? Sag selbst, leben wir nicht in einem Wunderland der Torheit?« Er hatte die Hände über den Kopf gehoben, und selbst von der Diele aus konnte ich sehen, dass sie zitterten und die grünen, um seine geschwollenen Finger gewundenen Betperlen klimperten. Er griff nach seiner Tasse, und als er einen Schluck trank, keuchte er. Sein Atem ging schwer und schnell vor überschüssiger Energie. Bevor er trank, tauchte seine Zunge in den Kaffee, wie ein Zeh, der das kalte Wasser eines Sees testet. Baba liebte lebendige Gespräche, Geschichten, Diskussionen. Er liebte sogar Widerspruch, wenn sich ihm dadurch Gelegenheit bot, so richtig in Fahrt zu kommen. Aber dieses Verhalten schien selbst für seine Verhältnisse übertrieben.

»Nun ja«, sagte Maman, »er will von der Urangeschichte ablenken. Vielleicht hofft er darauf, unterschätzt zu werden.« Sie spähte in ihre Tasse und schmatzte mit den Lippen. »Genug davon für uns beide. Der ist viel stärker als normaler Kaffee. Woher hast du den?«

Baba zuckte mit den Achseln. »Istanbul.« Die Frage schien ihn zu langweilen, er hätte ebenso gut noch hinzufügen können: *Wo sonst?* Er erzählte irgendwas von einem Basar in Sultanahmet und kratzte sich den Nacken knapp über seinem Unterhemd. Die Stelle war feuerrot, als hätte er schon den ganzen Abend daran herumgekratzt. »Hast du die Nachrichten aus Isfahan mitbekommen?«, fragte er, plötzlich in einem anderen Ton. »Die haben ein gesundes Schaf namens Royana geklont. Ich hab es mit Ali zusammen besucht. Es war sehr nett.« Dann fügte er verschmitzt hinzu: »Sah sehr lecker aus.«

Maman lachte. Ich goss mir eine Tasse Kaffee ein und ließ mich neben Maman aufs Sofa sinken, die einen Arm um mich legte. Sie streichelte mein Haar, und wir redeten über das geklonte Tier, über Forschung im Iran und die dortigen Universitäten. Nach einer Weile kamen wir erneut auf das Schaf Royana zu sprechen. Baba sagte: »Ich wette, Kian könnte einen echten Festschmaus draus machen.«

»Weißt du noch«, sagte Maman, »wie wir damals Nilous Hähnchen gegessen haben?«

»Ach ja, das viel geliebte Hähnchen Mansuri«, sagte Baba mit einem tiefen Seufzer. Dann sah er mich an. Unterdrücktes Lachen blitzte in seinen Augen, und er legte die Hände gespielt reumütig zusammen. »Schätzchen, es tut mir leid, dass wir deinen

Hähnchen-Freund verspeist haben.« Maman prustete los und schlang ihre Arme um meine Taille, drückte ihren nach Vanille duftenden Kopf an meine Brust. Baba fuhr fort: »Aber du warst selbst schuld, warum musstest du ihm auch so einen köstlichen Namen geben? Die halbe Zeit dachte ich, er hieße Hähnchen Tandoori. Was sollten wir machen? Wir sind bloß arme Fleischesser, Opfer unserer niedersten Instinkte.«

»Gut, dass Gay nicht mitgekommen ist«, sagte Maman. »Wir sind furchtbar peinlich.«

Einige Minuten später hatte unser Lärm auch Kian geweckt, und er gesellte sich mit seiner eigenen Tasse schwarzer Brühe zu uns. Er gab probeweise Büchsenmilch dazu, was nicht schlecht schmeckte. Mittlerweile hatte Baba glasige Augen und war rot angelaufen. Schweiß sammelte sich in seinen Achseln, über dem Bauch und tief unten im Kreuz, während er über einen Mullah wetterte, der mithilfe eines Vetters bei der Bank Geld von Babas Sparkonto stahl. Als er das schlampige System der Identitätsprüfung bei dieser Bank beschrieb, schlug die Stimmung des Abends um. Plötzlich war Baba allein auf der einen Seite, und wir drei anderen wechselten beunruhigte Blicke. Zwei Mal ging er mitten in der Geschichte auf die Toilette.

Als er das zweite Mal ging, fragte Kian übergangslos wie immer: »Hat er irgendwas genommen? Er ist doch eindeutig high, oder?«

Maman schüttelte den Kopf, als wollte sie ihre Gedanken hinaus in den Äther schütteln. »Das ist bloß der Kaffee. Ich weiß, wie er auf Opium ist. Dann wäre er total schläfrig und würde irgendwas über die Sterne faseln. Außerdem habe ich seinen Koffer durchsucht. Ich habe sein Wort. Das liegt am Kaffee.«

Baba öffnete die Badezimmertür und kam mit unsteten, aber energischen Schritten auf uns zugetrottet. Er wischte sich mit einem kleinen Handtuch über die Stirn und sagte: »Ahhh, Madrid«, als brächte er irgendeinen früheren Gedanken zum Abschluss. Dann fuhr er mit seiner Geschichte fort, als hätte er sie nie unterbrochen, und wir ließen ihn, obwohl wir alle ein wenig Angst hatten. Immer wieder schlichen sich Bilder von jenem Nachmittag im Red Carpet Motel in meinen Kopf, und ich kehrte mit diesen Ängsten im Herzen zurück in mein Bett, aber ich war zu feige, ihn zur Rede zu stellen.

Eines jedoch nahm ich mir fest vor: Niemals würde ich diesen Mann Guillaume vorstellen. Und auch irgendwelchen Freunden oder Bekannten aus meiner Zeit in Yale würde ich ihn niemals vorstellen.

In dieser Nacht blieb Babas Herz stehen. Zum Glück war er nicht allein. Er saß noch immer im Wohnzimmer und redete auf Maman ein, die wegen ihres Jetlags nicht davon ausging, vor Sonnenaufgang einschlafen zu können. Während einer seiner Geschichten wurde er kurzatmig und taumelte in seinen flauschigen Lieblingssessel. Sobald er sich setzte, überkamen ihn Übelkeit und ein heftiger Juckreiz, und wenige Minuten später begann sein Herz so wild zu hämmern, dass er wieder aufstand, ein paar Schritte ging, auf die Couch fiel und die Zierkissen umklammerte, Panik in den Augen, Panik in den Büscheln seiner ewig jungen, verschwitzten Haare, die aufgefächert auf dem Polster lagen, Panik sogar in seinen Zähnen, knirschend, zuckend, entsetzt. Maman trommelte an die benachbarte Wohnungstür, flehte auf Englisch und Farsi und mit einfachen Schluchzern, einen Krankenwagen zu rufen. Da es unsere erste Nacht in Madrid war, hatte sie die Notfallnummern noch nicht entdeckt, die an einer Pinnwand in der Küche hingen.

Als Maman mit unseren verschlafenen Nachbarn – zwei spanische Schwestern, beide mit Dutzenden Ohrringen und eine mit halb rasiertem Kopf – in die Wohnung gestürmt kam, war Baba halb bewusstlos und kalkweiß, die Augen geschlossen. Sein Atem ging unregelmäßig, wie das gequälte Stottern eines versagenden Motors. Kian half ihm auf den Boden, überlegte, ob er ihn auf den Bauch oder auf den Rücken legen sollte. Er flößte Baba Wasser ein, von dem das meiste auf dem Kissen und auf Babas Unterhemd landete, und richtete seinen Kopf auf, bis wir einen Atemzug hören konnten. Als der Krankenwagen endlich kam, waren Babas Lippen blau.

Am Morgen erklärte uns der Arzt, ein breitschultriger Inder mit einer strengen römischen Nase und Nachtschichtschatten im Gesicht, dass Baba zugegeben hatte, Adderall genommen zu haben, um die Wirkung des Opiums zu kaschieren, wovon er jede Menge im Blut hatte. Als gelernter Mediziner hatte Baba keine der beiden Drogen überdosiert, aber er war kurz davor gewesen. Er war alt genug, um Fehler zu machen, und seine Drogen stammten vom Schwarzmarkt. Außerdem war er an die Wirkung von Opium gewöhnt, während er mit Aufputschmitteln keine Erfahrung hatte. Der Arzt versicherte uns mit seinem beruhigenden Akzent, einer sanft rollenden Mischung aus Englisch, Spanisch und Hindi, dass Babas Zustand stabil war. Er schien der Überzeugung zu sein, dass Baba die Drogen nicht zum Genuss genommen hatte, sondern lediglich, um seinen Opiumkonsum zu verbergen. Vielleicht hatte er uns so schützen wollen. Der Arzt schien Mitleid mit uns zu haben – seine Augenwinkel senkten sich jedes Mal, wenn er Babas Namen aussprach. In diesem universalen Ärzteton voll sterilem Mitgefühl sagte er, dass er die Polizei nicht informieren werde, da Adderall nicht illegal sei und Babas Reiseverlauf nahelege, dass die Opiate außerhalb Spaniens konsumiert worden waren, was ziemlich nett von ihm war. Wir wussten alle, was passiert war. Dann bot er Baba Medikamente an, die die Entzugserscheinungen dämpfen würden, bis wir Madrid verließen.

Baba blieb zwei Tage im Krankenhaus. Er schlief viel. Er aß salzlose Suppen mit Crackern. Er beklagte sich nicht über das Essen.

An Silvester gingen Kian und ich auf den nächstgelegenen Platz und kauften Churros (Maman konnte nicht genug davon bekommen), Partyhütchen und alberne 2007-Brillen. Wir wollten ein Foto von uns vieren in Feierlaune mitnehmen, selbst wenn es in einem Krankenhauszimmer entstanden war. Schließlich wusste niemand, wann wir alle wieder zusammenkommen würden. Das letzte Mal war 1993 gewesen.

Nach seiner Entlassung würdigte Maman Baba, dem die Reue und Niedergeschlagenheit ins Gesicht geschrieben standen, keines Blickes. Er lief mit hängenden Schultern durch die Wohnung. Seine zuvor quirligen Hände waren nun unsicher. Er starrte mich flehend an, als wäre er am liebsten in die Haut eines anderen Mannes gekrochen. Die meiste Zeit schlief er und las seine Bücher, während wir anderen den Königlichen Palast besichtigten, Parks, Denkmäler, den Prado und jede Bäckerei und Metzgerei besuchten, die wir entdeckten. Maman schwebte in ihren großen Schal gehüllt von hier nach da, sammelte seltsame Wurstspezialitäten, studierte Reiseführer und fragte Verkäufer nach Rezepten. Mir fiel auf, dass sie und Baba nicht mehr in dieselbe kulturelle Kategorie gehörten – Maman wurde nicht jedes Mal zur Vertriebenen, wenn sie ihr Zuhause verließ. Sie wirkte sehr viel jünger als Baba. Sie musste nicht kämpfen und leiden und sich auf die Suche nach *lavash*-Brot machen. Sie suchte nicht nach einem iranischen Gastgeber oder einem einladenden *sofreh*. Sie aß spanisches Essen. Sie lernte, wie man sich auf Spanisch begrüßte.

Auf mein Drängen hin besuchten wir das Nationalmuseum für Archäologie. Auf Kians Drängen hin gingen wir ins Botín, das älteste Restaurant der Welt, ein höhlenartiges Lokal mit nackten Steinmauern, in dem bei weichem Kerzenlicht Schmorgerichte und Spanferkel serviert wurden. Jedes Mal, wenn wir Baba erwähnten, wechselte Maman das Thema. Kian sagte: »Scheiß auf ihn.« Ich widersprach nicht.

Als wir vom Botín nach Hause kamen, ging Maman schnurstracks zu Bett. Kian sagte, er wollte noch einen langen Spaziergang machen. Ich blieb mit Baba auf, und wir guckten von entgegengesetzten Ecken des Wohnzimmers aus fern, sprachen kein Wort. Ich wollte weg, aber wir hatten vereinbart, dass immer einer von uns nachts auf ihn aufpassen sollte.

Er saß in seiner Ecke auf der roten Couch, ein wenig gebeugt, eine Decke über den Beinen. Die Hälfte seines Körpers war bedeckt, und er wirkte zerbrechlich und schwach. »Komm, setz dich zu mir«, sagte er und klopfte neben sich auf die Couch. »Mach den Fernseher aus.«

»Hast du Hunger?«, fragte ich kühl. Er roch nach Schweiß und Zigaretten und nach langem Schlaf. »Wir haben dir was aus dem Restaurant mitgebracht.«

Er schüttelte den Kopf. »Ich wollte mit dir reden«, sagte er, als ich mich neben ihn setzte. Er zog mich näher, breitete die Decke auch über meine Beine. Ich wehrte mich nicht gegen seine väterliche Geste. Wozu auch? Schließlich richtete er seine triefenden Augen auf mich und sagte: »Ich verstehe, warum du keine große Hochzeitsfeier wolltest.«

Sein Kummer rührte mich. Er hatte es verdient, sich schuldig zu fühlen, aber ich wollte ihm eine tiefere Verletzung ersparen. »Es war nicht wegen euch«, sagte ich. »Solche Feiern müssen lange im Voraus geplant werden. Das ist nicht wie in Ardestun, wo ein Dutzend Großmütter so was in einer Woche auf die Beine stellt.«

»Wir sind Barbaren.« Seine Stimme bebte. Ehe ich reagieren konnte, wedelte er mit der Hand herum, als wollte er sagen: *Das war nicht so gemeint, vergiss es,* und redete weiter. »Ich möchte dir eine Geschichte erzählen«, sagte er, und sein trüb umflorter Blick hellte sich auf, als dränge ein Lichtschein durch dichten Nebel. »Sie handelt von den vier üppigen Hochzeitsfeiern in der Familie deiner Mutter, die angeblich vier große Flüche heraufbeschworen haben. Und wie du weißt, sind Flüche im Iran wirksamer als im Westen.« Mir gefiel die Geschichte, noch ehe ich sie hörte, denn ich wusste, warum er sie mir erzählte: als Absolution von der Sünde, dass ich meine Familie nicht in meine Liebesgeschichte eingebunden hatte. Er strich die Decke glatt, als bräuchten wir Schutz vor einem Dschinn. Die Geste wirkte instinktiv, und ich fragte mich, ob er regelmäßig Kindern Geschichten erzählte, vielleicht Schirin.

Laut Baba kursiert die Idee, dass die Frauen in der Familie meiner Mutter, beginnend vor vier Generationen auf einem Safranfeld im Westiran, unter einem Fluch leben, der durch ihre verschwenderischen Hochzeitsfeiern heraufbeschworen wird (der neidische Blick, sagen sie) und der dazu führt, dass jede von ihnen aus Liebe heiratet und dann erleben muss, wie diese Liebe auf dramatische Weise im Verderben endet. Somit haben vier Ehen ein katastrophales Ende genommen, und meine wäre die fünfte gewesen – wenn ich nicht so schlau gewesen wäre, eine Hochzeitsfeier zu umgehen. »Nilou-*dschun*«, sagte Baba, »du warst den Flüchen immer einen Schritt voraus. Später werde ich dir von den sieben Malen erzählen, in denen dein Leben in ernster Gefahr war und du um Haaresbreite davongekommen bist.«

Doch zunächst der Hochzeitsfluch:

Die erste Hochzeitsfeier fand auf einem Safranfeld statt. Meine Ururgroßmutter, schwarzhaarig und mit klugen Augen, heiratete einen Safranerben, der kurz darauf verschwand.

Die zweite Hochzeit fand in einem weißen Obstplantagenhaus statt. Die Tochter der Safranerbin, die nicht so schön war, aber dafür Geld und Charme besaß, heiratete einen Mann, der zehn Jahre später von seinem eigenen schurkischen Arzt ermordet wurde.

Die dritte, tja, die dritte ist des Erzählens eigentlich nicht wert.

Mamans Mutter ruinierte ihr Leben selbst durch ihre Dummheit und ihre schlechten Entscheidungen. »Sie war fromm, und man kann nicht alles auf den Fluch schieben«, sagte er. »Manchmal ist Gott schuld. Die überspringen wir.«

Und schließlich Maman, die sich an der Uni in einen grässlichen Drogensüchtigen verliebte und deren Hoffnungen die reinsten, die höchsten, die großartigsten von ihnen allen waren. Sie forderte die Schicksalsgöttinnen heraus, als sie auf ihrer Hochzeit verkündete, sie sei die glücklichste Frau in Isfahan und Teheran und Schiras und Rascht.

Dann erklärte Baba, dass ich froh sein könne. Ich war nicht abergläubisch wie die ersten beiden, die in einem inzwischen untergegangenen Iran gelebt hatten, oder fromm wie die beiden anderen, die sich mit einer Inbrunst, von der sie geglaubt hatten, sie sei längst aus ihren Poren gesickert, an Christus klammerten. »Du bist eine logische Frau«, sagte er. »Aber du musst trotzdem aufpassen. Die Entwicklung dieser Geschichten von bloß ›glücklos‹ hin zu ›wahrhaft unglückselig‹ ist so linear, dass selbst ich an das Wirken einer höheren Macht glauben muss.« Tja, dachte ich, vielleicht war der Glaube an einen Fluch leichter anzunehmen und auszuhalten als die Dutzende Drogenexzesse, die Hunderte hässlichen Lügen, die Tausende demütigenden Betrügereien; alles, was unsere Familie einander angetan hatte.

Es gibt einen Fluch, und wir sind seine würdigen Opfer – das ist eine bessere Geschichte.

»Vielleicht solltest du den Iran verlassen«, sagte ich frostig, obwohl er gerade einen weichen, sentimentalen Tonfall angenommen hatte. Nicht dass ich die väterliche Behandlung, die ich all die Jahre vermisst hatte, nicht genossen hätte. Aber ich hatte mich auf dieses Wiedersehen gefreut, und Baba hatte es verdorben. Ich war es Maman und Kian schuldig, mir jedes freundliche Wort zu verkneifen. Zudem war ich nicht bereit, ihm meine Hilfe anzubieten – jetzt nicht mehr. Also schob ich nach: »Du redest dauernd davon, dich auf Zypern oder in Istanbul niederzulassen. Tu's einfach.«

Er schüttelte den Kopf, als wäre er aus einem Traum gerissen worden. »Das Haus«, murmelte er und runzelte die Stirn, als wäre ich ein begriffsstutziges kleines Mädchen. »Und meine Praxis. Das ist mein Leben.«

Ich stand von der Couch auf und zog meine Strickjacke fest über die Brust. »Ich schätze, wenn ich mir ein Zuhause aufgebaut hätte, würde ich das auch nicht verlassen wollen.« Ich wendete mich ab. »Gute Nacht, Baba«, sagte ich. Doch dann fiel mir unser Gespräch in London ein, als er meinen Instinkt infrage gestellt hatte. »Verstehst du jetzt, warum ich mich für Gui entschieden habe?«

»Er ist ein lieber Mann«, sagte er ausdruckslos. Ich wartete, also sprach er weiter. »Nilou-*dschun*, ich vermute, du willst damit andeuten, dass er keine Laster hat. Was soll ich sagen? Das ist beneidenswert.« Ich schnaubte höhnisch, und das ärgerte ihn. »Ich werde bald ein Treffen mit euch beiden in Istanbul organisieren. Ich muss ihn kennenlernen. Ich bedaure, wenn ich euch Leid zugefügt habe. Aber deine Familie bleibt deine Familie.«

In jener Nacht sah ich Maman endlich weinen, obwohl ich nicht weiß, um wen oder was. Ich hoffe, sie konnte einiges von dem, was sie bedrückte, rauslassen. Auf dem Weg zu meinem Zimmer kam ich an ihrer Tür vorbei. Sie stand einen Spalt offen, und ich sah Maman in ihr Kissen weinen. Irgendein Instinkt befahl mir, sie in Ruhe zu lassen. Ihre Tränen waren nicht verzweifelt oder bitter. Sie brauchte keine Armbeuge, in die sie hineinschluchzen konnte. Es waren alte, müde Tränen. Sie würgte nicht, rang nicht nach Luft. Sie gab einfach nach und ließ sie laufen, leise, als würde sie sich die Augen waschen oder eine Wunde reinigen, bevor sie sie endgültig verband.

*

In jener Zeit galten all mein Mitgefühl, meine Loyalität und Fürsorge Maman, und ich urteilte streng über Baba. Nach Madrid
fragte ich mich, ob Baba nun das gesunde, jugendliche Leben lebte, das er in seiner dritten Ehe zu finden hoffte. Wenn ich an jene
Reise zurückdenke, an die letzten Tage des Jahres 2006 und des
Lebens eines Diktators, erschrecke ich bei dem Gedanken, dass
Baba und ich uns an ähnlichen Wendepunkten befanden: Beide
standen wir am Anfang einer Ehe, beide setzten wir unsere Hoffnungen auf Verbindungen, die in nur drei Jahren lose und schlaff
werden würden. Ich denke, in vielerlei Hinsicht sanken wir beide damals in einen tiefen Schlaf. Und drei Jahre später sollte der
Lärm eines in alle Winde zerstreuten Volkes, das endlich erwachte, auch uns wecken. Ich denke, es war kein Zufall, dass Babas und
mein Leben solche Parallelen aufwiesen. Damals lag jeder Iraner
im selben Koma, und wir fingen alle im selben Moment an, uns
zu regen.

Familiengründungen bei frühen Primaten

Oktober 2009
Amsterdam, Niederlande

In den Wochen nach dem Tod ihres Freundes flüchtet sich Nilou in alte Gewohnheiten. Forschung. Ihr Lehrplan für 2010. Möbellisten für die neue Wohnung. Sie kocht wieder mit Messbechern und testet täglich ihre Girokarte, kauft Gummibärchen in kleinen Läden, nur um sich zu vergewissern. Gui versucht, sie aufzumuntern, bringt ihr Lieblingsessen mit nach Hause, ruft sie jeden Nachmittag aus dem Büro an. Eines Tages ertappt er sie dabei, wie sie Papierberge auf sechzehn ordentliche Stapel verteilt. Er nimmt ihre Hand, als wollte er ihr schonend eine schlechte Nachricht beibringen, atmet geräuschvoll aus und sagt: »Nilou-Face, ich muss dich mal was Wichtiges fragen.« Sie lässt sich von ihrem Papierwald wegziehen, denkt, er will wieder über Mam'mad reden, ihr versichern, dass die Welt heilen wird. »Als du das letzte Mal einen Text kopiert hast ...« Er stockt, berührt ihre Wange. »Hast du da auch ans Einfügen gedacht?«

Sie reißt ihre Hand weg und wirft ihm ein Sofakissen an den Kopf. Er lacht, fängt das Kissen auf. »Okay, okay ... 'tschuldige ... aber ... eines noch.« Er legt ernst eine Hand an seine Brust. »Ich glaube, ich hab gesehen, wie eine Seite von dem ersten Stapel zu dem anderen Stapel da drüben rübergesegelt ist. Ist schon ein Weilchen her, deshalb musst du jetzt alle noch mal durchgehen.«

»Jaja, lach nur«, sagt Nilou und macht sich wieder an die Arbeit. »Wenn ich meine Festanstellung kriege, wird dir das Lachen schon vergehen.« Er beugt sich über die Couch und küsst sie auf die Nase, und für einen Moment fühlt sich alles so an wie früher, als sie dreiundzwanzig waren und in einem winzigen Zimmer mit einer gemieteten Couch wohnten, wo er sein verschwitztes Hemd in die falsche Ecke warf, ihren krampfhaft sicheren Hafen durcheinanderbrachte und beschloss, sie trotzdem zu lieben.

Sie möchte schrecklich gern mal einen Abend ungestört kochen. Es ist eine Weile her, seit sie ihr Gewürzglas benutzt hat, und sie sehnt sich nach seinem Duft, dem kratzigen Gefühl der groben Körner an den Fingerkuppen. Ihre Gedanken wandern zu ihrer Großmutter in Ardestun, dem Geruch und Geschmack ihrer Hände, Empfindungen, die sie in ihrer Amsterdamer Küche heraufbeschwören kann. Außerdem möchte sie Gui eine Freude bereiten. Sie beschließt, Lammkeule zu machen, eines seiner Lieblingsgerichte, aber als sie die Tür zur Vorratskammer öffnet, um das Einmachglas herauszunehmen, ist es weg. Sie sieht in der Töpfe- und Pfannenschublade nach, denkt, dass sie es vielleicht aus Versehen dort hineingestellt hat, als sie das letzte Mal eine Bratpfanne herausgeholt hat. Sie schaut auch in Kühlschrank und Backofen. Aber das Glas bleibt unauffindbar. Der blaue Lappen und die Plastiktüte drum herum sind ebenfalls verschwunden. Selbst das weiße Regalbrett ist von seinem orangen Gewürzstaub gereinigt worden, als hätte es das Glas nie gegeben.

Sie kämpft gegen den nagenden Gedanken an, dass Gui es weggeworfen hat, wie er so viele ihrer alten T-Shirts und zerfledderten Taschenbücher und löchrigen Stoffbeutel einfach ausrangiert hat. Ausgeschlossen, denkt sie, aber wer sonst könnte es gewesen sein? Ihr Haushalt besteht nur aus ihnen beiden. Niemand sonst greift je in ihre Schränke. Abgesehen von Nilous neuen Freunden führen sie ein zurückgezogenes, nomadisches Leben. Selbst an Feiertagen decken sie den Tisch bunt und kunstvoll für zwei Personen. Sie tauschen Geschenke langsam, eins nach dem anderen aus.

Sie sucht und sucht, giert nach der Lammkeule, als hätte sie seit Tagen nichts gegessen. Sie will sie unbedingt zubereiten, sie mit den Händen essen, am Knorpel nagen. Schließlich gibt sie auf. Sie nimmt einen Obstteller mit ins Schlafzimmer und isst, während sie wissenschaftliche Zeitschriften durchblättert, Artikel über Ausgrabungen und unerklärliche Artefakte. Als sie in die Küche geht, um sich einen Tee zu machen, bemerkt sie, dass Gui noch nicht gegessen hat. Er studiert Fallakten, einen Textmarker in der Hand.

Ein diffuser Zorn kocht ihr hoch bis in die Kehle – sie hätte für ihn so gern eine Lammkeule gebraten, und er hat's versaut –, und sie reißt ihm den Textmarker aus den Fingern. »Du hast mein Glas weggeworfen«, blafft sie. Er blickt auf, runzelt die Stirn. »Das Einmachglas in dem blauen Lappen in der Plastiktüte. Wie konntest du?«

»Hab ich?«, sagt er. »Ich kauf dir ein neues.« Er wendet sich wieder seinen Unterlagen zu.

»Es war meins«, sagt sie. »Genau deshalb will ich nicht, dass du meine Sachen anrührst. Konntest du es nicht einfach meins sein lassen?«

Er verzieht das Gesicht, mit einem verletzten Ausdruck in den grauen Augen. Sie lässt sich auf einen Stuhl am Esstisch plumpsen, legt den Kopf für einen Moment auf die Tischplatte und hört, wie er Papiere hin und her schiebt. »Du warst in diesem Plektron-Laden, und ich hatte ein bisschen freie Zeit, also hab ich die Vorratskammer aufgeräumt. Ich hab nur ein paar abgelaufene Sachen weggeworfen. Dachte ich jedenfalls … Tut mir leid.«

»Es heißt Zakhmeh«, zischt sie. »*Zakh-MEH*. Was ist daran so schwer zu merken? Und du musst dich auch nicht gleich rächen, bloß weil ich einmal etwas Eigenes habe.«

Sie weiß, dass der Vorwurf ungerecht ist – Gui ist nicht rachsüchtig. Schon seit sie registriert hat, dass die letzten Reste Gelb vom Regal gewischt worden waren, weiß sie, was passiert ist. Er hat in der hintersten Ecke die Plastiktüte mit dem in den blauen Lappen eingewickelten Einmachglas gesehen, es für Müll gehalten und weggeworfen. Das ist Guillaumes Haltung zum Leben, zu Besitz. Wenn etwas nicht teuer aussieht, ist es wertlos. Nilou möchte ihm sagen, dass das Gewürzglas auf dem Biomarkt an der Albert Cuypstraat ein paar Hundert Euro gekostet hätte, aber das kommt ihr nebensächlich vor. Diese spezielle Gewürzmischung wird es nie wieder geben. Die Finger ihrer Großmutter waren in diesem Glas. Sie haben das blaue Tuch zerrissen, die Blütenblätter zerdrückt. Und kennt er sie nicht gut genug, um zu wissen, dass etwas, das er zufällig irgendwo in einer Ecke verstaut entdeckt, kostbar sein könnte?

Jetzt will irgendein unkultivierter Teil von ihr, ein irrationaler Instinkt, den sie niemals losgeworden ist, ihn provozieren, bis er explodiert. Sie kann sich nicht erinnern, wann einer von ihnen das letzte Mal Wut oder Lust oder Freude ungebremst rausgelassen hat. Selbst im Zakhmeh ist sie zahm, hört immer nur zu, obwohl sie so viel zu sagen hat. Ihr Vater hat oft gescherzt, dass man die Raserei des Fleisches nicht ignorieren könne. In letzter Zeit ist Nilou neugierig auf die Triebe, die sie gewohnheitsmäßig zügelt, auf diesen ganzen vergeudeten Willen. »Wenn ich mein hässlichstes T-Shirt lang genug tragen würde«, sagt sie, »würdest du mich dann eigentlich auch wegwerfen?«

Seine Augen, bei genauerem Hinsehen graugrün, werden kalt. Er steht auf, verschwindet ins Schlafzimmer und kommt zwanzig Minuten später in seinem himmelblauen Pyjama wieder heraus, das Gesicht gewaschen, das Haar nass und nach hinten gekämmt. Er betrachtet sie. Guis Augen sind immer so traurig. »Du hast also vor, den Brief in der Schublade zu ignorieren?«, fragt er.

»Ich mach ihn später auf«, murmelt sie, den Kopf noch immer auf der Tischplatte.

»Ich denke, du hast einen Schock erlebt, und du fühlst dich schuldig, und du musst dich mit deiner eigenen Familie auseinandersetzen. Ist dir denn völlig egal, was dein Vater will?« Gui lässt einen Stuhl zwischen ihnen frei, eine Flasche und einen Korkenzieher in der Hand. Ein Glas Valpolicella wird ihr unter die Nase geschoben.

»Danke«, sagt sie und trinkt einen Schluck. Er hat ein seltsam iranisches Aroma, dieser Wein, wie die Kirschen aus dem Obstgarten ihrer Familie. Baba würde ihn mögen. »Ich weiß, was er will.«

»Okay, dann gib ihm, was er will«, sagt Gui, der zum zweiten Mal an seinem Wein schnuppert.

»Du kennst den Mann nicht.« Sie wird nachsichtiger. »Er ist opiumabhängig. Er ist jedem Genuss verfallen, den er gerade für sich entdeckt hat. Und er lügt. Oft. Er würde uns ruinieren.«

Gui schluckt laut. Er riecht frisch, nach Shampoo und Menthol-Aftershave. Seine Stimme wird tiefer, klingt bekümmert. »Du bist nicht Karim oder Mam'mad.« Er sagt: »Warum hast du noch immer so große Angst, deinen Platz zu verlieren?« Der Name lässt einen heißen Schmerz in ihrem Bauch aufflammen. Gui starrt in sein Glas. »Ich hab verdammt lange gedacht, wir würden uns ein Zuhause einrichten, aber du wartest noch immer mit deinem gepackten Rucksack, als wolltest du jeden Moment gehen.«

»Das ist doch nicht –« Sie möchte ihn fragen, was das eine mit dem anderen zu tun hat, doch da kommt er schon wieder auf den Brief zu sprechen. »Familie bleibt Familie. Hast du gesehen, was im Iran los ist? Da wird gebrandschatzt und geplündert. Leute werden auf offener Straße erschossen. Die Sittenpolizei greift überall knüppelhart durch ... Macht dir das keine Sorgen?«

»Ich weiß genau, was passiert«, sagt sie. »Du bist derjenige,

der es nicht kapiert. Denkst du, hier würde es ihnen besser gehen? Und was ist mit seiner Sucht? Du willst doch bloß aller Welt
zeigen, dass dich das betroffen macht, wie jeder andere glück-
liche Europäer auch, aber dein ganzes Leben besteht nur aus Si-
cherheitsnetzen. Also halt mir bitte keine Vorträge darüber, was
dafürspricht, meinen Vater zu einem verdammten Flüchtling zu
machen.«

Er stöhnt auf. »Ich werde jetzt nichts dazu sagen, weil du gerade einen Freund verloren hast«, sagt er, »aber … krass.« Er saugt
an seiner Lippe und steht auf, mit vor Zorn großen Augen. »Gute
Nacht.«

Ihr Kopf fühlt sich schwer an, und sie lässt ihn wieder auf den
Tisch sinken, atmet ihre Rotweinfahne auf Guis saubere Seiten.
Vielleicht wird sie hier schlafen. Sie hört Türenknallen im Schlaf-
zimmer, und ein paar Minuten später taucht Guillaume wieder
auf. Er trägt eine gebügelte Jeans und einen dünnen hellgrauen
Wollpullover, seinen Lieblingspulli.

»Wo willst du hin?«, fragt sie und geht im Geist die Möglichkeiten durch. Er antwortet nicht, sondern kramt kurz in der Vorratskammer herum, ehe er die Suche aufgibt und sich einen Apfel aus
dem Kühlschrank nimmt. Dann geht er zur Tür. Sie sieht, dass sie
ihn verletzt hat, und dazu mit Absicht. Angeblich wissen geliebte
Menschen am besten, wo unsere empfindlichsten Punkte sind.
Vielleicht, weil sie sie dazu gemacht haben. »Er hätte vor zwanzig
Jahren mit uns kommen können«, sagt sie, mit einer Schärfe in
der Stimme, die ihr durchaus bewusst ist, so wie ein Betrunkener
sich seiner Fahne bewusst ist, angeekelt, aber zu erschöpft, um etwas dagegen zu tun. »Wer braucht ihn jetzt? Keiner.«

»Interessiert mich nicht mehr«, sagt Gui. »Ich hoffe, du amüsierst dich gut, allein in deiner Parzelle.« Er wendet sich ab. Sie
will sich entschuldigen. Gui hat recht. Sie war unverzeihlich gemein. Zu den wichtigsten Menschen ist sie immer besonders

gemein. Doch dann dreht er sich in der Tür noch einmal um und sagt: »Vielleicht, wenn du deine geliebten Hausbesetzer nicht für dich behalten hättest, sondern erlaubt hättest, dass ich ihnen echte, professionelle juristische Hilfe besorge ...«

Später kann sie sich nicht daran erinnern, was sie als Nächstes sagt. Das Zimmer ist glühend heiß geworden, und ihr brennen die Zehen, sie hat das Gefühl, gleich zusammenzubrechen. Sie hat diesen Gedanken wochenlang niedergerungen, ihn verdrängt, sobald er sie im Schlaf heimsucht. Kann sie abstreiten, dass sie Guis Hilfe abgelehnt hat, weil sie die Gruppe nur für sich allein behalten wollte, weil sie wollte, dass das Zakhmeh zu ihrer Parzelle gehört? Sie war so damit beschäftigt, darüber nachzudenken, warum ihr Mann helfen wollte, dass sie nicht daran gedacht hat, was seine Hilfe für ihre Freunde bedeuten könnte. Gui geht. Er knallt die Tür nicht zu, sondern schließt sie leise hinter sich, als wäre er ein Gast.

Eine Stunde vergeht. Kurz nickt sie ein. Später, als sie Guis Unterlagen vom Küchentisch räumt, denkt sie ans Zakhmeh. Sie vermisst die knisternden Gespräche mit ihren unerwarteten politischen oder literarischen Wendungen, die Suppenkessel, den schummrigen, verlotterten Raum zur Grachtseite hin mit seinen alten Kissen, Männern mit blonden Dreadlocks, Frauen im Hidschab, White-Widow-Joints und Taschenbuchausgaben des Korans auf demselben wackeligen Klapptisch. Es freut sie, dass ihre neuen Freunde die Art von Immigranten-Community bilden, die ihre holländischen Nachbarn nervös macht.

Dann denkt sie an Mam'mad, gierig nach der Achtung, die man ihm einmal entgegengebracht hat, immer weniger werdend, ständig darauf hoffend, sich wieder in sein altes Ich zu verwandeln, wie ein Kind, das darauf wartet, endlich in ein Tierkostüm zu passen, sich groß macht und dann wieder klein wird, sodass das Tierfell in sich zusammenfällt, den Kopf hängen lässt, leblos. Und Karim, geduckt wie ein angebundener Hund, ziellos auf den regennassen Straßen unterwegs, allein in einer Stadt, in der ihn selbst die gastfreundlichsten Einheimischen höchstens mit einem einzelnen Keks und argwöhnischen Blicken abspeisen.

Sie bleibt lange sitzen. Nilou hat immer vernünftige Lösungen gefunden, um sich aus den tückischsten Sümpfen zu ziehen, wenn sie nur lange genug in aller Ruhe nachgedacht hat. Jetzt starrt sie bloß vor sich hin, und ihre Gedanken wandern zu Baba. Als Kind hat sie ihn für den nettesten Menschen auf der Welt gehalten. Doch mit den Jahren ist Baba allmählich ein Fremder für sie geworden, und sie empfindet nur noch eine dumpfe Sehnsucht nach dem schwungvollen, fröhlichen Vater, den sie einst kannte. Menschen verändern sich. Alle. Und jede Liebe endet. Das weiß sie jetzt. Nur hartgesottene Flüchtlinge sträuben sich gegen Veränderungen. Sie beharren auf ihren Standpunkten und versuchen, ganz gleich, wo sie landen, Wurzeln zu schlagen, selbst wenn der Boden Gift für sie ist. Aus Angst, nach vorne zu schauen, klammern sie sich beharrlich fest. Sie lassen tote Dinge nicht los. Sie schütten den Limettensaft nicht weg. Sie horten Kinkerlitzchen in abgewetzten Koffern. Sie sammeln Fotos aus längst vergangenen Zeiten, flehen ihre Kinder um Abzüge an. Sie bauen eine Festung in einer Ecke des Wandschranks. Vielleicht hat Gui recht gehabt. *Du wartest noch immer*, hat er gesagt – und das stimmt. Sie hat so große Angst davor, ihre Errungenschaften zu verlieren, und seien sie noch so klein, dass jetzt sogar ihr eigener Baba eine Bedrohung darstellt. Wenn sie Gui als ihr Zuhause akzeptiert hätte, würde sie sich dann noch immer so verbissen absichern? Wäre sie eine in sich ruhende Frau mit zig verstreuten Handtaschen, in jeder von ihnen ein alter Ausweis oder ein Dokument, das sie mal für wichtig hielt – keines bedeutsam genug, um es zu verwahren, weil ihr Recht auf ihr Leben nicht von diesen Dingen abhängt, sondern in sich selbst begründet liegt?

Niemand kann es ihr wegnehmen. Vielleicht ist das der Unterschied zwischen Flüchtlingen und Auswanderern. Nicht Yale oder Einbürgerungsurkunden, ein fettes Bankkonto oder Einladungen in die Häuser von Einheimischen. In dieser Hinsicht ist sie genau wie Mam'mad und Karim. Wenn du es schaffst, das erste große Glücksgefühl nach der langen Migration loszulassen, wenn du darauf vertraust, dass du auch in einem Jahr oder einem Jahrzehnt noch immer du sein wirst, auch ohne die Schätze, die du unterwegs gesammelt hast und die immer noch mehr werden könnten – wenn du aufhörst, das alles auf deinem Rücken zu tragen –, vielleicht ist das der Moment, in dem die Flüchtlingsjahre enden.

Sie ruft Kian an. »Hast du einen Brief von Dad bekommen?«, fragt Kian.

Sie antwortet mit Ja, mehr nicht. »Hey«, sagt sie, weil ihr Bruder im Chaos einer Restaurantküche arbeitet und nie weniger als zwanzig Zutaten für seine Spezialsoße verwendet. »Meinst du, du könntest das Zeug in dem Glas nachmachen?«

»Welches Glas?«, fragt er. Dann, nach kurzem Schweigen, keucht er auf. »Er hat dir Essen geschickt? Das ist total unfair. Etwa *torschi*? Safran?« Sie erklärt ihm, dass das Glas verschwunden ist.

»Wie kann so was denn einfach verschwinden?«, fragt Kian.

Nilou holt müde Luft. »Gui hat es weggeschmissen.« Ehe sie auflegen, verspricht Kian, dass er versuchen wird, Baba anzurufen. Vielleicht kann er ihn ja erreichen. Sie warnt ihn, dass die neue Ehefrau seine E-Mails beantwortet.

Jetzt, wo sie sich beruhigt hat, merkt sie erst, wie viel Zeit vergangen ist. Sie kann Gui nicht einfach irgendwo draußen lassen, auch wenn sie sich hässliche Dinge an den Kopf geworfen haben. Der Hamidi-Clan verzeiht hässliche Wutausbrüche. Wichtig ist, hat Maman immer gesagt, dass du auf deine Familie aufpasst, sie wertschätzt, auch wenn sie es nicht merkt.

Sie zieht eine leichte Jacke an, geht hinaus in den trüb-nieseligen Abend und schließt ihr Fahrrad auf. Gui schaut abends oft in der neuen Wohnung vorbei, um zu checken, wie weit die Arbeiten vorangeschritten sind, um über Anstrichfarben nachzugrübeln oder nachzusehen, ob die neue Kücheninsel, die nach dem Vorbild ihrer jetzigen entworfen wurde, auch zu den Schränken passt.

Mit dem Handtuch aus der Satteltasche wischt sie das Regenwasser vom Sitz, bindet ihren verschwitzten Haarknoten fester und setzt die Stirnlampe auf. Dann radelt sie in den Nebel, vorbei am Museumsviertel und an einem Park, an einigen Studentenwohnheimen und einer Brauerei bis nach De Pijp, wo sie sich ihr neues Zuhause einrichten. Es gibt da eine Bar, die sie besonders mag. Als sie noch neu in Amsterdam waren, zogen sie und Gui freitags alte Jeans an und tranken dort Drei-Euro-Whiskeys. Jetzt geht Nilou ohne ihn hin, um mit den Flüchtlingen und holländischen Musikern auf der Terrasse zu rauchen. Die Terrasse grenzt an eine Gracht, auf der ein paar Boote liegen; dort schaut sie zuerst nach. Aber Gui ist nicht da – sie kann sich nicht erinnern, wann er das letzte Mal hier war. Die Bar ist jetzt ihre. Der Barkeeper, ein Mann wie ein Wolf, der ständig Limetten schneidet und auf dessen Knöcheln vom kleinen Finger bis zum Daumen l-i-e-f-de (Liebe) steht, kennt ihren Namen. Er hat sich an den Klang von Farsi gewöhnt.

Während sie ihr Fahrrad neben dem Ganescha-Wandbild auf der Rückseite der Bar aufschließt, spielt sie mit dem Gedanken, aufzugeben, den Anblick der Baustelle zu meiden. Aber irgendwie fühlt sich diese Rückholaktion an, als wäre sie ihre Aufgabe. Sie haben sich im Laufe der Jahre oft gestritten, bis die Fetzen flogen, aber nie hat einer den anderen über Nacht irgendwo draußen gelassen. Sie fährt die letzten zwei Straßenblocks entlang, und der Wind weht ihr Staubkörnchen in die Augen. Die Straßen sind unheimlich beleuchtet und nahezu menschenleer bis auf ein paar Servicekräfte und bekiffte Touristen auf dem Nachhauseweg. Die Nachtluft hinterlässt einen nassen Film auf ihren Armen. Sie fröstelt und tritt schneller in die Pedale. Dann und wann kommt ihr ein Kellner oder eine Kellnerin entgegen, Tüten mit Resten aus dem Restaurant an den Lenker gehängt. Sie biegt in die lange Straße ein, die zu der neuen Wohnung führt.

Sie lässt ihr Fahrrad aufs Kopfsteinpflaster fallen, betrachtet die Schönheit ihrer neuen Straße bei Nacht. Den schlanken Schwung der Straßenlaternen, die blühenden Topfpflanzen auf den Fensterbänken, die offenen Vorhänge, durch die farbenfrohe Deckenlampen über großen Holztischen zu sehen sind. Um die Ecke rülpst und schwappt die Gracht.

Der Hausflur ist dunkel und riecht nach Kellerstaub und neuen Ziegeln. Ein riesiges Stück milchige Plastikverpackung von der Lieferung ihrer Kücheninsel liegt zusammengeknautscht in einer Ecke neben den Briefkästen. Sie geht vier Etagen hoch und bleibt vor der Tür stehen, dreht den Schlüssel so leise wie möglich. Sie erinnert sich, dass es für sie mal das Schönste war, einen Schlüssel im Schloss zu hören. Manchmal versteckte sie sich und lugte um die Tür herum, wenn er hereinkam. Dann begann sein Gesicht langsam zu strahlen, und er hob sie hoch, küsste sie auf den Mund und sagte: »Du bist die Freude meines Lebens.«

Sie öffnet die Tür und flüstert: »Gui?« Die Wohnung riecht stark nach frischer Farbe und Klebstoff. Als sie eintritt, legt sich weißer Staub auf die Ränder ihrer schwarzen Slipper. Sie haben noch keine Jalousien angebracht, und die Straßenlampen werfen Lichtflecke ins Wohnzimmer. Obwohl alles mit Zement und Schmutz bedeckt ist, liebt sie diese Wohnung. Sie ist ein herrlicher, gemütlicher Schlupfwinkel, von Holzbalken durchzogen und mit Blick auf eine Gracht, die vom Mondlicht und von diesen würdevollen Straßenlampen beschienen wird. Das einzige

Möbelstück ist ein rissiger Esstisch aus Kirschholz mit gekreuzten Beinen, den die Schreiner gebaut haben und erst ganz zum Schluss mit Öl versiegeln werden. Ein Berg aussortierte Post wartet auf der staubigen Tischplatte, Infoschreiben von Behörden, Ehemaligenverbänden und anderen, denen sie schon ihre neue Adresse mitgeteilt haben.

»Gui?«, sagt sie wieder. Diesmal hallt ihre Stimme durch den leeren Raum.

Sie geht von Zimmer zu Zimmer. Das Schlafzimmer ist praktisch noch im Rohbau. Sie eilt hindurch und schaut in der Küche nach, im Gästezimmer, auf dem Balkon. Schließlich hört sie ein Husten von weit hinten in der Wohnung. Sie hat nicht im Bad nachgesehen, aber was sollte er dort auch tun?

Guillaume hat sich in die Badewanne verkrochen, Socken und Schuhe ordentlich in einer Ecke verstaut, die Jeans zusammengefaltet obendrauf. Er hat zwei Decken unter sich gelegt und sich mit einer weiteren zugedeckt. Es sind die Umzugsdecken, mit denen sie das Holz des Esstischs geschützt haben. Er sieht erschöpft aus, sitzt in der Wanne und spielt mit seinem Handy. Er blickt zu ihr hoch wie ein gefangener Vogel. Seine Augen flehen: *Lass mich in Ruhe.* Nachdem Nilou die halbe Nacht lang versucht hat, die Dinge vernünftig zu regeln, erfasst sie ein jäher Schmerz. »Es tut mir so leid«, sagt sie.

Die Luft ist voller Staub, der in den Augen brennt, aber Gui hat ein bisschen geputzt, versucht, es sich gemütlich zu machen. In einer Ecke liegen ein paar verdreckte Papiertücher. Der Badewannenrand ist sauber gewischt, doch die Seiten sind noch immer schmutzverkrustet. Er hat eine Rolle Klopapier, drei Flaschen Wasser, ein offenes Glas Nutella, aus dem ein Plastiklöffel ragt, und einen Linsensalat von Marqt um sich herum drapiert. Der Linsensalat schnürt Nilou die Kehle zu – sie haben sich gestritten, statt zusammen zu essen.

Er starrt sie aus blutunterlaufenen Augen an, sucht nach Worten. Er redet oft um die Dinge herum. Als sie zweiundzwanzig waren, sagte Guillaume nicht, dass er sie liebte, sondern zog sie stattdessen an sich und verdrehte das Gefühl lieber in eine Frage, zwang sie so, es zuerst auszusprechen. »Wenn ich unter einer Brücke wohnen würde«, fragte er, »würdest du mich dann besuchen kommen?« Sie antwortete, dass sie einen Rucksack mit Gummibärchen und Olivenöl und Wollsocken füllen und zu ihm unter die Brücke ziehen würde. Er sagte: »Ich verspreche dir, falls wir unter einer Brücke wohnen müssen, dann wird es die Pont Alexandre III. sein.« In zehn Jahren haben Nilou und Guillaume gelernt, die Zeichen des anderen zu deuten, haben gelernt, nett zueinander zu sein. Obwohl Nilou einmal bei der Lektüre eines Essays über frühe Primaten aufgefallen ist, dass Tiere nicht sanft oder großzügig mit ihren Partnern umgehen: Die Natur ist selbstsüchtig und brutal und hungrig.

Während sie jetzt beobachtet, wie Gui in der Badewanne versucht, die richtigen Worte zu finden, rechnet sie mit weiteren Einsprüchen und Umschweifen, mit noch mehr Sätzen, die das Thema umkreisen, ihm aber nicht zu nahe kommen. Stattdessen fragt er, jede Silbe so prall voll Kummer, dass ihr Magen sich schmerzlich verkrampft: »Wieso weißt du nicht, dass ich dich liebe?«

Als sie »Ich kann das nicht mehr« hört, begreift sie erst nach ein paar Sekunden, dass diese gefürchteten Worte ihr selbst über die Lippen gekommen sind. Wieder verkrampfen sich sämtliche Muskelfasern ihres Körpers, und die vier Bissen Birne, die sie vor ein paar Stunden gegessen hat, rumoren in ihrem Magen. »Es reicht nicht, über dieselben schrägen Witze zu lachen und zu sagen, unsere Liebe ist groß genug, um zusammen unter einer Brücke zu wohnen. Wir haben keine Wurzeln.«

»Dann schaffen wir uns welche«, sagt er.

»Weißt du, welche Lieder ich als Kind gemocht habe?«, fragt sie. »Oder welches Gedicht mein Dad meiner Mom vorgelesen hat? Du würdest die Worte nicht mal verstehen, wenn du sie hören würdest. Und umgekehrt ist es genauso. Macht dir das denn gar nichts aus?«

»Geh weg.« Er dreht das Gesicht zur Wand. »Du bist nicht die Einzige, die ihren Freiraum braucht.« Sie bemerkt einen Stapel eidesstattliche Aussagen, in denen er Passagen mit Textmarker hervorgehoben hat.

Plötzlich erwächst aus Guis verbitterter Forderung eine mögliche Lösung. Sie klopft ihm auf die Schulter. »Gui? Hör doch mal. Was hältst du davon, wenn ich hier einziehe und die Wohnung in Eigenregie fertig mache … nur für ein paar Monate?« Als er das Gesicht verzieht, erläutert sie: »Damit ich ein dauerhafter Teil davon bin … von dem ganzen Projekt, nicht bloß eine tragbare kleine Ecke. Und dann können wir sie verkaufen, oder du kannst sie haben, wie du willst … Ich werde meine Sache gut machen.« Sie wartet, merkt dann, wie unsinnig sie sich anhört, über Wohnungen zu reden, wenn ein gemeinsam verbrachtes Jahrzehnt seine letzten, langsamen Schläge tut.

Sie zieht die Schuhe aus, hebt die Decke an und sagt: »Wenn du nicht rauskommst, komme ich rein.« Sein Körper verharrt reglos, als wartete er darauf, dass ihm das Dach auf den Kopf fällt. Wieder spürt sie Traurigkeit in sich aufwallen, aber sie drängt sie zurück bis in die Magengrube. Sie sagt: »Na schön, dann mach ich heute den großen Löffel. Achtung, Achtung, ich dringe jetzt in deine Parzelle ein.« Seine Schultern zucken; sie wünscht sich so sehr, dass Gui lacht. Und er tut es.

*

Etwas später lässt sie Gui nach dem nervenaufreibenden Abend allein in der Badewanne weiterschlafen. Sie fährt zum Zakhmeh und sieht Siawasch und Karim davor auf dem Bordstein sitzen und eine Tüte Pistazien essen, die sie mit den Daumennägeln aufknacken. Sie hat noch keinen Iraner kennengelernt, der kein echter Stressesser ist, und seit Mam'mads Tod essen alle ihre Freunde ununterbrochen, als wollten sie sich mit einer Fettschicht gegen die hässliche Welt schützen. Sie setzt sich zu ihnen. Siawasch zieht seine Ohrhörer heraus und lässt sie mithören. *Wake up, wake up, little sparrow,* fleht der verrauschte Song.

Danach hocken sie lange Zeit wortlos da. Schließlich nimmt Karim Sias Handy, eine für ihn völlig untypische Geste. »Kann ich dir mal was zeigen?« Sia nickt. Karim sucht etwas im Netz, findet ein iranisches Lied, dessen Titel sie kennt – »Eines Tages, wenn du liebst«. Die drei stecken die Köpfe zusammen, Ohrhörer in der Mitte, das Handy zwischen ihnen. Karims Version wird von einem vielleicht zweijährigen Mädchen und ihrem Vater gesungen. Die Stimme des Mannes klingt vertraut, und Nilou zieht überrascht die Luft ein. »Oh mein Gott, bist du das?«

Karim lächelt traurig, nickt. »Die Aufnahme hab ich vor Jahren gemacht, als ich meine Tochter das letzte Mal gesehen habe. Ich hab sie Mam'mad *agha* vorgespielt, und er meinte, wir sollten sie an Geert Wilders schicken und dazu schreiben: *Fick dich, du gebleichtes Arschloch.*«

Zwei Minuten lang spielt Karim Gitarre, und seine Tochter singt mit einem zittrigen, dünnen Stimmchen wie Zuckerwatte, schleudert ihre Freude ins Mikrofon, spricht alle Wörter falsch aus. Es erinnert Nilou an die Tonbänder von Kian und ihr, jeweils aufgenommen, als sie zwei Jahre alt waren und zusammen mit ihrer Mutter sangen und Gedichte vortrugen. Das Beste an dem Lied (an der Stelle tippt Karim sich ans Ohr, signalisiert: *Jetzt genau hinhören*) ist der Moment, als das Kind jedes Wort zu verstehen scheint und mit spürbarer Rührung singt: *Großer Gott, mein Gott, ich möchte weiter lieben.* Danach spricht sie wieder vieles falsch aus und plappert Auswendiggelerntes nach. Weiter lieben, das scheint diese Kleine zu wissen, ist die wahre Herausforderung. Wurde sie mit diesem Wissen geboren? Ist sie in der Erwartung aufgewachsen, dass jede Liebe endet? Hat sie erwartet, dass ihr Baba eines Tages in Europas gähnendem Schlund verschwindet und vielleicht niemals zurückkehrt?

Nilous Finger zittern, ihre Schlüssel klimpern laut gegen ihr Knie. Karim nimmt ihre unruhige Hand in seine trockene, schwielige, bedeckt sie ganz, sodass die Spitzen der Schlüssel aus ihren geschlossenen Fäusten ragen wie der Schnabel eines kleinen Vogels, den sie gefangen haben. »Beruhige dich, Nilou *khanom*«, sagt er. »Es ist nicht so schlimm, wenn wir alle noch hier sind.«

Großzügigkeit ist die Gabe des armen Mannes, hat Mam'mad mal gesagt, und jetzt weiß sie das auch. Sie denkt an Babas Brief, an ihre Angst davor. Wie schlimm kann er schon sein?

*

Allein in ihrem Schlafzimmer, zaudert sie und ruft erst mal Maman zurück, ehe sie den Brief holt. »Ich hab eine Sprachnachricht aus dem Iran bekommen, die war kaum zu verstehen«, sagt Maman auf Farsi. »Miserable Verbindung, aber es klang wie Bahman. Hast du was von deinem Baba gehört?« Eine verzweifelte Sekunde lang überlegt sie, ihrer Mutter von dem Brief zu erzählen, den E-Mails und den vielen erschreckenden Möglichkeiten, die sie bergen. Aber ein harter Kloß bildet sich in ihrer Kehle, und sie murmelt ein rasches Nein.

Sie hebt den Umschlag an die Nase. Wie kann ein Brief, der so riecht, es außer Landes geschafft haben? Wahrscheinlich hat das Gewürzglas den erdigen Haschischgeruch überdeckt. Vielleicht war ihm das auch völlig egal. Sie dreht das leuchtend blaue Kuvert um und reißt die Lasche auf. Sie zieht das hauchdünne Blatt darin heraus. Nilou weiß, was Baba will – sie soll einem größeren Organismus angehören. Aber ihre Verbindung dazu fühlt sich inzwischen unnatürlich an, als versuchten fremde Zellen, sich anzudocken und zu wachsen.

Nilou erinnert sich, dass iranische Familien als Clans oder Rudel konstruiert sind. Sobald jemand niest, kommen fünfzig Verwandte angerannt und bringen Töpfe voll Basmatireis und Hähnchen mit Pflaumen. So war das in Ardestun, wo ein kleiner Imbiss gleichbedeutend war mit fünfzehn Verwandten unter einem Baumkronendach, die sich auf *lavash*-Brot, Käse und Gurken stürzten, sich gegenseitig mit Liedern neckten, Maulbeeren entstielten und saure grüne Pflaumen salzten. Wenn einem von ihnen etwas widerfuhr, waren ihre Wurzeln stark. Aber Guillaume und Nilou sind jetzt wie die Holländer – sie waren lange Zeit nur zu zweit. Sie liest die Farsi-Wörter eins nach dem anderen.

»Ich versteh das nicht.« Sie setzt sich im Bett auf, tritt die Decke beiseite. Ist der Mann high, oder lügt er bloß? Bahman Hamidi ist ein gewohnheitsmäßiger Lügner. Er lügt oft und genüsslich. Ehe Nilou mit Maman und Kian den Iran verließ, hat er ihr in die Augen gesehen und gesagt, er würde nachkommen. Sie liest den Brief ein zweites Mal – vielleicht hat sie ihr Farsi verlernt. Aber nein, da ist kein Fehler möglich. Offenbar ist Dr. Hamidi seit Juni ein Gefangener in seinem eigenen Haus.

Kleine Freuden
wie Sauerkirschen

August – Oktober 2009
Istanbul, Türkei

In Istanbul hatte Bahman Freunde, aber er wies den Taxifahrer an, ihn zum Ayasofya Pansiyonlari zu fahren, dem weiß getünchten Gästehaus an einer von Blumen gesäumten Straße neben der prachtvollen rosa Basilika. Nachdem er die Türglocke betätigt hatte, begrüßte ihn der Manager – dessen purpurrotes Outfit dazu geeignet gewesen wäre, einen Puff zu beleuchten – mit zweihändigem Handschlag, Schulterklopfen und lächelnden Augen. »Dr. Hamidi!«, sagte er in einer akzentuierten Mischung aus Farsi und Englisch. »Schön, dass Sie uns wieder besuchen! Wir haben den schwärzesten, heißesten Kaffee für Sie!« Er führte Bahman zu seinem Lieblingsplatz in dem Terrassencafé.

Um den Iran verlassen zu können, hatte Bahman sich ein legales Ausreisevisum besorgt (indem er, was nicht unüblich war, Schmiergeld bezahlt hatte). Er hatte das Ganze unauffällig in Teheran geregelt, um zu verhindern, dass das Gericht in Isfahan von einer Auslandsreise so kurz nach seinem Hausarrest erfuhr. Für den Fall einer Bürodurchsuchung hatte er alle seine Familienfotos an den Wänden und einiges Geld im Schreibtisch gelassen und seinem Bruder die Verantwortung übertragen. Der Plan war folgender: Seine Brüder Ali und Hossein würden Bahmans Praxis so lange wie möglich regelmäßig öffnen, Zahnreinigungen, Füllungen und Röntgenaufnahmen machen und sogar OP-Termine ansetzen, die sie dann im letzten Moment wieder absagen würden. In ehrlichen Augenblicken, die mit fortschreitendem Alter ermüdend häufiger wurden, konnte Bahman sich eingestehen, dass Zahnmedizin so schwer gar nicht war – seine ungeschulten Brüder hatten sie recht leicht gelernt. Aber andererseits war er schon immer ein wenig faul und maßlos gewesen. Wer Zähne studieren will, sollte ihre Evolution studieren, wie Nilou, oder sich damit befassen, wie man sie nach neuen Geschmäckern lechzen lässt, wie Kian. Er zitterte vor Freude bei dem Gedanken, die Kinder zu sehen.

In dem Café mit Blick auf die Ayasofya trank Bahman mehrere Tassen tiefschwarzen Kaffee und schmiedete Pläne. Er würde ein drei Monate gültiges Touristenvisum für Europa beantragen – das hatte er früher schon erfolgreich getan, um die Kinder zu besuchen. Er würde nach Holland reisen, wo Nilou, wie er vermutete, noch immer lebte. Dann, am einundneunzigsten Tag, wenn das Visum ablief und offensichtlich wurde, dass er sich der Gnade irgendwelcher inoffizieller holländischer Kanäle auslieferte, die sich mit illegalen Immigranten befassten, würde sein Anwalt Agha Kamali sein noch verbliebenes Geld an Bahmans Mutter schicken und seine Hände in Unschuld waschen.

Bahman verbrachte einen langen, heißen Tag in der Warteschlange vor der holländischen Botschaft. Nilou hatte nicht auf seinen Brief reagiert – würde sie enttäuscht sein, ihn zu sehen? Stundenlang beobachtete er die nervösen Reisenden in den Wartezimmern. Er belauschte Gespräche auf Farsi, ohne sich anmerken zu lassen, dass er jedes Wort verstand. Was für ein Glück, dass er genug Geld hatte, um seinen Weg zu erleichtern. Er versuchte sich vorzustellen, wie ein armer Arbeiter mitsamt Familie diese Reise bewerkstelligen wollte. Wie sollte er die Ausreisevisa bekommen? Wie sollte er Anwälte und Übersetzer bezahlen? Wie sollte er sie davon überzeugen, dass er nicht länger bleiben würde?

Und dennoch, wenn man darüber hinwegsah, was drinnen vor sich ging, stellten diese europäischen Botschaften, die alle an prächtigen Straßen lagen, einen imposanten Reichtum zur Schau. Er musste an einen Tag in London denken, vor der amerikanischen Botschaft, als er Nilou gefragt hatte, ob sie wohl hineingehen könnten. Die Freundlichkeit in ihren Augen war hinter einer Mauer aus Panik verschwunden. Es betrübte ihn, wenn er angesichts dieser ungleichen Voraussetzungen an die Schwächen seiner Tochter dachte. Machten Europäer sich eigentlich klar, was für ein Glück sie hatten, durch den Zufall der Geburt so viel Ordnung und Fürsorge zu erfahren? Wie wäre sein Leben verlaufen, wenn sein Vater kein Bauer in Ardestun, sondern englischer Rechtsanwalt gewesen wäre? Dann würde er seine Tage in gepflegten Gärten verbringen, weite weiße Hosen tragen, Gedichte lesen und Tee trinken. Als er dieses vertraute Bild vor sich sah, musste er über sich selbst schmunzeln – sein ganzes Leben lang war das sein Traum gewesen: die weißen Hosen, der Tee im Garten, die Bücher. Vielleicht hatte das gar nichts mit England zu tun; vielleicht war das sein eigenes privates Paradies.

Er bekam an dem Tag keinen Termin in der holländischen Botschaft. Am nächsten Tag drückte man ihm einen Stapel englische Formulare in die Hand, in denen das Antragsverfahren für ein Touristenvisum erläutert wurde. Er ging damit zu einem Anwalt, den Kamali ihm empfohlen hatte.

Der Anwalt sprach ein geschraubtes, literarisches Farsi. »Warum möchten Sie ausreisen?«, fragte er in der Vermutung, dass Bahman nicht vorhatte, zurückzukommen.

Bahman erwähnte das Opium nicht (dass er das Land schon längst verlassen hätte, wäre er nicht mit Händen und Füßen an die verfluchte Pflanze gekettet gewesen). »Dreißig Jahre sind genug«, sagte er, unfähig, die Traurigkeit aus seiner Stimme zu halten. »Der Iran wird nicht wieder zu dem werden, was er mal war.

Sie kennen die Lage. Diese Kinder haben nicht die Kraft für eine Revolution, und unsere Generation schon gar nicht.«

»Nun, Dr. Hamidi, alle versuchen rauszukommen«, sagte er. »Touristenvisa sind schwer zu erlangen, selbst für einen Mann wie Sie.« Er schüttelte den Kopf und wischte sich den Schweiß von der Stirn. Bahman verließ sein Büro ohne ein weiteres Wort.

Man kann sein Schicksal nicht in die Hände eines Mannes ohne Hoffnung legen – besonders, wenn dieser Mann sich in Anbetracht eines ganzen Lebens, das plötzlich zu Ende geht, so ungerührt zeigt. War das, was er getan hatte, dermaßen alltäglich, dass dieser jämmerliche Mann sich kein einziges ermutigendes Wort abringen konnte? Hatte er sich nicht von dem Zuhause seiner Kindheit losgerissen, von allem, was er liebte, und allem, dem er verbunden war? Vom Opium, ja, aber auch von so viel mehr. Er hatte sich befreit, und das sollte Erstaunen auslösen. Zumindest erstaunte es Bahman … aber vielleicht genügte das ja.

Ende September traf sich Bahman mit einem weiteren Anwalt, der jung und freundlich war und einen guten Londoner Akzent hatte – er kostete doppelt so viel wie der erste, obwohl er nur halb so alt war. Der Junge diente ihm hauptsächlich als Übersetzer, was Bahman nur recht war. Mit jeder fein formulierten Übersetzung verwandelte er Bahmans Worte in ihre beste, kultivierteste Version. Manchmal ließ er Dinge weg oder fügte Dinge hinzu, und Bahman erkannte, dass seine Entscheidungen klug waren. Der junge Anwalt begleitete Bahman zur holländischen Botschaft und verschaffte ihm einen Termin für eine mündliche Befragung in zwei Wochen.

Den nächsten Morgen verbrachte Bahman in dem verglasten Wintergarten, wo das Frühstück serviert wurde. Er las Hafis und dachte an seinen letzten Aufenthalt hier. Die Erinnerung stimmte ihn traurig. Er machte einen langen Spaziergang und kehrte müde und verschwitzt ins Hotel zurück.

Auf seinem Zimmer kippte er den Inhalt seines Koffers aufs Bett. Plötzlich kam ihm seine Kleidung falsch vor, die Kleidung eines problembeladenen Dörflers. Die Sachen stanken nach seinem alten Leben. Auch der Koffer roch nach Jahren der Zweckentfremdung – all die Schmuggelware, die er ins Futter eingenäht hatte. Er schmiss alles zurück in den Koffer, trug ihn hinunter und stellte ihn draußen auf der Straße ab. Dann befestigte er einen Zettel daran, auf den er geschrieben hatte: *Take please. Cloths of old man. Good quality.*

Er ging zur Istiklal Caddesi, der belebten Einkaufsstraße mit Straßenbahn, zahllosen Konditoreien und dem berühmten amerikanischen Café, das er so mochte, weil es dort Eiscreme gab, die sich als Kaffee verkleidete. »Wo ist das Starbucks?«, fragte er fünf oder sechs Passanten.

Wie sehr sich diese Reise doch von den vielen anderen Malen unterschied, wenn er nach Istanbul gekommen war, um Visa zu beantragen. Damals hatte er das sichere Gefühl gehabt, wieder nach Hause zurückzukehren, und diese Sicherheit hatte man ihm angemerkt. Zu jener Zeit herrschte noch nicht so ein Chaos im Iran, und Kamali hatte alle Papiere bestens vorbereitet. Er hatte sein Visum stets binnen weniger Tage erhalten und die restliche Zeit damit verbracht, für seine jeweilige Ehefrau einzukaufen. Jetzt war die Welt der Iraner überdrüssig geworden, und er trug seine geheimen Pläne mit sich wie ein schmutziges Unterhemd. Er war sicher, sie konnten ihn wittern. Was sollte er machen, wenn sie ihn abwiesen? Wenn sie in seinen nervösen Augen lasen, dass er nicht mehr an seine Heimat gebunden war?

Er spazierte eine Weile herum, probierte türkische Delikatessen, bis er ein Geschäft für Herrenmode fand. Er kaufte vier weiße Hosen (drei seriöse mit Reißverschluss und eine mit Kordelzug für einen Garten der Zukunft), Unterhemden und mehrere luftige Hemden in leichten, unbeschwerten Farben. »Ich möchte wie die britischen Männer im Topkapi und in den Moscheen aussehen«, erklärte er dem Verkäufer. »Die anständigen, nicht das Gesindel.«

Außerdem kaufte er einen Sonnenhut, eine Sonnenbrille, einen neuen Gehstock und neue Betperlen in einem dunkleren Grünton. Die Betperlen gab er später wieder zurück, denn sie glitten ihm nicht gut durch die Finger, und die Veränderung schien ihm doch zu groß.

Es hatte mal eine Zeit gegeben, da waren ihm Veränderungen nicht so schwergefallen, und er war jeden Tag in die Schuhe eines anderen Mannes geschlüpft. Mal war er ein Mann der Arbeit, mal ein Mann des Müßiggangs. Auf den Reisen zum Kaspischen Meer hatte er sich in die bestmögliche Inkarnation seiner selbst verwandelt, in einen Poeten und Fischer. In jener Zeit hatte er sich angewöhnt, weiße Hosen mit Kordelzug zu tragen und in Sandalen zum Strand zu gehen. Stets nahm er einen Gedichtband und eine Dattelpflaume mit, obwohl Dattelpflaumen sich eigentlich nicht für Spaziergänge eignen. Das Meer begünstigt derlei Kühnheiten.

Im Norden des Irans, im *Shomal*, wo die Luft feucht und diesig ist und man das Grün der Blätter und das Rosa der Kirschblüten und den Fisch und das Salzwasser riechen kann, wo Tomaten wie Tomaten schmecken und Knoblauch wie Knoblauch und Schalotten wie Schalotten, gibt es Häuser auf Stelzen, die etliche Meter weit im Meer stehen. Sie sind wie Frauen, die mit geschürzten Röcken durchs Wasser waten, während die Flut zwischen ihren nackten Beinen hindurchrauscht. Manche schauen auf die Berge in der Ferne, und manche blicken aufs Meer hinaus. Die meisten sind Fischerhäuser, Hütten, in denen man an langen Holztischen am Fenster sitzt, die salzige Luft einatmet und sich abends den Fang des Tages schmecken lässt. Der Fischer oder seine Frau bereiten jedes Gericht eigenhändig zu, im selben Raum oder auf einem Grill direkt auf der Veranda, sodass die Dielenbretter und die Dachbalken den Geruch von Fisch, Salz und Rauch verströmen. Es ist unvergleichlich: der Geschmack des Meeres.

Es hatte mal eine Zeit gegeben, da hatte Bahman seine Kinder jeden Sommer mit ans Meer genommen, hatte ihnen gebratene Maiskolben von einem Imbiss am Straßenrand gekauft (bloß ein Mann mit einem Grill und einem Eimer Salzwasser). Er zog die Blätter selbst ab und ließ sich das Wasser auf die Finger tropfen, wovon ihm die rissigen Nagelhäutchen brannten. Wenn er mit den Fischverkäufern plauderte, erlaubten sie ihm, seine Angelschnur durch das hübsche Fenster des Stelzenhauses auszuwerfen, und die Kinder beugten sich aus dem Fenster und kreischten vor Freude über die Geschicklichkeit ihres Vaters.

Wo war dieser Bahman geblieben? Und gab es irgendwo in Holland oder Amerika eine Küste, deren besondere Düfte und Aromen ihm eines Tages vertraut sein würden?

Am selben Abend saß er mit dem Hotelmanager zusammen, der ihm eine *manghal* anbot. »Damit hab ich aufgehört, mein Freund«, sagte er. »Es ist nicht gesund.« Dann, nach kurzem Nachdenken: »Kennen Sie jemand Verlässlichen, der meinem Haar wieder ein bisschen Farbe geben kann?«

»Dr. Hamidi«, sagte der Manager in seinem eigenen speziellen Finglish: »Sie sind ein Freund, deshalb werde ich kein Blatt vor den Mund nehmen. Ich verbiete Ihnen, welche Verrücktheit auch immer Sie gerade in Betracht ziehen.«

»Ich bin kurz davor, zum Eindringling in einem Land zu werden, dem es lieber wäre, wenn ich umkehre und nach Hause fahre«, seufzte Bahman. »Sollte ich mich da nicht ein bisschen zurechtmachen?«

»Hören Sie auf, sich Sorgen zu machen«, sagte der Manager. Er goss Bahman noch einen Kaffee ein. »Ihre Kinder werden sich freuen, Sie zu sehen.«

»Ach, Sie haben meine Nilou vergessen«, sagte Bahman mit einem leisen Lachen. »Diese harten, enttäuschten Augen.« Der Manager nickte und zündete sich eine Zigarette an.

Zwei Wochen später ging Bahman erneut zur holländischen Botschaft. Er ließ die Befragungen demütig über sich ergehen. Er erzählte von seinem Sohn und seiner Tochter, seiner Ehefrau im Iran und von seiner Zahnarztpraxis. Selbstverständlich habe er die Absicht zurückzufahren, beruhigte er sie. Er zeigte ihnen seine Bankauszüge und Belege, dass er früher schon Europa bereist hatte und stets fristgerecht wieder nach Hause zurückgekehrt war. Er zeigte ihnen ein Rückflugticket, gekauft und bezahlt. Er legte sogar ein Foto von Ardestun vor – *Sehen Sie, wie schön es da ist? Wie der Fluss glitzert? Ich schwöre Ihnen, dieses Dorf verlässt keiner, niemals.* Vor Einwanderungsbeamten und vor Scheidungsrichtern lügt jeder.

Dann wartete er. Er ging mit seinem klugen Anwalt essen und telefonierte mit Kamali. Der September ging zu Ende, und Bahman wurde ruhelos. Im Oktober versuchte er, seine Kinder anzurufen. Er sprach in Nilous Büro auf die Mailbox, aber sie rief nicht zurück. Einige Tage später wurde ihm ein befristetes Touristenvisum für die Niederlande bewilligt.

Am Abend saß er mit dem Hotelmanager auf der Terrasse. Die frische Herbstluft ließ das Tischtuch flattern, und zum ersten Mal seit Wochen sehnte er sich nach einer *manghal*. »Dieses verdammte Kribbeln«, murmelte Bahman. »Mein ganzes Leben lang hab ich dieselben schlechten Gewohnheiten gepflegt.«

Er dachte an seine letzte Reise nach Istanbul. Er hatte hundert extraheiße Tassen türkischen Kaffee getrunken, um nicht die Fehler von Madrid zu wiederholen. Am ersten Tag, noch bevor seine Kinder ankamen, hatte ihm einer der Kellner hier für viel Geld vier schwache Opiumkekse verkauft. Er hatte drei Bissen pro Tag gegessen, um die Entzugserscheinungen zu lindern.

304

Der Manager nickte. »Vielleicht kann eine alte Gewohnheit durch eine neue ersetzt werden.«

»Ja«, sagte Bahman und lachte in sich hinein. Er musste sich nicht mehr auf die Suche nach Opiumkeksen machen, aber, so rief er sich in Erinnerung, es gibt auf dieser Welt kleine Freuden, die einen nicht um Sinn und Verstand bringen. »Sie haben nicht zufällig Sauerkirschen im Haus?« Sein Freund lächelte, zog an seiner Zigarette und schüttelte den Kopf. »Macht nichts. Gießen Sie uns doch noch einen Kaffee ein, ja? Der Abend ist so schön. So schön.«

Das vierte Wiedersehen

Istanbul, 2008

> Es gibt hundert Arten,
> niederzuknien und den Boden
> zu küssen.
>
> *Dschalal ad-Din ar-Rumi*

In Istanbul fand ich mich mit dem Unvermeidlichen ab: Baba und Guillaume einander vorzustellen. Der Gedanke, meine zwei Welten miteinander zu vermischen, hatte mir fast zehn Jahre lang Albträume bereitet, und nach dem Desaster in Madrid anderthalb Jahre zuvor hatte ich mir geschworen, es niemals zu tun. Aber Baba hatte darauf bestanden, meinen Mann kennenzulernen, und als Gui davon erfuhr, bestand auch er gut gelaunt darauf. Ich ließ mich nur deshalb auf das Treffen in Istanbul ein, weil Kian im Sommer verschiedene Fischsorten verkosten, einige neue Kebab-Rezepte lernen und auf dem Großen Basar seine Gewürzvorräte aufstocken wollte. Ich dachte mir, dass Gui und ich dann wenigstens nicht mit Baba allein wären.

In letzter Zeit verbrachte Gui sehr viel mehr Zeit in der Kanzlei. Mich störte das nicht. Ich hatte meine eigene Arbeit, und wir waren uns schon lange einig darin, dass unsere Karrieren Vorrang hatten. Außerdem ermöglichte Guis Job uns ein so komfortables Leben, wie ich es nie zuvor gehabt hatte. Was wollte ich mehr? Ein Teil von mir freute sich darauf, Baba alles zu zeigen, was ich nun besaß. Siehst du? Ich hab mir ein gutes Leben aufgebaut. Wer hätte gedacht, dass ich mal ein Flüchtlingskind in

Oklahoma gewesen bin? Dass ich je in einer Flüchtlingsunterkunft in Rom fürs Frühstück angestanden oder schlecht sitzende Kleidung von der Heilsarmee getragen oder eine Nacht im Jesushaus verbracht habe? So sieht Glück aus.

Unser Flugzeug von Amsterdam Schiphol landete am Nachmittag. Kians und Babas Flieger waren schon am Vormittag angekommen, deshalb fuhren Gui und ich direkt zum Ayasofya Pansiyonlari, wo wir drei Zimmer reserviert hatten. Wir rechneten damit, dass die beiden schon eingecheckt hatten. Am Empfang begrüßte uns ein türkischer Hotelier, ein Pfau von einem Mann mit nervösen Augenbrauen, Goldknöpfen an der königsblauen Jacke und einem glänzenden, befremdlich schmal geschnittenen Schnurrbart. Er wirkte geziert, gestikulierte mit den Fingern und sprach in einem affektierten Tonfall, als hätte er die Kunst der luxuriösen Bewirtung aus einem alten Zeichentrickfilm gelernt.

Manchmal stelle ich mir unseren Aufenthalt in Istanbul gern aus der Perspektive des Hotelpersonals vor. Nach einigen Wiedersehen mit Baba nahmen wir gar nicht mehr wahr, wie eigenartig wir wirkten, dass wir uns jedes Jahr ein wenig mehr verändert hatten, auseinandergedriftet und einander so fremd geworden waren, dass wir als Gruppe keinen Sinn ergaben, wie die einzelnen Elemente eines Gesichts, die nach zu vielen Schönheitsoperationen nicht mehr zusammenpassen. In unseren drei Jahren als Amsterdamer hatte Gui begonnen, sich wie der urbane Holländer der Oberschicht zu kleiden, und auch ich hatte mich für die Reise entsprechend ausstaffiert. Als wir ankamen, trugen wir dünne graue Jeans und Leinenblazer in Cremetönen, und unsere langen Haare hingen über Pilotenbrillen. Wir fragten, ob unsere Angehörigen schon da waren – mein Vater und mein Bruder, präzisierten wir und nannten deutlich ihre Namen. Der Mann am Empfang warf einen Blick auf Gui, registrierte sein europäisches Gesicht und den modischen Haarschnitt, schaute dann wieder auf das Gästebuch und sagte: »Nein, hier ist niemand für Sie. Wir geben Ihnen dann Bescheid.« Er fügte hinzu, dass wir in dem Terrassencafé warten oder uns in unserem Zimmer ausruhen könnten, und jemand würde uns verständigen, sobald unsere Angehörigen eintrafen. Vielleicht machten sie ja einen Spaziergang im Sultanahmet-Viertel, sagte er, oder ihre Flüge hatten sich verspätet.

»Ich hab das überprüft«, sagte Gui mehr zu sich selbst. »Sie sind pünktlich gelandet.«

Wir brachten unser Gepäck aufs Zimmer, ein heller, luftiger, fast völlig weißer Raum. Ein Himmelbett mit Goldrahmen und die hauchzarten, wehenden Vorhänge, die den Blick auf die Ayasofya freigaben, erinnerten an das alte Istanbul aus Büchern und Filmen. Eine Stunde später gingen wir wieder zur Rezeption. »Tut mir leid«, sagte der Mann, ohne aufzusehen. »Heute sind nur wenige Gäste eingetroffen. Niemand für Sie.«

Wir beschlossen, einen Spaziergang zu machen. Die Straße war weiß getüncht und blitzsauber, die Bürgersteige mit kleinen orangeroten Blumen geschmückt. Sie erinnerten mich an unsere Straße in Isfahan, daran, dass die hohen Mauern der Häuser mit Buschrosen bewachsen waren und die Straßen bergab verliefen, von den schönsten Häusern ganz oben bis zu der Sackgasse, wo die Kinder Fußball spielten. Bei jedem Schritt suchte ich die Passanten nach Baba und Kian ab, spähte in jedes Café in der Hoffnung, sie zu entdecken. Ziemlich am Ende ragte das Hotelcafé auf einer Terrasse im ersten Stock über die Straße. Auf einer Seite trank ein Pärchen Tee, und ein alter Mann saß drei Tische von ihnen entfernt ans Geländer gelehnt, trommelte mit den Fingern auf dem Griff seines Gehstocks und starrte hinunter auf die Straße, fasziniert von fremden Kindern und fröhlichen Familien.

»Vielleicht sind sie ja im falschen Hotel abgestiegen«, sagte ich.

Gui nahm meine Hand und sagte: »Ich bin gespannt darauf, deinen Dad kennenzulernen. Und aufgeregt.«

»Ich auch«, sagte ich. Wir bummelten etwa drei Mal an dem Café vorbei und wieder zurück, betrachteten das Pärchen, das ein blättriges Gebäck kostete, und den alten Mann mit seiner Tasse türkischem Kaffee, der weiter gedankenverloren auf die Straße starrte. Er war in einer anderen Welt, doch als er mich entdeckte, lächelte er wie ein Fünfjähriger.

Zuerst reagierte ich nicht. Ich hatte Baba ja erst achtzehn Monate zuvor gesehen und noch immer ein frisches Bild von ihm im Kopf, deshalb hatte ich nicht weiter auf den alten Mann auf der Terrasse geachtet. Ich hatte keinen Anlass dazu gehabt. Aber jetzt stand der Mann auf, griff nach seinem Stock und humpelte mit einem Gang, der mir bekannt vorkam, Richtung Treppe. Als er die erste Stufe erreichte, drückte er sich eine Hand in den gewölbten Rücken, immer noch mit diesem jungenhaften Grinsen im Gesicht.

Doch das Lächeln war nicht mehr rot gerahmt und zahnblitzend, sondern wurde von zwei fehlenden Zähnen verunstaltet und verlor sich in einer Wolke aus Grau – graue Haut, grauer Schnurrbart, weißes Haar. Ich blieb entgeistert stehen. In nur anderthalb Jahren war Baba um zehn Jahre gealtert – mein Baba, der mal feuerrotes Haar gehabt hatte, der Fußball gespielt hatte und eine riesige Wasserrutsche heruntergesaust war. Hatte er in den letzten Monaten seine Erinnerungen mit den gleichen Cocktails betäubt, die er sich in Madrid ausgedacht hatte? Mein Herz hämmerte wie verrückt, und ich wünschte mir nur ein paar Sekunden mehr, um die Fassung zurückzugewinnen. Aber Baba war schon fast am Fuß der Treppe angekommen, und Gui zog mich in seine Richtung. »Dr. Hamidi?«, fragte er und streckte ihm die Hand entgegen. Und ich war mir immer noch nicht ganz sicher, ob dieser Mann tatsächlich Dr. Hamidi war.

Baba kam zaghaft auf mich zu. Mein Verhalten war wohl nicht sehr ermutigend. Ich erinnerte mich daran, wie er in Oklahoma ständig mein Gesicht berührte, wie er sich in London in Kians Arme warf, wie die kleinste Freundlichkeit ihn in Madrid anrührte. Und nun hatte die Entfremdung uns an diesen Punkt gebracht, zwei Schritte voneinander entfernt, unfähig, Hallo zu sagen. »Hi, Baba-*dschun*«, sagte ich stockend. Ich umarmte ihn vorsichtig, weil er womöglich zerbrechen konnte. Wo waren seine Backenzähne? Das wollte ich ihn fragen – wo waren sie geblieben?

Gui war begeistert von Babas iranischem Dorf-Look, als hätte er geglaubt, dass ich diesen Aspekt meines Vaters übertrieben hatte. Die grünen Betperlen, der protzige Goldring, der Gehstock mit dem auffälligen Löwenkopf, die gelblichen Fingerkuppen. Als alter Mann bot Baba einen spektakulären Anblick, doch nachdem wir uns begrüßt hatten, merkte ich, dass die einzigen wesentlichen Veränderungen seine fehlenden Zähne und das weiß gewordene Haar waren. Er sah müde aus.

»Ist Vergnügen«, sagte Baba in seinem speziellen Englisch, das noch schlechter geworden war, wie ich nach nur zwei Wörtern erkannte. Er starrte Gui unverhohlen an, nickte und kaute auf seinem Schnurrbart. Seine Bewunderung für meinen Mann machte mich noch stundenlang verlegen, länger als nötig.

»Hast du eingecheckt?«, fragte ich Baba auf Farsi.

»Natürlich«, sagte er und starrte dann wieder Gui an, der fünfzehn Zentimeter größer war als er. Baba inspizierte ihn wie eine Kunstinstallation oder einen schicken Koffer, den er eventuell kaufen will, aber erst nachdem er sich sehr viel gründlicher informiert hat. Jedes Mal, wenn Babas Blick skeptisch wurde, ließ Gui eine der einfachen Fragen vom Stapel, die er auswendig gelernt hatte. Wie war dein Flug? Wie läuft deine Zahnarztpraxis? Was möchtest du heute machen? Baba nickte bloß und lächelte breit. *Il me comprend?*«, flüsterte Gui mir zu.

Als wir gemeinsam losgingen, fielen mir die stärkere, unnatürliche Krümmung von Babas Rücken und die strammen Verbände auf, die zwischen seiner Hose und den Socken hervorlugten, wo die Sonne auf den metallenen Verbandsklammern glänzte. War er kleiner als noch in Madrid? War das möglich? Verwirrt und wütend auf die Welt stürmte ich zur Rezeption des *pansiyonlari*, um ordentlich Dampf abzulassen, doch der Manager hatte bereits alles mitbekommen. Er beobachtete verwundert, wie Guillaume und Baba draußen vor der Glastür versuchten, eine Unterhaltung zu führen. Er befingerte seinen winzigen Schnurrbart und schien seine affektierte Art ganz zu vergessen. Ehe ich loslegen konnte, sagte er: »Wir haben auf eine iranische Familie für ihn gewartet und vielleicht auf jemand anderen für Sie.«

»Aber er hat schon vor Stunden eingecheckt«, sagte ich erbost, schleuderte ihm westliche Empörung entgegen.

Er warf die Hände in die Luft. »Ich bin gar nicht auf die Idee gekommen, Miss. Wir haben hier viele europäische Pärchen. Wir sind die erste Adresse für europäische Pärchen. Iranische Wochenendausflügler sind weitaus seltener. Manchmal Teheraner, ja. Der iranische Gentleman ist meiner Aufmerksamkeit entgangen.« Die Worte »der iranische Gentleman« sprach er mit plumpen Arroganz eines Menschen aus, der nur ein kleines bisschen weiter westlich geboren wurde.

»Tja, was für ein Glück, dass Menschen Namen haben, nicht wahr?«, erwiderte ich. Er erklärte, dass mein Vater beim Einchecken Guillaumes Namen falsch geschrieben hatte. Doch das machte mir diesen Mann, der Baba stundenlang hatte warten und sich Sorgen machen lassen, bloß weil er nicht entsprechend aussah, auch nicht sympathischer. Wie hätte er denn aussehen sollen?

»Ich bitte um Verzeihung«, sagte der Mann. »Selbstverständlich werden wir die …«, er tat so, als würde er einen Seitenblick auf eine Rechnung werfen, »… sechs ›extraheißen‹ Tassen Kaffee Ihres Vaters nicht berechnen.«

Sein Ton war unverschämt. Bildete der Idiot sich etwa ein, er könnte uns mit ein paar Tassen türkischer Plörre abspeisen? »Von mir aus. Aber ich frage Sie jetzt noch mal«, sagte ich, »hat Kian Hamidi schon eingecheckt?«

Der Mann schaute weder im Gästebuch noch in dem veralteten Computer in der Ecke hinter ihm nach. Er dachte über die Frage nach, dann glitt sein Blick an mir vorbei zur Tür, und er sagte nahezu verstört: »Wir haben einen amerikanischen Backpacker in Zimmer fünf.«

*

Wir fanden Kian in Zimmer fünf.

Als er die Tür aufmachte und uns drei sah, breitete sich ein verdutztes Lächeln auf seinem Gesicht aus – selbst für ihn bildeten wir ein kurioses Trio. Er begrüßte uns, dann sah er Baba an und sagte in einem abgehackten, einstudierten Farsi: »Dass eines klar ist, ich habe nicht vergessen, was in Madrid passiert ist, und wenn ich hier auch nur eine Wasserpfeife rieche, bin ich weg.«

Kian und ich wechselten uns als Übersetzer ab. Auf dem Großen Basar schlenderte ich zwischen Gui und Baba dahin und gab weiter, was der jeweils andere gesagt hatte, während Kian sich mit Kreuzkümmel und Bockshornklee, Safran und gemahlenem Ingwer und fünfzehn Sorten Tee eindeckte. Er schleppte die Säcke mit den Gewürzen allein, wollte keine Hilfe annehmen, borgte sich aber von Baba eine Elastikbinde, die er um seine Unterarme wickelte, um noch mehr tragen zu können. Beim Mittagessen legte ich eine Pause ein, während Kian übersetzte, seine Gewürze auf dem Tisch aufgereiht, damit er sie erneut riechen und kosten konnte. Er streute Sumach aus seinem eigenen Vorrat auf Guis

Burger. Manchmal, wenn Kian und ich abgelenkt waren, versuchte Baba, direkt mit Gui zu kommunizieren, übertrug Idiome aus einem Isfahani-Dorf des vierzehnten Jahrhunderts eins zu eins in ein konfuses Englisch. Kian und ich unterbrachen Baba dabei nie, obwohl ich das gern getan hätte – sehr gern. Ich war fast nie mit Gui allein und wollte unbedingt seinen ehrlichen Eindruck von ihm hören. Jedes Mal, wenn Baba loslegte, tat ich so, als nähme ich es nicht wahr, während Kian verstummte und grinste und Gui versuchte zu verstehen, was er da hörte.

Eines Tages, in einem Kebab-Haus mit Blick auf den glitzernden Bosporus, kostete Baba einen Lammspieß mit Pistazien und murmelte: »Das ist sehr gut. Ist Hochzeit in mein Arsch.« Gui hörte abrupt auf zu kauen. Kian lachte eine volle Minute lang hinter vorgehaltener Hand. Baba grinste, froh, dass sein Unfug ein solches Echo fand. »Was? Du noch nie gehört?« Von da an begann Baba, wenn er müde war oder Schmerzen hatte, sich auf seinem Stuhl zurückzulehnen und Dinge zu sagen wie: »Schmutz auf mein Haupt!« oder »Bauchgespenster!«. Nach einem guten Witz lachte er herzhaft und laut und sagte zu demjenigen, der ihn erzählt hatte: »Möge Gott dich töten.« Ich musste Gui erklären, dass das auf Farsi einfach nur bedeutet: »Du bist grandios«, oder so was in der Art. Wenn eine Küche eine seiner Bitten nicht erfüllen konnte (er hatte ständig Extrawünsche: Naturjoghurt, weißer Reis, gegrillte Kebabs, gedünstetes Hühnchen und Caesar Salad, weil er vieles andere nicht vertrug), sagte er unvermeidlich: »Die Braut kann nicht tanzen, also sagt sie, der Boden ist schief.«

Jedes Mal, wenn Baba eine neue Redewendung von sich gab, schrieb Kian sie in sein Notizbuch. Baba genoss diese Aufmerksamkeit und steigerte seinen Ehrgeiz, Kian zum Lachen zu bringen, vielleicht Madrid wiedergutzumachen und die Liebe und Anerkennung seines Sohnes zurückzugewinnen, indem er für all den Spaß sorgte, den wir beim letzten Treffen verpasst hatten. Einmal, nachdem wir tagsüber Moscheen und Katakomben in Sultanahmet besichtigt hatten, sagte Baba: »Ich bin tot vor Müdigkeit«, und fügte dann, als er merkte, dass diese Formulierung recht alltäglich war, mit erwartungsvollen Augen und null Zurückhaltung an Kian gerichtet hinzu: »Mein Leben läuft mir aus dem Arsch.« Offenbar pflegen die Landbewohner in Persien so einige Redensarten, die sich auf den Zustand ihrer Gesäße beziehen.

Nach jeder Mahlzeit sagte Baba zu der Kellnerin: »Miss, ist Zeit, unsere Hausaufgabe beleuchten«, worauf Gui oder Kian, je nachdem, wer gerade neben ihm saß, sich hinter Babas Rücken lehnte und die allgemein bekannte »Stift in der Hand«-Geste für die Rechnung machte.

Wir lernten rasch, uns mit diesen Redewendungen zu verständigen, und Gui verstand Baba schließlich so gut, wie ich es niemals erwartet hätte. Tatsächlich schienen sie prima miteinander auszukommen. Sie überredeten Kian sogar, Wasserpfeife zu rauchen. (»Ich schwöre, ist nur Fruchtwasser«, sagte Baba, »keine Süchte.« Später witzelte er, Gui wäre trotzdem süchtig nach Erdbeerwasserpfeifen geworden.) Manchmal, wenn ich verspätet zum Frühstücksbuffet kam, das im Wintergarten des Hotels aufgebaut wurde, sah ich Baba und Gui still einander gegenübersitzen, Eier aufschlagen und Zeitung lesen, jeder in seiner eigenen Muttersprache. Baba murmelte beispielsweise: »Bankenkrise breitet sich aus.«

Gui antwortete dann: »Aber der Dow erholt sich.«

Worauf Baba von seinem Kaffee aufschaute und die Stirn runzelte. »Was du meinst?«

»Geht hoch«, erklärte Gui. »Steigt wieder ... an.« Unbewusst hatte er sich Babas ausladende Handbewegungen angewöhnt.

»Ja«, murmelte Baba, nickte und widmete sich wieder seiner

Zeitung, »Dow.« Dann schaute er wieder auf. »Kommt groß Problem, denkst du? Was für Problem?«

Und Gui zuckte mit den Achseln und sagte: »Die Kreditgeber haben nasses Holz verkauft.« Und Baba lachte und nickte und schlug noch ein Ei auf.

Die Mitarbeiter des *pansiyonlari* einschließlich des schillernden Managers beobachteten uns zwei Wochen lang tuschelnd, besonders beim Frühstück. Jeden Morgen kamen der europäische Anwalt und der alte iranische Dörfler bei Tagesanbruch herein, aßen hungrig hart gekochte Eier mit Butter, tranken kannenweise Kaffee und schnappten sich alle Zeitungen auf Französisch und Farsi. Sie sprachen ehrfürchtig von ihren Dörfern in der Provence und im Südiran, amüsierten sich köstlich über Gemeinsamkeiten: Steinküchen, resolute Mütter, zahnlose Bauern an ihren Marktständen. Kurz bevor das Buffet abgeräumt wurde, erschien dann gähnend und mürrisch der amerikanische Rucksacktourist und ließ sich an ihrem Tisch nieder, meistens dicht gefolgt von seiner nervösen europäischen Schwester mit ihren pastellfarbenen Blusen und dem hektisch gebundenen Pferdeschwanz. Der alte Dörfler bestellte regelmäßig englische Crumpets. Und der französische Anwalt schrieb ihre Tagesroute auf den Rand seines Stadtplans und studierte ihn, schlug dann in zwei Fremdenführern nach, ehe er erklärte, es wäre Zeit zum Aufbruch. Ihre Getränkebestellungen waren absurd:

Eine dunkler Tee in Glas mit Kardamom und englischer Crumpet, wenn Sie haben.

Une noisette. Merci.

Einen schwarzen Kaffee, aber nur, wenn er frisch gemahlen ist – ich merke den Unterschied –, ansonsten Wasser.

Irgendwas typisch Türkisches, am liebsten ländlich und traditionell.

Mir fiel auf, dass Baba Stunden beim Frühstück und Abend-

essen verbringen wollte. Er wirkte jetzt gebrechlicher, ständig
müde, ständig in Gedanken. Manchmal sagte er Gedichtzeilen
auf und erklärte sie Gui, der sich dann ein paar Stichworte notierte und abends versuchte, die englischen Versionen im Internet zu finden. »Dein Vater hat heute aus ›Saladins Bettelschüssel‹
zitiert«, sagte er beispielsweise. Oder: »Ich hab's! Er liest Hafis!«

In Restaurants wurde Baba zunehmend gereizt, weil er unaus-
gesetzt Bauchschmerzen hatte. Ich gewöhnte mir an, immer Tüten mit Mandeln und Rosinen in meiner Handtasche zu haben,
weil er die essen konnte, ohne seinen Magen zu reizen. Er kaute
mit den Schneidezähnen, und einmal, als ich sah, wie er sich mit
einer Mandel abmühte, musste ich mich entschuldigen, um die
Fassung wiederzugewinnen. Die Restaurantsituationen waren
die schwierigsten, aber er mochte den Kebab-Laden mit Blick
über den Bosporus, weil dessen simple Küche identisch mit einem persischen *kabobi* war. Vielleicht erinnerte ihn der Anblick
des Wassers auch an unsere lang vergangenen Ausflüge ans Kas-
pische Meer und an eine glücklichere Zeit, in der unsere Familie noch nicht in alle Welt verstreut war. Wir aßen an drei oder
vier Abenden dort, bis wir anderen darauf bestanden, endlich
auch mal bekanntere türkische Restaurants auszuprobieren. Er
aß viele Caesar Salads, lehnte jeden Fisch als übel riechend ab, jedes Stück Fleisch als halb roh. »Mein Essen blutet! Was sind das
hier für Barbaren?«

Mir war egal, ob uns gute Restaurants entgingen. In Amsterdam war ich dünn geworden, obwohl die Wissenschaftlerin in
mir darauf achtete, dass ich mich vernünftig ernährte. Wenn ich
allein war, trank ich Bouillonsuppen und aß pürierte Äpfel, Möh-
ren und Pastinaken. Ich kochte irgendwas, dünstete irgendwas
oder ließ es roh. Ich schälte Gemüse halbherzig, sodass es fleckig
und krank aussah. In weniger als zwei Jahren war ich zu dem Typ
Frau geworden, der sich am Ende des Tages eine Pastinake gönnt.

Andererseits machte ich Lammbraten mit Butternusskürbis und Pflaumen in Kurkumasoße oder einen Dip aus in Olivenöl und Knoblauch angebratenen Auberginen und Molke, wenn Gui zu Hause war. Ich machte Windbeutel und servierte sie mit Kardamomtee. Ich weichte Safran in einer Teetasse Butter ein und goss die Flüssigkeit über Teller mit lockerem Basmatireis. Eine gute Ehefrau zu sein, war eine simple Wissenschaft, leicht zu meistern – ich hatte eine Liste.

Ich weiß nicht, ob Baba meine gleichgültige Haltung zum Essen bemerkte. Immer wieder legte er die Hälfte von seinen Kebabs auf meinen Teller. Tagelang kommunizierte er mit uns nur über Lyrik und Kochkunst. Abends versuchte er, Kian und Gui betrunken zu machen, nur damit er sich besser verstanden fühlte. Baba und Gui tranken gemeinsam Whiskey, aber Kian und ich machten nie mit. Wir waren froh, dass ein anderer die Trinkpflichten übernahm. Eines Abends sagte Baba nach ein paar Whiskeys: »Du bist gute Ehemann, Gilom. Besser als ich jedes Mal war.«

Vor dem Zubettgehen erzählte Gui mir, dass Baba ihm beim Frühstück seltsame Fragen gestellt hatte. Er wollte wissen, wann wir Kinder haben würden, ob wir besprochen hatten, wo unser endgültiges Zuhause sein sollte, und ob er alle meine Hobbys kannte. Er sagte: »Mensch wie Nilou darf nicht langweilen. Sonst ist Problem.« Ich erwiderte, Baba würde bloß projizieren.

Alle vier gingen wir viel zu Fuß. Das Gehen half, die langen Schweigephasen zu überspielen, wenn Baba zu müde war, um englisch zu reden, und wir zu müde waren, um zu übersetzen. Gui störte das nicht. Bei diesem Wiedersehen jagte Baba uns keinen Schrecken ein, aber ich argwöhnte, dass er einen Minientzug durchmachte und angestrengt versuchte, sich gut zu benehmen. Gui kaufte Flaschen Cabernet und Shiraz, die wir abends in unseren Zimmern tranken, bei Büchern oder Karten- oder Gesellschaftsspielen. Als Kian und Baba mal außer Hörweite waren, flüsterte er: »Dein Dad hat einen unerschöpflichen Vorrat an Whiskey. Wir müssen auf Wein umsteigen, sonst sterbe ich an Leberversagen.«

Ich verpasste den schönsten Teil des Aufenthalts an dem Tag, als wir das Badehaus aufsuchten und ich allein in die Frauenabteilung ging, während Kian, Baba und Gui zusammen in der heißen, mit Dampf erfüllten Rotunde saßen und über die gaffenden Hotelmitarbeiter lachten und sich von einem türkischen Bademeister in einem *lunghi*-Tuch die Schultern kneten ließen. Ich wurde von einer kolossalen Frau im blauen Badeanzug massiert, die dauernd in ihr Dekolleté griff, um Gott weiß was zurechtzurücken. Ich hatte Angst, dass Baba von der warmen, schwülen Luft im Hamam einen Herzinfarkt bekommen könnte. Den Rest des Tages kämpfte ich mit einem nagenden Gefühl der Einsamkeit, nicht weil ich im Badehaus von meiner Familie getrennt worden war, sondern weil ich spürte, dass etwas zu Ende ging. Dieses Wiedersehen fühlte sich wie das letzte an. Während ich im Dampf saß, wusste ich, dass das meine letzte Reise zu Baba war – vielleicht, weil er so alt war, vielleicht, weil ich so müde war, oder vielleicht wegen der ständigen Angst, dass Gui meine Familie als das sehen würde, was sie war.

Auf dem Rückweg sah ich in einem Schaufenster einige Bleistiftskizzen. Baba sagte: »Das ist Mevlevi-Kunst. Drehende Derwische. Wir müssen unbedingt Rumis Grab besuchen.« Baba wollte in den Laden gehen und mit dem Künstler reden, der meinte, er könnte uns jede Variation der Derwische zeichnen. Ich wollte einen mitten in der Drehung, die Arme in die Luft gereckt, den Kopf nach hinten geworfen. Wir stöberten zehn Minuten in dem Laden herum, und in dieser Zeit hatte der Künstler eine fließende elegante Miniatur auf cremefarbenen Grund in einem roten Holzrahmen gezeichnet und überreichte sie mir. Ich dankte ihm und fragte, ob ihn ältere bildliche Darstellungen des Tanzes zu diesem Derwisch inspiriert hatten oder ob es seine ureigene Schöpfung war.

»Was machst du denn?«, mischte sich Kian in genervtem Farsi ein. »Er hat das gerade gemalt und wartet auf deine Reaktion. Nick doch mal oder lob ihn. Tu irgendwas.«

Ich sah den mittelalten türkischen Künstler mit seinem halb aufgeknöpften Paisleyhemd und dem bescheidenen Lächeln an und erkannte, dass Kian recht hatte. Der Mann wollte etwas Bestimmtes von mir. Ich lobte die Zeichnung, bis alle zufrieden schienen, fühlte mich aber hinterher verunsichert. Bekam ich solche unausgesprochenen Bedürfnisse denn nie mit?

Später versuchte ich, darauf zu achten, ob Baba sich müde oder unbehaglich fühlte. Im Grunde suchte ich noch immer nach Anzeichen für Opium oder noch Schlimmerem, obwohl ich das nicht zugab. Aber er blieb die ganze Zeit über ausgeglichen. Baba schlug vor, dass wir zu einer Vorführung der Mevlevi-Derwische gingen. »Der Tanz ist Gebet«, erklärte er Gui. »Er ist ... Transzendenz. Sehr beruhigend.«

Während der Vorführung schloss Baba die Augen, ließ seine Betperlen zwischen Daumen und Zeigefinger hindurchgleiten und nickte entrückt im Rhythmus der Gesänge. Hinter uns unterhielten sich drei Amerikanerinnen laut, lasen aus ihren Reiseführern vor, stellten Fragen zu den Trachten und überlegten, wann die Vorführung enden würde. Sie redeten in einen Moment der Stille hinein, und Baba verzog das Gesicht. Ich kämpfte einige Minuten mit mir, ob ich den Mund aufmachen sollte – Baba hatte sich die meiste Zeit in Istanbul zusammengerissen: das Essen, das viele Laufen, die Sprache, die fehlenden Drogen; erst jetzt, als er die sich drehenden weiß gekleideten Männer beobachtete, fühlte er sich zu Hause. Ich sah seinem Gesicht an, dass er versuchte, wieder in seine Trance zu kommen.

Ich brauchte eine ganze Weile, bis ich den Mut aufbrachte,

etwas zu sagen: Die Vierzehnjährige, die sich in den Umkleide-
räumen eines Erlebnisbades versteckt hatte, raunte mir noch immer zu, dass *meine* Familie fehl am Platze war, dass *mein* Vater sich
danebenbenahm. Schließlich drehte ich mich zu den Frauen um.
»Das ist hier eine religiöse Zeremonie«, sagte ich. »Bitte halten
Sie den Mund oder gehen Sie.«

Baba sah mich entsetzt an. Er flüsterte: »Nilou-*dschun*, warum
du so unhöflich? Jeder soll genießen auf seine Weise. Amerikaner
genießen mit Reden.«

Die Frauen lächelten meinen Baba freundlich an. Sie entschul-
digten sich und waren während der restlichen Zeremonie leise.
Baba kehrte in seine Trance zurück, Beine verschränkt, Augen
geschlossen, völlig versunken. Gui nahm meine Hand und flüsterte mir ins Ohr: »Entspann dich, Hühnchen. Wir wollen uns
doch amüsieren.«

Noch Tage später hatte ich das Gefühl, etwas zerstört zu haben.

Später waren wir noch zusammen in Babas Zimmer. Er und
Gui unterhielten sich und tranken Whiskey, während Kian und
ich ein Spiel spielten, das wir selbst erfunden hatten. In jeder
Runde wird eine Zutat ausgewählt – Granatapfel oder Butternusskürbis oder Schweineschulter –, und jeder Spieler schreibt ein Rezept auf. Das beste gewinnt. Das jeweils bessere Rezept ist leicht
zu bestimmen, weil wir einen ähnlichen Geschmack haben, aber
wir haben auch noch eine Art Vertrauenssystem mit eingebaut:
Falls beide Spieler erklären, ihr eigenes Rezept wäre besser, dürfen sie das Rezept des anderen sechs Monate lang nicht verwenden. Die Lust am Experimentieren hebelt den persönlichen Stolz
aus, was uns beide zu neutralen Richtern macht. Wir spielen das
Spiel immer, wenn wir gemeinsam im Flugzeug sitzen. Meistens
gewinnt Kian, und ich bekomme im Gegenzug Dutzende neue
Rezepte.

Hin und wieder bekamen wir Bruchstücke der Unterhaltung zwischen Baba und Gui mit. »Wir müssen Rumis Grab besuchen«, schlug Baba erneut vor.

»Ich glaube, das ist ein paar Autostunden entfernt«, sagte Gui.

»Dann nächstes Mal«, sagte Baba enttäuscht. Prompt holte er einen Gedichtband von Hafis aus seinem Koffer und beschrieb Gui ein altes iranisches Trinkspiel. »Also, mein Sohn, du nimmst den Hafis in die Hand … du trinkst Glas leer. Du stellst Frage über Zukunft. Du schlägst Buch irgendwo auf. Deine Antwort ist auf dieser Seite. Du verstehst?«

Baba bestand darauf, dass Kian bei dem Spiel mitmachte. Aber Kian tat nur so, als würde er trinken, und kippte seine Whiskeys in eine Topfpflanze, während Gui und Baba immer betrunkener wurden, einander umarmten und die Zukunft vorhersagten. Es muss ihnen leichtgefallen sein, schließlich hatten sie etwas Entscheidendes gemeinsam: Keiner von ihnen hatte je eine Jesushaus-Nacht erlebt. Sie hatten sich die unbekümmerte Art eines einheimischen Kindes bewahrt, von vielen geliebt, die Füße fest verankert. Nicht das Leben, das Kian und ich gelebt hatten. Das Spiel dauerte nicht zu lange, weil Baba dafür aus dem Altpersischen in modernes Farsi übersetzen und den Sinn dann auf Englisch vermitteln musste – ab einem gewissen Grad an Trunkenheit keine leichte Aufgabe. Er hielt das Buch in einer Hand, tippte auf eine Passage und sagte: »Ist über Tod … keine Angst. Heißt Veränderung.« Dann, bei der nächsten Runde, drückte er die Fingerspitzen zusammen und hob sie an den Mund, als würde er einen Gedanken herausziehen. »Ist über neue Liebe … Heißt auch Veränderung.«

Einmal, als Baba gerade versonnen eine Passage las, sich den Schnurrbart streichelte und versuchte, sich zu konzentrieren, sah Gui mich mit einem schüchternen Grinsen an. Er schlurfte auf langen Beinen zu Baba und beugte sich vor, um ihm über die

Schulter zu schauen, und ich war dankbar für diesen Mann, der meine kaputte Familie liebte.

Ich kam zu dem Schluss, dass es töricht von mir gewesen war, mich für Baba zu schämen, zuzulassen, dass mein Bedürfnis nach Sicherheit jeden anderen Instinkt überlagerte. Ich hatte jahrelang die falschen Ängste gehegt. Babas Iranertum, seine ländlichen Gepflogenheiten waren nicht das Problem. Ganz im Gegenteil: Würde Baba sich selbst entwurzeln, wäre alles Besondere an ihm – das Ardestun, das er in seinem lockeren Gang und seinen gelben Fingern und seinem Löwenkopf-Gehstock mit sich trug – verloren. Die Heimat wäre verloren. In Amerika oder Europa zu leben, wäre sein Ende, das Ende seiner hochfliegenden, ansteckenden Persönlichkeit, seines wunderbaren Ich-Gefühls. Tief in seinem Innern muss Baba das gewusst haben.

Nach ein paar weiteren Whiskeys beugte Baba sich mit bleiernen Augen an Gui vorbei und nahm meine Hand. »Wie alt bist du jetzt, *asisam*?« Ich antwortete, dass ich neunundzwanzig sei. Er sagte wehmütig: »Ich war etwa dreißig, als ihr fortgegangen seid.« Dreiunddreißig, korrigierte ich ihn. Er sagte zu Gui: »Ist nicht leicht, Dorf bauen.« Ich habe keine Ahnung, was er damit meinte. Vielleicht sein Bedauern über unsere auseinandergerissene Familie. Vielleicht meinte er aber auch, dass Gui und ich bei unserer Zukunftsplanung vorsichtig sein sollten. Wahrscheinlicher noch dachte er dabei an seine eigenen Sorgen. Ich hatte gerüchteweise gehört, dass seine dritte Ehe schwierig war. Sie hatte ihm beileibe nicht die Gesundheit und Jugend und Vitalität gebracht, die er sich erhofft hatte, sondern ihn vielmehr ausgelaugt, sodass er aussah wie fünfundsechzig, sein Körper gebeugt und gekrümmt wie ein ängstliches Fragezeichen.

Immer wieder fragte ich mich: Ist er noch opiumsüchtig? Ich brachte nicht den Mut auf, ihn zu fragen. Wir sprachen über meine Arbeit, und es dauerte nicht lange, bis wir in unsere übliche

Diskussion über das Primitive und das Kultivierte gerieten. Ich wusste, seit ich vierzehn war, dass Baba und ich uns beide für dieses Thema begeisterten. Er sprach von der Dorfluft. »Sie ist heilsam für die Seele, die sich vor allem nach Natur und Einfachheit sehnt.« Ich sprach über Literatur und Wissenschaft. Schon bald bestritten wir das Gespräch allein und unterhielten uns in entspanntem Farsi. Baba erkundigte sich nach meiner Forschung und äußerte seine Meinung zu Gui. Er sagte: »Weißt du, Nilou-*dschun*, ich denke, bei der Betrachtung der Welt geht es nicht darum einzuschätzen, wie weit wir uns von unserem natürlichen Zustand entfernt haben. Ich denke, es geht darum, ob wir vorwärts- und rückwärtsgehen können. Das wäre eine bessere Evolution.«

»Mag sein«, sagte ich. »Anpassungsfähigkeit ist immer gut.«

»Obwohl«, sagte er, stockte dann kurz und wechselte ins Englische. Fast zu sich selbst murmelte er: »Die Straße, sie reist auch.« Ich fragte ihn, wie er das meinte. Er sah mich betrunken an und sagte: »Ich denke, du solltest dir iranische Freunde suchen. Manchmal einen Blick auf deine Wurzeln werfen. Das Vorwärts- und Rückwärtsreisen üben. Ich spüre eine gewisse Unruhe – bist du glücklich? Genießt du das schöne Leben, das du dir aufgebaut hast?« Die Bemerkung tat weh, doch er schien meine Reaktionen gar nicht mehr wahrzunehmen. Unvermittelt sagte er: »Wir haben bald Wahlen. Es wird Aufruhr geben, denke ich.«

Tagelang ging mir Babas Meinung über mich nicht mehr aus dem Kopf – war ich glücklich? Ich hatte meine Arbeit. Ich hatte ein erfülltes Leben in Amsterdam. Nein, ich hatte keine Freunde, und, nein, ich kannte keine anderen Iraner. Aber wenn ich vor irgendwas Angst hatte, dann der Stagnation. Ich wollte nicht so verkümmern, wie Baba verkümmert war.

Mir wurde klar, wie viel mich diese Treffen mit ihm gekostet hatten. Brachten sie mich Baba irgendwie näher? Gaben sie mir meine Wurzeln zurück oder die Kindheit, die ich verpasst hatte? Sie trübten lediglich meine Erinnerungen. Der Baba, den ich gekannt hatte, war in der Vergangenheit eingeschlossen, auf ewig dreiunddreißig, genau wie ich für ihn auf ewig acht Jahre alt sein würde. Da wir nicht zusammen weitergewachsen waren, konnten wir lediglich das Gewesene aufwärmen, ins Gestern zurückkehren, uns nach jedem Abschied gegenseitig in einen verblassten Schnappschuss zurückverwandeln. So, wie wir jetzt waren, konnten wir einander nicht begreifen. Unsere Wiedersehen erneuerten uns nicht etwa, sondern beschleunigten noch unseren Verfall.

Und gewiss war auch Baba enttäuscht von meinem Widerwillen, mich den kleinen Freuden des Lebens hinzugeben, von meiner Unfähigkeit, jeden flüchtigen Genuss hemmungslos auszukosten, so wie er das tat. Vielleicht war er deshalb drogensüchtig und ich nicht.

Es gab so vieles, was wir nicht reparieren konnten. Es war genug.

Wir verließen Istanbul an einem stillen Dienstag, an dem keine anderen Gäste ankamen oder abreisten. Das Hotelpersonal stand tatenlos herum, sah zu, wie wir uns mit dem Frühstück Zeit ließen, unsere Koffer so weit weg stellten, dass wir sie beim Essen nicht sehen konnten, unseren Abschied hinauszögerten. Wir checkten gemeinsam aus, und bei der Rechnung machten alle *tarof* – Baba bot an, alle drei Zimmer zu bezahlen, aber Gui und Kian lehnten das ab. In einem anderen Leben hätte Baba diesen Kampf mit Dramatik und Protzerei gewonnen. Jetzt aber bezahlte jeder Mann für sein Zimmer, und sie schüttelten sich die Hand und versprachen ein baldiges Wiedersehen. Das löste einen weiteren Verdacht aus, dem ich aus Angst nicht nachging: Hatte Baba Geldsorgen? Ich war bestürzt, dass er diese kleine Ehre abgegeben hatte, beschämt, dass ich mir ausgemalt hatte, ihn mit meinem neuen Leben zu beeindrucken. Ich lächelte unbehaglich, als das Trio von der Rezeption zurückkam. Baba warf mir einen kurzen, nachsichtigen Blick zu, der demütig und zornig zugleich war, als hätte er genug davon, von seiner fremd gewordenen Tochter, die keinen Zugang zu seinem Leben hatte, beobachtet oder bemitleidet zu werden.

Wir bestellten drei Taxis, entsprechend unseren Abflugzeiten jedes mit einer Stunde Abstand. Kian fuhr als Erster. Baba umarmte ihn eine ganze Minute lang, und als er ihn losließ, war sein Blick traurig und sein Kinn bebte. Er nickte viel, wollte nicht, dass seine Emotionen überliefen. Er klopfte Kian auf die Schulter und sagte: »Nächstes Mal kochst du für uns. Ich esse alles, was du kochst, egal was.« Kian blickte auf seine Füße und fasste seine Tüten mit den Gewürzen fester.

Dann war sein Sohn fort, und Babas Kopf hing ein bisschen tiefer. Sein kindliches Lächeln verschwand. Ein Kellner kam mit drei türkischen Kaffees, die er uns draußen auf der Straße servierte, auf einem Tablett, »Vom Manager«, sagte er. Er stand kerzengerade da, sah zu, wie wir an unseren Tassen nippten. Ich schaute zum Hoteleingang hinüber. Ein Zimmermädchen wandte den Blick ab. Anscheinend hatte sich unsere Geschichte herumgesprochen. Das Personal wollte zusehen, wie wir weniger wurden. Sie wollten erleben, wie unsere bizarre Zusammenkunft ihr natürliches Ende fand.

Wir gingen ins Café und setzten uns wortlos. Dann und wann versuchten Baba und Gui, den bevorstehenden Abschied anzusprechen. Gui stellte sachliche Fragen zu Babas Flug, wie er von Teheran nach Isfahan kommen würde, wie schwer seine Koffer und wie streng die Zollkontrollen im Iran waren. Als unser Taxi kam, wirkte Babas Gang schleppend, und er stützte sich schwer auf den Löwenkopf seines Gehstocks. Er machte keine Bewegung auf uns zu. Ich umarmte ihn zum Abschied und ließ zu, dass er mir den Rücken rieb, dann wich ich zurück. Er sagte: »Nilou-*dschun*«, doch seine Stimme versagte. Er schluckte und sprach auf Farsi weiter: »Weißt du noch, der Hochzeitsfluch der Familie?« Ich nickte. Er sagte, den Blick über meine Schulter gerichtet: »Ich habe das Gefühl, dass dieser Hochzeitsfeierverzicht kein Glück bringt. Bitte mach dein Leben erfüllter. Vielleicht solltest du Kinder bekommen.«

Ich lachte und machte Versprechungen. Er wandte sich Gui zu: »Agha Gilom«, sagte er, und die Fröhlichkeit kehrte in seine Stimme zurück. »Ich dir möchte was sagen ... Nilou übersetzen?« Dann sagte er auf Farsi mit langen Pausen dazwischen, sodass ich mitkam: »Alle guten Dinge gehen einmal zu Ende, und ich glaube nicht mehr, dass das ihren Wert schmälert. Ich bin froh, diese glücklichen Tage mit dir verbracht zu haben.«

Im Auto ließ ich Gui meine Haare streicheln. Ich fühlte mich ausgehöhlt, taub. Als wir das Ende der Straße erreichten, drehte ich mich noch einmal zu meinem Vater um, erwartete, ihn allein auf der Straße stehen zu sehen. Mir war klar, dass das mein letztes Bild von ihm sein würde. Ich wollte es zusammen mit jenem anderen Bild abspeichern, das ich in mir bewahrte: Baba an seinem Bürofenster, wie er zum Abschied winkt.

Doch Baba hatte sich bereits zum Hotel umgedreht, beide Hände auf seinen Stock gestützt. Er sah klein aus, verwirrt, älter, als ich ihn je gesehen hatte. Er klemmte sich den Stock unter einen Arm und wischte sich mit beiden Händen übers Gesicht. Zwei Kellner eilten zu ihm. Einer brachte ihm einen Drink, der offenbar eingeschenkt worden war, sobald unser Taxi kam. Der schillernde Manager war ebenfalls bei ihm und führte Baba zu seinem Lieblingsplatz auf der Terrasse, eine Hand auf Babas Gehstock, die andere auf seinem Rücken. Dann bog unser Taxi um die Ecke, aber ich stellte mir vor, dass Baba die nächste Stunde an seinem Tisch saß und das Hotelpersonal mit Geschichten aus

Isfahan und seinen Dörfern unterhielt, die Obststände beschrieb und die lebhaften Frauen und die Lammkeule, die so zart ist, dass sie noch auf dem Löffel zerfällt. Es war ein stimmigerer letzter Schnappschuss als der, den ich erwartet hatte.

Genau wie dein Baba

Oktober 2009

Amsterdam, Niederlande

In derselben Woche zieht sie in die halb fertige Wohnung, lehnt Guis Hilfsangebote ab. Sie schlägt vor, dass sie eine Weile nicht miteinander reden, weil sie fürchtet, es könnte zu schmerzhaft sein, seine Stimme zu hören. Es würde sie an all die ersten und letzten Male erinnern, die sie zusammen erlebt haben. Sie bittet die Bauarbeiter, die Arbeit für ein paar Tage zu unterbrechen, damit sie sich ein Eckchen einrichten kann; danach können sie alle weitermachen. Der Mann am Telefon stößt einen müden Seufzer aus, denkt wahrscheinlich an all die zusätzliche Arbeit, die sie ihnen machen wird.

Sie kauft eine Kochplatte und einen Kaffeekocher, wie Mam'mad ihn hatte, ein kleiner Trost, obwohl sie erwartet hat, dass es sich eher wie jene dunkle Nacht im Jesushaus anfühlen wird. Doch so kommt es nicht. Als sie ein provisorisches Bett bezieht, eine flache Matratze in einer Ecke auf dem Boden, denkt sie an ihren Vater und daran, wie er jetzt wohl lebt. Er behauptet, er stehe unter Hausarrest, doch eingedenk seines Hangs zu haarsträubenden Übertreibungen weiß sie nicht, ob sie ihm glauben soll. Sie kann nicht abstreiten, dass etwas geschehen muss, aber sie fürchtet, inzwischen zu lange gewartet zu haben. Wen kann sie anrufen? Babas E-Mail-Adresse ist völlig verstummt.

Nachdem sie ihre Sachen abgestellt hat, fährt sie mit dem Rad zum Zakhmeh, um dort zu essen. Jemand hat Lammragout mit

Bockshornklee und Koriander gemacht, ihr persisches Lieblings-
gericht. Sie spendet fünf Euro an der Tür und nimmt einen gelben Plastikteller mit Blumenmuster von einem Stapel. Sie denkt
an die schicken Restaurants, die Gui und sie ausprobiert haben,
von denen keines geschmacklich mit einem Essen am Tisch ihrer
Großmutter mithalten kann, an die frisch gepflückten Kräuter
aus ihrem Garten, an das direkt vor der Tür geschlachtete Lamm,
an die von ihren Freundinnen gemahlenen Gewürze.

Es sind viele Leute da, und schon bald stapelt sich das schmutzige Geschirr in der Spüle. Hier packt jeder mit an, also sammelt
sie ein paar Teller ein und bringt sie in die Küche. Dort unterhalten sich Mala und Siawasch gerade mit Maman Georgiana, der
Köchin. Sie ist Holländerin, hat schlohweißes Haar, einen großen,
schwerfälligen Körper, den sie in weite Baumwollkleider hüllt,
und ein Netz aus winzigen Fältchen um die Augen. Siawasch
brummt etwas Mitfühlendes, ein »Wir sind hier, falls du irgendwas brauchst!«, aber er spuckt es aus, als hätte er überraschend
auf einen Olivenkern gebissen. Nilou stellt die Teller auf ein Tablett neben der Tür und schleicht sich zurück ins Wohnzimmer.
Sie bleibt nur kurz. Es kommt ihr unredlich vor, sich einen geselligen Abend zu gönnen, wo ihre Ehe gerade erst zu Ende gegangen
ist. Sie hat das Gefühl, am falschen Ort zu sein, wie damals im
Kindergarten, als sie stumm zusah, wie zwei Jungen alle Jacken
nach Kleingeld durchsuchten.

Im Dunkel der halb fertigen Wohnung flüstert sie auf Farsi
vor sich hin, und die Leere des Raumes lässt ihre leise Stimme
hallen. Es scheint die richtige Sprache für ihr Refugium zu sein.
Sie singt sich selbst Kinderlieder vor, das über Pfirsiche, das über
ein Kaninchen, das zotige Dorflied über Mütter mit großen Brüsten. Die Kindheitsmelodie, an die sie sich am besten erinnert,
ist Kians Revolutionslied. *Der gefangene Vogel leidet Herzweh hinter Mauern* – zu ihrer Erinnerung daran gehört auch sein Lispeln.

Siawasch und Karim haben ihr Öllampen, Taschenlampen, Wasserkanister, einen zusätzlichen Plattenkocher und einige Töpfe und Pfannen gebracht. Sie zündet drei Lampen an und verteilt sie im Schlafzimmer. Sie werfen lange Schatten durch den Raum. Da sie die Küche nicht nutzen kann und der Wohnbereich ein Chaos aus Staub und Schutt ist, beschließt sie, hauptsächlich das Schlafzimmer zu bewohnen. Ihr sonderbares neues Zuhause fühlt sich wie eine Rückkehr zu ihren dörflichen Wurzeln an, als wäre sie wieder in den dunklen Räumen des staubigen Backsteinhauses ihrer Großmutter, wo es lange Zeit keinen Strom gab. Später dann konnte er jederzeit ausfallen, mitten beim Essen oder wenn sie den altersschwachen Fernseher einschalteten.

Sie setzt sich eine Weile hin, und als der Boden unter ihr zu kalt wird, legt sie sich noch angekleidet aufs Bett. Während sie da inmitten dieser Baustelle liegt, überkommt sie das Gefühl, dass etwas Wichtiges zu Ende gegangen ist. Als wüsste sie in ihren Fingern und Zehen, dass das Leben, das sie sich aufgebaut hat, vorbei ist und dass die kommenden Jahre sie weit weg von hier verschlagen werden, in eine andere Zukunft. Mehrere Stunden schläft sie den Schlaf der saturierten Frauen, die sie in Teheran und Oklahoma oft beobachtet hat, der Frauen, die nie verunsichert waren, weil sich ihr Zuhause nie verändert hat.

Doch der Körper gewöhnt sich nicht innerhalb eines Tages um, und mitten in der Nacht erwacht sie in Panik. Der Geruch nach Farbe und Holzlatten, Beton und Staub dringt überall hin, und für einen Moment fühlt sie sich in einer albtraumhaften Version ihres Elternhauses in Isfahan gefangen. Falls Babas Behauptungen wahr sind, hält ihn dasselbe alte Haus derzeit in einer Art Haft. Ein Schweißtropfen fällt aus ihren Haaren, wie ein Satzzeichen. Er rollt an ihrem Schlüsselbein entlang bis in ihre Halsgrube. Als sie sich auf die Ellbogen stützt, spürt sie die kühle Luft im Rücken, wo sie ihre Kleidung durchgeschwitzt hat. Ihre langen

Haare kleben an der Haut, glatt und schwarz wie die Federn öl-verschmierter Vögel in Wissenschaftszeitschriften.

Sie starrt in die Dunkelheit, auf die Stelle, wo Gui sonst schla-fen würde. Sie hat ihm oft gesagt, dass er wie ein Berg riecht, nach Tau und Gras und Immergrün. Jetzt riecht ihre Bettwäsche inten-siv nach gar nichts, hält sie wach.

Sie schwingt die Beine seitlich von der Matratze, und ihre Füße treffen zu früh auf den kalten Boden. Sie macht sich einen Kaffee. Diese erste Nacht ist endlos und dunkel, wie viele erste Nächte, die sie erlebt hat. Die Stunden lasten auf ihren Schultern wie eine regengetränkte Wolldecke. Die Wohnung wirkt plötz-lich dreimal so groß, und das Bild von Mam'mad, ihrem ersten Freund seit so langer Zeit, von Flammen umhüllt, kehrt quälend zurück. Es liegt ihr wie eine Kugel aus Blei im Magen. Sie redet sich ein, dass sie sie in ein paar Tagen verdauen kann. Sie wird sich zwingen, sie in ein paar Tagen zu verdauen.

Am nächsten Abend schaut Nilou in ihrem Büro vorbei, um ein paar Bücher und Fachzeitschriften zu holen. Sie war seit Ta-gen nicht hier, und ihre Post stapelt sich. Sie reißt den ersten Um-schlag auf; eine strenge holländische Zurechtweisung von ihrer Fachbereichsleitung. Sie hat zu viele Seminare ausfallen lassen. Das rote Lämpchen an ihrem Telefon blinkt alarmierend. Sie tippt ihr Passwort ein: drei Sprachnachrichten von Kollegen und eine andere. Die letzte Nachricht beginnt mit einem rauschen-den Surren und Klicken. Die bleierne Kugel rollt von ihrem Ma-gen Richtung Bauchnabel – nur Anrufe aus dem Iran klingen so. Dann durchbricht die krächzende Stimme ihres Vaters, noch immer tröstlich wie ein warmer Kaffee auf einem alten Afghan-Teppich, stoßweise das Rauschen. Die Verbindung ist schrecklich, und sie kann nur jedes zweite Wort verstehen. Er klingt müde. Älter. Er sagt irgendwas von einem Flug, irgendwas von Istan-bul (vielleicht über ihr Wiedersehen im letzten Jahr?), und dann legt er auf. Sie hört sich die Nachricht ein halbes Dutzend Mal an, wird aber trotzdem nicht klug daraus. Sie löscht die anderen, bewahrt Babas Nachricht. Sie wird es später noch mal versuchen. Sie stopft die Post in ihre Tasche und wartet in der kühlen, feuchten Abendluft auf eine Straßenbahn, zählt mit der Ankunftsuhr an der Haltestelle die Minuten von neun auf acht auf sieben herunter.

Sie sitzt allein im Bauschutt des Wohnzimmers, knipst ihre Taschenlampe an und aus, starrt auf die halb fertige Kücheninsel, die marmorne Arbeitsplatte daneben, die sie so sorgfältig ausgesucht hat. Draußen setzt heftiger Regen ein. Entwurzelung geht mit einer ständigen Atemlosigkeit einher. Es ist das Leben, das sich auf unerträgliche Weise ausdehnt. Wie beständig es für dich ausharrt – ein Trost. Sie macht sich auf der Kochplatte einen Tee und sichtet die Fachzeitschriften aus ihrem Büro. Sie liest einen Aufsatz von einem Kollegen, dann drei weitere, und schließlich nimmt sie vierhundert Proteinkalorien in Form von hart gekochten Eiern und rohen Mandeln zu sich. Dann geht sie schlafen.

Gegen Mittag, in New York ist es also früher Morgen, ruft Maman an, zuerst auf Nilous Handy, dann im Büro. Nilou ignoriert die Anrufe, doch sie wiederholen sich in Zehnminutenintervallen. Schließlich geht sie ran, und ihre Mutter schreit schon los, noch bevor sie Hallo sagt. Maman hat mit Kian gesprochen, der aufgrund seines Achtzehnstundentages nicht mehr daran dachte, wie unklug es ist, alles auszuplaudern, was Nilou ihm erzählt hat. »Ich frage dich!«, sagt Maman anklagend, und ihr Englisch wird vor lauter Wut noch schlechter. »Ich frage dich, ob Baba anruft, und du sagst, ›Nein, er nicht anruft‹. Und ich frage dich, ob du gehört Information von Iran, und du sagst, kein Information! Aber ist Lüge! Dein liebe Großmutter sitzen in Ardestun, träumen von dir, hoffen immerzu, du bekommen ihr Paket, und was du machst? Du sagen: ›Kein Information.‹ In Iran alles Scheiße und Gewalt, und du haben dringend Bitte von dein Baba, und was machen? Nichts. Warum du nichts machen? Warum du kein Herz? Ich schämen für dich, Niloufar. Schämen für dich.«

Nilou will ihre Mutter an Madrid erinnern – ihr letztes Zusammensein als Familie – und an die Angst, die sie dort durchgemacht haben. Sie möchte ihr sagen: Was schulde ich diesem Mann, der mir das Herz gebrochen hat, es wieder und wieder verletzt hat, so oft, dass es gar nicht mehr wie ein Herz aussieht? Ich kann Menschen vergeben, die mich einmal verletzen und dann gehen. Dieser Mann kommt alle paar Jahre an, immer älter, freundlicher, und zieht mich zurück in die Vergangenheit, heilt mein Herz, nur damit er es wieder verletzen kann. Er kommt mit Versprechungen und Erklärungen und Fantasien von einem Leben, das vorbei ist. »Eines Tages werden wir wieder unter den Kirschbäumen in Ardestun picknicken«, sagt er – eine Lüge. Er hat sich nie wirklich endgültig und anständig verabschiedet.

Als Maman mit ihrer Wutrede fertig ist, wartet sie, keucht in den Hörer. Nilou kann sich nicht verteidigen. Das hier ist schließlich nicht einmal die größte Wahrheit, die sie unterschlagen hat, und ihr Herz rast bei dem Gedanken an die andere – ihre Mutter trifft der Schlag, wenn sie herausfindet, dass Nilou ausgezogen ist. Sie sucht nach etwas Beruhigendem, das sie sagen kann, etwas, das entschuldigend und erklärend zugleich ist. Aber Maman redet schon wieder weiter. »Ich rufen bloß an, um dir sagen …« Sie merkt, dass sie noch immer englisch redet, und wechselt ins Farsi. »Ich komme in zwei Tagen nach Amsterdam. Dein Baba hat aus Istanbul angerufen, und er sagt, er ist clean und versucht, bei der holländischen Botschaft ein Visum zu bekommen. Ich kann ja im Gästezimmer schlafen, wie letztes Mal. Grüß Gay von mir.« Und noch ehe Nilou darauf hinweisen kann, dass es Irrsinn ist, Babas Behauptungen zu glauben, er wäre clean und würde auf Dauer zu ihnen kommen, noch ehe sie sich überlegen kann, wie sie einen verschwundenen Gui und eine verschwundene Wohnung und ihren Umzug in ein provisorisches Bett in einer staubigen, von Öllampen erhellten Baustelle erklären soll, legt Maman dermaßen wütend auf, dass es zweimal in der Leitung klickt, einmal, als der Hörer auf Mamans Glastisch landet, und das zweite Mal, als sie ihn richtig aufknallt.

*

Nilou gibt sich alle Mühe, die Wohnung in Windeseile bewohnbar zu machen, kauft zusätzliche Decken und Kissen und ein paar Stühle. Sie fegt den Schutt im Wohnzimmer zusammen und füllt ihn in Müllsäcke. Sie wischt den restlichen Staub im Bad. Sie sprüht Insektizid in jede Ecke, legt billige Teppiche aus und säubert die Jalousien. Sie kauft acht weitere Lampen und eine Vase, in die sie Tulpen steckt. Am Morgen von Mamans Ankunft in Schiphol hat Nilou noch immer nicht den Mut gefunden, es ihr zu sagen.

Als sie Stunden später mit ihrer Mutter in der Diele steht und über ihre Schulter hinweg in die noch nicht aufgebaute Küche blickt, die in Einzelteilen auf dem unfertigen Boden verteilt liegt, erkennt Nilou, wie unsinnig die Putzaktion und der Lampenkauf waren. Die Wohnung ist und bleibt eine Baustelle, kein angemessenes Zuhause für eine Tochter, die du mit den Zähnen aus einem kriegszerrütteten Land geschleppt hast, für deren Ausbildung du alles getan hast, trotz ihrer Neigung zu Ungehorsam und ihres Hangs zum Hedonismus, die du dann auf die besten Universitäten geschickt hast, um schließlich gespannt darauf zu warten, dass sie heiratet und eine Familie gründet. Maman fährt sich mit der Hand durch ihr volles, schulterlanges kastanienbraunes Haar, eine Frisur, die ihr steht. »Ich brauche einen Kaffee, bevor ich mir das anhören kann«, sagt sie mit zitternder Stimme.

In dem Café am Ende der Straße, wo sie Latte macchiato mit Haselnussgeschmack und dickem Milchschaum trinken, erzählt sie ihrer Mutter die Geschichte der letzten paar Monate, dass sie im Zakhmeh inneren Frieden gefunden hat, an den Erzählabenden ihre Sorgen vergessen konnte, und sie erzählt von Mam'mad.

»Ach, Nilou-*dschun*«, sagt Maman und streicht ihr übers Haar. Sie sitzen nebeneinander an einem Klapptisch in der Mitte des Cafés. Maman hat Nilous Hand seit über einer Stunde nicht mehr losgelassen. »Glaub mir, Baby-*dschun*, der Iran bricht auch mir das Herz, aber dein Zuhause zu verlassen ist nicht die Lösung.« Dann schiebt sie betrübt nach: »Und wir lieben Gay.«

Die nächsten sechs oder sieben Stunden sagt Maman nicht mehr viel. Zu Hause ruht sie sich ein Weilchen in Nilous Bett aus, dann steht sie auf, wäscht sich das Gesicht, nimmt ihre Handtasche und verlässt die Wohnung. Eine Stunde später kommt sie mit Putzutensilien, Badematten, Duschvorhängen und Lebensmitteln zurück. Mindestens acht Plastiktüten baumeln in Doppelreihen an ihren unwahrscheinlich starken Armen. Stundenlang putzt sie und schrubbt und scheuert und wischt Staub. In dem Miniofen, in dem die Bauarbeiter ihre Käse-*broodjes* aufgebacken haben, macht sie Windbeutel und *baghlava* und holländische Apfeltörtchen. Sie gesteht, dass sie das Rezept vor ihrer Reise ausprobiert hat (die, wie Nilou begreift, kein spontaner Entschluss war, sondern wahrscheinlich schon länger geplant). Ohne Nilou ein Wort zu sagen, bringt sie einen Teller mit Törtchen zu den Nachbarn, stellt sich vor und leiht deren Staubsauger aus – anders als Mam'mad ist Maman klug genug, den Nachbarn wie eine selbstbewusste Amerikanerin zu begegnen: Ihr Geschenk ist keine Bitte um freundliche Aufnahme, sondern eine Forderung: *Ich brauche euren Staubsauger.* Sie reinigt die Wohnung porentief, entfernt Schmutzschichten, die Nilous Hände nicht mal berührt haben.

Als Maman drei Tage später fertig ist, hat sie den im Bau befindlichen Teil der Wohnung vom bewohnten Teil abgetrennt. Sie geht zu einem Stoffladen irgendwo in der Stadt und kauft große Bahnen aus einem billigen pastellfarbenen, hauchzarten Stoff, der Formen und Farben abdeckt, aber dennoch lichtdurchlässig ist. Sie nagelt den Stoff an die Wände der unfertigen Küche und des Wohnzimmers, kürzt die Bahnen, sodass sie etwa dreißig Zentimeter über dem Boden enden und einen luftigen Baumwollflur bilden, der von der Eingangstür durch den begehbaren Teil der Diele bis zum Schlafzimmer und Bad führt.

Nilou teilt ihr Bett mit Maman, die gern neben ihr schläft. Sie betet viel. Bald macht sich Maman an ein gewaltiges Kochprojekt, und Nilou bleibt nichts anderes übrig, als sie in ihrem Hausfrauenrausch zu stören.

»Also, warum genau bist du hier?«, fragt sie. »Du hast gesagt, Baba würde auch kommen.«

Falscher Ansatz. Maman blickt von der Soße auf, die sie gerade langsam aufkocht, und sagt: »Geht dir die Flucht und Verbannung deines Vaters nicht schnell genug?« Sie schwenkt einen Spüllappen in Nilous Richtung. »Weißt du, was dein Problem ist? Du bist genau wie dein Baba. Du denkst nur an dein eigenes Vergnügen. Deine ganze Moralphilosophie dreht sich darum, was für Nilou am günstigsten und wünschenswertesten ist. Ich frage dich: Was für eine Moral ist das?«

»Wer hat denn irgendwas von Moral gesagt?«, kontert Nilou. Der Vergleich mit Baba kränkt sie. Hat sie nicht alles getan, um jedes primitive Bedürfnis bis zur Freudlosigkeit auszumerzen? Hat sie das wilde Mädchen aus Ardestun nicht abgetötet, hat sie nicht Drogen und Liebhaber und all die Schwächen gemieden, denen Baba sich hingegeben hat? Hat sie ihr Leben nicht dem Studium und harter Arbeit gewidmet? »Das ist bloß das Leben. Nur eine neue Richtung.«

Ihre Mutter tigert durch den Raum, rückt unsanft Lampen zurecht und wischt Flächen, die sie gerade erst geputzt hat. »Was ist mit arme, gute Junge, den du allein zurücklassen, weil du neue Richtung einschlagen?«, sagt sie auf Englisch, wechselt dann wieder ins Farsi. »Du sagst, du bist nicht glücklich, aber du hast dich mit Flüchtlingen angefreundet, hast schlimme Dinge gesehen, hast den Worten verzweifelter Menschen gelauscht. Nilou, sie wollen so viel von dir. Hast du denn das Elend dieser Jahre vergessen? Du hast Jahrzehnte gearbeitet, um ihrem Schicksal zu entrinnen. Und was machst du jetzt? Dein Leben war ein Seidenkleid, das hundert Näherinnen blenden kann, und du zündest es einfach an.« Nilou lässt sich auf dem Boden nieder, auf dem ihre Mutter billige Kissen vom Straßenmarkt ausgelegt hat.

Am Abend findet Maman heraus, dass es im Jordaan einen iranischen Lebensmittel- und Kebab-Laden gibt, der bis spät in die Nacht geöffnet hat, und fährt mit der Straßenbahn dorthin. Nilou kennt den Besitzer; er kommt oft zu den Erzählabenden. Sie begleitet Maman nicht, weil sie sich scheut, die beiden einander vorzustellen. Als sie zu Bett gehen will und die Jalousien herunterlässt, bemerkt sie eine vertraute Gestalt draußen auf der Straße – Siawasch, der überlegt, ob er noch klingeln soll. Sie zieht ihre Hausschuhe an und geht nach unten. Als sie die Tür öffnet und seinen Namen ruft, ist er schon wieder dabei, sein Fahrrad aufzuschließen. »Wollte nur mal sehen, ob alles in Ordnung ist«, sagt er und dreht dabei die Grüne-Bewegung-Bänder und die vielen Haargummis, die er ums Handgelenk trägt.

Über seine Schulter hinweg sieht sie ihre Mutter kommen, einen Jutesack mit Basmatireis in beiden Armen. Als Maman sie mit Siawasch erblickt, ändert sich ihr Gang. Obwohl sie (wie immer) mit Tüten beladen ist, wird sie schneller, als wollte sie zu einem ertrinkenden Kind schwimmen.

Als sie bei ihnen ankommt, bleibt sie stehen und starrt Siawasch entgeistert an. Der will ihr hilfsbereit den Jutesack abnehmen. »Sind Sie Nilous Mutter?«, fragt er. »Sie beide sehen sich sehr ähnlich.« Doch Mamans Lippen pressen sich so fest zusammen, dass es aussieht, als versuchte sie, ihre eigenen Zähne zu verschlucken. »Meine Mutter bringt auch überall säckeweise Reis mit«, sagt er mit einem leisen Lachen. »Persische Mütter sind einfach die besten.«

Je mehr Siawasch versucht, Maman zu bezaubern, desto argwöhnischer wird sie, kann sich nicht mal eine knappe Begrüßung abringen – es ist, als hätte sie sich selbst zu Guis Verteidiger gegen jeden anderen Mann in Nilous Umfeld ernannt. Nilou fragt sich, ob ihre Mutter je einen anderen Partner für sie akzeptieren wird. Endlich, als Nilou mit ihr zurück zum Haus geht, findet Maman ihre Scharfzüngigkeit wieder. Sie dreht sich um und sagt auf Farsi: »Wir brauchen alle mal etwas Ruhe. Bitte kommen Sie in nächster Zeit nicht wieder.«

Siawasch verzieht das Gesicht, winkt einmal kurz in Nilous Richtung und dreht sein Fahrrad um.

Am nächsten Tag ruft Maman die Botschaft in Den Haag an und erkundigt sich nach Baba. Offenbar hat er ein Touristenvisum bekommen, die Formalitäten sind abgeschlossen, und Baba müsste schon unterwegs sein. Hat er sich denn nicht mit ihnen in Verbindung gesetzt?, fragt die Frau am Telefon. Wo sind die Verwandten, die er in seinem Antrag genannt hat? Sie scheint neue Anmerkungen in den Antrag einzutragen, und Maman bekommt es mit der Angst. Den Rest des Tages grübelt sie darüber nach, ob ihr Anruf Baba geschadet haben könnte. Während Nilou unterwegs ist, füllt sie die Wohnung mit dem Duft von Auberginenpüree, *olivieh*-Salat und Hähnchen mit Pflaumen.

Als Nilou nach Hause kommt, fällt sie ins Bett neben einer schlafenden Maman, deren Haar nach gebratenen Zwiebeln und Kurkuma riecht. Maman wird halb wach, dreht sich um und murmelt: »Dein Baba hat angerufen.« Vielleicht träumt sie; ihre Augen sind geschlossen, und sie nuschelt irgendwas von Babas Visum und Nilous neuer Adresse. Sie hält ihr Handy umklammert. Nilou küsst das zwiebelige Haar ihrer Mutter und versucht, ebenfalls einzuschlafen.

Aber die ganze Nacht hindurch halten Textnachrichten von Karim und Siawasch sie wach – sie tauschen sich über Mam'mad aus, keiner von ihnen kann schlafen. Sie tippen auf Finglish. Siawasch ist betrunken. Seine Schuldgefühle machen ihm zu schaffen. Er hat sich so oft mit Mam'mad gestritten. Warum hat er ihn nicht ein einziges Mal gewinnen lassen? Wieso hat er nicht gesehen, dass der alte Mann den Lebensmut verlor, hoffnungslos wurde? Er hat sich so schnell verändert. Karim versucht, ihn aufzubauen, seine Nachrichten sind voller Lücken, weil an seinem altersschwachen Handy zwei Tasten kaputt sind. Es war ein Opfer, schreibt er. Vielleicht für uns, für die Grüne Bewegung, für die jüngere Generation. Vielleicht haben die Alten ja auch Leidenschaft in sich und nicht bloß Erwartungen und Kummer. Nilou erwidert, dass es ein nutzloser, sinnloser Verlust war, dass irgendein holländischer Bürokrat dafür gefeuert und eingesperrt gehört. Sie ist wütend, weil sie die Anzeichen übersehen, weil es sie völlig unvorbereitet getroffen hat. Sie weiß noch: Wenn die Leute im Zakhmeh auf Selbstmord zu sprechen kamen, war es meist Karim, über den sie da flüsterten.

Als sie am nächsten Morgen erwacht, dringen gedämpfte Stimmen von der Straße zu ihrem Fenster hinauf. Sie schaut hinaus und hält es plötzlich für ziemlich wahrscheinlich, dass sie halluziniert. Siawasch ist da. Er sieht mitgenommen aus, als hätte er die Nacht damit verbracht, an den Grachten entlangzuwandern oder da draußen auf dem Bürgersteig zu warten oder in einem Coffeeshop zu rauchen. Und neben ihm, wie einem grotesken Tagtraum oder den Seiten eines alten Märchenbuchs entstiegen, steht Baba.

Er hat eine Tasche in der Hand, trägt ein kurzärmeliges Button-down-Hemd und einen eigenartigen Schlapphut, wie ein englischer Tourist. Er packt Siawaschs Schulter mit kräftigem Griff und begrüßt ihn auf Farsi, während er nach der Klingel greift.

Dorfbau

Oktober 2009
Amsterdam, Niederlande

Offensichtlich hatte Bahman die Schwierigkeiten beim Bau und bei der Verwaltung eines Dorfes unterschätzt. Das Problem ist, dass die besten, die entscheidenden Leute sich oftmals gegen die Rolle wehren, die ihnen zugeteilt wurde, und dann bricht alles zusammen. Wie viele Male hatte Bahman versucht, eine Gemeinschaft aufzubauen, wie seine Ahnen das getan hatten. Bahmans namhafte Vorfahren hatten ein blühendes Dorf errichtet, als wäre es ein Kinderspiel. Er hatte es gedeihen sehen, und dann hatten sich seine Nachkommen über den Globus verteilt und die Legende von Ardestun mitgenommen. Wie war das geschehen? Einmal, als Bahman noch ein Junge war, erzählte sein Vater ihm, dass man nur eine Handvoll Menschen braucht, um ein Dorf entstehen zu lassen, das wächst und Bestand hat: einen Bauern mit starken Söhnen und Achtung vor der Erde, einen ehrlichen Metzger, einen klugen Kaufmann mit einem Lastwagen und einem Geschäft, einen Arzt aus der Stadt, einen Dichter, um die Kinder zu unterrichten, eine Großmutter mit feinen Händen, eine Klatschbase, eine Schönheit und einen Gauner. »Warum die Klatschbase und der Gauner?«, hatte Bahman gefragt. Sein Baba hatte geantwortet: »Ohne Geschichten hat ein Dorf kein Leben.« Und er hatte hinzugefügt: »Der Gauner hat meistens auch eine *manghal*. Denk an Homajuns Jungen. Bei jeder Zusammenkunft warten die Leute auf ihn.«

Vor dem Haus seiner Tochter in dem europäischen Nest, für das sie sich entschieden hatte, begrüßte ihn ein junger Mann, der wohl einmal gut ausgesehen hatte. Und obwohl Bahman ein Fremder in diesem Dorf war, zweifelte er nicht daran, dass hier dessen Gauner stand, sich vor der Tür seiner Tochter herumtrieb. Der Bursche war kriegsvernarbt, eine Tatsache, die Bahmans Herz aufwühlte – welche Verbrechen hatte sein Land an seiner Jugend begangen! Obwohl Bahman nicht mit Sicherheit sagen konnte, ob er überhaupt zu väterlichen Instinkten berechtigt oder fähig war, rührte sich etwas in ihm. Für diesen verlorenen Jungen, ja, aber noch mehr für Nilou, die bei dem Versuch, ihm Halt zu geben, zu seinem zerrissenen Segel werden könnte. Er packte die Schulter des jungen Mannes, wobei sein Blick auf die wulstige Messernarbe an seinem Hals fiel, und stellte Fragen.

»Sie hat also persische Freunde gefunden«, sagte Bahman. Er nahm sich bewusst Zeit, die zerlumpte Jeans des Burschen zu mustern, seine verdreckten Schuhe, seine drei ineinander verflochtenen Halstücher, das älteste übersät mit Fusseln, als würde er jedes Mal, wenn eines verschlissen war, sich einfach ein weiteres um den Hals schlingen. »Bist du Student?«

»Ich bin Aktivist, Journalist, manchmal Student.« Er sprach und bewegte sich mit der verweichlichten, unnötig offenen Art, die junge Männer sich zulegen, wenn ihr Charme immer auf seelenverwandten Boden gefallen ist.

»Wo kommt deine Familie her?«, fragte Bahman. »Du hast keinen Teheraner Akzent.«

Der Fremde lachte, ließ eine Reihe von milchweißen Zähnen sehen, die so vortrefflich gepflegt, so gleichmäßig angeordnet waren, dass Bahman am liebsten sein Kinn zwischen zwei Finger genommen und sie untersucht hätte. »Ich bin Amerikaner«, sagte der Bursche. »Meine Akzent ist ein Mischmasch. Aber meine Eltern sind aus Teheran. Die sprechen wie Sie.«

»Ich bin Isfahani«, sagte Bahman trocken. Nach der langen Zug-
reise, den holprigen Taxifahrten über Kopfsteinpflaster durch die
unsäglich halbrunden Straßen dieser Hufeisenstadt wurden ihm
allmählich Arme und Hals schwer. »Ebenso wie meine Tochter«,
schob er nach. Er bedankte sich nie, wenn andere behaupteten, er
habe einen Teheraner Akzent, erstens, weil es nicht stimmte, und
zweitens, weil sie die Bemerkung für ein Kompliment hielten.

Nach einer kurzen Pause sagte Bahman: »Du erinnerst mich
an jemanden.« Obwohl Bahman ein Fremder war, schien der Junge erfreut darüber, Raum in seinen Gedanken einzunehmen, da
er einen unvorteilhaften Vergleich gar nicht erst in Erwägung zog.
Bahman tat, als versuchte er, sich genauer zu erinnern. Er kratzte
eine raue Stelle unter seinem Ohr und schaute zu einer Reihe mit
hellblauem Stoff verhängten Fenstern hinauf, vielleicht Nilous.
Er sagte: »Ein Dichter, ein Herumtreiber, der sich in eine Frau,
die ich kannte, verliebte ...« Er zögerte. Welche Version würde
er dem Gauner seiner Tochter erzählen, diesem Knaben, der mit
einem unglücklichen Grinsen vor ihrem Haus wartete, mit dem
fettigen Haarknoten und den blutunterlaufenen Augen, die auf
eine schlaflose Nacht hindeuteten. Noch ehe Bahman eine Entscheidung treffen konnte, hatten sich die Wörter bereits zu einem Bündel zusammengerottet und schlüpften von allein heraus.
»Dieser Mann war natürlich ganz anders als du, was seine Bildung und Erziehung betraf, aber er hatte die gleichen bemerkens-
werten Zähne. Er verdiente sein Geld als wandernder Schreiber«,
mit seinen Fingern zählte er die Punkte einer imaginären Liste ab,
und es klang, als würde er aus einem alten Brief zitieren, »und außerdem, mal überlegen, als gelegentlicher Setar-Spieler, Aushilfs-
wachmann bei Underground-Partys, Fahrer und vielleicht sogar
als käuflicher Zeuge. Eines Tages setzte er seine Tochter, das arme
Kind einer leichtsinnigen Affäre, mit ihrer Geburtsurkunde und
einem Zettel, den er an ihre Jacke gesteckt hatte, neben dem Tor

einer Moschee aus. Dann löste er sich in Luft auf wie eine Figur in einem schlechten amerikanischen Film.«

Der Bursche trat in seinen verdreckten Turnschuhen von einem Bein aufs andere. Er zupfte an einem der drei Halstücher, die über seinen Schultern hingen, und lächelte Bahman freundlich an, als habe er Mitleid mit dessen Senilität.

Bahman fuhr fort, seine Stimme behielt ihren unbekümmerten Singsang. Er spielte gern den Geschichtenerzähler. Der Geschichtenerzähler ist simpel, unschuldig. Er belehrt weder, noch klagt er an. Er kümmert sich nicht um Moral oder Gerechtigkeit, und er befrachtet die Geschichte nicht mit Vorstellungen davon, wie die Dinge sein sollten. Ihm geht es nur darum, eine faszinierende Erzählung entstehen zu lassen, und das gibt ihm die Freiheit, all die widerwärtigen Einzelheiten in den Winkeln seiner Geschichte zu verbergen. »Selbstverständlich machte ihm niemand von uns einen Vorwurf«, fuhr er fort, baute diese pointierte iranische Raffinesse ein, gegen die man erst nach Jahrzehnten immun wird. »Es ist so leicht, sich in diese alleinstehenden Frauen zu verlieben. Ihre Traurigkeit ist betörend, und was soll man machen? Ihnen Glück verweigern, wo sie so allein auf der Welt sind? Du sagst dir, das Universum schenkt uns schöne, einsame Frauen, damit sie unser verhärtetes Fleisch aufreißen können, es quälen, es ausbrennen, um dann weggeworfen zu werden wie abgebrannte Streichhölzer.« Er hielt inne, um den Burschen zu betrachten. Der nagte an seiner Unterlippe, und seine buschigen Augenbrauen zogen sich zusammen. Er schien nicht zu wissen, was er sagen sollte. Das amüsierte Bahman, und er beschloss, sein Leiden zu beenden. Er packte erneut seine dünne, knochige Schulter, drückte sie wohlwollend und klingelte an Nilous Haustür. »Ich komme vom Thema ab. Ich wollte sagen, dass ihr Kinder euch glücklich schätzen könnt … ihr seid im Ausland aufgewachsen, wo das Leben einfacher ist, mit Freunden aus der Heimat.«

»Sehr wahr, Agha Doktor«, sagte der Bursche, ahmte eine persische Vertraulichkeit nach, die er wohl bei seinen Eltern und deren Freunden abgeguckt hatte. »Ich hoffe, Nilou geht es einigermaßen.«

»Ja«, sagte Bahman, gereizt von dieser diffusen Angelegenheit, dieser unliebsamen Veränderung in Nilous Lebenssituation, deren reine Erwähnung ihm übergroß und gefährlich vorkam. Er klopfte dem Burschen auf den Rücken, bedachte ihn mit einem väterlichen Lächeln, und als der Summer ertönte, stieß er die Tür auf und ging ins Haus, überließ ihn auf dem Bürgersteig seinem Schicksal.

Durch ein Flurfenster im ersten Stock sah er den jungen Mann weggehen. Was an ihm hatte Bahmans Misstrauen geweckt? Gui hatte er schon nach wenigen Minuten vertraut. Vielleicht, weil Gui sich nicht davor gescheut hatte, unbeholfen zu wirken, weil er bescheiden und mit großem Eifer versucht hatte, seine wenigen Brocken Farsi auszuprobieren. Aber Männer wie dieser junge Iraner, charmante und politisch engagierte Männer, hatten die Angewohnheit, mit ihrer Liebe zu handeln. Sie litten nicht, obwohl sie sich stets gern in den Umhang des Leids hüllten. Die Wahrheit offenbarte sich in den Zähnen. Fatimehs Mund war der einer Frau, die von der Zeit misshandelt worden war. Aber Männer wie dieser junge Kerl erholten sich schnell und machten weiter, verfeinerten ihre Kunst, saugten Empathie und Güte auf, wie ein intelligentes Kind eine Sprache aufsaugt.

Hatte seine Tochter sich mit diesem Mann eingelassen, so wie Fatimeh sich mit dem anderen eingelassen hatte? Arme Nilou. Welchen beängstigenden, unbekannten Kummer musste eine vernünftige Frau, eine Wissenschaftlerin und Forscherin, erlitten haben, dass sie auf eine derart offensichtliche Dummheit verfiel?

Vor ihrer Tür zögerte er. Drei Stockwerke hochzusteigen, hatte ihn erschöpft, doch jetzt erlebte er eine andere Art von Unbehagen. Eine schmerzliche Traurigkeit überkam Bahman, als er auf den Klingelknopf drückte. Von Pari hatte er Bruchstücke der Geschichte gehört – der loyale, treue Guillaume vorübergehend verlassen. *Die Ehe ist schwierig*, hatte er sich gesagt, *der Anfechtungen gibt es viele.* Warum sollte seine Tochter da eine Ausnahme sein? Während man durch den gemeinsamen Alltag stapft, legt sich Tag für Tag neue Zwietracht über die Erinnerungen an alte Zwietracht, wie Staubschichten auf einem Hochzeitsteppich, die seine Leuchtkraft trüben. Aber das heißt nicht, dass man diesen erlesenen, handgewebten Gegenstand wegwirft, denn haben sich nicht geschickte Hände daran abgemüht, bis die Finger wund und blutig waren? Wurde er nicht zu einem hohen Preis erworben?

Die Tür flog auf, seine Tochter in Pyjama und einem knielangen Sweatshirt, das Haar zu zwei wirren Zöpfen gebunden wie damals, als sie vier war. Seine eigene Mutter hatte ihr beigebracht, sich die Haare so zu binden. Sie waren in Ardestun zu Besuch gewesen, und Nilou war aus dem Bett gesprungen, hatte das Haargummi aus ihrem Pferdeschwanz gerissen und gejammert, sie könne nicht auf dem Rücken schlafen.

»Baba-*dschun*«, sagte sie und streckte die Arme aus. »Ich kann gar nicht glauben, dass du wirklich hier bist.« Bahman hatte seine Tochter vier Mal gesehen, seit sie ihn verlassen hatte, und jedes Mal hatte sie ihn mit der atemlosen Aufregung jener entschwundenen Achtjährigen begrüßt, obwohl sie größer oder kräftiger oder düsterer geworden war. Plötzlich war er sich seines Alters bewusst, des Schmerzes und der Müdigkeit in seinen Muskeln. Als er Nilou zuletzt gesehen hatte, hatte man sie wieder von ihm fortgefahren, wie schon vor Jahrzehnten, hatte ihn in einem Hotelcafé in Istanbul zurückgelassen. Das Personal dort war mitfühlend gewesen. Zwei Männer in Hotelwesten setzten sich zu ihm, rauchten und redeten über Kinder. Die Mitarbeiter hatten an dem Tag nicht viel zu tun, die Hälfte der Zimmer war frei,

und der Manager (den er damals lediglich als verwöhnten, geist-
reichen Homosexuellen in einem kunstvoll bestickten Jackett gekannt hatte) hatte ihnen einen großen Teller *baghlava* gebracht.
Es fühlte sich ganz so an wie ein Treffen von Freunden in dem
Teehaus unter Isfahans Dreiunddreißig Bogen, und der Manager
war ihm ein guter Freund geworden.

Jetzt war Nilous Gesicht im Türrahmen blass, und sie fragte
immer wieder: »Wie bist du hergekommen?«, während sie ihn in
die Wohnung zog. »Mit wem hast du da draußen geredet?«

Er wollte seiner Tochter zuallererst sagen, dass er clean war,
dass er seit vier Monaten nicht mehr geraucht hatte – obwohl
das immer noch eine zu kurze Zeitspanne war, um ganz sicher zu
sein. Er wollte ihr sagen, dass er wusste, wie welk und gebeugt er
aussah, und dass er sich auch so fühlte, aber vielleicht könnte sie
sein schlecht sitzendes Hemd und seinen albernen Hut verzeihen,
seinen Altmännerbauch, weil er müde war, seine Haut dünn geworden, seine Wangen und Lider erschlafft. Er wollte ihr sagen,
dass er erlebt hatte, wie sein Land aus den Fugen geriet, dass
Plünderer Autos angezündet hatten und eine junge Frau auf der
Straße verblutet war, dass Missgönner aller Art in sein Haus eingedrungen waren, dass aber jede Umkehr sinnlos war, weil auch
die Straße voranschreitet. Er wollte ihr sagen, dass der Entzug
schmerzhaft gewesen war, sehr schmerzhaft, dass er nicht mehr
verheiratet war und die letzten zwei Monate mit einem neuen
Anwalt in Warteschlangen vor Botschaften verbracht hatte, um
unmögliche englische und holländische Formulare auszufüllen,
sich durch Befragungen zu stottern, dass er stinkenden Fisch und
blutiges Fleisch gegessen hatte und dass sie ihm gefehlt hatte –
warum war sie in Istanbul so distanziert gewesen? Warum war
sie in ihren Körper verschwunden, noch bevor sie sich richtig verabschiedet hatten, noch bevor die Taxis kamen?

Doch jetzt war nicht der richtige Augenblick, um diese Dinge zu sagen, weil er ein Kissen im Rücken brauchte, eine heiße Tasse Tee mit Honig und vielleicht einen kleinen Imbiss, zubereitet von appetitlichen Händen. Weil diese nasse Stadt verwirrend und unübersichtlich war und sein Kopf noch randvoll mit dem Gauner auf dem Bürgersteig und Nilous Zöpfen und weil plötzlich Pari hinter ihr auftauchte, registrierte er den Zustand der Wohnung seiner Tochter nicht auf Anhieb. Pari sagte: »Komm rein, Bahman-*dschun*. Ich mach dir rasch einen Tee.« Sie umarmte ihn herzlich und sagte »Willkommen« und verschwand irgendwo hinter einer wallenden Wand aus Stoff. Er ließ seine Tasche neben der Tür fallen, zog die Schuhe aus und stellte sie neben die von Pari und Nilou – er schmunzelte, als er die glänzenden rosa Pumps (ein einzelner Grashalm klebte an einem absurd dünnen Absatz) und die schwarzen Halbschuhe sah, weil er sofort wusste, welche der Mutter und welche der Tochter gehörten: Die schwarzen Schuhe gehörten Nilou.

»Warum besteht der Flur aus Tüchern?«, fragte Bahman.

»Die Wohnung wird noch renoviert«, sagte Nilou. »Komm rein, Baba-*dschun*, wir haben Sitzkissen im Wohnzimmer. Ist aber noch ein bisschen schmutzig.«

Von irgendwo jenseits des Baumwollflurs drang Paris englische Stimme, heller und butterig wie die eines Kindes, zu ihnen herüber. »Wir ordentlich machen. Nix schlimm!« Er merkte, dass Pari genau wie er leichter auf Englisch lügen konnte. Sie rief: »Hier überall Tulpen!« Bahman wusste nicht genau, was sie mit *hier* meinte; wahrscheinlich Holland, da er keine Tulpen im Raum sah.

Bahman entschied sich für einen Platz am offenen Fenster des staubigen Wohnbereichs, dieses durchbrochenen Raumes, der aus seinen unverschlossenen Poren so schnell Schmutz absonderte, dass Nilou und Pari trotz ihrer fieberhaften Putzerei nicht hinterherkamen. Im Schlafzimmer zu sitzen, schien ihm obszön.

Er hatte Wochen in seinem Entzugsbett verbracht – Wochen, die sich hinschleppten wie Jahrzehnte –, und in Istanbul hatte er in einem kleinen fensterlosen Raum geschlafen. Und überhaupt, in beiden Fällen war er allein gewesen und hatte sich nie die Zeit für eine entspannende Tasse Tee genommen. Sie deckten einen *sofreh* auf dem Boden zwischen zwei Stoffwänden, die sich zum größten Fenster hin erstreckten. Die Mündung des Baumwolltunnels schien die Außenluft anzusaugen, und er wellte sich über die ganze Länge, sodass der Stoff unaufhörlich ihre Arme und Rücken liebkoste. Bahman machte es sich auf einem Kissen bequem und legte sich einen Zuckerwürfel auf die Zunge. Manchmal versuchte er noch immer, die Zuckerwürfel neben seine Backenzähne zu legen, aber die waren jetzt weg.

»Sieht so aus, als wären wir jetzt alle Flüchtlinge«, sagte er halb im Scherz.

Pari und Nilou lachten nicht, aber er sah Nilou an, dass sie Dinge erklären wollte, die er schon zu verstehen begonnen hatte, Dinge, die in diesem Moment unwichtig schienen. Er wusste, dass sie seit Jahren, Jahrzehnten unglücklich gewesen war. Vielleicht wusste Pari das auch, obwohl sie eine Weile brauchen würde, um der Tatsache ins Auge zu sehen und sie zu artikulieren. Ihre Tochter hatte einige erstaunliche Fehler gemacht – sie hatte stumm auf ihre eigene offene Wunde gestarrt und sie bluten lassen, nie um Hilfe gerufen, während all ihre Freude aus ihr hinausgeflossen war. Ihm selbst war das viele Male passiert, und jedes Mal hatte er versucht, sich zu erklären: dass er sich nicht im Unglück suhlte, dass Kummer kein Pakt ist, den du im Dunkeln mit dem Teufel schmiedest. Manchmal strauchelst du einfach und fällst.

»Nilou-*dschun*«, begann er und wollte fragen: *Wo ist Guillaume?* Stattdessen sagte er: »Ich musste gerade an den Tag denken, als ich deine große Liebe kennengelernt habe.«

Nilou rutschte auf ihrem Kissen hin und her, zog die nackten

Füße unter den Körper, als wollte sie sie verstecken. »Das war eine schöne Reise«, sagte sie höflich. Sie zupfte an einem Zehennagel und sah Pari an. »Direkt am Bosporus gibt es ein *kabobi*, wo sie Pistazien ins Fleisch drücken.«

Ihre Traurigkeit tat ihm weh, aber er nippte an seinem Tee und sagte munter: »Nein, das meinte ich nicht. Ich bin zu deiner Schule gekommen, um dich abzuholen, und du wolltest nicht mitkommen, weil Ali Mansuri noch auf dem Schulhof war«, sagte Baba. »Weißt du noch?«

Pari lachte hinter vorgehaltener Faust. Ein Lächeln erschien auf Nilous Lippen. »Nein«, sagte sie.

»Es war ein großer Tag«, sagte Bahman. Der Zucker knirschte zwischen seinen Eckzähnen und kitzelte ihn hinten am Gaumen. »Du hast erklärt, er wäre unser zukünftiger Schwiegersohn. Ich gestehe, ich hielt ihn nie für sonderlich geeignet. Er kam mir immer ziemlich gleichgültig vor.«

»War er auch«, sagte Nilou. »Ich musste ihm ständig nachlaufen.«

»Gut, dass wir ihn gegessen haben, symbolisch, meine ich«, kicherte Pari fröhlich in ihren Tee.

»Ihr beide redet viel zu viel über dieses verdammte Hähnchen«, sagte Nilou. »Es war ein Hähnchen. Wir haben es vor über zwanzig Jahren gegessen. Hört auf, darauf rumzureiten.«

Bahman dachte über den Vorwurf nach. Vielleicht erinnerten sie sich so gern an diese Episode, weil sie einen seltenen Moment darstellte, in dem sich alle ihre niedersten Instinkte verbündet hatten, um alle ihre vornehmeren Empfindsamkeiten niederzuringen: die Zuneigung eines Kindes, die Verbundenheit mit Tieren, die zivilisierte Institution eines Schlachters als Mittelsmann. Sie waren zur Primitivität zurückgekehrt, und jeder von ihnen hatte es letztlich gebilligt, ohne Widerspruch oder Empörung. Das Hähnchen zu essen, das Nilou großgezogen hatte, war mehr als nur ein Ausdruck familiärer Verbindung. Sie hatten ein Lebewesen in ihrem Haus gehegt und gepflegt, hatten es getötet, es gegessen, sich deswegen schuldig gefühlt. Jemand betrog; jemand verzieh. Sie hatten eine Geschichte geschaffen und wiederholten sie aus Vergnügen und aus Nostalgie. Sie drei zusammen erfüllten jede Rolle darin.

Sie tranken jeder noch eine Tasse. Nilou füllte den Kessel auf und öffnete eine Schachtel mit holländischen Waffelkeksen. Sie sprachen über Bahmans Reisen, über seine Praxis, sein Haus, die Schritte, die er und Kamali unternommen hatten, um einen Teil seines Vermögens zu schützen. Als er genug erzählt hatte, hielt er inne und beäugte die halb fertige Küche, die immer in Sicht kam, wenn die Vorhänge flatterten. »Erzähl mir was über diese Wohnung.«

Nilou sprang auf, sammelte ein paar zerknüllte Papierservietten vom Boden und erklärte, sie ginge zur Toilette. Als sie zurückkam, begann sie, noch ehe sie sich wieder hingesetzt hatte, über ihre Arbeit zu reden. »Ich schreibe über Primatenfamilien«, sagte sie. Wann hatte sie das Farsi-Wort für *Primaten* gelernt? In Istanbul oder Madrid war ihr Farsi dafür nicht gut genug gewesen. Tatsächlich erinnerte er sich daran, dass ihn ihre schlechten Übersetzungen beschämt hatten. Manchmal hatte Bahman eine von Guis Bemerkungen verstanden und gespannt auf Nilous Übersetzung gewartet, weil er unbedingt bestätigt sehen wollte, dass seine Wahrnehmung ihres Wiedersehens und der ersten Begegnung mit Gui vollständig war, dass kein Wort verloren ging. Aber ihre Version war meist holprig und dürftig, und er hatte sich über seine Tochter geärgert, denn ein gebildeter Mensch wie sie hätte die Äußerungen eigentlich eleganter in ihrer Muttersprache wiedergeben können. Von Farsi ins Englische machte sie ihre Sache besser, und sie hatte seine letzten Gedanken für Gui in gefühlvolle Worte gefasst – obwohl er auch noch eine versteckte zweite Bedeutung hatte vermitteln wollen, wie es bei Iranern üblich ist. Die jedoch hatte Nilou überhört. Er hatte Gui sagen wollen, dass er ein guter Mann war – sogar außergewöhnlich – und dass er durch die Begegnung mit ihm ein tieferes Verständnis der Welt bekommen hatte. Doch angesichts der Tatsache, dass alle Dinge irgendwann enden, zumal unnatürliche Dinge, hielt er es für unwahrscheinlich, dass sich ihre Wege je wieder kreuzen würden. Das betrübte ihn, und er hoffte, dass er sich irrte.

Nilou sprach weiter über ihren Aufsatz. »Ich kann ihn übersetzen lassen, wenn du ihn lesen möchtest. Übersetzungen sind hier günstig. Ich kenne viele iranische Studenten.« Völlig übergangslos schob sie nach: »Es ist so seltsam, euch beide hier zu haben.«

»Nilou-*dschun*, erzähl mir was über diese Wohnung«, sagte Bahman erneut.

Nilou machte sich an ihrem Haar zu schaffen, zog die Gummibänder heraus und wand sie wieder hinein. »Ich versuche bloß, sie selbst fertig zu machen. Ich meine, vielleicht bleibe ich nicht hier, aber ich hab noch nie wirlich Arbeit in eine Wohnung investiert, deshalb … keine Ahnung. Meine Freunde hier leben so, wie wir gelebt haben, als wir aus dem Iran raus sind, alles vorläufig, als könntest du am nächsten Tag vor die Tür gesetzt werden … Jedenfalls, Maman weiß schon Bescheid.« Der letzte Satz war nicht als Nettigkeit gedacht, sondern als Provokation. Sie glaubte nicht, dass er es verdient hatte, mit einbezogen zu werden.

»Du solltest hier ausziehen«, sagte Bahman, ohne sich um Höflichkeit zu scheren oder um Grenzen oder um die Frage, welche Rechte er sich als Vater verdient haben mochte.

»Ja, ganz genau«, sagte Pari. »Du solltest heute noch packen und ausziehen. Wir können ein Hotel buchen, falls du ein bisschen Urlaub von deinem Alltag brauchst.«

Nilou schnaubte. »Etwas halb fertig zurücklassen? Welch schockierender Rat von euch beiden.«

»Diese Geste kommt mir so unnötig und verletzend vor«, sagte Pari. »Du solltest gütiger mit denjenigen umgehen, die du geliebt hast. Das ist gesünder.«

Bahman nickte. Er hatte dasselbe gedacht, aber keine elegante Formulierung dafür gefunden. Nilou hatte schon immer verkannt, was sie brauchte. Er wollte ihr sagen, du brauchst all die Dinge nicht, von denen die Welt dir eingeredet hat, dass du sie willst. Er erinnerte sich an London, ihre müde, verzweifelte Stimme: *Keiner schenkt dir irgendwas, und sie erwarten so viel.* Aber keiner braucht einen Doktortitel oder Veröffentlichungen oder Auszeichnungen. Du brauchst keine Großstadt. Du brauchst nicht Hunderte von Freunden oder Abenteuer oder irgendeine Substanz, um deine Knochen mit Leben zu füllen. Du brauchst ein bisschen gutes Lammragout mit roten Bohnen und Bockshornklee, Basmatireis, Romantik manchmal, Gemeinschaft immer. Du brauchst einen großen Vorrat an Güte für alte Lieben. Die Atmosphäre des Herzens ist wichtig. Du schützt es, indem du Grenzen ziehst, und hältst es sauber. Wenn du eine Liebe zu brutal entsorgst, verbrennst du dein Herz rund um die Stelle, in der dieser Mensch wohnte, und dann besteht diese Atmosphäre aus Asche. Nachdem er seine Heimat, seine Fotos, die Souvenirs seiner Kinder zurückgelassen hatte, wusste Bahman, dass man nicht viel braucht – fast alles, von dem wir behaupten, es zu wollen, ist nur die leere Hülle von etwas Wesentlicherem. Wir sind zu feige, uns auf den anstrengenden Weg zu machen, um das Eigentliche zu erlangen. Also bauen wir eine Festung um die Objekte, die wir bei uns behalten wollen. Welche Bedeutung hatten denn die Fotos seiner Kinder noch, wenn sie selbst aus seinem Leben verschwunden waren? Und Ehen, Häuser, was waren sie anderes als Behältnisse, die auf Liebe warteten? Er wollte sagen, alles geht zu Ende. Alles. Alle Liebe und Wahrheit. Familie ist alles. Sie erneuert sich wie die Haut eines Reptils. Sie bleibt bestehen. Doch stattdessen sagte er: »Du musst dich nicht so anstrengen, Nilou-*dschun*. Geh nach Hause. Dort hast du es behaglicher.«

Sie saßen mehrere Stunden zusammen, redeten, ruhten. Auf seinem Weg zum Bad sah Bahman hinter den Vorhängen einen Esstisch aus rauem Holz, auf dem ein Stapel Post lag. Er nahm den obersten Brief in die Hand. Er war von Guillaume. Er legte ihn wieder hin, ging ins Bad und kehrte dann zu dem *sofreh* zurück, wo Nilou und Pari jetzt lasen.

»Sollen wir was zu essen machen?«, fragte Pari.

»Wirst du den Brief aufmachen?«, fragte Bahman seine Tochter.

Nilou starrte ihn an, blinzelte einige Male und knickte eine Ecke der Seite um, die sie gerade las. Pari rückte näher an sie heran, nahm das Tuch von ihren eigenen Schultern und legte es um die ihrer Tochter. So geschützt, entspannte Nilou sich und sank ein wenig in sich zusammen, wie ein übermüdetes Kind, das seine klebrige Faust um eine zermatschte Süßigkeit lockert. Bahman holte den Brief vom Tisch und sah zu, wie Nilou ihn öffnete. Er war handgeschrieben mit dem Briefkopf der Kanzlei, fünf, sechs Zeilen in der Mitte der Seite. Pari las sie laut und übersetzte dann für Bahman, wobei ihr Akzent die lockeren amerikanischen Formulierungen absurd klingen ließ. Paris Übersetzungen ins Farsi waren nahezu perfekt, gaben den Ton und die Stimmung wieder, jedes einzelne Wort wunderbar gewählt.

Hi, Nilou-Face, begann er. So nannte er seine Frau? Rumi würde erschauern. Pari blickte zu ihm hoch, eine Augenbraue leicht angehoben, dann las sie weiter:

Heute habe ich im Wandschrank ein Hemd auf den Boden geworfen, weil ich dachte, die Parzelle ist ja nun weg. Dann dachte ich, wenn Nilou zurückkäme, wäre ich ein besserer Ehemann. Ich würde Dich mein ganzes Zeug zu Stapeln sortieren lassen und zuhören, wenn Du den ganzen Tag über Affenkiefer und die fünf Typen von Höhlenmenschen im spanischen Landesinneren sprichst (oder womit auch immer Du Dich der-

zeit beschäftigst). Ich würde nie wieder irgendwas wegwerfen. Gestern
Abend hab ich den Shirazi-Salat gemacht, den Du so magst, und die
ganze Soße getrunken. Bitte ruf an.

Nilou zuckte zusammen und drückte den Kopf in ein Kissen
auf dem Schoß ihrer Mutter, zog die Beine an, als müsste sie ihre
Organe schützen.

»Ach, Nilou-*dschun*«, seufzte Pari, wischte sich übers Gesicht.
Bahman hielt den Blick auf Paris Hände gerichtet, die den Brief
zurück in den Umschlag schoben, als wäre er aus Reispapier.

Sie saßen schweigend da. Zwei Mal setzte Pari an, etwas zu sagen, schien es sich aber anders zu überlegen. Dann flüsterte sie
Bahman zu: »Warum hat er die Salatsoße getrunken?« Ein Lachen entfuhr seinen Lippen – er hatte sich dasselbe gefragt –, aber
Nilou warf ihnen so einen gekränkten Blick zu, dass Pari den Rest
ihrer Bemerkung verschluckte.

Sie tranken Tee. Schließlich sagte Bahman: »Ich hab euch noch
gar nicht von meiner Festnahme erzählt. Von dem Hausarrest.
Wie ich das Land verlassen habe. Es war sehr lehrreich.«

Nilou öffnete die Augen. »Das ist was ganz anderes.«

Bahman ließ sich nicht beirren. »Es geht nicht darum, dir ganz
allein ein Zuhause zu schaffen oder stark zu sein. Irgendetwas
hat dir Angst gemacht, und jetzt fürchtest du dich davor, hinter deinem Steinwall hervorzukommen, so wie wir alle das ab
und zu tun. Aber manchmal zwingt dich der Wind in eine andere Richtung. Du schnallst dir deinen Rucksack um und mar-
schierst los, denn wenn du dich verbarrikadierst, isst du zu viel
Erde.« Es überraschte ihn, wie enttäuscht er von ihr war: Er selbst
hatte sehr viel Schlimmeres getan. Wenn ihre Selbstsabotage ein
dunkler Fleck in ihrem Sichtfeld war, dann verdunkelte die seine wohl die ganze Sonne. Obwohl, vielleicht war gerade das der
Grund, wütend auf sie zu sein. Sie sollte eigentlich besser sein
als er, Wissenschaftlerin, in Amerika ausgebildet, und sie sollte

Nilou sein: der überragende Mensch, an den er immer geglaubt hatte.

Aber möglicherweise war Bahman weniger enttäuscht als vielmehr verwirrt, weil es ihm so unerklärlich war – wie konnte jemand, der mit ihm verwandt war, so wenig Zugang zur eigenen Persönlichkeit haben? Bahman war niemals blind für seine eigene Wildheit gewesen, für alles, was in seiner Seele elementar und hässlich war. Und doch verbrachte er sein Leben damit, abgeschliffene Zähne mit Keramik zu überziehen, das Primitive unecht zu machen. Aber Nilous Arbeit kam ohne solche Lügen aus; sie beobachtete Menschen in ihrer wahrhaftigsten Form. Sie studierte aus der Erde gegrabene Wahrheiten. Was war aus ihren Instinkten geworden? Wann hatte sie den Drang entwickelt, ständig zu kämpfen? Und wo waren ihre Geschichten der Freude?

Als kleines Kind war Nilou wild und unverstellt gewesen. Er erinnerte sich an Kian und seine Revolutionslieder. Vielleicht ist jede erwachsene Entscheidung eine Rebellion gegen das jugendliche Ich. Der kindliche Revolutionär, der Gott findet. Das vergnügungshungrige Mädchen, das sich in die Wissenschaft verkriecht. Der pflichtbewusste Sohn eines stoischen Bauern, der das Opium für sich entdeckt. Oder vielleicht war es noch einfacher: Nilou Hamidi war aus einem Koma erwacht, das stark dem seinen ähnelte und dem jedes modernen Iraners, der ein Leben voller Kompromisse gelebt hat, voll von Lügen und Drogen. Jetzt war jeder Nerv in ihr hellwach und alarmiert. Wie würde sie mit der Arbeit umgehen, die nach dem Erwachen kommt? Der Schmerz strahlte nach innen. Seine Tochter war auf Entzug.

Am Abend machten sie sich über Paris Essen her, über die in Knoblauch gebratenen Auberginen, die Joghurts, den Safranreis. Pari servierte mit großer Geste *olivieh*-Salat und *ghormeh sabzi* (dieses magische althergebrachte Lammragout) und stellte sie auf den *sofreh*. Sie saßen eingerahmt von den beiden großen Tüchern und schmausten im Halbdunkel, die Fenster geöffnet, um frische Luft und das Licht der Straßenlampen hereinzulassen. Während sie die Teller füllten und Nilou einen Moment hinausging, um jemanden anzurufen, vereinbarten Bahman und Pari, dass sie hierbleiben und ihrer Tochter beistehen würden, solange sie unter diesem unerklärlichen Bann stand. Sie würden warten, bis Nilou bereit war, die Wohnung selbstständig zu verlassen.

»War es schwierig rauszukommen?« Pari machte Small Talk, lauschte mit einem Ohr ihrer Tochter.

»Was soll ich sagen? Es ist für jeden schwer.« Er seufzte und reichte ihr etwas Brot mit Aubergine. »Ich hatte Angst, dass sie die Praxis beobachten, deshalb hab ich eine ganze Wand voller Fotos von den Kindern in meinem Büro gelassen. Erinnerungen aus acht Jahren, und keine Abzüge oder Negative.«

»Schade«, sagte sie. »Die hätte ich mir gern noch mal angeschaut.«

»Und ihre Zeichnungen und Gedichte«, jammerte er. »Die lagen mir so am Herzen, dass ich Sanaz nicht mal erlaubt habe, die Schubladen, in denen sie liegen, auch nur anzurühren. Was haben wir uns deswegen gestritten.«

Nilou schien keine Eile zu haben. Sie kam mit einer Flasche Rotwein zurück. Zuerst lehnte Pari ab, spannte Kinn und Mund missbilligend an. Aber dann trank sie doch ein halbes Glas, und bald darauf sprachen sie wieder über Nilous Arbeit, dann über Isfahan, Liebe, Flüchtlinge und schließlich über alles zugleich. Pari erwähnte Nader. »Gott hab ihn selig.«

Nilou fragte: »Was, wenn ich da draußen einen Nader habe?« Sie hatte ihr zweites Glas intus.

Bahman schnaubte und schenkte ihr Wein nach. »Iss etwas Reis. Der wird diese ganze träge Nostalgie aufsaugen.« Sie häuften einander Safranreis mit reichlich kräftiger Bockshornkleesoße auf die Teller, tunkten ihr Brot in Joghurt und Auberginen.

»Ich finde, es hat etwas Evolutionäres, deinen Menschen unter deinesgleichen zu finden«, sagte Nilou. Der Wein ließ ihre Stimme klingen wie eine alte, verstaubte Geigensaite. »In meinem Fall nicht bloß einen Iraner, sondern jemanden, der als Kind emigriert ist.«

Bahman schmunzelte hinter vorgehaltener Faust – seine Tochter konnte sich auf ein heftiges iranisches Drama gefasst machen. »Was für ein banaler Gedanke«, sagte Pari, wedelte sich mit der Hand vor der Nase.

»Noch dazu ein sehr verbreiteter«, sagte Bahman. Er rührte das Ragout durch, um Bohnen an die Oberfläche zu befördern.

»Es ist narzisstisch, zu glauben, nur von einem Klon deiner selbst geliebt werden zu können«, sagte Pari. Nilous Unerfahrenheit schien sie stärker zu schockieren als ihr Wankelmut. Bahman gab sich kurz einer freudigen Erkenntnis hin: Sie waren ganz normale Eltern, die mit ihrer Tochter zusammensaßen, Gerichte aus der Heimat aßen, über ihr geschundenes Herz sprachen.

»Es ist Gui gegenüber nicht fair«, sagte Nilou. »Die Frau, die er liebt, ist eine Fremde. Die Franzosen haben sie nur adoptiert.« Es sollte witzig klingen, aber ihre Stimme brach.

»Wir sind uns doch selbst alle fremd«, sagte Bahman. »Umso mehr, je älter wir werden. Deshalb ist es gut, sich daran zu erinnern, was du als Kind geliebt hast.« Er griff in seine Tasche und streute eine Faust voll Sauerkirschen in Nilous Hand. Sie brach in ihr besonderes Lachen aus, eine frohe Eruption, die er seit Jahren nicht mehr gehört hatte.

Sie aßen. Nilou verschlang den *olivieh*-Salat und scherzte über ihre Pläne. »Es ist blöd, aber ich hab mir gedacht: *Ich kann das mit meiner eigenen Hände Arbeit schaffen. Ich bin keine iranische Dörflerin.*«

»Wenn du eine iranische Dörflerin wärest, *khanom*«, sagte Bahman, »würdest du hier nicht im Schutt sitzen. Du hättest genug Respekt vor dem Leid, dass du es dir nicht sinnlos selbst auferlegen würdest ... du hättest deine Wunden lange vor diesem Irrwitz verbunden.« Er murmelte fast zu sich selbst: »Was rede ich denn da ... Selbst Dorfbewohner sind ihren eigenen Wunden gegenüber blind. Du solltest mal die gebleckten Zähne vor den Scheidungsrichtern sehen. Wahnsinn.«

Nilou spießte ein Stück Aubergine mit ihrer Gabel auf, und Bahman sagte: »*Ei*, du musst das mit Brot machen. So schmeckt es besser.« Er schwenkte seine fettigen Finger und grinste. Nilou legte ihre Gabel hin und riss ein Stück Brot ab, löffelte damit zu viel auf, sodass die Hälfte ihr in den Schoß tropfte.

»Ihr beide hattet schon immer schreckliche Manieren«, sagte Pari. Sie griff nach den Servietten, während er gekonnt einen Bissen zurechtdrückte und ihn Nilou vor den Mund hielt. Es überraschte ihn (obwohl, was hatte er erwartet?), als sie, ohne nachzudenken, von seinen Fingern aß.

»Ich?«, fragte Nilou, Hände und Lippen glänzend vor Öl.

Später, während Pari eine weitere Schachtel holländische Kekse holte, hörte Bahman Nilou draußen auf der Treppe telefonieren. Sie sprach im Flüsterton mit Guillaume; offenbar würde der Aufenthalt der Hamidis in ihrem halb fertigen Wunderland noch ein wenig länger dauern. Während er noch lauschte, tauchte Pari hinter ihm auf und tat es ihm gleich. Sie biss sich auf die Lippen und betrachtete ihre Tochter mit traurigen Augen. Nilou sagte: »Es ist wie Camping. Ich möchte einfach eine Weile hierbleiben, Zeit mit meinen Eltern verbringen ... Baba dabei helfen, Amsterdam zu verstehen, ohne dabei den Verstand zu verlieren.« Sie lachte. Ab und zu konnten sie sogar Guis Stimme hören. Bahman hoffte, dass er ihr riet, sanfter zu sich selbst zu sein.

»Ich hab an das Café auf der Spiegelstraat gedacht«, sagte Nilou leise und entspannt. »Was meinst du, wie viele Pfannkuchen sind nötig, damit sich seine Seele nicht zu dem Knäuel aus braunen Seelen gesellt, die Wilders in seinem Keller hat?« Guis Lachen drang in gedämpften Schüben zu ihnen herüber. »Ich hätte ihn gern Mam'mad vorgestellt. Die beiden hätten sich gemocht.« Dann schwieg sie lange. Vielleicht redete Gui. Schließlich sagte sie mit einem traurigen Unterton: »Es war so schön, mit dir verheiratet zu sein, eine Zeit lang …«

Pari atmete aus, wischte sich mit dem Handrücken übers Gesicht. »Sie wird wieder Fuß fassen«, sagte sie. Dann flüsterte sie auf Englisch: »Ich glaube, unsere Tochter ist späte Blüte.«

Das Bild rührte ihn, und er wiederholte es auf Englisch: »Späte Blüte … Sehr schön.«

Bahman ging zurück in die halb offene Küche. Er dachte an die Arbeit seiner Tochter – die Untersuchung von Primaten. Auch er hatte sich immer zum Natürlichen hingezogen gefühlt, zu den Wurzeln der Dinge, und doch gab es etwas, das unerklärlich blieb: die menschliche Fähigkeit, Gutes zu tun, erstaunliche Mengen Gutes zu tun. Sie war irrational. Er war nie ein religiöser Mensch gewesen und wollte es auch nicht sein, doch welche Wissenschaft konnte diesen poetischen Trieb erklären, den jeder Mensch besaß, und sei er noch so einfach; die großartigen Heldentaten des Herzens? Welche geheimnisvolle Substanz tat sich mit Körper und Instinkt zusammen, um Liebe zu entzünden? Vielleicht begann er jetzt eine neue Ära des Lebens, die Ära der Ehrfurcht. Er empfand Ehrfurcht vor jeder neuen Stadt, jedem großherzigen Reisenden, dem er begegnet war, und vor seinem eigenen verfallenden Körper, der alterte und schrumpfte, aber dennoch die Kraft aufbringen konnte, die dunkle Hand des Opiums abzuschütteln. Er war dankbar für die Frauen, die er geheiratet hatte. Pari mit ihrer Leidenschaft für den Glauben, Fatimeh mit ihrer leisen, fürsorglichen Seele, Sanaz mit ihrem Mut. Und er staunte über einen bescheidenen, zuverlässigen Gui, der jetzt wieder laufen lernte. Und er würde erkennen, dass dein Innerstes unverän-

dert bleibt, wenn du dich der Geschwindigkeit der sich wandeln-
den Straße anpasst, weil es aus härterem Stoff gemacht ist. Er
wünschte dem Jungen alles Glück der Welt und dass seine Füße
immer auf sanftem Boden landen würden.

Damals auf seinem Krankenbett in Isfahan hatte er sich vorgestellt, dass sein eigener Baba leise fragte: »Wie ist die Atmosphäre
deines Herzens?«

In seinem Delirium hatte er geantwortet: »Ich bin ein Barbar.
Ein Tier.«

Sein Baba antwortete nicht. Auf derlei Eitelkeit hätte er niemals
reagiert. Die Arbeit auf seinem Hof hatte ihn zu sehr in Anspruch
genommen. Bahman war kein Wissenschaftler, aber was er von
dem Universum seiner Tochter verstand, war Folgendes: Frühe
Primaten entwickelten sich, indem sie Zähne, Knöchel, Füße veränderten. Barbaren machten Fortschritte, als sie Gemeinschaften
aufbauten, Werkzeuge fertigten, die Früchte ihrer Arbeit unter-
einander teilten. Sie hielten aneinander fest, widerstanden dem
Instinkt, allein loszuziehen, auseinanderzulaufen. Sie drängten
sich in Höhlen zusammen, wagten sich dann hinaus und bauten
Verschläge und Hütten und Häuser, manche Gemeinschaften
überlebten, und manche starben aus. Ein Dorf ging in ein anderes über, wieder und wieder über Jahrtausende hinweg, bis ein
junger Arzt nach Indien reiste und ein krankes Mädchen heilte
und Land in der Nähe von Isfahan kaufte. Nun hatten die Nachkommen dieses Arztes einen Schritt zurück gemacht. Sie waren
auseinandergelaufen, ein gescheitertes Dorf. Nach so viel Entwicklung, Aufbau, Lernen waren sie in ein einsames Leben zu-
rückgefallen. Bahman fragte sich, ob er in der Lage sein würde,
hierzubleiben, in dieser nassen Stadt zu leben. Morgen würden
sie die Stadt erkunden, und vielleicht würde es ihnen gelingen, einen Asylanwalt für ihn zu engagieren. Eventuell würden sie eine
Bank finden und ein paar Zahnarztpraxen abklappern, damit er

wieder arbeiten könnte. Aber zuerst wollte er sich diese iranische Gemeinschaft anschauen, die Nilou gefunden hatte, Linseneintopf essen, alte Gedichte mit neuen Freunden rezitieren, vielleicht selbst eine Geschichte erzählen, mit seinen üblichen Flunkereien und Übertreibungen. Beim Essen hatte Pari Nilou nach dem Zakhmeh gefragt. Warum war sie dorthin gegangen? Bahman wusste es. Wenn du etwas verloren hast, kehrst du zu dem Ort zurück, wo du es zuletzt gesehen hast, und suchst danach, stellst den Raum auf den Kopf. Wo sonst hätte Nilou nach ihrer verlorenen Freude suchen sollen, ihrem wilden Kinderherzen, wenn sie es zuletzt in einer Flüchtlingsunterkunft gesehen hatte?

Später befestigte Bahman noch mehr Tücher an den Fenstern, während Pari Tee kochte. Als sie sich hinsetzten, sagte Pari fast zu sich selbst: »Weißt du noch, wie wir durch diese weite Wüste nach Ardestun gefahren sind?« Er faltete überschüssigen Stoff über seine Unterarme und legte ihn beiseite. »Ich war immer erstaunt, dass die Obstgärten und der Fluss und die Bäume nicht allmählich in Sicht kamen. Sie waren ganz plötzlich da, hinter einer Linkskurve. Alles anders.«

Er lächelte seine erste Frau an. »Ja«, sagte er. »Ich hab immer darauf gewartet. Ein Leben lang bin ich die Strecke hin- und hergefahren, und jedes Mal war es wie ein Schlag in die Rippen.«

Eines Tages, irgendwann später, wollte er Nilou ein paar Dinge fragen. Was hat den Durst der primitiven Seele gestillt, bevor es Wissenschaft und Poesie gab? Warum laufen Tiere so oft weg, suchen die Einsamkeit? Denkst du, dass ein starkes Dorf eine Anthropologin oder einen Zahnarzt braucht, einen Kiefergelehrten und Zähnebegradiger, denn beide beschäftigen sich auf der Suche nach einer schwer fassbaren Schönheit mit verkalkten Nichtigkeiten. Sollen wir Kian anrufen? Und glaubst du, aus der Perspektive der Wissenschaftlerin, dass das Dorf, jedes Dorf zum Sterben verurteilt ist?

Vielleicht ja. Und dennoch, von den verstreuten Verwandten des alten Dr. Hamidi saßen hier drei zusammen um einen Familien-*sofreh*, weit weg von allem, was sie gekannt hatten, als wären sie von Magneten in ihren Schuhen angezogen worden. Möglicherweise werden sie sich eines Tages wieder verlieren. Im Laufe der Jahre war ihre Zahl geschrumpft und angewachsen und wieder geschrumpft, wer also konnte irgendwelche Vorhersagen machen? Aber jetzt waren sie zu dritt. Er zitterte vor Dankbarkeit, wäre am liebsten auf die Knie gefallen, um den Boden zu küssen. Sie waren zu dritt, und drei waren genug. Sie waren ein Dorf.

Anmerkung der Autorin

Am 6. April 2011 zündete sich Kambiz Roustayi auf dem Dam selbst an und starb am nächsten Tag. Er war ein iranischer Asylsuchender, der nach elf Jahren eines unsicheren Lebens in Holland abgeschoben werden sollte. Obwohl er offen über Selbstmord sprach, unternahmen die holländischen Behörden nichts, um ihm zu helfen. Die Nachrichtenausschnitte in meinem Roman orientieren sich an den realen Meldungen über Mr Roustayi, und die Zitate von *Radio Nederland Wereldomroep* enthalten Passagen der Stellungnahmen, die Parvis Noshirrani und Roustayis Anwalt Frank van Haren abgegeben haben. Ich habe den Tod meiner Figur in das Jahr 2009 gelegt, weil es meiner Geschichte dienlich war, und ihr Aussehen und ihre Persönlichkeit sind nicht völlig frei erfunden. Obwohl Karim und Mam'mad fiktional sind, ist die kollektive Situation von Flüchtlingen, die in den Niederlanden und überall in Europa warten, nicht weit von dem entfernt, was ich beschrieben habe. Meine eigene Geschichte ähnelt der Nilous; noch immer kann ich kaum fassen, wie viel Glück ich gehabt habe. Kambiz' Tod fiel in eine Zeit, als ich gerade das Leben zurückließ, das ich mir in Amsterdam aufgebaut hatte. Seine Geschichte hat mich nicht losgelassen und inspirierte mich zu dem Versuch, die Verzweiflung der vielen Flüchtlinge darzustellen, die quer durch Europa in ungeklärten Verhältnissen leben.

Die Geert Wilders zugeschriebenen Zitate sind alle echt, obwohl eines von ihnen (»Ihr werdet die Niederlande nicht zu eurer Heimat machen«) aus dem Jahr 2015 stammt.

Mein Dank für Hilfe und Unterstützung beim Schreiben dieses Buches geht an: The MacDowell Colony und die Bogliasco Foundation, wo ich diesen Roman in einer Hütte im Wald begann und in einer Villa am Meer vollendete. Ich danke der National Endowment for the Arts für die finanzielle Förderung und ihr Vertrauen. Ein ebenso großer Dank geht an Laura Furman und die O. Henry Prize Stories (ihre Ermutigung war unglaublich wichtig). Ich danke allen, die für mich recherchierten, Entwürfe lasen und mir durch die langen Tage halfen: meiner Familie, meiner Mom für ihre vorbehaltlose Unterstützung und meinem Dad für Inspiration aus der Ferne, der Familie Leader, vor allem Anna Leader, Tara Lubonovich, Boris Fishman, Tori Egherman, Matthew Steinfeld, Casey Walker, Karen Thompson-Walker, Lisa Sun, Hanna Chang, Tekla Back, Titi Ruiz, Alice Dark, Charles Baxter, Marilynne Robinson, Samantha Chang, Michelle Huneven, Connie Brothers, Deborah West, Jan Zenisek, Jen Percy, Elizabeth Weiss, Mario Zambrano, Christa Fraser. Den Nordmanns: Elliott Holt, Chris Castiliani, Basil Gitman, Amos Kamil, E. J. Koh, Vladimir de Fontenay, Lee Maida, Jessica Oreck, Matthew Northridge, Ted Thompson, Amity Gaige. Meiner Bogliasco-Familie: Alessandra Natale, Cathy Davidson, Kia Corthron, Ramona Diaz, Helen Lochhead, Alberto Caruso, Renata Sheppard, Julia Jaquette und Ken Wissoker. Julia Fierro, die mir was zu arbeiten gab, während ich schrieb. Gerosha Nolte und Radha Ahlstrom-Vij für täglichen Zuspruch. Ich danke meinen Lehrern und Freunden im Iowa Writers' Workshop, deren Hilfe bei meinem früheren (und zu Recht nicht beendeten) Manuskript noch heute Früchte trägt: Danke, dass ihr die vielen schlimmen Versionen von allem gelesen habt.

Ich danke meiner geduldigen und klugen Lektorin Sarah McGrath. Du hast mich zu einer besseren Autorin gemacht, und dein Rat hat mich vor vielen schlechten Entscheidungen bewahrt. Danke, dass du an mich geglaubt hast. Mein Dank geht auch an meine andere Lektorin, Danya Kukafka: Du bist genial! Ebenso an Sarah Stein, Jynne Dilling Martin, Glory Plata, Geoff Kloske und jede leidenschaftliche Seele bei Riverhead Books sowie an meine unermüdliche Agentin Kathleen Anderson und ihr Team.

Und schließlich danke ich Samuel Leader und meiner Elena Nushin, ihr macht jeden Ort zu einem Zuhause. Dieses Buch ist für euch.